W0367985

Et soudain, tu es là

NISHA ET CAETERA
Les Éditions de l'Opportun

sont éditées par les Éditions de **l'Opportun**
16, rue Dupetit-Thouars
75003 Paris

www.editionsopportun.com

Direction éditoriale : Stéphane Chabenat
Éditrice : Tiphaine Aubé
Mise en page et conception graphique : Nord Compo
Conception graphique de la couverture : 2Li

CÉCILE VIOLETTE

Et soudain, tu es là

À toi, ma fille.

Je t'ai portée pendant neuf mois,
et je te porterai toute ma vie s'il le faut.
Je serai toujours là pour toi ma Violette.

Le seul moyen de se délivrer d'une tentation,
c'est d'y céder. Résistez et votre âme se rend malade
à force de languir ce qu'elle s'interdit.

Oscar Wild – *Le portrait de Dorian Gray*

Avez-vous remarqué le petit symbole sur la quatrième de couverture de ce livre, juste au-dessus du code barre ?
En voici la signification :

Sans contenu
explicite détaillé

Peu de scènes
explicites détaillées

Présence de plusieurs scènes
explicites très détaillées

Avertissement

Cher·ère·s lecteur·rice·s, vous trouverez dans ce roman quelques scènes explicites sur des sujets délicats, susceptibles de heurter la sensibilité de certaines personnes.

Si vous souffrez de troubles du comportement alimentaire, de stress post-traumatique ou encore de troubles psychiques, ne restez pas seul·e·s.

Je ne prétends pas maîtriser chaque sujet à la perfection, et m'excuse par avance pour les libertés que j'ai prises au cours de mon récit.

Voici quelques numéros utiles si vous vous reconnaissez, et que vous avez besoin de parler :

- Permanence téléphonique « Anorexie Boulimie, Info écoute » : 0810 037 037
- Mise en relation avec un psychiatre : 118 418
- Vivre son deuil : 01 42 38 08 08

Prologue

Elle n'aurait pas aimé cette journée. Définitivement pas. La vision de ses proches aux visages endeuillés, tout de noir vêtus, essayant de retenir leurs sanglots. Elle n'aurait pas aimé voir rouler la peine sur mes pommettes blanches, ni l'affliction qui repose sur mes épaules. Elle aurait détesté être le centre de l'attention de tous ces gens.

Le dos voûté, je regarde le grand cercueil blanc descendre sous terre, réprimant l'acide réalité de cette matinée. Entre les prières du prêtre et les quelques caresses que m'adresse mon père dans mon dos, mes doigts se raccrochent au tulle rose fuchsia de ma longue robe. Mon choix vestimentaire a fait débat parmi mes tantes et mes cousines, j'ai lutté contre leur avis. La couleur rose était sa préférée, elle reste le seul rayon de soleil du cimetière de Santa Barbara, mon unique armure pour combattre les douloureuses heures à venir. Voilà des mois que je me préparais à ce jour, pourtant pas une minute de cette matinée ne me paraît réelle. En fait, rien ne me paraît réel depuis l'annonce de sa maladie. J'ai eu beau tenter de déjouer chaque pronostic médical avec ma bonne humeur légendaire ; les métastases, les chimiothérapies et les scanners sont fatalement venus détruire notre quotidien.

— Un feuilleté au crabe, mademoiselle ?

Je décline l'offre du serveur embauché pour l'occasion. En invitant tout le monde à cette réception, mon père a tenu à faire les choses dans les règles. Mes oncles, mes tantes, mes cousines, les amis de mes parents, personne ne manque à l'appel, il faut dire que Grace Harris était appréciée. Ma mère aimait recevoir, et ses dîners étaient toujours une réussite. Elle avait le sens du détail : des jolies serviettes en lin brodées aux sous-verres en nacre, rien ne lui échappait.

— Tu devrais avaler quelque chose.

Tess, ma meilleure amie, s'assied à mes côtés sur le canapé en velours gris perle du séjour, avec entre ses doigts une assiette pleine à ras bord. Ses petits fours ne me disent rien du tout. En fait, mon appétit a disparu à l'instant où le cancer s'est invité à la maison il y a deux ans. Comme si ces six petites lettres maudites avaient tout transformé sur leur passage : l'ambiance de la maison, le goût des aliments, mon innocence.

— Je mangerai mieux demain.

— Ça fait des jours que tu me réponds la même chose.

Je soupire en posant ma tête contre les coussins derrière moi, j'aimerais qu'on laisse en paix mon estomac.

— Vivement la fin de cette journée, maugréé-je la gorge nouée.

Tess pose ses grands yeux bleus sur moi, l'air compatissant, avant de suggérer :

— Tu veux qu'on monte ?

Je parcours l'assemblée devant moi. Leurs larmes me filent la nausée, j'étouffe et le tulle de ma robe me gratte. Derrière l'îlot de la cuisine, Cassius s'improvise barman, tandis que Zack, son demi-frère – et accessoirement mon petit ami –, est en pleine discussion avec James Blake, l'oncologue de ma mère. La logique voudrait que je me lève, et que je sois celle qui converse avec toutes ces personnes, pourtant je m'en sens incapable.

— Ouais. Bonne idée, approuvé-je à mi-voix.

En pénétrant dans ma chambre, je ne perds pas une minute pour enfiler un jean et un t-shirt. La pièce est éclairée par les légers rayons de soleil qui déclinent entre les palmiers. J'ouvre la fenêtre et me repais de l'air doux qui vient caresser ma peau.

— Tu en veux une ?

Je lui tends mon paquet de cigarettes ouvert, Tess ne se fait pas prier. Nous nous asseyons contre la rambarde de mon balcon tout en aspirant les premières bouffées de nicotine. Ma mère fumait, beaucoup. Trop. Ironique… Surtout de prendre conscience que cet instant est sans doute le plus agréable de ma journée. Ce bâton de cancer qui s'étiole entre mon index et mon majeur, cette fumée brûlante avec la mort pour seule promesse.

— Bon. C'est quoi le programme après ?

— Je suppose qu'on va devoir ranger toute la maison ! m'exclamé-je lasse.

— Non, je veux dire, pour septembre. Tu comptes partir à Paris ?

Je grimace en tirant sur le filtre.

— Non. Ce n'est plus dans mes plans, rétorqué-je, résignée.

Elle se met à me caresser le dos, avec compassion.

— Azèle… Je suis désolée.

— C'est comme ça, je m'y étais préparée. Ce n'est pas grave, j'irai à l'UCLA, il paraît qu'ils ont un super programme d'histoire de l'art !

Même si je fais mon possible pour avoir l'air enjoué, la boule dans ma gorge me trahit.

— C'est trop con… Tu étais prise dans la plus prestigieuse des écoles, tu avais le logement… Il ne te manquait plus qu'à prendre ton envol. Tu ne crois pas que c'est ce que ta mère aurait souhaité justement ? Que tu partes ? Que tu réalises tes rêves ?

Difficile d'entendre ces mots sans penser à ma mère, aux dernières promesses que je lui aie faites. Paris en faisait partie.

— Je ne peux pas laisser mon père tout seul. Les prochaines semaines risquent d'être encore plus compliquées qu'aujourd'hui. Si je pars, la maison entière ne sera plus qu'un mouroir. Et puis, de toute façon, Zack serait contre. On a des plans pour l'avenir, et l'Europe n'en fait pas partie.

Nous écrasons tour à tour les vestiges de nos cigarettes dans le cendrier. Tess me serre dans ses bras, son odeur vanillée me rappelle toute notre enfance et les années collège, où notre seule préoccupation était d'attirer l'attention des garçons.

Dans un mois, nous serons séparées. Tess partira pour San Francisco dans une école d'œnologie, tandis que je resterai ici pour étudier. Demain ne m'avait jamais fait peur… jusqu'à maintenant. Un vide interminable semble séparer mon passé de mon futur, et j'ignore encore comment le franchir, sans ma mère pour me guider, ni ma meilleure amie pour me faire rire. Je suis terrorisée.

En me levant ce matin, je m'étais promis de ne pas flancher, pourtant, le nez enfoui dans la chevelure brune de Tess, il m'est impossible de retenir mes larmes.

— Eh… Même à San Francisco, je serai là pour toi. Et puis, tu vas venir me voir, hein ?! D'ailleurs, tu sais, là-bas, ils sont très branchés arts aussi !

Un petit rire m'échappe malgré mes sanglots. Je m'éloigne de son étreinte pour reprendre mes esprits.

— Je sais que tu rêves que je te rejoigne, mais pour l'instant ce n'est pas prévu.

De ses doigts elle chasse mes larmes.

— J'ai encore le droit de rêver !

En se reculant, elle me tend une boîte métallique que je ne connais que trop bien. Les fleurs dorées qui l'ornent commencent doucement à s'effacer.

— Tiens… Je l'ai retrouvée en aidant ton père à débarrasser le garage hier après-midi.

Tremblotante, une larme m'échappe pour venir s'échouer à la commissure de mes lèvres. Voici tout ce qu'il me reste de ma mère, ces petits mots par centaines.

— Merci…

Elle me serre contre elle une dernière fois avant de me laisser seule, face aux vestiges de l'amour inconditionnel dont peut faire preuve une maman. Je n'avais que quinze ans lorsque le cancer est venu frapper son sein droit. Autant dire trop jeune pour subir la souffrance que tous les protocoles infligent. Avec son positivisme à toute épreuve, maman s'est mise à m'écrire des petits mots tous les jours. J'en retrouvais partout, parfois elle les épinglait sur le frigo, les laissait sur ma table de chevet, ou en glissait un dans mon sac de cours ni vu ni connu. Je trouvais ça mignon, tendre, affectueux… Jusqu'à un certain point. Au bout de quatre cents jours de Post-it en tout genre, lorsque son état s'est aggravé, j'ai fini par y voir une forme d'adieu. Bien sûr, je l'ai laissée continuer son manège pendant les mois qui lui restaient, même si ça me brisait le cœur d'admettre que nous étions déjà en train de nous dire au revoir. Plus ses cheveux tombaient, plus je me disais qu'écrire la rassurait. Lui demander d'arrêter l'aurait anéantie. Au lieu de ça, j'ai poursuivi ma route comme si de rien n'était, avec un sourire de façade placardé sur mes lèvres.

Chapitre 1

Mon Azèle, ta fougue m'a guidée toute ma vie. Fais-en une force.

N'aie pas peur de ce que tu ne pourras jamais changer.

Santa Barbara – 5 ans plus tard

Azèle – 23 ans

— On va être en retard, marmonne Zack.

Même si le cadran du tableau de bord ne penche pas en notre faveur, je reste stoïque, les doigts autour du volant.

— Appuie sur l'accélérateur, on ne sera jamais à l'heure !

Son ton est déjà plus sec, l'impatience prenant doucement le dessus. J'en ai tellement l'habitude que je ne me braque même pas.

— Détends-toi, le principal c'est qu'on arrive en vie, pas vrai ?!

Un sourire en coin, je m'enfonce un peu plus confortablement dans le fauteuil en cuir de son 4×4 dernier cri. Sous mes yeux, les vallées verdoyantes de mon enfance se superposent à perte de vue.

— Ouais… Enfin, à ce rythme, nous arriverons pour le dessert ! Et encore ! enchérit Zack en frottant nerveusement sa mâchoire.

— Putain… rappelez-moi pour quelle raison j'ai accepté de faire ce trajet avec vous deux, au juste ?

À l'arrière, la grande carrure de Cassius se décolle de la fenêtre, nous faisant l'honneur de nous adresser la parole.

— Parce que ton vieux pick-up de merde est tombé en panne, réplique Zack d'une voix pleine de sarcasme.

Dans le rétroviseur, je prends quelques secondes pour détailler Cassius. Comme d'habitude, il émane de lui la chaleur d'une porte de prison. Son regard ambré est rivé sur l'écran de son téléphone et sa lèvre inférieure est prise au piège entre ses incisives. Si je ne le connaissais pas depuis toujours, je suis convaincue qu'il me ferait peur, avec son air inflexible, sa voix grave et son mètre quatre-vingt-dix. Mais ce n'est *que* Cass.

— Mon vieux pick-up t'emmerde, Zack.

Je ne me souviens pas m'être retrouvée entre ces deux-là sans qu'une dispute éclate. Comme le feu et la glace, un océan les sépare, malgré leur lien du sang indéfectible. Leur père, Kurt Murphy, s'est remarié avec Pénélope lorsque Cassius n'avait que trois ans. Puis quelques années plus tard, deux ans pour être tout à fait exacte, Zack a pointé le bout de son nez. Nous avons habité le même quartier pendant toute ma scolarité. Pour moi, les Murphy font partie du décor de mon enfance.

— Est-ce que tu pourrais être aimable de temps en temps ? Tu sais, formuler une phrase sans gros mots et sans agressivité ?

Je donne un coup de coude à mon petit ami, qui manifestement, espère transformer l'atmosphère déjà électrique en bombe destructrice. Et je me garde bien de lui faire remarquer qu'il est lui-même vulgaire la plupart du temps.

— Zack a raison sur un point, grogne Cassius.

Je fronce instinctivement les sourcils, tout en croisant ses iris dans le rétroviseur.

— Magne-toi, Azèle, et passe au moins la cinquième si tu veux qu'on arrive tous vivants.

Je pourrais me révolter ou protester d'une insulte à mon tour, mais contre ces deux-là, je sais que la bataille est vouée à l'échec. J'appuie ma basket contre l'accélérateur, consciente que ces chaussures ne sont absolument pas appropriées pour la réception des Murphy. Pénélope et Kurt habitent toujours la même maison, une demeure somptueuse nichée entre les collines et l'océan Pacifique. Aujourd'hui, une grande partie de la famille se réunit pour la fête nationale. Zack a profité de ses deux jours de repos entre ses gardes à l'hôpital et ses révisions pour me proposer de l'accompagner. Il faut dire qu'après huit ans de relation, je fais pratiquement partie de la famille.

Revenir du côté de Santa Barbara me rend fébrile, cette région compte plus que tout pour moi. En la quittant pour mes études, j'ai eu le sentiment d'abandonner mon enfance et ma mère ici. Quelques mois seulement après l'enterrement, mon père a sombré dans une profonde dépression, et a cru bon de se détacher de tout son quotidien. La vie ici lui rappelait trop ma mère, sans parler de notre maison... Chaque pièce était restée imprégnée de son odeur, sur les jetées de lits, les plaids du canapé, même les bibelots en porcelaine semblaient parfumés au lilas.

La dernière demi-heure se fait sans encombre, dans un silence de cathédrale où seules les notifications du portable de Zack me rappellent au moment présent. En arrivant, le grand portail noir en fer forgé est déjà ouvert, les roues de la voiture crissent sur le chemin caillouteux qui nous mène droit au parking. Lorsque je coupe le contact, je suis soulagée de quitter l'ambiance pesante qui règne dans l'habitacle.

— Oh les enfants ! J'étais à deux doigts d'envoyer Kurt à votre recherche ! Trois quarts d'heure de retard ?! Mais qu'avez-vous donc fait en chemin ?!

Pénélope s'égosille tandis que ses talons aiguilles disparaissent dans la terre et les graviers. Elle manque de se tordre la cheville à plusieurs reprises et dans son verre en cristal, son cocktail valdingue de droite à gauche.

— Désolé maman, Azèle n'aime pas la vitesse, et Cass est tombé en panne sur le chemin...

Pendant que madame Murphy m'attire vers elle pour m'embrasser, j'en profite pour m'excuser.

— Ce n'est rien Azèle, vous n'auriez jamais été en retard si Cassius avait acheté une voiture descente comme tout le monde ! enchérit-elle de plus belle.

Sa petite pique ne passe pas inaperçue. À nos côtés, le principal intéressé ne prend même pas la peine de saluer sa belle-mère, mais se contente d'allumer une cigarette en s'éloignant. C'est vrai qu'il nous a fait poireauter un long moment, mais j'imagine qu'avec son travail très prenant, il n'a pas eu le temps de faire réviser son véhicule. Depuis l'ouverture de son restaurant gastronomique il y a deux ans, Cassius ne cesse de répéter qu'il n'a plus une minute à lui, alors ce petit après-midi familial est clairement de trop dans sa vie.

— J'aurais dû rattraper notre retard sur la route, mais le paysage était si beau que je ne voulais pas en louper une miette, me justifié-je.

Pénélope me sourit en caressant ma joue, Zack soupire et nous entraîne vers la terrasse.

— Tu fais toujours en sorte de protéger Zack et Cassius, tu es tellement adorable Azèle ! s'extasie Pénélope en passant devant nous.

Des enfants s'agitent autour de la piscine, sous les yeux de leurs parents qui sirotent des cocktails multicolores. Les invités ont revêtu des couleurs pour l'occasion, formant un joyeux mélange de taches rouges, blanches et bleues. Tous… à l'exception de Cassius, qui a opté pour un pantalon et un t-shirt noirs, tenue parfaitement accordée à ses cheveux bruns comme les ténèbres. Une partie ombragée abrite une longue table en marbre dressée d'une montagne d'amuse-bouches. En costume blanc immaculé, les serveurs déambulent parmi les convives. Une fontaine de chocolat trône au milieu de la pelouse, accompagnée d'une sculpture de fruits à l'effigie du drapeau américain. C'est ainsi que les Murphy reçoivent, dans le luxe et la démesure, et encore, aujourd'hui, ce n'est pas *grand-chose,* comme Pénélope s'entête à le répéter.

— Zack, Cassius, on ne vous attendait plus ! s'esclaffe Kurt en gratifiant chacun de ses fils d'une tape dans le dos.

Zack continue d'expliquer qu'il n'y est pour rien, et cela m'agace.

— Azèle, comment vas-tu ma chérie ?

À son tour, Kurt m'enlace puis me détaille de la tête aux pieds. Je ne supporte pas sa façon d'investiguer mon corps, cet homme se permet une proximité avec moi depuis toujours. Une proximité qui me dérange, d'autant plus depuis que je ne suis plus une enfant.

— Tu as encore maigri ! Mon fils ne te nourrit pas ?! me questionne-t-il avec maladresse.

— Je vous assure Kurt, je mange à ma faim ! Et je ne suis ni infirme, ni manchote, je sais encore me préparer à manger toute seule.

J'essaye de faire passer ma réponse avec un brin de plaisanterie, alors qu'en réalité l'envie de lui sauter à la gorge m'est de plus en plus insoutenable. Zack, quant à lui, s'est volatilisé dans le jardin encore pendu à son téléphone.

— Ah ah ah. C'est fou ce que les femmes tentent de s'affirmer de nous jours ! Ne te méprends pas, Azèle, je voulais juste m'assurer que mon fils s'occupe bien de toi.

— C'est un amour ! dis-je avec un sourire forcé.

Pénélope s'approche de son mari à petits pas, ses jambes emmaillotées dans sa robe fourreau rouge.

— Chéri, laisse donc cette pauvre Azèle respirer un peu ! Elle a déjà eu la gentillesse de conduire tes fils jusqu'ici, sans parler de l'attente interminable que leur a fait subir Cassius ! Il est temps pour elle d'aller se rafraîchir !

Son intervention me fait lâcher quelques gloussements, ces deux-là sont à des années-lumière de mes problèmes, de tout ce à quoi je fais face depuis quelques mois. Visiblement, je suis devenue maîtresse dans l'art de cacher ma souffrance, et j'ai encore du mal à savoir si c'est une victoire.

— Comment va ton père, Azèle ? poursuit Kurt comme si sa femme n'avait jamais parlé.

— Bien. Je dirais beaucoup mieux depuis qu'il habite près de la baie de San Francisco.

— J'imagine que ce n'est pas évident pour toi de revenir ici, tu dois avoir en horreur ces vignes et ces falaises !

Étrangement non. Bien sûr, l'atmosphère est gonflée de souvenirs douloureux, néanmoins il n'y a qu'ici que je me sens chez moi. Même dans notre appartement à Los Angeles, je n'ai jamais su trouver ma place, sans doute car j'y suis la plupart du temps seule. Mais ai-je vraiment envie de me livrer dans l'immédiat ? Qui plus est, à mes beaux-parents ? Probablement pas.

— Non, j'aime revenir ici.

— Et comment se passent les études de mon fils ? Je sais que cela lui demande beaucoup de temps, mais tu sais Azèle, on n'a rien sans rien. En tant que médecin, je peux te l'assurer, ses sacrifices d'aujourd'hui le mèneront tout droit vers la réussite demain. D'autant plus que tu en profiteras !

Il ricane, en sautant du coq à l'âne, comme toujours. Pour qui me prend-il ? Une profiteuse, une arriviste ? Une bonne à rien qui étudie l'art ? Je sais ce que mes choix et mes diplômes lui inspirent, et je n'ai pas la force de défendre mes convictions à cet instant.

— Certainement… Veuillez m'excuser, j'ai un appel important à passer.

Je le contourne en simulant les vibrations de mon téléphone. Sur mon chemin, un serveur me propose une coupe de champagne dont je m'empare avec plaisir.

— Bébé ? Tout va bien ? m'interroge Zack en m'interceptant.

Mon iPhone collé à l'oreille, je hoche la tête et continue mon manège.

— Tu devrais avaler quelque chose, je n'ai pas envie que tu tombes dans les pommes une fois de plus ! Entre la chaleur, le monde et le champagne… tu serais bien capable de…

Comme s'il me dérangeait au beau milieu d'une communication très importante, je plaque mon portable contre ma poitrine avant de lui répondre.

— Zack, c'est très gentil de t'inquiéter pour moi, mais rassure-toi, je ne ressens pas l'ombre d'un malaise arriver !

— Ça ne prévient pas, ce genre de trucs… D'autant plus que ce n'est pas le moment de me faire honte, ma cousine Summer a une très grosse annonce à nous faire.

Summer ? C'est laquelle déjà ? La brune, la blonde ou la rousse ?

Leur famille est tellement immense que même après toutes ces années ensemble je ne parviens pas à en connaître tous les membres.

— Non de Dieu, Azèle ! Tu aurais au moins pu changer tes chaussures ! me rabroue-t-il.

Je force mes lèvres à se retrousser, car j'estime que ce n'est pas le meilleur endroit pour exploser. Pourtant, entre les allusions misogynes de son père il y a cinq minutes et ses remarques blessantes, je ne suis pas loin de la crise de nerfs.

— Laisse-moi deux minutes, d'accord ?

Je le bouscule alors, à la recherche d'un coin tranquille pour déguster mon nectar pétillant et souffler un coup avant de poursuivre cette interminable journée chez les Murphy. D'un pas assuré, je contourne la maison et m'arrête au premier coin d'ombre, entre un bosquet d'hortensias et la vigne vierge qui grimpe le long du mur en pierre.

— Putain.

Par réflexe, je lâche mon portable et souffle un grand coup. Au loin, j'entends le brouhaha des invités mêlé à la musique qui s'échappe des enceintes. Je termine ma coupe à grandes goulées, sans me douter une seconde que je ne suis pas seule.

— Problème d'alcoolisme ?

Une voix rauque et moqueuse ondule jusqu'à moi. Je sursaute à peine lorsque je découvre la silhouette massive de Cassius à mes côtés.

— Parle pour toi. Ce n'est pas moi qui me trimballe avec une bouteille entière de pinard.

Je lance un regard à l'étiquette du vin sur laquelle il est penché, comme s'il tenait là la plus belle pierre précieuse de l'univers.

— Du pinard ? À presque 1 000 dollars la bouteille, il mérite un peu plus de respect !

— Alors il existe des personnes capables de mettre une telle somme pour une simple bouteille ?! m'étonné-je.

— Ouais. Moi.

Surprise, je hausse les sourcils. J'étais persuadée qu'il avait simplement eu besoin de descendre à la cave de son père pour se la procurer. Visiblement, il préfère apporter son propre carburant. Il ne se braque pas à ma remarque, et préfère continuer d'aspirer chaque centimètre de sa cigarette.

— Tu m'en files une ? lui demandé-je pleine d'envie.

Il me scrute de son regard perçant. Entre les rayons du soleil, ses iris sont encore plus clairs, comme deux fentes dorées. Une seconde j'ai l'impression qu'il va refuser, puis tout compte fait il me tend son paquet. Avant de m'en emparer, je zieute les environs pour m'assurer que Zack, ou un autre Murphy, ne peut pas m'apercevoir. Voilà des mois que la nicotine est revenue dans ma vie. Impossible de l'avouer à Zack, il me sermonnerait sans relâche et transformerait mon quotidien en un véritable enfer. Après le décès de ma mère, je lui avais promis de ne plus jamais toucher à cette merde, mais il y a des promesses plus difficiles que d'autres à tenir.

De plus, Zack n'est pas en reste lorsqu'il est question de fumer des pétards et de se saouler avec son stupide groupe d'amis.

En silence, je me délecte des premières taffes, consciente que l'attention de mon beau-frère est rivée sur moi. Il ne sait probablement pas grand-chose de ma relation avec Zack, encore moins ces derniers mois. Mais je suis certaine d'une chose : que je fume lui importe peu. Qui plus est, converser avec sa famille le rebute tellement qu'il gardera mon secret mieux que quiconque. Nous ne sommes pourtant pas loin les uns des autres, mais notre lien avec Cassius n'a jamais été profond. Enfant, il était à l'écart, pas tout à fait avec nous mais jamais bien loin non plus. Zack et lui n'ont jamais eu d'atomes crochus, leur relation n'est qu'un enchevêtrement de non-dits, de rancœur et de souvenirs douloureux. Du moins, c'est ce que j'ai cru comprendre à travers Zack et ses ressentis. J'ignore ce qu'il en est pour Cassius, même si je suis à peu près certaine qu'il ne porte aucun membre de sa famille dans son cœur. Ni même moi. Je n'ai jamais été rien de plus que la petite copine de son frère, Azèle l'illuminée, Azèle la gentille, Azèle qui perd sa maman. C'est tout. Et je n'en demande pas plus de sa part, Cassius n'est pas mon ami, et il me l'a fait comprendre tout au long de mon adolescence. Aujourd'hui encore, sa considération à mon égard est proche du néant. Excepté cet instant, où il vient de m'offrir la bouffée d'oxygène qui me permettra sans l'ombre d'un doute de surmonter cette journée.

— Merci, murmuré-je en recrachant un épais nuage gris.

— T'as pas intérêt à tomber dans les pommes.

— Pardon ? m'indigné-je en me redressant.

Il ricane en remplissant pour la deuxième fois son verre à pied.

— Zack serait capable de faire une crise de rage, et bien que ça m'importe peu, je n'ai pas envie de gérer ça.

— Je suis touchée que tu t'inquiètes pour ma santé, Cass. Je suis une grande fille, je ne tomberai nulle part, encore moins aujourd'hui. Détendez-vous, tous.

Son rire rocailleux continue de se répandre autour de nous.

Ma respiration s'accélère légèrement, mon cœur tambourine dans ma poitrine. Certainement car je suis à cran, ou bien car je n'ai effectivement pas mangé depuis hier soir. Je connais mon corps, enfin c'est l'impression que je donne, car la vérité est bien plus complexe et mon rapport avec ce dernier bien trop conflictuel. En écrasant mon mégot, il m'est difficile de masquer les tremblements dans mes doigts.

— Jolies baskets, me lance-t-il l'air de rien.

Je ne suis pas étonnée que Cassius ait entendu notre conversation, Zack a tendance à parler beaucoup trop fort.

— Tu écoutes aux portes ?

— J'entends tout, je vois tout. Et puis, Zack n'est pas discret lorsqu'il gueule.

— Super…

Alors que je suis sur le point de m'asseoir dans l'herbe, le tintement d'un verre nous parvient.

— J'aimerais porter un toast…, s'exclame une voix féminine.

— Merde, crache-t-il en descendant cul sec son vin rouge hors de prix.

Il s'éloigne sans même m'adresser un regard, ses grandes jambes et ses épaules carrées lui donnant un air *badass*. À mon tour, je rejoins le groupe.

Sur la terrasse, Summer et Brad sont au centre de l'attention. La fameuse cousine est rouge comme une pivoine, tandis que son petit ami entame les premières phrases de son discours. Incapable de rester immobile, je me balance d'un pied sur l'autre, tentant de calmer mon rythme cardiaque qui s'affole. Non pas à cause de ce qu'ils sont sur le point de nous annoncer, mais parce que ma tension est en chute libre. Devant moi, Zack me dévisage les traits froissés par la colère. Même s'il n'est pas toujours attentif à mon bien-être, ses études de médecine lui permettent de déceler les signes précurseurs d'un malaise. Je mords l'intérieur de ma joue pour me forcer à rester debout, et la douleur m'aide quelques secondes.

— Nous voulions vous annoncer Summer et moi que nous allons nous marier.

Des applaudissements fusent, suivis de rire et de cris d'excitation. J'en profite pour me rapprocher lentement du buffet.

— Vous êtes tous invités pour ce grand moment. Dans deux mois, nous pourrons enfin nous dire oui entourés de vous tous !

J'inspire et expire plus bruyamment. Heureusement, toute la famille est accaparée par cette grande nouvelle, même Zack a oublié qu'il voulait me tuer une minute plus tôt.

Dans mon dos un courant d'air me chatouille la nuque.

— Mange ça.

Je doute que mon cerveau me joue des tours à ce point-là… À moins que je sois déjà en train de perdre connaissance ? Mais non, il s'agit bien de Cassius qui me tend une pâte de fruit, entièrement recouverte de sucre. Je la saisis discrètement, et à peine l'ai-je portée à ma bouche que le glucose fait déjà son effet. Je n'ai pas le temps de me retourner pour le remercier qu'il a déjà disparu. Entre les embrassades et les félicitations, je me fraye un passage pour aller m'asseoir et reprendre mes esprits. Dans l'attroupement général, j'essaye tant bien que mal de retrouver Cassius, mais il semble s'être volatilisé.

— C'est génial, n'est-ce pas ?! s'exclame Zack en déboulant près de moi.

J'acquiesce en souriant, ma bouche encore pleine de sucre.

— Vraiment génial ! m'enjoué-je comme je peux.

— Où étais-tu passée ?

— J'ai eu un appel urgent.

— Avec qui ?

Ses questions me prennent de court, mais par chance, Summer rapplique toute guillerette.

— Oh ! Félicitations à vous deux ! m'extasié-je faussement en la prenant dans mes bras.

Soudainement passionnée par ce futur mariage, je me lance dans une discussion approfondie ; le lieu, les fleurs, la cérémonie, la photographe. Je veux tout savoir.

— Tu sais, ce sera un petit mariage. Il y aura à peine 200 invités, nous avons loué un domaine non loin de Malibu.

— Ah… Très bien ! Malibu ? J'adore ce coin-là !

Je me retiens de ne pas éclater de rire face à Summer, et à la prévision de son « petit mariage ». Seulement, au fond de moi, je sais que Zack n'a pas oublié, et qu'il n'est pas dupe. Ce soir, lorsque nous serons de nouveau seuls chez nous, j'aurai droit à son discours moralisateur, à ses raisonnements infondés sur ma vie, ce que j'ai décidé d'en faire et sur notre futur que je ne maîtrise plus.

* * *

Pendant les deux heures interminables qui nous ont ramenés à Los Angeles, Zack n'a pas cessé de me cuisiner sur mon comportement. D'après lui, je n'aurais pas dû boire comme je l'ai fait, je n'aurais pas dû porter cette petite robe blanche avec ces tennis assorties, ni m'absenter pendant presque dix minutes alors que Summer et Brad nous annonçaient la nouvelle de leur vie. Heureusement, j'ai gardé pour moi l'épisode de la cigarette partagée et des prémices de mon malaise. Nous n'avons pas eu à raccompagner Cassius. D'ailleurs, je me demande encore comment il s'est organisé pour rejoindre San Francisco. Peu importe, je ne devrais même pas m'en soucier.

— Zack ? soufflé-je contre son oreiller.

Ce n'est peut-être pas le meilleur moment pour aborder le sujet, or cela fait plus de deux semaines que je me torture les méninges avec ça.

— Azèle, je suis crevé. Qui plus est, je débute trois jours de garde dès demain, j'aimerais vraiment dormir.

Je soupire un grand coup pour me donner du courage.

— C'est à propos de cette formation, tu sais les cours de français…

— Hum…

Je me redresse, le coude appuyé contre le matelas, ma tête reposant contre la paume de ma main.

— J'ai reçu un mail ce matin de la formatrice, les cours débutent dans deux semaines à San Francisco.

Je laisse ma phrase en suspens, lorsque je sens le matelas bouger. De ses yeux noirs, Zack me dévisage l'air sévère.

— On en a déjà parlé. C'est pas envisageable.

— Et tu peux m'expliquer pour quelles raisons au juste ?! m'indigné-je en m'asseyant contre la tête de lit.

— Car je ne supporterais pas te savoir loin de moi. J'ai besoin de concentration, pour mes examens, pour mes gardes à l'hôpital. Je ne pourrai pas gérer à distance toutes tes conneries !

Son ton est sec et menaçant, il me donne le sentiment d'être une gamine que l'on réprimande. Sa bouche se pince, frémit, tremblote par intermittence, comme à chaque fois qu'il est en colère.

— Mes conneries ?! Pardonne-moi, mais il me semble que tu sors avec une jeune femme de 23 ans, et non avec une petite fille sans défense ! Je n'ai pas d'avenir professionnel ici, je t'en ai déjà parlé ! Et puis, ça ne te dérange pas tellement de me laisser seule à longueur de journée ! Ici ou là-bas, qu'est-ce que ça changerait ?

Il fait claquer sa langue contre son palais, avant de se racler la gorge. Il bénéficie peut-être d'un physique parfait, sa personnalité le dessert un peu plus chaque jour.

— Azèle, stop ! Tu sais très bien que tout ça est ridicule. Tu as tout ici. Qu'est-ce que tu irais foutre à San Francisco sous la grisaille, hein ?

Je n'ai rien ici. Je l'ai suivi par dépit après le lycée. Il était contre mon départ pour Paris depuis le début, la perte de ma mère était une aubaine pour lui. J'étais triste, perdue, et il en a profité pour m'entraîner avec lui dans cette vie que je n'ai pas choisie. À l'époque je prenais ça pour de l'amour, aujourd'hui je réalise à quel point ce n'était que de la manipulation.

— Rejoindre Tess, étudier, réaliser mon rêve moi aussi ? dis-je sur la défensive.

— Pff… Mais tu viens d'obtenir ton master en histoire de l'art, qu'est-ce que tu veux de plus ?!

Ses mots me broient les entrailles, j'ai encore du mal à me souvenir quand exactement notre relation s'est à ce point détériorée. La place que j'occupais autrefois dans son cœur ne m'est apparemment plus attribuée.

Je me rappelle qu'après la mort de ma mère déjà, nous n'étions plus les mêmes. Moi car je venais de perdre l'être le plus cher à ma vie, et Zack… Pourquoi était-il de plus en plus méchant ? Pourquoi son caractère oscillait d'une minute sur l'autre entre le bien et le mal ? À vrai dire, je l'ignorais. Et si j'arrivais il y a quelques mois encore à lui trouver des circonstances atténuantes comme son père, son frère, sa famille bizarre ou sa charge de travail ; à présent je n'ai plus rien en stock.

— Et puis tu as besoin de moi ! Je fais comment moi pour contrôler ce que tu bouffes si tu n'es plus là ? Qui s'occupera de toi ?

— Parce que tu penses que tu m'aides en jouant au flic avec mon assiette tous les soirs ? Je n'ai pas besoin de toi, Zack. Je ne suis pas en sucre, et même si je rencontre des soucis avec l'alimentation, ça ne te donne pas le droit d'imposer ton autorité !

Les dernières syllabes peinent à franchir mes lèvres, tant les sanglots dans ma gorge grossissent. Je ne craquerai pas devant lui, car il n'attend que ça : trouver une faille entre les rouages de mon cerveau compliqué pour s'y engouffrer et foutre un peu plus le bordel. Je ne lui donnerai pas ce loisir. Je m'allonge de nouveau, en prenant soin de lui tourner le dos. Il continue de marmonner des attaques dans sa barbe, tandis que j'occulte le son de sa voix. Après tout, je ne lui dois rien, nous ne sommes ni mariés, ni engagés dans quoi que ce soit. Si Paris est véritablement mon destin comme le disait ma mère, alors cette ville m'attendra avec mes casseroles et tout le reste. Où que j'aille, elles seront là derrière moi, à produire ce bruit de fond infernal, cette mélodie à laquelle je me suis habituée au fil des années. Mais à l'inverse de tout le monde, je n'en ai pas honte, elles font partie de moi et ce n'est pas Zack qui pourra changer cela.

Chapitre 2

N'égare jamais ton âme de rêveuse, préserve-la, elle guidera tes choix.

Azèle

Voilà deux semaines que Zack préfère m'éviter plutôt qu'affronter la réalité. J'ai pris ma décision, d'ici quelques jours, je partirai rejoindre Tess à San Francisco pour débuter mes cours de français. Évidemment, depuis, une guerre froide s'est installée entre nous, mais je ne lâcherai rien.

Je transpire à grosses gouttes sous le soleil cuisant, cette satanée randonnée finira par me tuer tôt ou tard. J'ai pris l'habitude d'escalader les hauteurs de L.A. jusqu'au panneau Hollywood, une petite revanche personnelle sur tous les cours de sport où le prof me traitait d'incapable. Non, je ne suis pas sportive pour un sou, mais je suis déterminée et le panorama en vaut vraiment la chandelle. En revanche, marcher dans la nature me permet d'y voir plus clair. Quand tout est parti en live à la maison, j'aurais aimé pouvoir mettre mon cerveau sur pause, faire taire mes pensées et flanquer un grand coup de pied à mes angoisses. Je n'ai jamais été négative, mais l'issue fatidique de la maladie de ma mère avait recouvert peu à peu mon optimisme. À l'époque, j'avais réussi à dissimuler tout ce que je ressentais, car je ne voulais pas que les autres me pensent faible ou atteinte. J'avais espéré au plus profond de mon être que si ma mère me voyait sourire malgré son crâne chauve, sa maigreur et ses cicatrices, elle finirait par s'en sortir. J'ignorais à quel point cette croyance pouvait être narcissique. Comment moi, Azèle Harris, aurais pu par la simple force d'un sourire déjouer la vie et son destin ?

Dans ma poche, mon téléphone se met à sonner. Je m'interromps sur un rocher pour décrocher.

— Allo ?

— Hey ! Ma Zélou, comment tu vas ?!

Je souris à l'énonciation de ce vieux surnom dans la bouche de Tess.

— Je suis en nage, mais de là où je suis j'aperçois le H et le O, donc je dirais que je ne suis pas trop mal ! m'exclamé-je en riant.

— Non mais… Tu fais cette rando combien de fois par semaine ?! Sans rire, je ne te connaissais pas aussi motivée, même pour un fichu panneau !

Je ris avant de boire quelques gorgées d'eau.

— Comment tu vas, toi ? demandé-je plus sérieusement.

— Oh, la routine… Le restaurant est plein à craquer tous les soirs et Cassius est de plus en plus tendu car il est persuadé chaque soir qu'un inspecteur ou qu'un critique culinaire va débarquer ! Autrement, je t'attends avec impatience, ta chambre est déjà prête, d'ailleurs !

C'est étrange d'imaginer Tess et Cassius travailler ensemble. Cette dernière a été embauchée il y a quelques mois en tant que sommelière dans son restaurant. Elle doit être sacrément douée pour que Cassius ait confiance en elle à ce point. D'autant plus que son restaurant gastronomique a une carte des vins époustouflante à ce qu'il paraît.

— Et ces inspecteurs, ils peuvent vraiment passer à l'improviste comme ça ? m'intéressé-je malgré moi.

— Ben oui, c'est bien là toute la difficulté. Ils ne vont pas s'annoncer avant, ce serait bien trop facile !

J'acquiesce pour moi-même, puis reprends ma marche.

— Bon, tu arrives quand ? Zack s'est calmé ?

— Zack est sous pression, je pense qu'il ne fait pas exprès d'être désagréable à ce point-là… Mais j'avoue que je ne lui ai pas encore dit que ma formation durait trois mois. Je ne préfère pas le brusquer davantage.

Elle soupire à l'autre bout du fil. Je suis consciente d'agir comme une enfant. Je ne le crains pas, cependant la peur qu'il m'empêche d'accomplir mon rêve est bien présente.

— Je pensais que ça allait mieux entre vous ?

— Tess, ça va, ne t'inquiète pas. C'est juste… plus compliqué que ça en a l'air, conclus-je finalement.

— OK…

— Bref ! Prépare-toi à venir me chercher à l'aéroport d'ici quatre jours. J'ai pris mes billets, et je ne compte pas faire marche arrière !

* * *

Le vol est passé en un éclair, et heureusement ! Je me souviens encore de ce voyage pour New York, où ma mère pleine de bonnes intentions avait tenté de me shooter avec des plantes. Évidemment, ça n'avait pas marché ! Pire : j'avais passé les trois quarts du vol aux toilettes, car manifestement, mon intestin ne tolérait pas son mélange de lavande et de valériane.

En descendant de l'appareil, je me rue sur mon téléphone pour prévenir Tess. Presque huit mois séparent notre dernière entrevue, autant dire une éternité.

Depuis l'obtention de mon master, Tess n'a pas arrêté de me vanter San Francisco pour son patrimoine et son architecture. Changer d'air, renouer avec mon amie d'enfance, flâner dans des rues inconnues, consolider mon français, voilà tout ce qu'il me faut.

— Zélouuu !

Une petite tornade s'élance vers moi, en poussant des cris d'hystérie. Perchée sur ses talons de dix centimètres, elle manque de tomber à plusieurs reprises. Je ne perds pas une seconde pour l'imiter, laissant derrière moi sacs et valises. Nos piaillements nous valent quelques regards insistants, mais rien ni personne ne peut nous enlever la joie que nous ressentons à cet instant précis. Nous nous sautons dans les bras, entre rires et larmes, puis nous détaillons tour à tour comme si nous nous redécouvrions.

— Mon Dieu… Je n'y crois pas, tu es là !

Elle plonge sa main dans la mienne, m'entraînant déjà vers la sortie.

— Alors ? Tu as survécu à ce vol d'une heure et demie ? Comment c'était ? As-tu eu la chance de tomber sur un voisin canon ?

J'explose de rire.

— Alors sache que l'avion ne me fait plus peur du tout figure-toi ! Et… non il n'y avait aucun beau gosse à l'horizon ! Ma voisine m'a piqué mon hublot, et n'a cessé de me souffler son haleine fétide au visage. C'était ignoble !

Alors que nous continuons de jacasser, un type en uniforme nous rattrape.

— Mademoiselle… commence-t-il haletant, vous… vous avez oublié vos affaires dans le hall A.

L'air amusé, l'employé de l'aéroport réprime un gloussement, avant que je ne m'empresse d'aller récupérer mes précieuses affaires. Cinq minutes plus tard, nous franchissons enfin les portes de l'aéroport pour rejoindre le parking.

— Je suis rassurée de voir que tu n'as pas changé ! s'exclame Tess en marchant vers sa voiture.

Les roulettes de mon bagage font un bruit infernal, heureusement, ici, le soleil n'est pas aussi agressif qu'à Los Angeles.

— C'est vrai que c'est rassurant de voir que sa meilleure amie a toujours une case en moins !

Elle déverrouille son Range Rover, sans pouvoir s'empêcher de s'esclaffer. Nous hissons ensemble mes affaires dans son coffre avant de nous installer à l'avant. Quelques minutes suffisent à nous engager sur la voie rapide, mon impatience grandissant à l'approche de la découverte de cette ville.

— Bon alors ! Quel est ton programme pour les jours à venir ?

La vitesse fait gronder le moteur. La tête appuyée contre mon siège, un sourire vient fendre mes lèvres.

— Je ne sais pas… Je vais commencer par répertorier tous les musées de la ville, puis les visiter par ordre alphabétique.

— Oh ! Quel programme ! se moque-t-elle gentiment.

— Peut-être me trouver un job, accessoirement.

— Un job ? Là, maintenant ? En plein mois de juillet ?! s'étonne Tess en enfilant ses grandes lunettes de soleil.

— Évidemment ! Je ne vais pas te laisser payer les factures toute seule !

Tess a beau posséder un bel appartement dans Alamo Square, il n'est pas question que je passe les trois prochains mois à sa charge.

— Tu peux rester tant que tu le souhaites, je te l'ai déjà dit !

— Merci, mais il me faudra un job tôt ou tard. Ma formation ne me prendra pas plus de trois jours par semaine. Si je ne fais rien à côté, je risque de tourner en rond.

Le dernier morceau de Harry Styles résonne dans l'habitacle, je monte le volume.

— J'adore celle-ci !

Nous quittons l'autoroute, avec rien d'autre à perte de vue que l'acier orangé du Golden Gate. En quelques secondes à peine, mon cœur bat la chamade ; quel bonheur d'être enfin ici. Voyager m'avait manqué, et me trouver à des centaines de kilomètres de chez moi a quelque chose d'excitant. Du temps pour me retrouver, c'était tout ce qu'il me manquait, et avec ma petite boîte en métal rose rangée dans ma valise, j'ai le sentiment d'embarquer dans mes aventures ma mère et sa folie.

La ville se dévoile sous nos yeux, j'attrape mon appareil photo pour capter toutes les jolies couleurs des maisons victoriennes qui défilent à travers la vitre.

— Parle-moi du restaurant.

— Tu veux que je te parle du restaurant, ou bien de Cassius ?

— Pourquoi je souhaiterais que tu me parles de Cassius ?! m'indigné-je brusquement.

Dans le rétroviseur, j'aperçois mes pommettes se teinter subrepticement de rouge. Je chasse aussitôt les dernières images qui me reviennent en mémoire, sa main tendue, et cette fichue pâte de fruit à la fraise qui m'a épargné bien des soucis.

— Houla, calmos… Je sais que vous ne le portez pas dans votre cœur avec Zack, mais il y a des limites !

— Je n'ai rien contre lui ! Il est juste… *lui*. Et c'est difficile à gérer par moments.

— Je pense surtout que vous lui collez un paquet de procès d'intention qui n'en valent pas la peine.

La voiture ralentit enfin à l'approche d'un grand immeuble en briques.

— Il y a des histoires vieilles comme le monde chez les Murphy, et je peux juste te dire que Cassius y tient sa part de responsabilité !

Je décide de clôturer la parenthèse *Cassius* ici, car je n'ai pas envie d'épiloguer à son sujet. Zack et son frère ont un passé trop chargé. Il leur appartient, mais au fil des années passées avec Zack, j'ai fini par prendre parti. Malheureusement, au vu de tout ce que mon copain m'a raconté, il m'est impossible de plaider en la faveur de mon beau-frère, et ce, même s'il m'a évité de m'étaler sur le sol en beauté. Bien sûr, il m'est arrivé un grand nombre de fois de m'interroger sur leur passif, jusqu'à remettre en question ce que me racontait Zack. J'ai même interrogé mon père, mais ce dernier ne semble avoir aucun avis tant que je suis heureuse et bien traitée. J'en suis venue à la conclusion que ça ne me regardait pas.

— OK, OK… Détends-toi, soupire-t-elle. Le restaurant se trouve sur la baie, proche de South Beach.

J'opine du chef, incapable de me situer dans l'espace.

— Tu verras, les locaux sont incroyables. La carte est renouvelée sans cesse en fonction des saisons, il n'y a que des produits frais. Et surtout, Cassius me fait confiance et me laisse carte blanche dans la découverte de nouveaux cépages.

Plus elle parle, plus ses yeux pétillent.

— Waouh… Je ne t'avais jamais vue si épanouie.

Un peu plus et je pourrais penser qu'elle en pince pour Cassius, ce que je pourrais comprendre. Son physique est tout sauf déplaisant, il avait d'ailleurs un succès fou lorsque nous étions au lycée. Il passait pour le mec inaccessible, énigmatique, froid et cruel, le meilleur mélange pour rendre folles toutes les midinettes en chaleur de notre classe.

— Parce que c'est le cas.

En l'écoutant je l'envie, j'aimerais moi aussi me sentir exaltée en parlant de mon métier. Cependant, les postes de conservatrices, ça ne court pas les rues ! D'autant plus avec Zack sur mon dos, qui préférerait me voir finir femme au foyer, à porter chacun de ses gosses jusqu'à la fin de ma vie.

Après avoir monté les quatre étages qui nous séparent de son appartement, mes jambes me paraissent lourdes et cotonneuses. Son séjour est étonnamment grand, ses murs sont recouverts de vieilles publicités vintage en tous genres et il y a dans l'atmosphère cette petite odeur de fraise vanillée qui ne l'a jamais quittée depuis la primaire. Je n'ai même pas posé un pied à l'intérieur que je me sens déjà chez moi. De grandes fenêtres cintrées font le tour du salon, offrant une belle luminosité et une vue dégagée de la pelouse du square. Entre ces murs, j'ai l'impression que le temps s'est suspendu, quelque part entre les seventies et mon avenir. J'ai enfin la certitude que j'avance.

— Pourquoi je ne suis pas venue avant ?! m'étonné-je en riant.

— Et tu me demandes ça à moi ?! Ma grande, ça fait des lustres que la chambre d'ami t'attend !

Elle me fait une visite détaillée de chaque pièce, sans oublier le moindre bibelot, ni la moindre décoration. Ma chambre est petite, mais douillette. Tess a pris soin de faire le lit, et y a disposé une jolie serviette de toilette rose fuchsia et quelques articles de beauté qu'elle a dû piquer dans des hôtels. Sa manie de tout ordonner, de tout prévoir, me rappelle parfois ma mère et me rassure.

— Merci, lâché-je en m'asseyant sur le bord du lit.

Nous restons quelques secondes à nous sourire, sans avoir besoin de briser le silence. Il n'y a ni gêne, ni malaise, seulement deux amies qui, malgré la distance, sont restées soudées pour affronter les épreuves de la vie.

— Comment va ton père ?

Sa question ne me surprend pas. Mon père va mieux, même si son moral est en dents de scie et qu'il panse encore ses plaies, j'ai l'espoir qu'un jour l'amour frappe de nouveau.

— Ça ira. J'ai confiance en lui, il est sur la bonne voie.

— Et toi ?

— Quoi moi ?!

— Toi, comment tu vas ? reprend Tess, très sérieuse.

J'ai beau être ouverte à toutes les discussions, lorsqu'il s'agit de ma petite personne, je me referme comme une huître. Je ne suis pas la plus démonstrative lorsqu'il est question de mon propre mal-être, je ne vois pas en quoi cela pourrait intéresser les autres. D'ailleurs, même après le départ de ma mère, il ne me semblait pas légitime de souffrir et d'étaler ma peine devant tout le monde.

— Je vais bien. Tu peux dormir tranquille.

Je lui souris, et même si le cœur y est, je suis prête à parier qu'elle ne me croit qu'à moitié.

Chapitre 3

Azèle – 8 ans

À chaque envolée, j'ai l'impression que la balançoire est sur le point de se détacher du portique. Pourtant, la sensation du vide m'attire, j'ai envie qu'il me pousse, encore et encore.

C'est maman qui a craqué la première. Lorsque nous sommes allées dans cet immense magasin, je me suis arrêtée devant la balançoire en bois, et je n'ai plus eu envie de la quitter. Elle m'a fait penser à celle du parc, celui où je retrouve Zack le soir après l'école. J'aime bien Zack, il est toujours partant quand j'ai envie de jouer, il est beau aussi ! Sa mère dit que c'est mon amoureux, et que plus tard nous pourrons même nous marier ! Je ne sais pas encore si j'ai envie, mais en tout cas, là maintenant, je suis à peu près sûre de l'aimer.

— Encore ? Tu n'as pas mal au cœur ?

Je secoue la tête.

— Bien sûr que non, je pourrais passer une journée entière à faire des montagnes russes !

Par-dessus mon épaule, je le regarde me sourire. J'aime bien ses cheveux châtains ébouriffés, ils ont des reflets dorés, comme si le soleil lui avait envoyé des rayons, par-ci par-là.

— On rentre, Zack. Dis au revoir à Azèle.

Derrière nous, son grand frère Cassius l'attend. Il est tout ce que je ne supporte pas, trop grand, trop fort, trop méchant. Cassius a au moins cinq ans de plus que nous, et il me fait peur. J'ai l'impression qu'il est toujours en colère. Il est toujours là, à nous surveiller, c'est nul. Je ne me souviens pas l'avoir vu sans ses sourcils froncés, et je suis presque sûre qu'il me déteste. Mais moi, je ne lui ai jamais rien fait.

— Encore un peu, il fait encore jour ! On a encore le temps ! rétorque Zack alors que la balançoire ralentit.

— Non. Justement, on n'a pas le temps. Ne m'oblige pas à venir te chercher, magne-toi.

Je saute sur le sol avant de me retourner. Zack devient tout rouge, les yeux pleins de colère. Le long de son corps, ses petits poings se resserrent de rage et il tape du pied sur la pelouse de mon jardin.

— Vas-y Zack… De toute façon, ma maman m'attend aussi, murmuré-je à son attention.

Il reste muet, droit comme un I. Pensant bien faire, je caresse son bras, mais il me pousse et me griffe au passage. Je grimace et me retiens de pleurer. Il ne l'a pas fait exprès. Le pauvre… C'est toujours la même chose, Cassius l'énerve tout le temps. Cassius fait toujours tout pour nous rendre malheureux. Autour de mon poignet, une éraflure s'est formée, et une petite goutte de sang perle à la surface. Je n'aime pas la vue du sang, un cri étouffé m'échappe.

— Tu lui as fait mal ? Putain, Zack, qu'est-ce qui cloche chez toi ?!

Peut-être que je ne me sens pas bien à cause de ma petite blessure, ou bien est-ce à cause du liquide rouge qui vient de tacher l'ourlet de ma robe ? En tout cas, je ne les écoute plus du tout. Zack continue de crier, tandis que Cassius arrache un bout de sa chemise. Ma mère arrive tout de suite.

— Les enfants, que se passe-t-il ? Tout va bien ?

Elle comprend juste en nous regardant que je ne vais pas bien.

— Azèle, ma chérie, que t'arrive-t-il ?

Elle s'agenouille devant moi, et je cache ma blessure pour ne plus voir le sang couler.

— Il… il n'a pas fait exprès, sangloté-je.

— Tiens, tamponne-toi avec ça.

Cassius me tend le bout de tissus déchiré, puis s'éloigne avec son frère. Zack ne me lance pas un regard, ne m'adresse pas un pardon. Mais je le sais, ce n'est pas de sa faute. C'est Cassius…

* * *

Cassius – 13 ans

Sur le chemin qui nous sépare de la maison, Zack est ingérable. Je suis obligé de le tenir par le col de son t-shirt pour ne pas qu'il s'écrase par terre. Sa colère est telle qu'il serait capable de se blesser.

— Lâche-moi, lâche-moi !

Une fois derrière la porte d'entrée, il se dégage de mon emprise en hurlant comme un fauve. Les bras croisés, je l'observe un instant. Je trouve son caractère de plus en plus bizarre ces derniers temps.

— Les garçons, mais qu'est-ce que vous faites ?! Cassius, que lui as-tu encore fait ? Et tu as vu l'heure ? Je t'avais dit 17 heures, pas 17 heures 15 !

Pénélope est saucissonnée dans une robe Chanel, ses cheveux sont plaqués sur son crâne en un petit chignon strict et insupportable. Les horaires sont devenus sa principale raison de vivre ces derniers temps. Plus Zack est tyrannique, plus son couvre-feu est avancé. Le problème, c'est que mon père et sa femme comptent sur moi pour garder un œil sur lui. Sauf que j'ai autre chose à faire. Surtout lorsque la plupart du temps, les parents s'auto-persuadent que je suis le déclencheur de ses crises.

— Il a griffé Azèle. Il ne voulait pas partir de la balançoire. J'ai dû le traîner sur le goudron tellement il gesticulait.

Pénélope me toise d'un air dédaigneux, je sais qu'elle ne croit qu'une partie de mon récit. Pourtant aujourd'hui, son regard me paraît plus inquiet, comme si elle prenait enfin la mesure et les conséquences des actes de son fils.

— Azèle s'en remettra. Je te préviens Cassius, tu n'as pas intérêt à aller ébruiter tout ça.

Je passe mon chemin et monte les escaliers qui me séparent de ma chambre.

Les heures qui suivent sont insupportables. Je suis allongé sur mon lit, à regarder le plafond blanc immaculé. J'espère qu'Azèle va bien, je sais qu'elle redoute la vue du sang…

Malgré la taille démesurée de la maison, les cris stridents de Zack résonnent à travers les murs. Mon père est semble-t-il rentré du travail, puisque sa voix se mêle à cette cacophonie. Le pire, c'est que je m'en accommode, car ce genre de soirée est devenu mon quotidien. Tout à coup, des objets se brisent contre le sol, Pénélope éclate en sanglots et j'entends mon père courir à l'étage. Il déboule dans ma chambre, la chemise débraillée et les cheveux en pétard.

— Qu'est-ce que tu as encore fait pour le mettre dans un état pareil ??? Hein ? Qu'est-ce que tu as fait, Cassius ?

Je ne cherche pas à me justifier, sachant pertinemment que ma réponse ne sera pas prise en compte. Cela fait des mois que ses changements d'humeur rythment nos journées, j'aimerais seulement me retrouver seul de temps à autre. Cette famille est toxique, à moi de trouver ma porte de sortie au plus vite.

Chapitre 4

Qu'importe ce que te criera le monde entier,
Tant que tu écouteras ton cœur, alors nous serons ensemble,
À marcher dans la même direction, à faire le bon choix.

Azèle

Ce matin, j'ai eu du mal à émerger, sans doute car j'ai passé la nuit à me réveiller en sursaut me demandant où j'étais. Et chaque fois, la lueur multicolore de l'imprimante posée sur le bureau me renvoyait au moment présent. Saleté de petite lumière, ce soir, je n'oublierai pas de la débrancher. Je suis de ceux qui ne dorment que dans le noir complet, sans le moindre interstice de luminosité. Il en va de même pour tous les bruits insupportables de la nuit, même les plus insignifiants ; le tic-tac d'une horloge, l'ultrason d'un appareil électronique, le goutte à goutte d'un robinet ou d'une chasse d'eau qui fuit.

Le vélo que Tess m'a laissé est une véritable torture. Les deux-roues ne sont décidément pas faits pour moi. Cette ville est certes très jolie, mais les côtes, les dénivelés et la circulation sont abominables. Heureusement, les températures sont relativement fraîches malgré l'heure avancée de la journée. San Francisco n'est pas réputée pour ses chaleurs.

À l'angle d'une rue, mon attention s'attarde sur la devanture d'une boutique de décoration, la vitrine est pleine à craquer : des bougies aux senteurs improbables, des coussins aux textures soyeuses, des bibelots inutiles, en passant par des vases en poterie, et des luminaires en raphia… Un véritable bordel organisé, qui pourtant m'interpelle. Et sans le réaliser, l'intensité de mes talons n'est déjà plus la même sur mes pédales. Je suis trop concentrée sur les chiffres astronomiques qu'indiquent les étiquettes pour entendre les coups de klaxons qui envahissent la rue.

— 200 balles ? Ils sont malades ici ! m'indigné-je pour moi-même.

Je n'ai jamais manqué d'argent, pourtant j'ai toujours eu du mal à dépenser autant pour des choses si futiles. Alors que je continue de lorgner la vitrine, je sens le tas de ferraille sur lequel je suis assise se diriger dangereusement vers l'asphalte. Avant que je puisse réagir, la plainte lancinante d'un klaxon me parvient, suivi de tout un tas d'insultes que je n'ose même pas citer.

— Putain, et les pistes cyclables, c'est pour les chiens ?! Ces cyclistes… quelle bande de cons !

En me retournant, j'aperçois un homme beugler sur son siège conducteur, cet – adorable – énergumène a même pris soin de baisser sa vitre passager pour que ses propos me parviennent. Pour qui se prend-il, bon sang ?! Est-ce leur manière de s'adresser aux autres ici ? Mon sang bouillonne, et alors que je m'apprête à rétorquer, mon guidon vacille sans que j'aie le réflexe de poser un pied à terre. À l'arrêt, avec lenteur, je m'effondre ridiculement sur le goudron. Pendant un laps de temps très court, mais qui pourtant me semble infini, je garde les yeux fermés, persuadée que je suis gravement blessée. La honte ne m'effleure même pas l'esprit, je suis trop en colère contre le type qui m'a déconcentrée.

— Tout va bien, mademoiselle ?

Une femme s'agenouille près de mon visage, puis me tend sa main pour m'aider à me relever. Je me débarrasse de la poussière accumulée sur mes paumes, et grimace lorsque je sens ma chair arrachée par endroits.

— Merci… Je ne serais jamais tombée si ce fou à lier ne m'avait pas insultée ! pesté-je en récupérant mon vélo.

L'envie de partir à la poursuite de cet inconnu est plus forte encore que la douleur causée par ma chute.

— Vous êtes certaine de ne pas vouloir vous asseoir ?

— Non non… Je vous remercie madame, je vais me remettre en route ! Je vais très bien, merci !

En réalité, une petite pause sur le banc derrière nous n'aurait pas été de trop, seulement il est déjà 17 heures, et Tess doit m'attendre depuis un moment. En essayant de garder une certaine dignité, je m'installe de nouveau et m'élance dans un coup de pédale.

— Oh… Mademoiselle ! Vous feriez mieux d'utiliser la piste… Cette fois-ci.

Je lance un regard en arrière, hoche la tête et me dirige sur cette fameuse piste cyclable, qui – je dois l'admettre – est bien plus adaptée. Et voilà comment en l'espace d'une petite heure, Azèle Harris parvient à ameuter tout le quartier. Je ne sais pas si ma maladresse est un don du ciel, comme le disait ma mère, ou si elle ne représente pas le plus gros fléau de mon existence.

Même si Tess s'est tuée à m'expliquer le chemin à prendre pour rejoindre son travail, j'ai l'impression d'évoluer à l'aveuglette entre tous ces quartiers semblables. Néanmoins j'apprécie la balade, les odeurs que m'offrent les quelques *food trucks* sur les trottoirs mêlées aux embruns, et l'architecture victorienne des maisons qui m'entourent. En passant devant le Asian Art Museum, je repense à mes cours, à l'importance de l'influence asiatique pour cette ville, et bien que je n'aie d'yeux que pour la France et la beauté de son histoire, je me fais la promesse d'y faire un tour pendant mon séjour ici.

Après quelques kilomètres, mes mollets ne sont plus que plomb et douleur, sans parler des fines gouttelettes de sueur que je sens perler sur mon front. Heureusement, j'aperçois enfin les mâts des bateaux se dresser vers le ciel nuageux, et le rire des mouettes percer malgré la circulation. Arrivée sur le port, je décide d'attacher mon vélo et de marcher les quelques mètres restants. Si je ne me trompe pas, le *French Sky* ne devrait plus être loin. Selon Zack, le choix du nom de son restaurant laisse à désirer. Je me rappelle encore le jour où nous avons appris qu'il ouvrait cet établissement, Cassius n'avait rien dit à personne, encore moins à sa famille. Tout le monde était sous le choc, d'abord car Kurt et Pénélope ignoraient d'où il sortait tout cet argent, mais surtout car son père espérait encore que son fils change de voie. Pour lui, la restauration et la gastronomie, c'était trop abstrait, c'était beau chez les autres et puis c'est tout. Pour ma part, je n'avais pas été surprise. Déjà enfant, Cassius maniait les fourneaux à la perfection, adolescent il s'était pris d'amour pour les cocktails, et à présent il semble que le vin soit devenu sa nouvelle passion.

Après deux ans d'existence, me voilà donc sur le point de découvrir ce restaurant légendaire, un établissement réputé qui fait largement parler de lui. Je suis anxieuse à l'idée de croiser Cassius pour la première fois depuis notre entrevue à la fête nationale. J'ignore s'il est au courant de ma venue à San Francisco, j'imagine que Tess a dû l'en informer, néanmoins je n'aimerais pas m'incruster sur son lieu de travail sans y être invitée.

Tess est persuadée qu'il n'y verrait aucun inconvénient, c'est d'ailleurs pour cette raison qu'elle m'a proposé de venir y boire un verre.

Le *French Sky* surplombe les quais avec grâce et désinvolture. Le bâtiment se détache du reste, entre la mer, les buildings et le stade de l'Oracle Park, de larges baies vitrées laissent entrevoir l'intérieur chic et moderne du restaurant. La façade est un mélange de briques rouges new-yorkaises et de fenêtres noires à croisillons. La porte d'entrée me paraît immense, pourtant le tout s'accorde à la perfection, comme si chaque détail avait été minutieusement étudié. Tout le long de la devanture, une glycine du Japon mauve se mélange à un lierre grimpant, apportant la touche végétale parfaite pour casser le style froid et industriel. Incrustée dans la pierre, l'enseigne du restaurant luit en lettres d'or. Ni plus, ni moins. En dépit des prix exorbitants de la carte, cet endroit n'est pas prétentieux, certainement grâce aux ouvertures sur la ville, ainsi les clients peuvent voir l'ambiance du restaurant sans même avoir à y entrer. Ce qui est un atout, selon moi… Mais après tout, qu'est-ce que j'y connais ?

À l'instant où je pénètre les lieux, une odeur de beurre et de persillade me chatouille les narines. Il est à peine 18 heures, pourtant ici c'est déjà l'effervescence. Les différents responsables s'affairent à leurs tâches, préparant en amont les entrées, mets et entremets, nettoyant les surfaces jusqu'à la dernière poussière, alignant les couverts au centimètre près. Rien ne semble laissé au hasard : du choix du mobilier design aux coloris ocre et orangé des longues banquettes en velours, qui contrastent avec le papier peint sombre des murs. Au-dessus de chaque table, un luminaire doré est suspendu et apporte une certaine légèreté au décor. Au centre de la salle, la cuisine vitrée s'invite au milieu des tables et des chaises, comme un spectacle sous cloche.

— Ah tu es là ! J'étais à deux doigts d'appeler les flics pour disparition !

Derrière moi, la voix de Tess se fraye un chemin jusqu'à mes oreilles.

— Bon sang… Ce restaurant est fabuleux ! m'extasié-je.

Mon amie m'emporte avec elle par le bras.

— Je te fais la visite !

— Tu… Tu crois ? Je n'ai pas envie de déranger !

Elle contourne quelques tables sans me laisser le temps de répliquer, et passe derrière un long comptoir en marbre noir. Derrière, un immense mur se pare d'étagères miroirs, sur lesquelles trônent des centaines de bouteilles d'alcool en tous genres. Je reste sans voix, tant je suis impressionnée.

— Je t'offre un verre, ou… tu préfères rester statique avec cet air de merlan frit ?

Je fronce les sourcils et secoue la tête pour retrouver contenance.

— OK, OK… Je veux bien un gin tonic !

— Tiens, ça m'aurait étonné ! glousse-t-elle.

Malgré son mètre soixante-dix, elle emprunte un marchepied pour attraper une bouteille bleutée agrémentée d'une étiquette jaune.

— C'est un gin français, fabriqué en Charente.

— *Charente ?*

J'essaye de me souvenir du nom de cette ville aux consonances étranges, cela dit, ça ne me dit rien du tout.

— Eh bien ! Pour une amatrice de gin et de France, tu n'es pas très à jour ! se moque-t-elle.

Moulé dans un t-shirt noir, un grand brun aux allures sportives prend place à ses côtés avec un sourire en coin.

— Bonsoir.

Il me semble qu'il s'adresse à moi.

— Euh… Bonjour… Bonsoir.

— Alors comme ça, on fait picoler ses amies ?

Il se baisse pour ouvrir un placard dissimulé sous le bar, puis réapparaît avec un shaker en inox.

— Tais-toi Jay, je lui offre juste un petit verre de bienvenue.

Tess ajoute le tonic et dépose une fine tranche de citron à la surface, quelques glaçons s'entrechoquent quand elle le pose devant moi.

— Oh… j'allais oublier ! Jay, je te présente Azèle, ma meilleure amie.

Elle insiste sur ce dernier détail, tandis qu'un rictus amusé reste imprimé sur la bouche de ce dernier.

— Enchanté.

J'avale une première gorgée, avant de lui répondre.

— Contente de te rencontrer, Jay !

— Jay, Tony a besoin de toi en cuisine. Tout de suite.

Je sursaute et manque de m'étrangler, lorsque la voix grave et tonitruante de Cassius retentit derrière moi.

— Bien, chef.

Il ne perd pas une minute avant de décamper. Dans mon dos, je devine le bruissement d'une veste qu'on retire, avant que des pas se rapprochent. Tess se crispe, les yeux rivés droit devant elle.

— Salut, Cass… J'ai pensé que ce serait une bonne idée de faire visiter la maison à Azèle.

Elle donne l'impression de se justifier, elle paraît mal à l'aise. Merde, c'était pourtant son idée, elle m'avait convaincue que Cassius ne s'y opposerait pas ! Incapable de me retourner ou d'émettre le moindre son, je noie ma gêne dans mon verre d'alcool. Sauf que… Non de dieu, ce gin est si bon qu'il m'est impossible de retenir un soupir d'extase.

— Je vois que tu te régales, Azèle, persifle-t-il en prenant place sur le tabouret à ma droite.

À l'instant où ses iris dorés me percutent, j'ai le sentiment d'être propulsée tout droit sur la calotte glaciaire de l'Antarctique. Sans détourner mes yeux, je tiens bon et avale une énième gorgée.

— Ce gin est une tuerie ! m'exclamé-je alors pour détendre l'atmosphère.

Tess ne se cache pas pour pouffer.

— Tu as couru un marathon ou quoi ? me demande-t-il en se penchant vers moi.

Avec difficulté, je chasse une mèche de cheveux pleine de sueur encore collée à mon front. Je hais définitivement le vélo.

— Pas du tout ! J'ai vécu une épopée dans les rues dangereuses de San Francisco ! Voilà tout.

Je crois voir la commissure de ses lèvres se relever, ou bien est-ce un mirage… Tandis que je gesticule mal à l'aise sur mon siège, lui retrousse les manches de sa chemise blanche jusqu'à faire apparaître ses avant-bras, le tout avec un calme olympien. Il se sert un whisky pur, dégage une cigarette de son paquet pour venir l'allumer dans la foulée, alors qu'il est pourtant interdit de fumer dans les espaces publics. La fumée qu'il dégage forme un amas blanc, mais cela ne semble déranger personne. Quand bien même, à cette seconde précise, je ne connais aucune âme capable de venir l'interrompre. Ici, nous sommes chez lui, c'est son territoire, et ça se ressent.

— Une épopée… ? Intéressant, reprend-il en trempant sa lèvre supérieure dans le liquide ambré.

— Rien qui te concerne.

— Ah très bien. Et, ce que tu fiches dans mon restau, ça me concerne, non ?

Je mordille ma joue, tout en faisant tournoyer ce qui reste de mon nectar.

— Je… Je suis là pour commencer des cours de français…

— Je lui ai proposé de boire un verre, Cass. C'est tout, nous coupe Tess sans prévenir.

Cassius hoche la tête, tire violemment sur son filtre avant de faire glisser son paquet vers mes mains.

— T'en veux une ? Autant faire les choses jusqu'au bout, tu te rinces à mon bar, tu vas sans doute manger ici ce soir… Enfume-toi les poumons avec moi, je t'en prie.

La pointe de sarcasme dans sa voix me rappelle tout ce que j'exècre chez lui. Pourquoi se sent-il obligé de teinter chaque conversation avec cette suffisance ? Comme s'il ressentait le besoin d'exister à travers son agressivité !

— Tu as un train de retard, Cass. Je ne fume plus !

Heureusement, Tess ne m'a pas entendue, ce mensonge est certainement le plus hilarant d'entre tous.

— Bien... J'ai du mal à te croire, mais soit.

Il s'interrompt quelques secondes, j'en profite pour me donner une prestance en vérifiant mes mails et mon fil d'actualité Instagram.

— Des cours de français hein ? Je croyais que tu maîtrisais déjà cette langue à la perfection ?

Je fais claquer ma langue contre mon palais, il m'agace...

— C'est drôle, je n'aurais jamais pensé que tu en connaisses autant à mon sujet ! rétorqué-je avec ironie.

J'aurais aimé lui clouer le bec, seulement Cassius est plus fort à ce jeu-là. Il en est le roi, c'est peut-être même lui qui l'a inventé.

— Azèle...

Il se rapproche de moi, son coude en équilibre contre le comptoir, imperturbable malgré ses cendres qui s'écrasent sur le marbre.

— Tu es un livre ouvert, et tu sors avec Zack depuis mille ans. Rien ne m'échappe. J'entends tout, je vois tout, tu te souviens ?

Mon cœur caracole sous mon t-shirt blanc, moi qui avais enfin perdu mes quelques degrés en trop, me voilà de nouveau en ébullition. Non pas car Cassius me fait de l'effet, mais parce que ses paroles résonnent en moi. Il est vrai qu'il connaît un paquet de détails à mon sujet, et le savoir à m'épier depuis toutes ces années me révulse.

— Je ne veux pas vous interrompre, mais, Azèle, ton portable n'arrête pas de vibrer.

Confuse, je romps le contact visuel que m'imposait Cassius avant de décrocher.

— Zack ? Tout va bien ?

À l'évocation de son frère, Cassius se renfrogne, écrase son mégot et descend cul sec son scotch.

Zack me crache toute sa colère en quelques phrases. Il est furieux de ne pas avoir eu de mes nouvelles depuis ce matin, furieux car il a échoué à son dernier examen, furieux car ses parents ont – justement – décidé de réserver pour la première fois au *French Sky* dans une semaine. Apparemment, ils veulent profiter de ma présence sur place pour découvrir le restaurant et le talent « caché » de Cassius.

— J'y suis, là, réussis-je à placer entre deux phrases.

— Comment ça, tu y es ?!

Zack aboie tellement fort dans le combiné que notre échange n'a plus de secret pour mon beau-frère. Et comme je le présageais, cette réunion familiale au *French Sky* n'annonce rien de bon.

— Oui, Tess travaille là-bas, tu le sais bien.

— Non, tu ne m'en as jamais parlé !

— Je t'assure que si, soufflé-je avec impatience.

— Bon, eh bien maintenant tu rentres. Tu n'as rien à faire là-bas, tu pactises avec le diable ou quoi ?!

Cassius siffle entre ses dents, sans pouvoir s'empêcher de rire nerveusement, et je dois bien avouer que cette conversation est ridicule. Je suis à deux doigts de raccrocher, mais le principal intéressé me devance en s'emparant de mon téléphone.

— Un problème, Zack ? Pourquoi te sens-tu obligé de passer tes nerfs sur les autres, alors que tu es le seul responsable de ton état ? Azèle est suffisamment grande pour savoir ce qu'elle a à faire. Pour l'instant, elle est en train de se saouler à mon bar, et quand elle aura terminé, je la mettrai dehors…

Il marque un silence avant de conclure :

— Ah, et une dernière chose : arrête de perdre ton temps dans ces études de médecine si tu finis toujours au rattrapage. Rentre chez toi, dors, mais surtout… Prends soin de toi.

Sa tirade terminée, il raccroche l'air de rien puis me balance mon iPhone. Son verre est vide, pourtant il gobe un glaçon qu'il croque entre ses dents. Sa mâchoire tressaute, mais il ne tique pas un instant. Impuissante, je reluque ses moindres faits et gestes, comme si j'avais affaire à un extraterrestre. Il vient sans doute de déclencher la troisième guerre mondiale, pourtant ça ne semble pas le tracasser. J'aimerais répliquer, lui expliquer dans quelle merde il vient de me mettre pour les prochaines heures, jours, voire mois à venir, mais je n'en fais rien. Car même si je ne suis pas d'accord pour la forme, j'adhère avec le fond. Voilà quelque temps que Zack mérite une piqûre de rappel.

— Juste pour info, je ne me saoule pas !

Il quitte son tabouret et attrape une blouse noire de l'autre côté du bar, qu'il enfile devant moi. Au niveau de son torse, *Cassius Trinisky* est brodé au fil doré. Cette tenue lui va bien, la couleur sombre exacerbant un peu plus son côté tout-puissant. Alors qu'il s'éloigne sans même me dire au revoir, son rire rauque se répercute autour de nous.

— J'espère bien, car je n'ai plus une seule pâte de fruit en stock ma belle.

Je m'apprête à objecter, outrée qu'il ait osé remettre cet épisode sur la table, mais il n'est déjà plus là.

Après avoir rapidement fait le tour du restaurant en me faisant le plus discrète possible, j'ai décidé d'attendre Tess à l'extérieur. En regagnant le trottoir, je profite de ce laps de temps pour allumer une cigarette. Quelle connerie ce mensonge ! Cela dit, voilà déjà un an que je me cache aux yeux de Zack et ses parents, alors je suis plutôt bien entraînée. J'ai essayé d'arrêter, cinq fois pour être exacte, chaque tentative s'est soldée par un échec cuisant. Je pense que la nicotine m'a véritablement ravagé le cerveau, car après seulement 24 heures d'arrêt, j'avais chaque fois l'horrible sentiment de perdre une vieille amie.

— Libérée ! On peut y aller ! s'écrie Tess en déboulant sur la chaussée.

Je sais qu'elle risque de me poser un tas de questions par rapport à Cassius, Zack et nos relations explosives. Mais je ne suis pas vraiment disposée à lui répondre. Je préfère garder le silence tout en évoluant sur le port, où des yachts luxueux sont parqués les uns après les autres. Alors que nous arrivons à hauteur de mon vélo, le souvenir de ma chute me revient en mémoire.

— Qu'est-ce qu'ils ont ici avec les cyclistes novices ?!

Mon changement de sujet a le mérite de la détourner de ses pensées.

— Que… quoi ? Qu'est-ce qu'il t'est arrivé encore ?!

— Un connard m'a roulé dessus !

Elle secoue la tête en riant.

— Ben voyons ! Si c'était le cas, tu ne serais pas là, à essayer de déverrouiller ce cadenas !

Accroupie, j'ai beau enchaîner les codes les uns après les autres, cette saleté de cadenas rouillé ne cède pas.

— Raconte, tu as eu un souci ? Où ça ?

Tess s'agenouille à mes côtés, et fait rouler les numéros. Deux secondes plus tard, un cliquetis retentit et la roue est délivrée. Elle me regarde, l'air triomphant.

— Bon, ça va, j'avais juste oublié le code ! Arrête avec ce sourire victorieux !

— Bon alors ? Raconte ! C'est quoi cette histoire ?

Je me poste à gauche du vélo, et pousse le guidon en continuant notre route.

— J'étais tranquillement en train de me promener quand un énorme pick-up m'a presque renversée ! Le mec m'a littéralement insultée à travers sa vitre.

— Ah oui ? Un énorme pick-up tu dis ?

— Énorme.

— Il était noir ?! Rayé, avec un phare en moins ? Immatriculé NX…

— Attends, attends… t'es en train de me dire que ce putain de pick-up appartiendrait à Cassius ?! la coupé-je hors de moi en lui attrapant le bras.

— Euh… Déjà, tu vas me lâcher, et ensuite… Oui, il se pourrait bien que Cassius soit à l'origine de ta chute.

Comment n'ai-je pas pu faire le rapprochement plus tôt ! Pick-up, Cassius, les insultes… Je secoue la tête, les yeux exorbités par la surprise.

— Pourquoi ne s'est-il même pas arrêté pour savoir si j'allais bien, tu crois qu'il m'a reconnue ?!

— Tu sais, il y a beaucoup de choses que Cassius ne supporte pas, les cyclistes roulant n'importe comment en font partie.

— Eh oh !

— Ne te vexe pas, mais je t'ai déjà vue sur un deux-roues, et ce n'est pas beau à voir, se moque-t-elle.

Je soupire vaincue.

— Bon, j'avoue : je suis tombée à l'arrêt. Mais à ma décharge, ce magasin de décoration était beaucoup trop attractif.

— Oh, le magasin de décoration sur Mason Street ?! reprend-elle.

— Aucune idée, tout ce que je sais, c'est que la moindre babiole coûte 200 balles !

— Ouais, c'est bien la boutique de Mason Street, conclut-elle.

Son rire tonitrue entre nous, ses pommettes roses se bombent à mesure que son sourire s'élargit.

— Plus sérieusement, Cassius n'a pas dû comprendre qu'il s'agissait de toi. Il est peut-être sauvage et renfrogné, mais il a tout de même un cœur !

— Un cœur ? Je ne sais pas si on parle de la même personne.

Au centre de ses yeux bleus, j'entrevois une réelle empathie à son égard. Il est vrai qu'en le côtoyant chaque jour, elle est peut-être celle qui le connaît le mieux. Elle le voit évoluer dans son élément, et détient des facettes de sa personnalité qui me sont totalement inconnues. Malgré son aversion pour son frère, il lui a tout de même conseillé de prendre soin de lui, après tout !

Nous atteignons une rue plus passante, Tess me propose de prendre un *streetcar*. Ces anciens tramways datent de plus de 150 ans, il me semble en avoir vu quelques-uns serpenter dans les rues tout à l'heure.

— Comment ça se passe avec Zack ? Ç'avait l'air tendu entre vous au téléphone…

Je savais que ce sujet finirait par arriver.

— Zack est particulier ces derniers temps. Je pense qu'il fait face à une pression professionnelle dont il n'a pas l'habitude. Ça finira par se tasser…

— Ces derniers temps ? J'ai l'impression que ça fait des années que tu lui trouves des circonstances atténuantes. Si tu n'es pas heureuse avec ce mec, pourquoi rester avec lui ?

Je soupire en repensant à nos débuts, au petit garçon qu'il était, et à l'adolescent que j'ai découvert par la suite.

— Je… je crois que je me raccroche à des souvenirs.

À travers ma réponse, j'essaye surtout de me convaincre que tout se finira bien. Que notre amour connaîtra un nouveau souffle, que nous arrêterons de nous affronter dès qu'il s'agit de notre avenir. J'espère au plus profond de mon être que personne ne souffrira, qu'il cessera d'étouffer mes rêves, mes envies, mes aspirations… Qu'il m'aimera encore tout simplement.

Chapitre 5

Santa Barbara

Cassius – 21 ans

Comme souvent, cette soirée est une calamité. C'est la spécialité de Bryan Powel, d'organiser ces fêtes minables, où l'alcool coule à flots et où toutes sortes de produits circulent. Les filles sont à peine vêtues, ce qui ne laisse aucune place à l'imaginaire. Comme Bryan a toujours peur des débordements, il m'appelle. Je suis, à 21 ans, le seul qui les dépasse tous d'une tête ou deux, je suis le colosse, l'animal fou, la bête qui en une seconde peut vriller du mauvais côté. Du moins, c'est ce que j'aime laisser paraître et ça m'arrange bien qu'ils me croient tous capable de les écraser.

Ici, il y a plus de gamins de l'âge de mon demi-frère que de jeunes adultes majeurs, et pourtant, ça ne les empêche pas de se la coller. Zack est un adepte de ces soirées-là, je dirais même qu'il ne vit que pour elles. À 16 ans, c'est le lot de la moitié de la côte ouest ; tandis que les parents pensent naïvement les déposer à l'anniversaire gentillet d'un petit voisin de classe, leurs gosses y vont à coups de poudre dans le nez. J'ai beau détester tout ce qui touche de près ou de loin à Zack Murphy, mon géniteur et ma salope de belle-mère, je n'ai pas suffisamment confiance en lui pour le laisser évoluer tout seul dans cette baraque au bord de la plage. Et puis, j'ai entendu dire qu'il y aurait Azèle Harris, je n'ai pas envie qu'il lui arrive malheur.

Je suis accoudé contre le chambranle de la porte d'entrée, les hurlements des uns et des autres venant déranger mes pensées. L'ambiance est rythmée par des jeux d'alcool sans intérêt, les danses sulfureuses des nanas sur la table de la cuisine, et les allers-retours entre la plage et le séjour. Mon verre de whisky est déjà presque vide, ce qui risque d'être problématique pour survivre à ces instants. Alors que je m'apprête à regagner la cuisine, Bryan déboule à mes côtés.

— T'en veux ?

Les pupilles dilatées, il agite sous mon nez un sachet de poudre blanche, convaincu de pouvoir me donner envie.

— Dégage ta merde.

Je rejette son bras avec véhémence, avant de m'installer dans le fauteuil sur la terrasse. Devant moi, la lune éclaire le ciel d'une lueur puissante, presque hypnotique.

— Ton frère ne te ressemble pas. Si tu savais le nombre de rails qu'il vient de s'enfiler dans les chiottes ! s'esclaffe-t-il.

Je grogne pour toute réponse, pas particulièrement inquiet pour Zack. Il peut bien lui arriver des emmerdes, il l'aura mérité. Or, je reste préoccupé par toutes ses actions susceptibles de causer du tort aux autres.

— Ce n'est pas mon frère, répliqué-je en calant une cigarette entre mes lèvres.

— Oh oui pardon ! « Demi » ! C'est vrai que ça change tout !

Je ne suis pas venu pour emplâtrer qui que ce soit, mais si Bryan continue, j'y serai forcé.

— Ça change tout, oui.

Il s'assied à son tour, gesticulant comme une pile à côté de moi. Stoïque, je contemple les vagues qui déferlent contre le rivage. Au loin, un groupe de filles remonte la petite dune dans notre direction. Azèle en fait partie. Dans son bikini rose bonbon, elle ne semble pas souffrir une seconde de la fraîcheur de la nuit, alors que ses copines grelottent de tous leurs membres.

— Putain, qu'est-ce qu'elle est bonne ! souffle mon voisin sans une once de discrétion.

Je n'ai pas besoin de demander de qui il parle. Azèle Harris, cette boule d'énergie dissimulée sous son corps si mince, et son rire magnétique. Sa longue chevelure auburn encadrant son visage mutin. Azèle Harris… Elle était le rêve de tous les lycéens prépubères, mais le cauchemar de toutes les lycéennes. Quand une moitié voulait la baiser, l'autre voulait la voir morte. Elle crevait des cœurs avec son regard menthe à l'eau, sans même avoir à prendre la parole, et le pire, c'est qu'elle n'en avait pas conscience. Cinq ans de moins que moi, et pourtant elle parvenait parfois, je dis bien parfois, *à me faire de l'effet.*

— Est-ce que vous auriez vu Zack ? nous interroge-t-elle en essuyant les quelques gouttelettes qui dégringolent entre ses seins.

Elle n'a pas idée à quel point Bryan doit se contrôler pour ne pas lui sauter dessus. Voilà cinq mois que Zack et Azèle sortent ensemble, des semaines que ces deux-là passent le plus clair de leur temps à roucouler. Pour le plus grand bonheur de mon père et de Pénélope : Azèle Harris est à leurs yeux la belle-fille parfaite ; bien élevée, jolie, et issue d'une bonne famille. Je suis même certain qu'il n'y a pas de hasard dans toute cette histoire ; à force de pousser Zack vers elle, cet imbécile a fini par craquer.

Tess se dandine d'un pied sur l'autre sans oser me regarder, tandis que les deux autres gloussent sans retenue. Seule Azèle semble immunisée, comme si je ne lui procurais rien d'autre que du dégoût. Voilà déjà un certain nombre d'années qu'elle me côtoie, et je me demande bien ce que Zack lui raconte à mon sujet. Je suis prêt à parier qu'il n'y va pas de main morte.

— Il était très occupé dans les toilettes tout à l'heure ! lui répond Bryan en pouffant.

Je lui assène un coup de coude. Savoir que son cher et tendre se défonce sur la cuvette pourrait bien l'anéantir. Azèle est du genre à l'idolâtrer, son avis sur lui est biaisé de tous les côtés, et peut-être qu'il est plus sage qu'elle ne sache rien, pour l'instant. Ses allers-retours entre le centre de cancérologie, le lycée et sa maison ont rythmé ses derniers mois. Elle ne mérite pas ça, alors parfois il est préférable de masquer les vérités.

— Comment ça ?

Elle fronce les sourcils.

— *Je vais le chercher, tranché-je finalement.*

Je me lève, sentant encore sur moi le regard de chacune d'entre elles. En pénétrant le séjour, je sonde les visages, cherche la touffe châtain clair de Zack parmi la cohue, mais je ne trouve pas l'ombre de mon stupide demi-frère ici. Je ne perds pas une seconde pour gravir les marches de l'escalier qui mène à l'étage, mon cerveau tourbillonnant à plein régime. Mauvais pressentiment. *J'ouvre les portes à la volée, incapable de me contrôler plus longtemps. Derrière la première, une fille est à genoux la tête dans la baignoire en train de vomir ses tripes, la seconde abrite un groupe qui s'enfume joyeusement les neurones, tandis que la dernière est verrouillée.* Putain. *Je n'ai pas besoin de plus de temps pour percuter. J'ai laissé Zack il y a trente minutes dans le canapé, une blonde peroxydée pendue à son cou. Des gémissements mélangés à des souffles saccadés traversent les cloisons. Je tambourine comme un forcené contre le battant, la rage galvanisant mes poings, mes nerfs tendus comme un arc.*

— *Putain d'enfoiré. Zack, sors de là ! fulminé-je.*

Mes cris résonnent malgré les baffles, ameutant une bonne partie de la fête en contrebas. Je ne peux m'empêcher de penser à Azèle, elle ne mérite pas ça. Alors que je m'apprête à foncer dans la porte à coups d'épaule, un cliquetis retentit et la poignée s'actionne. Les yeux explosés par l'alcool et la drogue, le faciès de Zack ne ressemble plus à rien. Ses joues recouvertes d'un petit duvet de poils clairs sont teintées de rouge, et quelques gouttes de sueur s'accumulent à la naissance de ses cheveux. Derrière lui, la blonde ne sait plus où se mettre.

— *T'es content,* frérot ?

Je ne supporterai pas longtemps qu'il me parle sur ce ton, néanmoins je prends sur moi.

— *On rentre !*

— *Va te faire foutre, Cass. Je ne suis pas ton putain de chien.*

J'attrape la main de la fille qui se cache toujours dans l'ombre de la chambre et lui ordonne de décamper. Elle obtempère les larmes aux yeux et descend à toutes jambes, écrasée par la honte.

— *Toi, tu la fermes et tu me suis.*

J'empoigne le col de Zack, et le traîne de force derrière moi. À l'inverse de son plan cul, il tente de se défaire de mon emprise. Il gesticule, se contorsionne, puis, hargneux, me mord l'avant-bras. Je peste entre mes lèvres, mais ne faiblis pas.

— *Qu'est-ce qui te prend de faire ça à Azèle ? Et si c'était elle qui t'avait trouvé ? Bon sang Zack, tu ne vaux décidément rien.*

— *Je te jure que tu vas me le payer, me crache-t-il, ses pupilles de plus en plus dilatées.*

Je ricane face à l'ironie de la scène, je vole au secours de son couple, et il voudrait me faire « payer »... quoi au juste ?

— Tu vas déjà te recoiffer discrètement, fermer ta putain de braguette, et dire à Azèle que tu ne te sens pas très bien. Et une fois arrivé à la maison, on réglera nos comptes. Pas avant.

Sa bouche s'étire, affichant un sourire glorieux, presque sinistre. Comme s'il aimait faire le mal autour de lui, comme si sa part d'ombre ne laissait plus un seul interstice de lumière. Et lorsque ses traits deviennent aussi sombres, je ne vois en lui que mon père, sa femme et tous ces gens auxquels mon nom se rattache et qui pourtant me demeurent insaisissables. Cette famille à laquelle j'appartiens par le sang, cette même famille qui n'en a jamais été une. Son air cauchemardesque a le mérite de me déconcentrer un instant. L'instant de trop, puisqu'il en profite pour me décocher une droite. Évidemment, son attaque ne me fait ni chaud ni froid, il n'est pas de taille, n'a aucun entraînement et ne mesure pas plus d'un mètre soixante-quinze. Ce qui est beaucoup, beaucoup, beaucoup trop petit pour me faire le moindre effet. Cela dit, c'est suffisant pour réveiller la bête qui sommeille en moi, et il le sait.

La fin de cette soirée est cataclysmique. Un amas se forme autour de nous deux. Je fais ce que je ne dois surtout pas faire : perdre le contrôle. Le sang gicle, des hurlements fusent, nous réglons nos comptes comme deux bouchers, sans nous soucier des autres autour. Jusqu'à ce que je croise ses deux émeraudes, juste là, gorgées de larmes, la petite serviette de bain couvrant à moitié ses fines jambes. Une fois de plus, à ses yeux, je suis ce soir l'unique fautif. Le malade qui déraille, l'ogre qui a défoncé son parfait petit copain.

Chapitre 6

Bien sûr, il y aura des jours où tu auras peur.

Des jours où l'ombre prendra le dessus sur la lumière, ta lumière.

Mais n'oublie jamais qu'il te suffit de fermer les yeux pour me retrouver.

Pour entendre les battements de nos cœurs, à l'unisson.

Azèle

Mon père a l'air d'aller bien, même si c'est toujours difficile au téléphone de vraiment le savoir. Je me demande ce qui lui vaut cette bonne humeur, aurait-il rencontré quelqu'un ? Je sais qu'il n'oserait jamais me le dire si c'était le cas, par peur de me faire de la peine, pourtant il n'imagine pas à quel point ça me ferait plaisir.

— Et toi, ma chérie ? As-tu commencé tes cours de français ? Apprécies-tu San Francisco ? Raconte à ton vieux père.

— Je commence dès jeudi ! Cette ville n'a rien à voir avec Santa Barbara, tu pourras venir bientôt peut-être, nous ne sommes pas si loin maintenant !

Je déambule dans Mission District, enchaînant les boutiques les unes après les autres.

— Bientôt, oui. Lorsque j'aurai terminé la rénovation de la cuisine, je viendrai, m'affirme-t-il.

Je doute que ces travaux le laissent en paix un jour, mon père s'est lancé dans un projet immobilier un peu fou à la mort de ma mère. Cinq ans après, il en voit à peine le bout tant l'immense villa qu'il a rachetée à Monterey était délabrée. Il avait largement les moyens d'acheter un bien flambant neuf, mais tous ces travaux ont eu le mérite d'occuper son esprit, et je crois qu'à l'époque, c'était exactement le but recherché.

— Comment ça va avec Zack ? J'ai l'impression que ça fait mille ans qu'on ne s'est pas vus tous les trois !

J'aimerais me livrer, lui expliquer qu'entre lui et moi ça n'a jamais été aussi tendu, mais je ne veux pas l'inquiéter. Même si je suis à peu près certaine que mon père ne se laisse pas duper facilement, depuis que maman n'est plus là, je préfère lui épargner mes peines de cœur. En y réfléchissant de plus près, je pense même être resté avec lui toutes ces années pour ne pas l'inquiéter. Ce n'est qu'un passage à vide, rien de plus, d'ici quelques jours il viendra pour cette fameuse soirée au *French Sky*, et j'espère que les choses seront de nouveau comme avant. Même si j'en doute.

— Oh tu sais, la routine. Il bosse dur entre ses gardes, ses tutorats et les cours. Il m'en veut un peu de l'avoir laissé à Los Angeles, enfin je crois.

Mon kit mains libres en place, j'en profite pour flâner entre les portants d'un magasin de vêtements.

— Tu as fait le bon choix en venant ici, tes rêves avant tout ma chérie… Tu ne l'oublies pas, n'est-ce pas ?

Comment le pourrais-je ? Ma mère n'a pas cessé une seconde, durant mes dix-sept premières années, de me le répéter. Personne n'a le droit d'entacher mes rêves, encore moins un homme. Parfois j'imagine ses réactions, si elle voyait mon couple et ce qu'il en reste. Je soupire un instant, les yeux perdus dans le vague.

— Évidemment, papa.

Nous raccrochons après avoir échangé un tas de banalités, sur la famille, le voisinage et le contenu de mon assiette durant ces derniers jours. J'ai de ce fait appris que ma tante ne sera pas là pour Thanksgiving, que ma cousine s'est fait poser un anneau gastrique et que monsieur Robert, le voisin de mon père, avait mystérieusement cassé son rotofile. Pour ce qui est de retracer le moindre de mes repas, il n'y a rien de plus facile que de mentir au téléphone.

Face à mon reflet dans le miroir de la cabine d'essayage, je me bats entre ce que me dicte mon cerveau et la réalité de ma silhouette. Je ne sais plus si ce que j'y vois est déformé par mon obsession avec la bouffe, ou le regard de Zack et ses réflexions. Trop de formes, pas assez ? Sac d'os ou amas de peau ? Perdue dans le combat qu'est ma vie depuis quelques années, je décide alors d'abandonner la séance shopping pour continuer ma promenade dans les rues alentour.

L'ambiance est animée, la plupart des habitants sont soit en train de déjeuner, soit à faire la queue devant une cafétéria. J'ignore encore où ma trajectoire me conduira, mais j'apprécie ce genre d'instant ; seule sans l'être tout à fait. Je lance un morceau dans mes oreilles, c'est *Ride Down the Line*, entendu pas plus tard qu'hier dans *Euphoria*. Cette série est particulièrement bien réalisée… Pensive, happée par la mélodie, je ne réalise pas ce qui est en train de se produire. Des gens accourent vers moi en me bousculant sur leur passage, d'autres s'écroulent à terre en se protégeant la tête…

Boum boum, boum boum.

Un mauvais pressentiment me traverse. Sans pouvoir reprendre ma respiration, je me retrouve projetée en arrière et m'étale sur le bitume. De douleur, je hurle à pleins poumons, malgré tout, le son de mes cordes vocales reste étouffé par cette satanée musique. Dès que j'ôte mes écouteurs, ce sont des hurlements terrifiants qui prennent le relais, et à travers mes yeux brouillés, j'aperçois un type tout en noir pointant son révolver vers moi. Sur l'artère principale, la circulation s'accélère et des klaxons retentissent. Une seconde d'inattention suffit pour frôler la mort. Dans ma poitrine, mon cœur tambourine si fort que je ne serais pas surprise qu'il s'arrête. Quel genre de sensation ressent-on avant de mourir ? Celle-ci ? Cette impuissance, cette peur ? L'impression inébranlable que rien ne sera jamais plus comme avant, que rien ne sera jamais plus possible ? Je reste pétrifiée, le sang glacé, puis, par réflexe, me recroqueville sur moi-même, comme si mes bras pouvaient faire office de barrière contre les balles à venir. J'aimerais crier, le supplier de m'épargner, mais je suis impuissante.

— Ne tirez pas, je vous en supplie… gémit une femme à moitié avachie sur moi.

D'instinct, je lui attrape la main. J'ai besoin de sentir la vie près de moi, de lui donner ma force pour qu'elle me donne la sienne en retour, même si c'est une parfaite inconnue. Avec mon autre main, je tente de faire le 911 sur mon téléphone, or mes doigts tremblent tellement que je dois m'y reprendre à plusieurs fois. J'aimerais prévenir Tess, Zack ou une autre personne susceptible de nous venir en aide, mais tout se passe trop vite. Une détonation percute soudain mes tympans. Franche, courte, lugubre. La balle s'enfonce dans la poitrine de ma voisine, ses pupilles se voilent, tandis que ses phalanges se crispent autour des miennes.

NON. Je refuse d'admettre qu'une vie soit arrachée si facilement. Sans que je n'y puisse rien, son chemisier bleu se teinte déjà d'une grosse auréole rougeâtre. Je commence à tourner de l'œil, écœurée par cette vision. Je me fais violence pour ravaler tout ce que j'aimerais cracher ; l'injustice, la peur, mes sanglots et cette infâme bile qui ne demande qu'à sortir. Le quartier entier est plongé dans un silence de plomb, comme si, en une seconde, quelqu'un avait appuyé sur le bouton pause. Ce quelqu'un, c'est ce putain de tueur, ce fou à lier, qui a décidé de tuer des innocents sans la moindre raison. Entre midi et deux, juste comme ça. Le meurtrier ne tique même pas, et continue sa progression dans la direction opposée. Une fois que son dos s'éloigne de quelques mètres, je lâche à regret la main de la victime et tente de me relever malgré mes muscles endoloris par le choc. J'ignore encore comment mes jambes me soutiennent, pourtant je parviens à raser les murs jusqu'à l'entrée d'un supermarché qui fait l'angle, où le gérant nous fait signe de nous réfugier.

— ATTENTION, baissez-vous !

Je n'ai pas encore franchi le seuil du magasin que des tirs secs et épouvantables se répercutent jusque dans les profondeurs de mon âme. Avec violence, une force me contraint à m'écraser contre le carrelage crasseux. Alors que je suis persuadée d'être prise au piège, un cri m'échappe. Je vais mourir… Je vais mourir et je n'aurai pas eu le temps de dire adieu à ceux que j'aime. Cependant, la voix grave et familière qui m'enveloppe me ramène à la réalité, et réchauffe les parois de mon cœur qui semble inanimé.

— Ne te retourne surtout pas et avance.

Quelqu'un m'attrape par le bras et me force à me lever. Sa poigne est si puissante qu'elle ne me laisse pas d'autre choix que de suivre sa cadence. J'ai du mal à réaliser ce qui se produit, et quand je lève enfin le visage vers mon sauveur, un nouveau vent de panique s'infiltre en moi. Cassius me précède de toute sa hauteur, et pour la première fois, je bénis sa présence. Entre l'angoisse d'être visée, les plaintes des uns et des autres, et les rayons du supermarché dans lequel Cass nous fait progresser, petit à petit ma conscience reprend du service.

— Ne regarde pas derrière toi. Avance.

Je m'exécute, me rattache à son ton impératif et rassurant, tout en essayant d'occulter les souvenirs de la main inerte de cette femme.

— Par ici ! nous crie un employé du supermarché.

Des rideaux électriques s'actionnent pour dissimuler une grande réserve plongée dans la pénombre. Quelques personnes s'y cachent déjà, nous sommes les derniers à nous y engouffrer. Dès que nous franchissons les grilles, un jeune homme referme derrière nous à la hâte, et le froid qui règne ici me saisit. Dans le noir, des chuchotements à peine audibles me parviennent. Certains allument leur téléphone et ces lueurs me permettent de me repérer un peu mieux. Cassius pose sa main dans mon dos pour me guider. Nous ne devons pas être plus de dix, ce qui est peu, comparé au nombre de clients qui poussaient encore leur chariot il y a cinq minutes. Mais je comprends que rouvrir les portes pourrait nous coûter la vie, alors j'avance, résignée.

— Il serait préférable que nous nous dispersions tous dans des coins différents, suggère Cassius le plus silencieusement possible.

Comme un robot, j'enclenche le pilotage automatique, me demandant comment je respire encore.

— Assieds-toi ici.

Je suis recroquevillée entre l'angle d'un mur et un frigo en inox. De ma place, je ne peux rien voir. Ni les autres réfugiés, ni la porte par laquelle nous sommes entrés, mais je suis certaine que Cassius sait ce qu'il fait. D'ailleurs, pour la première fois, je suis heureuse que ce soit lui plutôt qu'un autre. Je sais qu'il saura nous défendre, sans même avoir besoin d'un flingue. Il suffit de me souvenir des fois où ils se battaient lui et Zack. Ça finissait toujours dans un bain de sang, et chaque fois, je hurlais et le détestais encore plus.

À coups de grandes inspirations, je tente de reprendre mes esprits, et d'apaiser la course folle qui sévit toujours dans ma poitrine, mais les flashs de ces dernières minutes ne cessent de me hanter. Comment se fait-il que cet homme ait réussi à se procurer une arme ? Nous sommes à San Francisco, j'étais persuadée que seule la police pouvait en détenir une ! Est-ce un attentat ? Sont-ils plusieurs ?

— Gardez vos portables sur vibreur, si vous entendez le moindre bruit, que vous êtes au courant de quelque chose, faites-le savoir.

Son murmure se rapproche, apportant une vague d'agrumes aux notes marines. Je n'ai pas besoin de me retourner pour comprendre qu'il vient de prendre place à côté de moi, son épaule frôlant la peau nue de mon cou. De nouveau, mon estomac est chahuté par la peur, l'angoisse, le souvenir du sang qui coule et peut-être par cette proximité imposée entre lui et moi.

— Ça va ?

Ma gorge est encore nouée, je claque des dents sans parvenir à me calmer, pourtant j'acquiesce en guise de réponse.

— Tu n'as pas été blessée ?

Je secoue la tête, sans toutefois réussir à faire redescendre la pression.

— Désolé de t'avoir plaquée au sol si brusquement tout à l'heure.

En comprenant que je suis incapable de lui répondre, il enchaîne :

— Respire Azèle.

Tout est désaccordé, j'inspire trop fort, si bien que l'air me paraît épais comme du coton. J'ai mal au ventre, à la tête, à toutes mes articulations. Je veux sortir de là.

— Doucement. Une grande inspiration par le nez, puis une grande expiration par la bouche. Nous sommes à l'abri ici.

Ses indications rebondissent de manière incohérente dans mon cerveau, pourtant je sais bien ce qu'il faut faire lors d'une crise d'angoisse. Je m'étais longuement entraînée avec mon psychiatre de l'époque, mais aujourd'hui, rien ne semble fonctionner. Il réitère ses conseils près de mon oreille. Son chuchotement me caresse la nuque, un frisson m'envahit. Et lentement, ma cage thoracique se relâche au rythme de cette nouvelle chanson : *inspiration par le nez, expiration par la bouche.*

— Tu… tu penses qu'il peut nous trouver ? parviens-je à articuler malgré mes tremblements.

Il faut dire qu'il ne doit pas faire plus de dix degrés dans cette chambre réfrigérée.

Habituée à l'obscurité, je parviens désormais à discerner ses traits. Ses cheveux mi-longs sont coiffés en arrière, seule une mèche retombe sur son front comme une virgule. Sa barbe de quelques jours parsème l'intégralité de sa mâchoire, et ses yeux habituellement dorés sont en cet instant gorgés de noirceur.

— On va espérer que non… Est-ce que ça va mieux ?

Je hoche la tête en ravalant ma salive. J'aimerais qu'il m'en dise plus, qu'il me rassure, ou qu'il me parle pour me changer les idées, mais je n'ai pas le courage de le lui demander. Et puis il s'agit de Cassius, autrement dit, pas le plus grand bavard. Il fait reposer l'arrière de son crâne contre le mur, étend ses longues jambes devant lui, et ferme les paupières. J'envie son calme, et la manière dont il réussit à se déconnecter de la réalité. Quel est son secret ? Pourquoi son cerveau n'est-il pas en train de tourner à plein régime, comme le mien en ce moment ?

— Comment se fait-il que tu étais là, pile à ce moment ? le questionné-je après avoir retrouvé l'usage de la parole.

— J'étais en route pour aller récupérer une commande chez le maraîcher, j'ai senti le vent de panique sur le trottoir d'en face, puis je t'ai vue… dans la ligne de mire du tireur. Dès qu'il s'est éloigné, je suis arrivé pour te sortir de là.

Sa voix n'est qu'un filet, il n'a pas cillé. Il aurait très bien pu me laisser me débrouiller toute seule, du moins c'est ce que j'aurais imaginé. Au lieu de ça, il a risqué sa vie pour la mienne. À cette idée, un vertige s'empare de mes entrailles.

Posé sur mes genoux, mon portable que j'avais délaissé jusqu'ici se met à clignoter sans interruption. C'est Zack, j'avais oublié que dans la précipitation, je lui avais envoyé des messages sans queue ni tête. Le prénom de son frère ne semble pas passer inaperçu, puisque Cass s'est de nouveau redressé et scrute l'écran lumineux.

— Ne lui dis pas que je suis avec toi, intervient-il froidement.

— Pourquoi ?

— Sérieusement ? Parce qu'il deviendrait fou furieux, que ça te retomberait dessus, et on a autre chose à gérer, là maintenant.

J'ouvre une bouche étonnée, j'aimerais articuler quelque chose, n'importe quoi, mais je me ravise. Au fond, Cassius a raison, cela provoquerait un véritable bordel. Je déverrouille mon téléphone pour lui répondre que je suis à l'abri.

Au même instant, une déflagration éclate derrière les murs. Je sursaute et par réflexe enfouis mon visage dans le creux de son bras. Les secondes se suspendent, mes muscles se tendent les uns après les autres, comme si j'attendais mon heure. Dans l'obscurité totale, il m'est impossible de me raisonner. Je sens l'afflux de mon propre sang dans mes tempes, et j'essaye, oui, j'essaye de toutes mes forces de me rattacher à quelque chose. N'importe quoi, une sensation, un souvenir… C'est alors que je les sens… Les caresses de ma mère. Ses mains glissent dans mes cheveux et m'apaisent. Je la sens me bercer, me cajoler, elle me murmure des choses inaudibles mais qu'importe, elle est là. Et il n'y a rien de plus salvateur que ce moment suspendu, lorsqu'un ange passe, et qu'il laisse sur son passage son empreinte, mêlée au mélange subtil de citron vert et d'écume…

Attendez… Citron vert ?

Chapitre 7

Cassius

Lorsque des tirs rebondissent derrière la cloison, Azèle se jette dans mes bras en poussant un petit cri. Si au départ je ne sais comment réagir, mon empathie prend le dessus en l'entendant gémir et frémir d'effroi. Pour ma part, malgré la surprise de la détonation, je suis persuadé que nous sommes ici à l'abri. Il n'y a aucune raison pour que cette porte cède, elle est énorme et doublement protégée, car nous sommes dans une pièce réfrigérée. Nous avons certainement plus de chance de crever d'hypothermie que par la balle de ce Beretta. De toute manière, je refuse que ma mort ressemble à ça, j'ai encore beaucoup trop de choses à faire, à voir et à prouver.

— Eh… Je suis là, je ne te lâcherai pas… dis-je tout bas.

J'aimerais être plus convaincant, seulement je n'ai pas l'habitude d'une telle proximité avec Azèle. Ses longs cheveux châtains recouvrent mon ventre, diffusant avec eux un mélange de shampoing à la cerise et de rose acidulée. Malgré moi je grimace, je n'ai pas envie de humer Azèle, j'aimerais avoir la force de la repousser… Mais bon sang, sa détresse est sans doute plus importante que mon malaise.

— Maman… maman… mm…

Ses plaintes sont à moitié étouffées, cependant j'ai trop peur que nous nous fassions repérer. Le tueur n'a sans doute pas encore capté notre cachette, ses soupirs pourraient bien nous porter préjudice. Je m'arme de courage, inspire profondément et pose ma main dans sa chevelure. À mesure que je prends de l'assurance dans mes caresses, j'ai l'impression de sentir son corps comme un chamallow se détendre contre mes muscles. Il est difficile pour moi de ne pas songer à Zack, l'inconfort de la situation est à son paroxysme. Azèle est avachie sur moi, sa paume frôlant dangereusement ma cuisse gauche, sa joue s'enfonçant de plus en plus contre mon abdomen, tandis que je suis là, à glisser mes doigts dans ses cheveux. Mais que suis-je censé faire d'autre ?

— Azèle… Tout va bien…

Elle sursaute soudainement avant de se recroqueviller dans le coin, l'air plus embarrassé que jamais. Je l'entends déglutir à plusieurs reprises, puis se recoiffer frénétiquement. En dépit de cette scène surréaliste, entre ce tueur fou et notre câlin improvisé, un petit sourire m'échappe.

— Je suis désolée. Par… Pardon, bredouille-t-elle en rattrapant son téléphone.

Sur Internet, elle fait défiler les actualités pour en apprendre plus sur la situation. Apparemment, la police est en cours d'intervention et le tueur s'éloigne vers un autre quartier de San Francisco, mais je pense que nous en avons pour un petit bout de temps avant de pouvoir être libérés.

— Tu te sens mieux ?

Le visage illuminé par la lumière bleue de son portable, elle acquiesce en grelottant. Il faut dire que la température devient de plus en plus insoutenable, encore plus pour elle qui ne porte rien d'autre qu'un short et un débardeur.

— Tu veux te coller à moi ?

Ça me tue de le lui proposer, mais je ne peux décemment pas la laisser ainsi. Son expression horrifiée me fait sourire de nouveau.

— Je ne mords pas, tu sais.

— Je n'ai pas froid !

— Tu mens extrêmement mal.

Elle me dévisage, comme si elle jaugeait notre posture et la délicatesse des heures qui se profilent. Tout semble compliqué, je ne vois presque rien de ses traits, mais je suis prêt à parier qu'elle fronce les sourcils et que son esprit lutte sans relâche entre sa raison et la chair de poule qui tapisse son épiderme. Un claquement de dents vient briser sa réflexion.

— Quelle idée de mettre un short si court aussi… essayé-je de plaisanter.

Elle me fusille du regard.

— Je te jure… que ça… va aller, parvient-elle à souffler entre deux frissons.

Je refuse de la forcer, si elle veut crever de froid, grand bien lui fasse !

— Tu penses que la police va vite intervenir ? m'interroge-t-elle en changeant de sujet.

Je fais la moue, incapable de vraiment lui répondre. Dans l'idéal, qu'ils interviennent au plus vite nous éviterait de passer le reste de la journée, et peut-être même une partie de la nuit, ici. Cela dit, j'imagine que ce genre de fusillade demande une sacrée logistique pour les forces de l'ordre.

— On pourra bientôt sortir, reste tranquille.

— Comment fais-tu pour être si calme ?

Dans ses paroles, je peux voir l'effort qu'elle met pour ne pas trembloter. Elle a ramené ses genoux contre sa poitrine, et encercle ses jambes de ses bras. Là, dans la pénombre, je pourrais croire que je suis face à une adolescente.

— Nous sommes coincés ici, mais nous sommes en sécurité. Ce type n'est pas un terroriste, j'en mettrais ma main à couper. C'est un amateur, un timbré qui ne sait même pas tirer.

— Comment as-tu pu te rendre compte de ça ?

— Parce que c'était toi qu'il visait, Azèle, mais c'est cette bonne femme qui a reçu la balle.

Sa bouche forme un O, j'ai peur d'avoir été trop direct. C'est bien là mon principal défaut, elle devrait pourtant y être habituée depuis le temps.

— Tu crois ? Tu penses que j'aurais dû mourir à sa place ?

Son murmure s'étrangle à la fin de sa phrase, son menton tremble comme si elle allait éclater en sanglots. La vision de son corps vulnérable sur le trottoir me revient tout à coup en mémoire. J'ai peur que ces images continuent de me hanter longtemps.

— Non, ça veut tout simplement dire que tu as une bonne étoile.

Elle renifle une première fois, se mordille la lèvre inférieure pour retenir ses émotions. Pendant une seconde, je suis convaincu qu'elle va lâcher les vannes, mais finalement elle inspire profondément en rejetant ses cheveux derrière sa nuque.

— Putain…

— Quoi ?

— Tu veux vraiment que je me mette à chialer toi !

Les prémices d'un sourire s'invitent sur mon visage, je pince mes lèvres, priant pour qu'elle ne s'aperçoive de rien.

— Pas mon genre. Mais avec tout ce que tu viens de vivre, ce serait normal que tu pleures.

Elle me toise, m'étudie quelques minutes de ses grands yeux en amande, puis chuchote visiblement gênée.

— Ça restera entre nous ?

Je fronce les sourcils, pas certain de saisir où elle veut en venir.

— Que tu as failli craquer ? T'inquiète pas pour ça.

— Non…

Elle se bascule d'avant en arrière sur ses fesses, comme une gamine qui est sur le point d'avouer une connerie.

— Quoi alors ?

Elle se rapproche malgré tout, le regard suppliant. Puis je comprends, tends mon bras vers elle et l'attrape par l'épaule. D'un mouvement précautionneux, je l'attire vers moi et son corps se recroqueville contre mon torse, pour venir former une minuscule boule. Nos peaux nues entrent en contact, elle est tellement glacée que j'ai le sentiment de prendre un coup de jus.

— Bordel, Azèle, tu es gelée.

Sans plus de cérémonial, je prends la décision de la frictionner. Je commence par son dos et continue avec ses jambes, je frotte tellement que ma paume commence à chauffer. Elle ne dit plus un mot, les muscles toujours un peu crispés, les paupières fermées, comme si elle se demandait ce qu'elle foutait là ou si le bon Dieu – Zack en l'occurrence – n'allait pas la punir sous peu.

— Ça restera entre nous, lui soufflé-je.

Elle pousse un soupir incompréhensible, entre soulagement et extase. Je ne préfère pas m'attarder sur celui-ci, et m'adonne à ma tâche : redonner vie à ce glaçon.

L'un dans l'autre, nous restons imbriqués pendant ce qui me semble être une éternité. Et alors qu'Azèle est profondément assoupie, j'entrevois une multitude de messages arriver sur son portable. Je l'attrape à la volée, mais ce n'est que Zack.

Tess m'a dit que tu étais avec Cassius,
pourquoi ne pas me l'avoir dit ?!
Qu'est-ce que vous foutez ensemble ?!
Réponds-moi, putain ! Je m'inquiète, moi !

Je me retiens de ne pas balancer le cellulaire à travers la pièce. Ce connard est davantage préoccupé de la savoir avec moi à l'abri, plutôt qu'entre les mains d'un tueur psychopathe. Un tel égoïsme ne devrait jamais être accepté, Zack n'est décidément pas fait pour elle, et Azèle s'entête à rester avec ce type. Je repose le téléphone à ses pieds, et je ne sais pas si je le fais intentionnellement, mais je la serre un peu plus fort encore. Par envie ? Par provocation ? Je ne sais plus, mais soudain, Azèle n'est plus seulement *ma belle-sœur*. Elle est l'innocente qui récolte les foudres d'un homme torturé et trop arrogant pour réaliser les dégâts qu'il provoque. Et elle… trop crédule, trop… amoureuse ?

Chapitre 8

« Elle est merveilleuse » dixit papa, trois minutes après ta naissance. Et tu l'es, merveilleuse. Comme le printemps, le soleil d'été, la couleur rose, les papillons bleus et le cœur fondant d'un gâteau au chocolat.

Azèle

Trois jours après cette terrible fusillade, je n'ai toujours pas retrouvé l'appétit. Nous sommes restés pendant des heures enfermés dans les abysses de ce supermarché, sans véritablement comprendre ce qui se produisait autour de nous. Finalement, après un sacré remue-ménage, les membres des forces de l'ordre sont venus nous délivrer. C'est aux informations que nous avons appris l'identité de notre tortionnaire : Chuck Connery, vingt-huit ans, atteint de troubles psychologiques. Il venait du Texas, où il s'est échappé d'un hôpital psychiatrique. Une crise de décompensation… Voilà comment les psychologues appellent ça. Pour ma part, je préfère éteindre toutes les sources d'information qui me parviennent, je suis encore beaucoup trop traumatisée pour voir le visage de ce tueur partout ! Il n'y a eu « qu'une seule » morte. Cette femme qui n'avait jamais été visée. Et ce détail me rend malade.

Je risque de mettre du temps à me remettre de cet événement.

J'ignore combien de temps j'ai dormi dans ses bras, mais je sais que Cassius s'est conduit en gentleman jusqu'au bout, et au moment de nous quitter, tout ce qui s'était passé dans le noir n'existait déjà plus. Bien sûr, nous savons tous les deux que c'est totalement faux, du moins pour ma part. Ces instants partagés m'ont bien retourné le cerveau. « Cassius harcèle les filles pour qu'elles couchent avec lui », « À ce stade-là, c'est limite du viol tu sais ? », « Cass est violent, avec sa carrure il pourrait tuer quelqu'un », « Antipathique, sociopathe, loup solitaire »... Tout ce que j'ai entendu sur son compte me revient en mémoire. Comment me défaire de cette image de gros dur qui lui colle à la peau ? Ce n'était pas ce Cass qui était avec moi là-bas, ce n'était pas celui dont je me méfie depuis tout ce temps.

— Mademoiselle Harris, pouvez-vous nous raconter votre parcours ? Quelles sont vos motivations dans l'apprentissage du français ?

Hélène, notre professeure, s'adresse à moi au pire moment de la matinée ; je ne suis pas suffisamment en phase pour lui répondre dans un français cohérent, les souvenirs du supermarché affluant encore dans mon cerveau. Je me redresse sur ma chaise et fais mine de me concentrer quelques secondes. Je baragouine quelques mots approximatifs qu'Hélène me fait évidemment répéter. Cela n'échappe pas à Franck, mon voisin de quarante-cinq ans, qui paraît bien parti pour récolter les félicitations à la fin de la formation. Il passe les cours entiers à lever la main, à prendre des notes et à participer. Je ne suis pas jalouse, ni envieuse, je suis surtout épatée par son entrain. Mais il a beau être le meilleur, je ne comprends pas comment Franck peut puer à ce point de bon matin ! Je suis navrée, mais à quel moment mange-t-on des oignons au petit-déjeuner ?! Je ne juge personne, seulement son haleine me déconcentre !

— Votre prononciation, il faut travailler votre prononciation, mademoiselle Harris !

Je souris en hochant la tête, comme une parfaite petite élève. J'étais enjouée à l'idée de débuter cet apprentissage, mais je dois dire qu'Hélène n'est pas des plus agréables. Ou peut-être que mon esprit est trop pollué pour apprécier cette formation.

Pour ce qui est de soutien, on peut dire que mon père, Tess et mes quelques amis de Los Angeles savent répondre présents. Je ne peux pas en dire autant de Zack ! Il m'appelle certes tous les jours, mais ses coups de fil n'ont pas l'effet escompté. La moindre conversation avec lui est éprouvante, d'autant plus depuis que les *flash-back* de mon corps gelé contre *son* torse me reviennent en pleine figure. Les principales questions de Zack sont au sujet de Cassius. *Avons-nous parlé ? Si oui, de quoi ? Qu'a-t-il dit sur moi ? Pourquoi était-il là ?* Bref, une multitude de questions qui ne font qu'accroître mon embarras.

Je suis pétrifiée de penser à ce soir, lorsque nous serons tous attablés au *French Sky,* Zack, mes beaux-parents et mon beau-frère, à nous détailler dans le blanc des yeux. Je n'ai pas la force de faire semblant, je suis encore trop secouée pour rester douce et muette. Qui plus est, je serai forcée de revoir Cassius, et je ne sais pas si j'en ai le courage. Lorsque nous avons quitté le supermarché, que la luminosité de l'extérieur était si puissante qu'elle nous décollait la rétine, j'ai eu l'impression qu'une chape de plomb me tombait sur les épaules. Ce malaise ambiant s'est tout à coup transformé en blocage intergalactique, le regarder au grand jour m'a beaucoup trop coûté, et parler de ce que nous avons vécu là-dedans était tout bonnement inenvisageable. Comment vais-je survivre à cette soirée ? Bon sang, c'est exactement dans ce genre de situation que je regrette de ne plus avoir ma mère à mes côtés, elle aurait trouvé les mots pour me rassurer. Nous aurions fumé la moitié d'un paquet de cigarettes, et nous aurions ri. Par sa force d'esprit et son positivisme, elle serait parvenue à désamorcer cette bombe, malgré le choc, le sang et ce Chuck Connery qui a tenté de me tirer dessus.

* * *

— Alors c'est donc cela que nous cachait mon merveilleux frangin ?! s'esclaffe Zack d'un air moqueur.

Derrière ce côté prétentieux, j'ai la certitude qu'il est impressionné par la devanture du restaurant. Il y a de quoi. Je n'étais encore jamais venue ici la nuit, et croyez-le, ça vaut le détour. Les luminaires de la salle de restaurant allumés donnent le sentiment que les baies vitrées scintillent de mille feux. Il est certain que Cassius n'a pas fait ça au hasard, et que toute la décoration et l'architecture du lieu ont été étudiées avec les meilleurs professionnels.

— C'est… intéressant, ajoute Pénélope d'un ton cassant.

J'aurais été étonnée que l'un d'eux émette le moindre compliment, et pour la première fois, la peine me terrasse. Il y a trois jours, que l'on critique son restaurant ne m'aurait fait ni chaud ni froid, aujourd'hui ça me touche.

— On entre ? propose finalement Kurt.

La boule au ventre, je lisse ma longue robe fluide, puis entre à mon tour. L'atmosphère chaleureuse contraste immédiatement avec la tension des Murphy, heureusement Tess vient à notre rencontre. Elle salue le plus poliment possible Pénélope et Kurt, puis embrasse Zack sans pouvoir dissimuler la haine sur son visage. Après ces derniers jours, et depuis mes confidences à propos de mon petit ami, elle ne le porte plus dans son cœur. Enfin, l'a-t-elle au moins apprécié un jour ? J'en doute !

— Nous vous avons réservé la meilleure table. Juste à côté des fenêtres vitrées de la cuisine du chef ! s'exclame Tess avec enthousiasme.

De stupeur, mes yeux s'arrondissent. Je l'attrape par le bras pour la tirer discrètement vers moi.

— Euh… sérieusement ?

Elle fait volte-face, surprise.

— Ben quoi ? Cassius nous a demandé de réserver un endroit « stratégique » pour sa famille.

— Oui, *stratégique*, du genre au fin fond de la salle derrière le plus gros poteau ! Pas juste devant les cuisines !

Nos messes basses ne passent pas inaperçues. Zack fronce les sourcils en me dévisageant, tandis que Pénélope et Kurt sont déjà assis autour de la table ronde. Je leur souris mécaniquement comme une imbécile, et resserre un peu plus fort mes doigts autour de son poignet.

— Aïe ! Azèle, ça suffit !

Je soupire avant de la lâcher à contrecœur, puis traîne la patte pour rejoindre le groupe. Je constate qu'il n'y a que quatre assiettes, ce qui confirme bien ce que je craignais : Cassius ne compte pas s'installer une seconde avec nous. Cependant, il cuisinera sous notre nez, et je ne suis pas certaine qu'il apprécie la vue. Moi non plus d'ailleurs.

— Alors, Azèle. Raconte-nous cette mésaventure, ma chérie !

Je hausse les sourcils, tant le terme employé est maladroit. Pénélope ne vit décidément pas sur la même planète que la plupart des mortels. Je ne peux pas me permettre d'exploser maintenant, d'autant plus que la pièce est pleine à craquer. S'est-elle demandé comment je parviens encore à marcher dans la rue depuis ? Par quel genre de cauchemars sont rythmées mes nuits ? Je ne pense pas ! J'inspire une grande goulée d'air avant de réfléchir à ma réponse. Il est clair que je ne suis pas encore prête à en parler, encore moins avec eux.

— Oh… oui, ça ! Comme vous dites, ce n'était qu'une petite mésaventure de rien du tout !

— Zack nous a dit que Cassius avait volé à ton secours, je ne l'aurais jamais cru capable d'un tel héroïsme ! rétorque Kurt en se marrant.

— Merci *papa*.

Je n'ai pas besoin de me retourner pour comprendre de qui il s'agit. Déjà car la température vient de chuter de 20 degrés – enfin ça dépend pour qui – mais surtout car les visages se décomposent les uns après les autres. L'armoire à glace parfumée aux agrumes se tient juste là, derrière moi, et ce simple constat me met dans tous mes états. Cependant, il m'est obligatoire de garder un minimum de self-control. *Tout va bien Azèle, fais comme si rien ne s'était passé.*

— Hey ! Cass, ça va ?

Pour une raison qui m'échappe, ma voix se barre dans les aigus. Zack ne relève même pas, il se contente d'englober ma nuque de ses mains fraîches. Je frissonne à son contact, tandis que Cassius tique sur ce dernier geste, avant de m'adresser un simple signe de la tête. *Comme si rien ne s'était passé.*

— Alors Cass, comment se fait-il que vous vous soyez retrouvés tous les deux dans ce merdier ?! enchaîne Zack, sans penser une seconde au traumatisme que nous avons vraiment vécu.

— Je travaille à San Francisco, je dois te le rappeler ?

Je sais que Cass essaye de garder son calme, car il doit faire bonne figure devant ses clients : c'est un restaurant classé, et un esclandre ferait mauvaise presse.

— Tu vis toujours à Napa ? Ça fait de la route tous les matins !

À travers son rire nerveux, on sent bien que Zack cherche à obtenir des informations sur son quotidien.

— Ce sont des détails sur ma vie que tu essayes de gratter ? le questionne Cassius visiblement à bout.

Pénélope sourit d'une façon machiavélique, à croire que cet échange la galvanise. J'aimerais intervenir, mais pour dire quoi ?

— Les garçons, les garçons… Du calme, allons ! Je demandais justement à Azèle de nous raconter votre expérience dans ce Walmart !

En baissant les yeux, je surprends Cassius agiter ses pieds. Il perd patience, il serait peut-être temps de commander.

— C'est un peu tôt pour en parler, je... je suis encore trop choquée.

Ce qui est totalement vrai, soit dit en passant. Cassius me scrute durant quelques secondes, ses deux fentes ambrées à la recherche d'une quelconque vérité. Ce contact ne dure pas, il est aussi rapide qu'un éclair mais suffit à me faire passer une multitude de messages : tu peux me parler à moi, je saurai t'écouter, tu n'es pas seule. Heureusement personne ne remarque ce flottement, car Cassius enchaîne avec ses suggestions, et nous propose de boire un verre.

— Très bonne idée l'alcool pour faire passer cette soirée mortelle ! ricane Pénélope en portant ses mains à sa bouche.

C'est une manie, chez elle, de cacher ses dents lorsqu'elle rit. Si au fil des années cela ne m'avait jamais dérangé, ce soir, ça la rend détestable. Je suis certaine qu'elle complexe sur ses deux incisives du haut, elles sont plus en avant que le reste de sa mâchoire.

— Je prendrai un verre de rouge, mais pas n'importe quoi s'il te plaît ! ajoute Kurt plus snob que jamais.

Il est de plus en plus difficile de ne pas exploser de rire, ces trois-là n'ont vraisemblablement pas intégré où ils se trouvaient. Lorsque j'ai eu la chance de visiter la maison, la cave à vin m'a donné le tournis, ici la piquette n'existe pas !

— Évidemment ! Je t'envoie Tess, elle te proposera plusieurs Bordeaux.

Il marque une pause.

— Azèle ?

Dans sa bouche, mon prénom ne sonne pas de la même manière. Il appuie sur le Z, laisse traîner sa langue sur le E. C'est ma mère qui a tenu à écrire mon prénom ainsi. « À la française », comme elle disait, mais il est parfois difficile de le prononcer correctement ici. À la base, elle voulait m'appeler Lilas, puis a hésité avec Marguerite et Rose, mon père a ensuite suggéré Azalée… Bref, à leurs yeux j'étais déjà une fleur.

— Azèle ?! insiste-t-il jusqu'à ce que j'ose lui faire face.

Je suis rouge cramoisi. Je le sais. Je ne suis pas de ceux qui rougissent à vue d'œil, néanmoins dans l'immédiat c'est en train de m'arriver. Nom de Dieu, mais pourquoi ?!

— Qu'est-ce que je te sers ?

— Ce que tu me sers… ?

Je suis perdue, j'ai abandonné le fil de la discussion, car cet imbécile n'est pas foutu de prononcer mon prénom correctement !

— N'importe quoi, pourvu qu'il y ait du gin dedans.

Voilà qui devrait me redonner des ailes. Il acquiesce en passant la main le long de sa barbe à peine rasée, puis s'éclipse aussitôt.

Chapitre 9

Cassius

— Qui était chargé de prendre les réservations pour ce soir ?! tonné-je en débarquant dans la cuisine.

Bob, mon sous-chef, hausse les épaules tandis que Jodie, la responsable de la salle, secoue la tête. Je siffle entre mes dents, c'est dingue, personne n'est foutu de me répondre !

— C'était moi, chef.

La voix mal assurée de Tess résonne malgré le bazar ambulant des cuisines. En me retournant j'en conclus qu'elle est désolée.

— Tu n'aurais jamais dû leur réserver cette table centrale. Ils seraient capables de lâcher des commentaires désobligeants sur ma bouffe, rien que pour me mettre des bâtons dans les roues…

— Mais…, essaye-t-elle d'intervenir.

— Laisse tomber. Mon père souhaiterait un Bordeaux. Propose-lui quelque chose d'assez rond en bouche, je suis presque sûr qu'il choisira la viande rouge, tranché-je d'un ton cassant.

Elle reste immobile un instant, note ces détails sur son carnet, et s'exécute aussitôt. Elle n'est pas du genre à se laisser impressionner, Tess saura trouver le vin idéal pour mon père.

— Chef ? Tout va bien ? me questionne Bob en retournant quelques calamars dans sa poêle.

Les mains appuyées contre le plan de travail, le regard vers le sol, je prends quelques secondes pour me recentrer et chasser mes émotions. Ma pupille tressaute de nerf, et je souffle un grand coup avant de me redresser et d'affronter la salle bondée devant moi. Cette cuisine vitrée était mon rêve. Lorsque j'ai fait rénover cet ancien entrepôt, j'ai mis un point d'honneur à ce que celle-ci soit mise sur un piédestal. Ainsi, les clients dégustent mes plats sous ma surveillance, tout en pouvant suivre l'effervescence des coulisses. Ici on ne triche pas, on ne se cache pas : on partage. Sauf que ce soir, je regrette de ne pas avoir plus d'intimité.

En me redressant, ce sont ses iris vert d'eau qui me percutent en premier. Je ne romps pas le contact, elle non plus. Nous restons un certain temps à nous défier, et malgré les quelques mètres qui nous séparent, j'ai rarement eu un échange aussi intense. Les événements récents nous relient inévitablement. En silence, je comprends ce qu'elle ressent et j'imagine que ça lui coûte d'être ici. Lorsque Jay, le barman, vient lui servir son cocktail, je reprends ma respiration. Je n'avais même pas réalisé que je m'empêchais de respirer jusque-là. Putain, cette soirée risque d'être compliquée.

— Chef, à vous regarder, on pourrait croire que vous venez d'avoir une attaque de panique ! s'inquiète Bob.

— Tout va bien Bob, il faut surtout que je me mette au boulot.

Méthodiquement, je noue mon tablier noir autour de ma taille, me lave les mains et prépare mes produits. Ce soir, j'ai missionné ma brigade pour assurer toute la carte, ils sont suffisamment nombreux pour s'organiser sans moi. Je m'occuperai essentiellement de ma suggestion du jour, mes ravioles aux cèpes et foie gras poêlé. Rapide et efficace. Je n'ai pas le droit à l'erreur, peut-être encore moins qu'avec un critique culinaire. Ce soir, j'ai trop peur d'être déconcentré, alors j'ai préféré déléguer. Bob est une pépite, il n'a que 24 ans, mais il est passionné au moins autant que moi au même âge. Il possède une autorité naturelle qui lui permet d'encadrer les cuisiniers, les commis, le plongeur… Bref, avec lui, ça file droit.

— Quatre suggestions du jour, deux côtes de bœuf à point, une lotte laquée au soja et une assiette végétale pour la table 1, s'écrie Jodie en déboulant sur le pas de la porte.

J'enregistre chacun des plats, devinant facilement qui a commandé quoi ; les côtes de bœuf pour les hommes, la lotte pour Pénélope et les légumes probablement pour Azèle. Je ne crois pas l'avoir déjà vue manger autre chose que ses espèces de steaks au tofu infâmes, je suis même étonné qu'elle ait commandé une suggestion.

La pâte de mes ravioles est tout simplement parfaite, fine, lisse et colorée. Je prends le temps de me plonger dans mes tâches, de faire le vide, d'oublier, jusqu'à ce que la dextérité dans mes doigts prenne l'ascendant sur mon humeur. J'escalope les cèpes, hache le persil et l'ail, puis me lance dans l'émulsion au foie gras qui accompagnera mes ravioles.

Quinze minutes plus tard, elles sont cuites. Je dresse la dernière assiette à la main avec minutie, avant de les emporter avec moi. C'est le seul effort que je ferai, leur servir ces quatre assiettes, et leur offrir l'infime entrevue qui en résultera. Après ça, je ne suis même pas sûr de rester, j'ai d'ailleurs déjà prévu d'enfourcher ma moto et de me tirer.

— Ravioles aux cèpes sur son émulsion de foie gras poêlé.

Je n'ai jamais été aussi froid dans l'énoncé d'un plat. Les autres clients sont déjà surpris que je sois en salle, j'espère qu'ils n'entendront pas la conversation qui suivra. Je croise les bras contre ma poitrine, et les scrute sans vergogne de toute ma hauteur. Si je pouvais écraser rien qu'avec mon regard, les personnes autour de cette table ne seraient déjà plus de ce monde.

— Intéressant… lâche Pénélope.

Cette petite expression dans sa bouche, depuis toutes ces années… Cette femme est l'incarnation même de toutes les méchantes Disney mélangées, même si je pencherais pour dire que Médusa lui correspond à ravir : tellement infecte qu'elle en oublie toute sa classe.

— Alors, Cass. Ce restaurant, ça fait longtemps ? Moi qui m'étais convaincu que tu perdais ton temps dans ces cours de cuisine !

Le rire de mon père sonne faux, comme un archet sur les cordes d'un violon désaccordé : ça crisse, c'est moche, ça fait mal. Je resserre mes poings lorsque Zack s'esclaffe à son tour, encore plus lorsque sa main vient se poser sur le genou d'Azèle sous la table. Je suis le seul à pouvoir le voir, et pour une raison inconnue, j'aurais préféré ne pas en être témoin. Cette main est dévastatrice, cet homme est fourbe, insensible et hargneux, et pourtant ça fait des années que je le laisse faire le mal autour de lui.

— Bonne dégustation.

Je suis déjà prêt à faire demi-tour, mais Zack rétorque.

— Où as-tu trouvé tout ce pognon pour ton restau ?

Je ricane nerveusement, je n'en reviens pas qu'il se permette une question pareille, là maintenant, en plein rush. Il pense sans doute que notre père m'a filé un héritage anticipé, ou je ne sais quoi me permettant un tel investissement. Je pince l'arête de mon nez, puis me mords les lèvres pour cacher le tressaillement de ma mâchoire. Je ne veux pas qu'ils me pensent atteint, je ne veux pas leur donner cette satisfaction.

— Ça te rend fou, hein ? reprends-je d'une voix plus grave.

Il écarquille les yeux.

— De voir ma réussite, mon restaurant qui cartonne…

Je secoue la tête, conscient que ces échanges sont tout simplement ridicules.

— Allons, allons… Ce n'est ni le lieu, ni le moment. Parlons plutôt de cette fusillade ! Le hasard a bien fait les choses pour vous deux ! intervient Pénélope en plantant ses grandes billes rondes vers nous.

Blasé, j'incline mon visage vers celui d'Azèle. On dirait que le soleil lui a cramé la peau tant elle est rouge. Pour la première fois depuis qu'ils sont arrivés, j'ai envie de rire. Je suis presque convaincu que Pénélope veut foutre la merde, et si je ne me trouvais pas sur mon lieu de travail, j'en aurais rajouté des caisses. Juste pour voir la jalousie maladive éclore dans les yeux de Zack, pour qu'il perde le contrôle, que son vrai visage soit mis à nu.

— Tout à fait. Le hasard a voulu que je lui sauve la vie. J'attends toujours un merci, d'ailleurs. N'est-ce pas petit frère ?

Pénélope glousse, mon père se contente de découper sa viande comme si rien d'autre ne l'intéressait, tandis que Zack se tend comme un ressort, la face déconfite. Sa haine le dévore, sa fierté en prend un coup, et c'est jouissif de s'en délecter.

— Excusez-moi, j'ai envie de faire pipi, nous interrompt soudain Azèle en faisant grincer les pieds de sa chaise.

Le tissu vaporeux de sa longue robe beige flotte entre les fauteuils, Zack la regarde à peine, comme si elle n'existait pas. Avant de prendre congé à mon tour, je zieute les assiettes. Malgré l'absence de compliments sur ma cuisine, j'en conclus qu'ils apprécient ce qu'ils mangent. Excepté peut-être Azèle, qui n'a pas touché à son assiette. Mais ce n'est pas une référence, cette fille a un appétit d'oiseau.

Lorsque je pousse la porte arrière du restaurant, je suis surpris de l'y trouver. Aucun des clients ne vient là, cette porte donne sur une petite cour intérieure où sont entreposées les poubelles et où je gare ma moto. Pourtant, Azèle se tient appuyée contre un des murs en pierre, le visage vers le ciel, et recrache des volutes de fumées blanches.

— Je pensais que tu avais arrêté de fumer, soufflé-je en m'approchant d'elle.

Elle sursaute en portant sa main à son cœur.

— Ouais, ben j'ai repris. Question de survie ! me rabroue-t-elle sans me regarder.

— Comment es-tu arrivée ici ?

— Tess m'a dit que je pouvais… commence-t-elle timidement.

Bien sûr, Tess… Je comptais déguerpir de là, mais je décide de prendre quelques minutes avec elle. Juste pour m'assurer qu'elle va bien. Je sors une cigarette à mon tour et me poste en face d'elle. J'aimerais qu'elle soutienne mon regard, mais visiblement elle en a décidé autrement.

— Qu'est-ce que tu fais ?! s'énerve-t-elle aussitôt.

— Je te regarde.

Elle fronce les sourcils, et je capte enfin son attention.

— Arrête ça.

— Pourquoi ?

— Parce que c'est gênant.

Certainement… Seulement je ne peux pas m'en empêcher. J'aimerais disséquer ses pensées, ses souvenirs et mettre le doigt sur un paquet de mystères qui m'échappent depuis toujours.

— Comment tu te sens ?

Elle paraît désarçonnée par ma question, peut-être car la plupart des Murphy ne s'intéressent jamais aux autres, ni à la réalité des sentiments. J'aimerais qu'elle me regarde pour l'affronter une bonne fois pour toutes, mais maintenant que ses deux émeraudes me toisent, je suis terrifié par la profondeur de leurs secrets. Azèle n'est pas du genre à se livrer, elle n'est pas non plus le genre de nana à épancher sa peine sur les autres. La manière dont elle gère ses émotions m'a toujours fasciné. Même à l'enterrement de Grace, elle s'était contenue, elle était restée souriante et digne. Cela dit, lorsque nous nous sommes retrouvés pris au piège dans ce supermarché il y a trois jours, une brèche s'est ouverte. Et depuis, j'ai la conviction de pouvoir la comprendre.

— Je vais bien, Cassius. Je t'assure ! C'est… idiot d'être ici à fumer avec toi. Je ferais mieux de partir directement rejoindre ta famille.

Je la regarde écraser sa cigarette contre la briquette rouge du mur, puis la jeter dans la benne à ordure.

— Tu n'es pas obligée de mentir avec moi, Azèle.

Elle s'arrête, je sais qu'elle m'écoute.

— Est-ce que tu manges ?

— Laisse-moi, Cass.

Elle fait volte-face, sa chevelure aux reflets flamboyants ondulant dans le vent.

— Ils t'ont dit qu'ils avaient ouvert une cellule psychologique, pour parler de la fusillade ? enchaîné-je.

— Évidemment !

— Et alors ? Tu comptes y aller ?

— Non.

— Tu devrais pourtant.

Elle inspire bruyamment, j'ai l'impression de l'avoir mise en rogne.

— Avec tout le respect que je te dois, je sais encore ce qui est bon pour moi ou non !

Je me rapproche d'elle, à peine quelques centimètres nous séparent.

— Et sauf le respect que je te dois… j'étais là, et je sais ce que j'ai vu.

Les joues rosies par la fraîcheur du soir, ou peut-être par la colère, elle soutient mon regard.

— Et ?! Vas-y, va au bout de tes pensées ! Que penses-tu avoir vu ?

— Une personne choquée, pétrifiée par la peur. Une personne qui a vu la mort, juste à côté d'elle.

— Chut. Je t'interdis d'en reparler. Et je ne veux plus rien savoir à propos de ton histoire de « bonne étoile » !

Elle tourne les talons, et martèle le sol de coups secs et vigoureux avant de disparaître pour de bon. J'ignore si mes derniers mots ont été assez puissants pour la faire changer d'avis, j'en doute. Je ne connais pas très bien cette fille, nous n'avons jamais été proches, et n'avions jusqu'alors jamais réellement tenu de discussion tous les deux. Mais qu'elle le veuille ou non, l'événement traumatique qu'elle a vécu l'a marquée, et ce n'est pas avec le soutien inexistant de mon frère et le peu d'aliment qu'elle ingurgite qu'elle aura la force de surmonter cette épreuve.

Le sort d'Azèle Harris m'a toujours importé, mais ça, personne ne le soupçonne. Encore moins Azèle. Malheureusement, lorsqu'elle a décidé de se taper mon frère, elle avait déjà signé son arrêt de mort sans le savoir, et je n'ai rien fait pour l'en empêcher. Pire, j'ai regardé, écouté, deviné tout ce que leur couple lui réservait. Une descente aux enfers, et ce n'est que le début. Sauf qu'aujourd'hui, je peux encore intervenir.

Chapitre 10

Azèle – Santa Barbara

Maman ne va pas fort. Je sais qu'elle essaye comme elle peut de maintenir le cap, mais depuis que les traitements ont débuté, ses rayons s'éteignent peu à peu. C'est difficile pour moi, car je m'efforce de toujours garder le sourire, je ne veux pas qu'elle ressente ma peur. Mon année de seconde est presque terminée, elle avait pourtant débuté sur les chapeaux de roues jusqu'à ce que le printemps apporte la pire nouvelle de notre vie. Foutu cancer. Je rythme mes journées entre mes cours et les séances de chimiothérapie à l'hôpital. J'ai bien essayé de demander à James Blake si elle pouvait recevoir son traitement à la maison, mais il a refusé. Cet homme est spécial, on dirait un bloc de glace, incapable d'éprouver la moindre émotion. Mais d'après Kurt et Pénélope, c'est le meilleur.

Zack m'aide à m'évader. Le soir, lorsque maman est trop fatiguée et que papa est trop sonné par les informations médicales qu'il reçoit en masse, je sors en douce pour le retrouver. Bientôt sept mois que nous sommes ensemble, et il y a des jours où j'ai l'impression de l'aimer et d'autres où je ne le reconnais plus.

— Ma puce ? C'est l'heure.

Le craquement du plancher me sort de ma série. Je pense être la seule de ma génération à apprécier Friends. *Tess n'a jamais compris mon engouement pour cette série, sans parler de Zack qui trouve ça exaspérant. Moi, j'ai la sensation de retrouver ma bande de potes, qu'avec eux rien ne peut m'arriver : je sais qu'ils me feront rire, qu'ils seront au rendez-vous. En tout cas, ils ne m'ont jamais déçue.*

— Déjà ?

— Eh oui…

Mon père patiente sur le pas de la porte, ses cheveux poivre et sel rabattus en arrière. Ses traits se sont affaissés en seulement deux mois, sans doute suite au choc de l'annonce. Pourtant il tente toujours de sourire. Nous allons à l'hôpital, maman est déjà dans la voiture. Je ne l'ai pas vue de la journée, ses nausées et sa fatigue la terrassent. J'ai mal de la voir ainsi, j'aimerais mieux que ça m'arrive à moi. Enfants, nous ne sommes jamais prêts à voir un parent souffrir. On les croit capables de résister à toutes les tempêtes, on les pense invincibles. C'est sans doute ce qu'elle a cru durant toutes ces années. Une boule dans la gorge, j'enfile mes tennis et suis mon père à reculons.

L'odeur aseptisée de la salle de soin me donne la gerbe, sans parler des fauteuils en similicuir qui crisse sous mes jambes nues. Je ne suis pas à mon aise, si je m'écoutais je décamperais le plus vite possible, mais je ne peux pas. Dans ma main, les doigts froids de ma mère me retiennent. Elle est emmitouflée dans son plaid, seul son bras gauche s'en échappe, la perfusion lui plisse l'intérieur du coude. Je ne sais pas comment elle supporte cette grosse aiguille sous la peau, sa simple vision me retourne l'estomac.

— Et si tu me racontais tes cours d'art plastique, ma chérie ?

C'est vrai, je suis venue pour lui changer les idées…

— Tu es sûre que tu ne préfères pas te reposer ? m'enquiers-je.

Ses grands yeux bleus se ferment, à mesure que son sourire s'élargit.

— Non, surtout pas. Je n'en peux plus de dormir, j'ai l'impression de rater trop de choses. Alors parle-moi de M. Bows, s'il te plaît.

D'un signe de la tête, elle m'intime de me lancer.

— M. Bows est le professeur de dessin le plus fantastique que j'aie eu jusqu'à maintenant. Il ne se contente pas de nous apprendre les techniques de l'acrylique, de l'aquarelle et du fusain, il nous raconte l'histoire de chaque artiste avec des détails que personne ne connaît !

Elle me scrute, heureuse, comme si elle partageait mon enthousiasme.

— Je te jure maman, j'ai l'impression qu'il m'ouvre des portes, que mon avenir s'éclaire. J'attends ses cours chaque semaine avec impatience ! Tu sais qu'il te connaît ?

— Ah bon ? s'étonne-t-elle en fronçant les sourcils.

— Oui ! Enfin, il a déjà vu passer tes créations dans certaines galeries. Il est persuadé que si je m'intéresse autant à l'art et à son histoire, c'est grâce à toi.

Je sais que tout ce que je lui raconte maintenant l'aidera à surmonter les prochaines heures. Cela dit, c'est la vérité, M. Bows est convaincu que la passion de ma mère pour les sculptures m'a donné la fibre artistique. Pourtant je ne suis pas vraiment douée, ni en dessin, ni en peinture. Mais lorsqu'on me parle des différents mouvements, de toutes ces grandes personnes qui ont marqué les décennies, mon cœur s'anime.

— Oh… Ma chérie, si une petite part de moi peut s'imbriquer dans tes ambitions futures, alors je serai la plus heureuse.

Elle continue de m'observer, son crâne dissimulé sous son foulard coloré. Puis soudain, une étincelle jaillit dans ses iris.

— Tu sais ce qui serait fou ?

— Euh… non ?

— Que tu postules à l'École du Louvre, s'exclame-t-elle en se redressant.

J'écarquille les yeux. Déjà car les inscriptions dans les universités ne se font pas avant l'année prochaine, mais surtout car elle semble sérieuse.

— Mais maman… C'est à Paris !

— Et alors ?! Il faut rêver grand parfois.

— Mais, je ne peux pas tout quitter… Et toi ? Et papa ? Et Zack ?! Et puis de toute façon, ils ne prennent que les meilleurs !

Elle s'approche de moi, attrape mes mains et poursuit, plus sérieuse que jamais.

— Écoute-moi bien : tes rêves n'ont pas le temps d'attendre. Tes yeux brillent lorsque tu me parles de Paris, des musées, de Picasso, Monet, Klimt et compagnie… Et ton cœur mérite de briller tous les jours de ta vie, alors ne fais jamais tes choix en fonction de nous. Quoi qu'il arrive, les personnes que tu aimes te soutiendront toujours dans tes décisions.

— Mais… Zack ne le supporterait pas. Tu sais, nous avons déjà discuté de l'avenir ensemble et il doit faire ses études de médecine à Los Angeles.

Elle secoue la tête incrédule.

— C'est ta première relation, et je comprends qu'elle soit importante pour toi. Mais tu comprendras plus tard, tu verras…

— Je verrai quoi ?

— Que Zack, ce n'était pas si important.

Je ne comprends pas comment Zack ne pourrait plus être important, mais j'acquiesce car j'ai le sentiment que c'est ce qu'il faut faire, là maintenant.

— Comment va-t-il d'ailleurs ? Papa m'a dit qu'il s'était battu avec Cassius ? ajoute-t-elle d'une voix prudente.

J'appuie ma tête sur le mur derrière nous, et regarde le plafond comme s'il pouvait me donner la meilleure réponse. Il y a quelques semaines de ça, Bryan Powel a organisé une soirée dans sa maison au bord de l'eau. Je passais un bon moment avec Tess et les autres, jusqu'à ce que Cassius intervienne. Comme toujours avec lui. Dès que Cass est dans les parages, il faut que ça dégénère. Zack et lui se sont littéralement massacrés, sous les yeux de tous. Zack avait du sang partout, j'ai bien cru tomber dans les pommes une bonne dizaine de fois tellement ça giclait. Apparemment, Cassius aurait mal parlé à une fille et Zack a voulu prendre sa défense. Je m'en veux de ne pas avoir été là plus tôt, j'aurais sans doute pu intervenir, calmer le jeu…

— Je savais bien que papa ne pourrait pas s'empêcher de tout te raconter ! rétorqué-je amusée.

Son petit rire de souris vient chatouiller mes oreilles. J'aime tellement son rire, il est communicatif, rassurant. Voilà trop longtemps que je ne l'entends plus suffisamment.

— Azèle, il faut bien que quelqu'un m'avertisse de ce qu'il se passe dans ta vie ! J'ai un cancer, je ne suis pas mourante !

Mon cœur chavire à ces mots. Elle ne se rend pas compte.

— Depuis que je suis malade, tu ne me racontes plus rien, ça me manque ma chérie. Je ne suis pas en sucre, j'ai besoin de tes petites histoires pour vivre un peu de ta jeunesse par procuration. Tu comprends ? Pour ce qui est de Cassius, je suis convaincue que sa réaction n'est pas

anodine. Il n'est pas du style à s'emporter pour un rien, je le connais.

— Pourquoi est-ce que tu le soutiens toujours ? m'impatienté-je.

Ma mère n'a jamais cessé de protéger Cassius. Quoi qu'il fasse, quoi qu'il dise, il avait son approbation. Elle ne s'est jamais emballée pour mon histoire avec Zack, il faut dire que cette dernière a débuté pile au moment de son diagnostic.

— Cassius n'a pas une vie facile, j'aimerais que tu gardes ça en mémoire.

— Hum. Ok, raconte-moi alors. Je ne sais pas grand-chose de sa vie, mis à part que sa mère l'a abandonné. Pourquoi d'ailleurs ?

Elle fixe le plafond, et cherche ses mots.

— Tu sais, nous avons toujours habité dans ce quartier. Nous côtoyons les Murphy car ils appartiennent à notre cercle d'amis, cependant, ce n'est pas une raison pour être d'accord avec tout ce qu'ils entreprennent. La mère de Cassius était une femme remarquable. Je l'ai connue pendant deux ans seulement, mais je suis intimement persuadée qu'elle n'aurait jamais abandonné son fils de la sorte. Il doit y avoir une explication rationnelle à tout ça.

Pensive, je laisse reposer ma tête contre son épaule. J'ai toujours préféré classer toutes ces histoires et ces on-dit bien au fond de mon cerveau. Je pense que c'est mieux ainsi.

— Bref. Le principal, c'est que tu continues de sortir et de t'amuser malgré tout ! N'est-ce pas ma chérie ?

Au coin de sa bouche, son grain de beauté se retrousse en suivant la commissure de ses lèvres. J'espère voir ce sourire pendant des années encore. Je lui promets de lui rapporter chacune de mes journées, même lorsque je ferai le mur. Elle m'explique qu'elle n'est pas dupe, qu'elle m'entend pousser les baies vitrées le soir en douce. Je la prends dans mes bras, et elle soulève sa grosse couverture duveteuse parfumée au lilas. Au chaud dans notre bulle, je l'écoute me raconter ses histoires plus drôles les unes que les autres, et je me laisse bercer par sa vision de la vie. À travers ses yeux, elle donne l'impression que tout est plus léger, plus simple, que l'avenir n'est pas si terrible. Et pour une fois, j'ai envie de la croire.

Ce soir-là, en rentrant, j'ai lancé une énième saison de Friends. *Maman dormait déjà, papa regardait la télévision dans le salon. Puis j'ai longuement repensé aux folles idées de ma mère, à Paris et à tout le reste. Je sais que si j'en parle à Zack, il sera contre l'idée, pourtant au fond de moi, tout ça ne me paraît plus si fou.*

Chapitre 11

Ce soir, si tu sors avec un garçon, papa te donnera la permission de 23 heures.

Ça reste entre nous, mais je laisserai la baie vitrée ouverte.

Amuse-toi, oublie tout. Vis, tout simplement.

Azèle

Je bâille à m'en décrocher la mâchoire. Cette recherche de boulot me plombe le moral. Voilà presque trois semaines que je suis arrivée à San Francisco, et je ne trouve absolument rien ! Moi qui voulais aider Tess avec les factures et découvrir la ville différemment, ce n'est pas gagné. *Danseuse de cabaret, serveuse dans une station-service, femme de ménage au cinéma du coin.* Il fut un temps où je dansais oui, mais sur les chansons de *Cendrillon et Pocahontas*. Moi, dans un cabaret ? Autant être réaliste : la clientèle reviendrait simplement pour le comique de la situation. Bref, il n'y a rien qui ne puisse s'accorder avec mes cours, rien pour faire évoluer mon français.

Depuis la fusillade, des pensées obsessionnelles tournent en boucle dans mon esprit. *Pourquoi moi ? Pourquoi m'épargner ?* J'ai eu beau y réfléchir des nuits entières, je n'ai toujours pas la réponse. À en croire Cassius, une étoile veille sur moi… Je mentirais si je disais que je n'ai pas imaginé un seul instant que ma mère m'a envoyé sa protection. *Un signe ?* Est-ce réellement possible ? L'idée qu'elle me surveille m'a toujours rassurée, bien que ça soit parfois un peu dérangeant. Et si c'était un « clin d'œil » de sa part ? Et si ma mère voulait ajouter son grain de sel ?

Tess essaye de parler avec moi, de faire sortir mes émotions et tout le reste. Malheureusement, je fais face à un blocage, et comme après l'annonce du cancer, c'est mon assiette qui en prend un sacré coup. Mon estomac et les sensations dans mon ventre sont connectés à mon cerveau. Sous cette peau tendue, sous ce petit nombril que je déteste, se cachent tous mes souvenirs que je n'ai jamais réussi à expulser. Et bon sang… qu'est-ce que ça me fait mal. Moi-même je n'aimerais pas m'y aventurer, tant ce sac de nœuds est coriace.

Notre petit face-à-face dans l'arrière-cour du restaurant m'a totalement chamboulée. Cassius m'a encore montré une facette de sa personnalité que je n'aurais jamais soupçonnée. Une sensibilité, une forme d'empathie, qui l'eut cru ? Nous n'avons jamais reparlé de ce qu'il s'est passé ce jour-là, d'abord sur le trottoir, puis dans ce supermarché. Probablement car il n'y a rien à en dire. Cassius a essayé à sa manière d'être là, en me rappelant qu'une cellule psychologique avait été mise en place. Suis-je la seule à avoir besoin d'en parler ? Et lui alors ? D'accord, il n'a semblé à aucun moment apeuré, même pas désarçonné une seconde, mais tout de même, il est gonflé !

À l'instant où mon téléphone vibre, j'abandonne mes recherches. C'est Zack, je décroche sans la moindre envie de converser avec lui.

— Ça va, bébé ?

Derrière lui, un brouhaha insupportable me parvient.

— Je t'entends très mal.

— Oui, désolé, je suis chez Cole, tu sais celui avec qui je fais le tutorat le mardi soir.

J'étends mes jambes sur le canapé, déjà assommée par cette conversation. Je devrais peut-être lui dire que je me contrefiche de tout ça, et lui rappeler que j'ai vécu un drame pas plus tard qu'il y a dix jours ?!

— Ah oui, Cole… !

— Bon, qu'est-ce que tu as encore ?! Tu fais la gueule ? Génial ! Tu ne pourrais pas faire genre d'être heureuse d'avoir ton petit copain au téléphone, non ?!

Sa voix grésille, si je m'écoutais je lui raccrocherais au nez. Derrière, des rires féminins éclatent.

— Zack… Je crois que tu es le seul à ne même pas me demander comment je vais depuis la fusillade, tu es vraiment…

— Oh c'est bon, arrête avec ça ! me coupe-t-il, il faut passer à autre chose maintenant ! Tu as eu peur, OK. Mais tu es en vie, alors arrête de ressasser, ça devient pénible !

J'aurais préféré que mon cœur ne se serre pas autant. Pourquoi suis-je obligée de réagir à la moindre de ses remarques ? Pourquoi, après toutes ces années, il me faut presque mourir pour réaliser à quel point Zack me maltraite sans aucune raison valable ?!

— Tu te fous de moi là ? Tu n'es qu'une sombre merde, Zack ! Je n'arrive pas à croire que tu puisses me sortir un truc pareil ! gueulé-je à travers la pièce.

— Tu sais quoi, je te laisse. Je t'appelais pour te raconter ma journée, mais encore une fois, tu es trop focalisée sur toi. Je n'ai pas envie de t'entendre hurler comme une cinglée. Je ne sais pas ce que tu bouffes à San Francisco, mais cette ville te rend barjot !

Je sors de mes gonds et me lève d'un bond, folle de rage.

— Tu n'es qu'un sale enfoiré, Zack ! Et ne me parle pas de bouffe…

— C'est vrai, j'avais oublié que tu préférais crever la dalle, ou aller vomir aux chiottes dès que tu ingurgites la moindre de tes merdes végétales.

C'en est trop. Je mets fin à l'appel avant de balancer mon téléphone à travers la cuisine. Ce dernier s'écrase au sol, à l'instant où Tess revient du travail.

— Tu ne dors pas ?

Tess claque la porte d'entrée derrière elle, je sursaute, surprise, la main sur le cœur.

— Nom de Dieu… Tu m'as fait une peur bleue !

Encore désorientée par ma dispute avec Zack, et toutes les remarques horribles qu'il vient de m'adresser, je m'assieds sur l'accoudoir.

— Est-ce que ça va ? Je ne t'ai jamais vue si rouge !

Un petit rire nerveux m'échappe, je secoue la tête perdue.

— Je viens de me prendre la tête avec Zack, d'où mon iPhone éclaté par terre.

Elle détourne le regard et grimace en voyant la vitre de mon téléphone brisée.

— Je connais un mec qui te répare ça pour rien du tout, me dit-elle en ôtant ses chaussures et sa veste en jean.

Elle prend place à mes côtés, et me détaille avec pitié.

— Ah non ! Pas ce regard de pitié Tess, je t'en supplie.

— OK, OK… J'arrête. Tu veux en parler ?

— Je crois qu'il n'y a rien à dire. Honnêtement je suis à deux doigts de rompre.

Ça m'écorche la langue de le prononcer à voix haute, pourtant il faut que je me rende à l'évidence : il n'y a plus d'amour à sauver entre lui et moi.

— Et je suis la première à appuyer cette décision ! approuve-t-elle tout à coup bien moins triste pour moi.

— Bref…

— Tu veux sortir avec moi pour te changer les idées ?

— Non mon chou, c'est gentil, mais je préfère les mecs.

Elle se moque en me poussant, bien consciente que mon humour craint la plupart du temps.

— T'es con… Non, plus sérieusement, l'équipe sort tous les vendredis soir, ça te dit de venir ? C'est toujours mieux que de te morfondre ici devant… les petites annonces ? s'étonne-t-elle penchée sur mon ordinateur pour voir l'écran. Putain Azèle, arrête avec ça. Je t'ai déjà dit que ça ne me dérangeait pas de t'accueillir ici.

— Laisse-moi, je trouverai bien quelque chose qui me correspondra un jour ou l'autre !

— C'est ridicule, tu ne vas pas… danser dans un cabaret ? articule-t-elle avant d'exploser de rire.

Je referme mon ordinateur avant de me lever.

— Et pourquoi pas ? la défié-je alors.

— Dans ce cas-là, tu aurais un sérieux problème ! Tu n'as aucun sens du rythme !

Je replie le plaid dans lequel je m'étais enroulée, et attache mes cheveux en un chignon fouillis.

— C'est ce qu'on va voir !

— Comment ça ?

— Tu ne viens pas de me dire qu'on était de sortie ce soir ?!

* * *

Ce n'est pas un bar comme je l'imaginais, c'est une grande boîte de nuit qui longe les quais, à quelques mètres seulement du *French Sky*. Je comprends mieux pourquoi l'équipe a choisi cet endroit comme lieu de débauche ! Après cette merveilleuse engueulade avec Zack, il m'a semblé bon d'accompagner Tess pour me changer les idées. Pleurnicher sur le canapé n'aurait pas été la solution, voir du monde en revanche l'est beaucoup plus.

— J'ai l'impression que ma tenue est *too much* ! T'es sûre de toi là ?

Je m'interromps pour forcer Tess à me regarder.

— Arrête, cette robe noire est parfaite, ça serait moi je l'aurais même raccourcie d'un poil !

— Oui, alors là, ça ne s'appellerait plus une robe mais un crop top ma belle !

Elle arrime son bras au mien et m'entraîne vers l'entrée d'où nous proviennent déjà les bribes d'une musique électronique. L'idée de faire la fête avec ma meilleure amie me donne des ailes, seulement me retrouver avec tous ces inconnus autour de moi m'angoisse tout autant. Je sais qu'il faut que je me réhabitue, que la vie continue et que la probabilité de me retrouver à nouveau face à un mec armé est faible, mais il n'y a rien à faire, cette pensée ne me quitte pas. Je devrais peut-être songer à contacter ce numéro que les flics m'ont donné, il doit bien exister des techniques pour calmer mon stress post-traumatique. Jusqu'ici, je pensais pouvoir m'en sortir seule, or je ne dois pas être assez concentrée sur les vidéos d'hypnose que j'ai trouvées sur Internet.

Nous saluons les vigiles qui nous laissent pénétrer les lieux sans aucun problème, payons notre entrée et gagnons en échange un joli coup de tampon sur notre poignet. Tess se faufile dans la foule comme un vrai serpent, je la suis en me concentrant pour ne pas perdre l'équilibre du haut de mes talons dorés, tout en refoulant mes pensées obsessionnelles. Dans une salle où des néons roses illuminent les murs, un groupe d'une dizaine de personnes nous fait signe. Installés sur des banquettes rouges capitonnées, je reconnais les quelques collègues de Tess que j'ai pu croiser les fois où je suis venue au restaurant. Il y a Jay, le barman, Jodie et Flory qui s'occupent de la salle, et tout un autre groupe de mecs dont je ne connais pas le prénom.

— Salut ! Je vois que vous en êtes déjà à la vodka ! Bravo ! plaisante Tess en s'asseyant autour de la table. Au fait, je suis venue avec ma meilleure amie, Azèle, pour ceux et celles qui ne la connaissent pas encore !

Je leur souris, échange deux, trois bonjours, et prends place à mon tour. Jay me sert un verre de vodka-pomme alors que j'ai horreur de ça, mais j'accepte sans rechigner. Les conversations fusent. Jodie me demande comment je vais depuis la fusillade, apparemment toute l'équipe est au courant puisque Cassius aurait dû être en service ce jour-là. J'avale mon verre en grimaçant à chaque gorgée, réponds aux questions sans trop m'étaler et plus l'alcool pénètre mon sang, plus je suis détendue. Au bout d'une demi-heure, Tess m'oblige à la rejoindre sur la piste de danse.

— Ramène-toi ici ! Tu dois t'entraîner pour ce cabaret ! me crie-t-elle en riant.

L'ivresse aidant, je sautille en tirant sur les pans de ma robe qui, décidément, est beaucoup trop courte. Je crois que c'est un morceau de Drake remixé, en tout cas, c'est suffisant pour me donner envie de me déhancher. Sur le rythme de l'instrumentation, nous ondulons nos corps côte à côte en riant aux éclats, Tess me crie quelque chose à propos de mes cheveux qui sont, je cite « sensationnels ce soir », et me propose de boire une nouvelle gorgée de son cocktail acide. Tess fait partie de ces personnes qui, une fois pompettes, font des compliments à tout bout de champ et deviennent très tactiles. Ça ne m'a jamais dérangée, je l'utilise d'ailleurs comme indice pour contrôler son alcoolémie. À vue d'œil, elle en est à son quatrième verre facile !

— Cassius nous regarde, continue de danser avec moi ! m'implore-t-elle à travers la musique.

J'ignorais complètement qu'il serait ici ce soir, convaincue que les boîtes de nuit n'étaient pas son truc. Tess paraît tout à coup électrisée, ses mouvements sont de plus en plus amples, comme si elle voulait attirer l'attention. Par-dessus mon épaule, les yeux bleus de mon amie ne se détachent pas de leur cible, et en faisant volte-face, je réalise qu'elle le mate sans scrupule. Dans une chemise blanche en lin dont les manches sont retroussées, Cassius est accoudé au bar, ses prunelles ocre rivées sur nous. Son torse imposant se détache des autres clients, ses cheveux bruns sont disciplinés en arrière avec seules quelques mèches rebelles lui retombant sur le front. Merde. Il ne me semble pas l'avoir trouvé si beau un jour, même si bien sûr, il l'a toujours été. Sauf que… ce soir, mon ventre se rétracte à sa vision, et ce n'était pas prévu.

— Il est tellement canon, glousse Tess dans mon oreille.

À moitié dans mes bras, j'intègre qu'elle en pince pour lui, peut-être même plus que ça. Il ne faut pas oublier qu'il est son boss, alors je n'imagine même pas quel genre de fantasmes elle doit s'imaginer le soir.

— Attends, attends… Depuis quand tu craques pour lui ? demandé-je prudente.

Elle pouffe, elle n'est pas du tout discrète.

— Mais non, je ne craque pas pour lui, je le trouve juste beau !

La fin de la musique approche, Dieu soit loué, car danser me demande trop d'efforts entre cette foutue robe et mes talons vertigineux. Tess en profite pour stopper sa danse langoureuse contre moi, et m'informe à bout de souffle qu'elle part se rasseoir. J'essaye de me souvenir, Tess le regardait-elle ainsi lorsque nous étions adolescentes ? Ai-je loupé des détails importants ? Il est vrai que la moitié des filles de ma classe rêvait de finir dans son lit. Tout bien réfléchi, il faisait cet effet-là à toutes les femmes qui croisaient son chemin. Sauf moi. Mais Tess ne m'avait jamais laissé entendre qu'il lui plaisait… En même temps, cinq ans d'écart d'âge au lycée, c'est beaucoup. Cassius lui aurait ri au nez, aussi elle a certainement préféré ne jamais rien dévoiler.

— Hey ! Tess t'a abandonnée ?

C'est Jay, toujours dans un t-shirt moulant – je ne l'ai jamais vu vêtu différemment – qui me propose de commander un verre. Ce que j'accepte volontiers. Nous partons en direction du bar, et inévitablement de Cassius, qui se tient toujours dans la même position.

J'ai du mal à décrypter les signaux que me renvoient ses traits, il paraît distant, bien plus que la dernière fois où nous nous sommes parlé au restaurant. Il me fait penser au Cassius de mon enfance, renfrogné, glacial, saumâtre. J'ai du mal à marcher convenablement, la semelle de ces nouvelles chaussures est tellement dure qu'elle me broie les orteils.

— Tu veux que je t'aide à atteindre le comptoir ? Tu as l'air légèrement handicapée là !

Je secoue la tête.

— J'ai une meilleure solution, rétorqué-je en abandonnant mes escarpins.

Ce dernier écarquille les yeux, et j'imagine que Cass doit bien se marrer lui aussi. Tant pis, je ne mesurerai pas plus d'un mètre soixante-cinq ce soir, je préfère encore marcher pieds nus plutôt que finir en sang.

— C'est radical !

— N'est-ce pas ? Bon alors, qu'est-ce qu'on boit ?! m'exclamé-je en posant mes mains contre le rebord poisseux du comptoir.

Je prends place juste à côté de Cassius, consciente de l'attention qu'il me porte encore.

— Tu me fais confiance ? Je vais te faire découvrir le meilleur cocktail que tu n'aies jamais bu ! s'enthousiasme Jay.

J'acquiesce, toujours heureuse de découvrir des nouveautés.

— Salut chef, vous êtes venus finalement ? enchaîne-t-il à l'intention de Cassius.

— Bien vu, tu es perspicace Jay.

Sa voix est tellement rauque que malgré les basses elle nous parvient sans difficulté.

— Salut ! finis-je enfin par lâcher en posant mon regard sur lui.

Je ne sais plus vraiment comment me comporter lorsqu'il se trouve dans les parages. Avant tout cet accident, c'était facile : nous n'avions même pas besoin de nous calculer !

— Si j'étais toi, je n'aurais jamais retiré mes chaussures.

C'est drôle, j'attendais que quelqu'un me fasse une remarque à ce sujet, j'aurais dû me douter qu'il serait le premier. Son côté nonchalant m'horripile, mais les joutes verbales avec Cassius peuvent aller très loin, aussi je décide de ne pas entrer dans son jeu.

— Mais tu n'es pas moi !

Jay est à mille lieues de notre échange polaire, et me glisse plein d'entrain son nectar rose pétant. Instinctivement, mon nez se plisse lorsque les arômes s'en échappent. Je ne veux pas lui faire de la peine, mais je sais d'ores et déjà que cette boisson ne fera pas l'unanimité chez mes papilles. À ma gauche, je sens Cassius me scruter, puis pouffer lorsque j'avale une première gorgée. C'est bien ce que je me disais, ce truc est imbuvable ; le sucre qui s'en dégage est tellement puissant que ça me râpe la gorge.

— Bordel… Mais il y a quoi là-dedans ?!

— Papaye, sirop d'agave, rhum… ah, et une touche de cannelle.

— Je suis désolée, je ne pourrai pas en boire une goutte de plus !

Jay ne se formalise pas, il récupère le verre en riant.

— Tant pis, ça en fera plus pour moi !

— La cannelle je ne peux pas, ça me dégoûte, et le rhum, n'en parlons pas ! J'ai pris une cuite un jour au mojito, et je crois que je ne m'en suis jamais remise !

— On a tous en souvenir une vieille cuite qui nous empêche de boire tel ou tel alcool, pour ma part c'est le whisky. Rien que l'odeur pourrait me faire dégueuler.

Cassius ne participe pas à notre discussion, mais se contente justement d'agiter son verre de whisky, comme pour repousser Jay le plus loin possible.

— Tu bois quoi alors ? s'enquiert-il.

Je m'apprête à répondre, lorsque Cass me devance.

— Commande-lui un gin tonic, bien corsé, avec de la glace pilée.

Surprise qu'il ait retenu tous ces détails, je reste en suspens la bouche entrouverte. Jay opine du chef, sans doute vexé que Cassius vienne s'interposer entre nous, puis s'excuse avant de nous quitter sans même prendre la commande.

— Tu l'as vexé ! m'exclamé-je en me décalant pour soutenir son regard.

— Et alors ? C'est bien ce que tu bois non ?

Je souffle, triture le bracelet accroché autour de mon poignet et interpelle le serveur.

— S'il vous plaît ? Je voudrais un gin tonic… avec de la glace pilée, et une fine tranche de citron vert.

Un sourire me démange, mais je le repousse le plus loin possible. En inclinant la tête vers Cass, c'est sa bouche qui me frappe en premier, les commissures de ses lèvres qui forment des virgules à chaque extrémité. Il ne me semble pas l'avoir vu afficher ce genre d'expression un jour, ni même connaître l'existence de cette mystérieuse fossette qui creuse sa joue droite. Devant ses iris dorés comme le miel, mes pensées s'évaporent de manière totalement incohérente. Comme si j'oubliais tout, qu'il ne s'agissait pas de Cassius Murphy, qu'il n'était plus mon beau-frère.

Comme si Zack n'avait jamais existé, ni raconté toutes ces atrocités à son sujet. Comme si la terre s'était soudain arrêtée de tourner, pour me jeter dans cette sphère temporelle où il n'y a plus que lui et moi, qui nous rencontrons enfin.

Chapitre 12

Cassius

Indéniablement, cette fille danse comme un pied, en revanche, ce qu'elle est capable de déclencher en moi d'un seul regard est sacrément flippant. Alors qu'elle attend sa consommation, la proximité de son bras nu contre le mien finit par me déranger. Je me décale légèrement tout en avalant cul sec la fin de mon whisky. Lorsqu'elle attrape son verre, je la vois fouiller dans son porte-monnaie, mais je suis plus rapide et la devance en fourrant un billet de 20 dollars entre les mains du serveur.

— Qu'est-ce que tu fais ? s'emporte-t-elle aussitôt en fronçant les sourcils.

— Attends, laisse-moi deviner… Tu es le genre de fille à détester quand un mec t'offre un verre ?

Elle semble légèrement perturbée, cherchant ses mots.

— Non… c'est juste que ce n'est pas approprié !

— Pas approprié par rapport à quoi au juste ?

Nerveuse, elle sirote son gin, ses grands yeux verts en amandes continuant de me fixer malgré tout.

J'aurais tendance à dire que c'est exactement ce genre de regard qui est inapproprié, que sa robe redoutablement courte est inappropriée, sans parler de ses lèvres rondes et rebondies qui englobent sa paille… Je me racle la gorge, déstabilisé par la tournure de mes pensées.

— Ton frère, par exemple, me rabroue-t-elle sans ciller.

Je lâche un rire, en imaginant Zack fou de rage de me savoir avec elle.

— Ne mêle pas ton petit copain à tout ça, tu veux ? Je t'ai offert ce verre sans aucune arrière-pensée. Rassure-toi.

— Bien. Très bien. Je vais danser alors !

Je lève les yeux au ciel et lorsqu'elle le remarque, elle s'interrompt en rejetant ses longs cheveux brillants derrière sa nuque.

— Quoi ? s'impatiente-t-elle face à mon mutisme.

— Je n'ai rien dit !

— Arrête, je t'ai vu faire cette tête !

— Ah oui ? Quelle tête ?

Elle souffle, l'air faussement énervé, puis se penche vers le sol pour y ramasser ses escarpins.

— Tu te fous de ma gueule, c'est ça ?! me défie-t-elle.

— Du tout... Alors comme ça, tu t'entraînes pour une espèce de cabaret ?

Son visage s'illumine d'un millier de nuances, lorsqu'elle rit aux éclats. Son rire n'a pas changé, outre le fait que je ne l'avais pas entendu depuis un paquet d'années.

— C'est Tess qui est venue te raconter ces conneries ?!

— Non, mais Tess crie très fort lorsqu'elle est saoule, je vous ai regardées danser tout à l'heure.

— Ah... Et alors ?

— Et alors, tu es nulle, Azèle.

Elle me tape l'épaule sans pouvoir dissimuler son sourire. Elle n'a jamais été du style à se vexer, Azèle n'est pas susceptible. Il aurait été beaucoup trop difficile pour elle de rester avec Zack s'il en avait été autrement.

Azèle marche juste devant moi, ses fesses rondes et galbées remuant au rythme de ses pas. Elle est peut-être filiforme, elle n'a jamais manqué d'atouts. Alors que je poursuis sa trajectoire à travers les basses de la musique, des bruits secs et brefs retentissent. Il n'en faut pas plus à Azèle pour sursauter. Elle se retourne vers moi, le front plissé d'inquiétude, l'air affolé.

— Cass ? Tu as entendu ? Qu'est-ce que c'était ?!

Sans aucune transition, la panique prend le dessus, et d'instinct, elle se plaque contre mon flan et entortille son bras autour du mien.

— Détends-toi. Ce n'est rien d'autre que des abrutis qui éclatent des pétards ! la rassuré-je comme je peux en criant à son oreille.

Au loin, Tess remarque que quelque chose ne va pas. Elle se lève en titubant, et parvient par je ne sais quel miracle à nous rejoindre. Sa queue-de-cheval haute valdingue dans tous les sens, ses yeux ont perdu en lucidité.

— Azèle, ça va ma bichette ?

— Ça va… Ça va, je pense que je vais sortir prendre l'air, lui répond-elle le teint pâle.

Azèle n'en mène pas large. Je lui avais pourtant répété qu'il était préférable qu'elle aille parler de tout ça !

— Viens, allez viens avec moi, on va aller s'a… sseoir, hoquette Tess en lui tendant la main.

— Sans vouloir te vexer, Tess, je pense qu'il serait plus prudent que tu ailles t'asseoir aussi.

Cette dernière se rembrunit mais accepte malgré tout.

— Salut les gars. Je vais raccompagner Azèle. Pour ce qui est de Tess… Faites gaffe à elle, et arrêtez de la resservir.

Azèle enlace son amie, qui en profite pour lui chuchoter des choses incompréhensibles à en juger par son expression.

— Passe devant moi, lui ordonné-je.

Contre toute attente, elle s'exécute. C'est un supplice de voir ses pieds nus fouler le sol crasseux. Alors que nous atteignons bientôt la porte de sortie, un verre s'éclate par terre en mille morceaux.

— Azèle, putain… !

Je l'écarte *in extremis*, avant qu'elle ne s'entaille les orteils. De surprise, elle pousse un cri et se raccroche à la manche de ma chemise.

— C'est ça aussi de vouloir jouer les bohémiennes, ce sol est dégueulasse, et tu vas finir par te broyer les pieds sur du verre ! Remets tes foutues chaussures, s'il te plaît, l'imploré-je.

— Ça va, ça va, pas la peine de t'énerver comme ça ! Tu m'as fichu la trouille !

Je lui propose mon bras pour qu'elle enfile ses chaussures, alors que sa respiration recommence à faire des siennes. Lorsqu'elle mesure huit centimètres de plus et que nous passons enfin les grandes portes battantes, Azèle se précipite sur le trottoir à la recherche d'oxygène sans se soucier de la pluie.

— Respire… Tu te souviens ? Une longue inspiration par le nez, une longue expiration par la bouche.

Je la guide jusqu'à un banc pour l'inciter à s'asseoir. Ce dernier n'est pas abrité, mais ça ne semble pas la gêner, au contraire, elle se détend et reprend même des couleurs.

— Comment tu te sens ? la questionné-je en allumant une cigarette.

Je me tiens debout devant elle, et même si j'aimerais la prendre dans mes bras pour l'aider à reprendre ses esprits, je n'ose pas. Des vagues d'humidité se forment dans ses cheveux, elle tremble encore légèrement mais finit par lever le nez vers moi. Une once de méfiance persiste toujours dans ses traits, et ça me tue.

— Tu peux me parler, tu sais. Je ne suis pas comme *eux*. Qu'importe ce que ma famille, Zack et tous les Murphy ont pu dire à mon sujet.

Sous les réverbères, je peux voir l'intensité de ses iris et leur manière de m'analyser. Je peux entendre les rouages de son cerveau se mettre en action, comme si elle se refaisait le film de notre enfance, du moment où elle m'a rencontré jusqu'à maintenant, sans oublier l'épisode de Chuck Connery.

— Je me contrefiche des Murphy à l'heure qu'il est, crache-t-elle.

— Bien, ça nous fait au moins ça en commun.

— Il y a quelque chose que je ne comprends pas : tu es pourtant un Murphy, Cassius…

Azèle ne comprend décidément rien, comment pourrait-il en être autrement ? Elle est endoctrinée depuis gamine. J'attrape mon portefeuille et lui colle sous les yeux ma carte d'identité. La clope au coin des lèvres, j'enfonce mes mains dans les poches de mon jean, et la scrute durement. J'aimerais la secouer, lui balancer tout ce qu'elle ignore, tout ce qu'elle n'imagine pas.

— Trinisky… comme ton tablier au restaurant. J'ignorais que tu avais pris le nom de ta mère, murmure-t-elle.

— Il y a beaucoup de choses que tu ignores, malheureusement.

J'écrase mon mégot dans la poubelle qui jouxte le banc. La pluie s'est arrêtée, ce qui n'empêche pas les températures d'être anormalement basses pour une nuit d'été. Elle grelotte dans sa foutue robe.

— Lève-toi, je vais te raccompagner.

— Non, je vais appeler un taxi.

— C'est con, j'ai ma voiture juste là.

En tournant dans la rue, un rire lui échappe.

— Ah mais c'est vrai ! Le fameux pick-up ! Tu n'as vraiment été qu'un enfoiré ce jour-là Cass !

Elle me chatouille en écrasant son poing contre mon épaule, du reste, je ne saisis absolument pas ce qui me vaut son agressivité soudaine !

— Tu peux arrêter ça, je te prie ? Tu vas finir par te faire mal !

Je déverrouille ma voiture, et lui ouvre la porte passager, mais celle-ci croise les bras en refusant d'avancer.

— Hors de question.

— Pardon ? Arrête tes conneries et monte, Azèle.

— Non, tu as failli m'écraser avec cette voiture, tu peux toujours rêver pour que j'y grimpe. Et puis comment suis-je censée monter là-dedans ? Il me faudrait une échelle !

J'explose de rire devant la différence de taille évidente.

— Écoute, tu te les gèles, moi aussi, et ce soir je n'ai pas de quoi te réchauffer. Donc je te conseille de prendre place…

Un silence inconfortable s'abat soudain sur nous.

— Tu ne peux pas t'en empêcher hein ? fulmine-t-elle en me foudroyant de ses yeux verts.

Elle abdique néanmoins et se hisse sur le fauteuil. Je me contiens pour ne pas l'y aider, elle aurait détesté que je lui donne la main, j'en suis sûr. Je claque la porte derrière elle, contourne le capot et m'installe au volant. Aussitôt le contact enclenché, je règle le chauffage dans sa direction.

— Si je n'avais pas été là, tu serais sans doute morte d'hypothermie. Un merci ne serait pas de trop, tu ne crois pas ?

Mes petites allusions la décontenancent, et la voir tourmentée entre le bien et le mal de cette situation me galvanise. À quoi pense-t-elle à cet instant ? A-t-elle raconté à Zack tout ce qu'il s'était passé ? J'en doute. De profil, je perçois sa peau rosir.

— Arrête, s'il te plaît, souffle-t-elle.

— Très bien, je vais prendre ça pour un merci alors.

Je décide de la laisser tranquille pour les quelques kilomètres qui nous séparent de son appartement, mais finalement, c'est elle qui rompt le silence.

— Le premier jour où je suis arrivée ici, j'ai emprunté le vélo de Tess pour la rejoindre à ton restaurant. Tu as déboulé avec ton pick-up pour m'insulter à travers ta vitre, et c'est à ce moment-là que je suis tombée et que tu as bien failli me rouler dessus !

Je réfléchis un instant, jusqu'à ce que ce souvenir refasse surface dans mon esprit.

— Ah ! C'était toi ?! La nana qui tombe à l'arrêt et qui ne sait pas à quoi servent les pistes cyclables ?!

Je ne peux pas m'empêcher de rire. Je me souviens parfaitement d'elle, je m'étais même fait la réflexion qu'elle était sacrément bien foutue.

— Je t'emmerde !

Elle se rencogne dans son dossier, puis tourne le bouton de l'autoradio, un vieux morceau des Strokes passe au même instant.

— Tu fais la gueule ? lui demandé-je à un feu rouge.

— Bien sûr que non. Je ne fais jamais la gueule !

— OK. Bien.

Elle triture ses genoux tout en scrutant les immeubles qui défilent. Je pourrais parier qu'elle n'ose pas me regarder.

— Tu fais souvent des crises de panique comme ça, depuis… ? tenté-je prudemment.

Elle secoue la tête.

— Tu devrais…

— En parler, me coupe-t-elle. Je sais, merci.

Je soupire face à son entêtement.

— Qu'est-ce qui est arrivé à ton portable ?

Je désigne sa vitre brisée en son centre, elle se mordille la lèvre avant de me répondre.

— Je l'ai jeté par terre.

Je tourne à droite, m'arrête à un feu rouge et m'accoude à ma fenêtre tout en la scrutant.

— Ça se soigne tu sais.

— Hein ?

Elle fronce les sourcils, décontenancée.

— Les accès de colère, tout ça !

— Ah ah… Très drôle. Et c'est toi qui me parles de colère ?

Elle fait sans doute référence à notre passé et toutes les fois où je devais me jeter dans l'arène pour sauver le cul de Zack. J'ai été con, j'aurais mieux fait de le laisser se vautrer en beauté.

— Tu ne sais pas de quoi tu parles, Azèle, la rabroué-je d'une voix grave.

Elle se renfrogne et jette son téléphone dans son mini sac Prada.

— J'étais au téléphone avec Zack, il m'a fait sortir de mes gonds, m'avoue-t-elle finalement à mi-voix.

Je ne m'attendais pas à cette confession, même si elle ne m'étonne guère. Zack a encore dû la malmener, la harceler et lui manquer de respect. Ce sont ses traits de caractère, sa petite marque de fabrique…

— Je suis désolé.

Je ne dis plus rien, mal à l'aise à l'idée qu'elle apprenne un jour la vérité. L'envie de tout lui révéler grandit à chaque minute passée avec elle, mais je la refoule aussi loin que possible. Elle serait brisée, je serais foutu, elle ne me le pardonnerait jamais.

— Pour ce qui est de te trouver un job, j'ai peut-être quelque chose pour toi.

Je capte enfin son attention. Elle me dévisage, curieuse d'entendre la suite.

— J'ai besoin d'un renfort en salle, on reçoit souvent des clients français et même si ma cuisine est à 90 % influencée par ce pays, je maîtrise très mal cette langue.

— Cass… commence-t-elle tout bas.

— Ce n'est pas de la charité, j'ai vraiment besoin de quelqu'un. Tess m'a dit que tu étais excellente, et passionnée par la France. Tu peux commencer dès la semaine prochaine. J'aurais besoin de toi les jeudis et vendredis soir. À prendre ou à laisser.

J'arrive devant les maisons victoriennes, le chauffage est maintenant beaucoup trop fort, je suffoque. Peut-être aussi car ma proposition reste en suspens, et que je n'ai pas l'habitude qu'une femme me laisse poireauter ainsi.

— Je ne peux pas accepter, Cassius. Merci quand même.

Elle se détache, attrape son sac et les escarpins qu'elle avait apparemment retirés de nouveau, mais avant qu'elle ne s'échappe je la rattrape par le poignet.

— Je ne dirai rien à Zack si c'est ce qui t'inquiète.

Je l'entends déglutir, elle pince sa bouche puis me fait face, l'air plus grave que jamais.

— Zack et moi… c'est compliqué. Je ne sais pas où nous allons, et je sais que bosser pour toi envenimerait d'autant plus la situation.

— Tu as besoin d'un job, oui ou non ?

En réalité, j'ai réellement besoin d'une interprète.

— Bien sûr, mais…

— Mais quoi ? Zack n'a pas le droit d'exercer un tel pouvoir sur ta vie, Azèle ! Vis pour toi, envoie-le chier de temps à autre.

Dans ses yeux brille une douleur que je ne lui connaissais pas. Mon frère a certainement fait plus de dégâts que je l'imaginais.

— Je peux te donner ma réponse quand ?

Chapitre 13

Parfois, tomber nous rend plus fort.
Il suffit d'attraper la main qu'on te tend.
Ça ne fera pas de toi quelqu'un de dépendant.

Azèle

Je suis surprise de me réveiller sans migraine. D'un autre côté, la présence de Cassius hier soir m'a complètement stoppée dans mon élan. J'avais prévu de tout oublier, de boire jusqu'à perdre la raison, mais à l'instant où je l'ai vu, les choses ne se sont pas passées comme je le souhaitais. En rentrant cette nuit, j'ai eu un mal de chien à trouver le sommeil. Et pour cause ! La proposition de Cassius n'a pas arrêté de flotter dans mon esprit, comme pour me narguer. L'accepter serait une erreur monumentale.

En me dirigeant vers la cuisine, je croise Tess déjà habillée et tirée à quatre épingles. À la voir dans son tailleur noir, jamais je ne pourrais imaginer qu'elle vient de se taper une nuit blanche, et qu'elle lutte – sans l'ombre d'un doute – contre une vilaine gueule de bois.

— Il faut que tu me donnes ton remède ! m'exclamé-je en ouvrant le réfrigérateur.

Tess lève les yeux vers moi, tout en se servant une tasse de café.

— La vérité : je viens de vomir trois fois, et mon anticerne est incroyable.

Je glousse tout en attrapant une bouteille de jus de fruit.

— Tu dois déjà partir au boulot ?

— Techniquement, j'embauche à 11 heures, mais j'aimerais y être plus tôt. Nous devons recevoir des caisses d'un grand château dans la matinée ! Cassius compte sur moi pour que je le goûte.

Ça me fait bizarre de me dire qu'elle le connaît sans doute bien mieux que moi, encore plus depuis que je sais qu'elle a flashé sur lui.

— Ah oui… je comprends !

J'hésite une seconde à lui parler de la proposition que m'a faite Cassius.

— Je peux passer au restaurant cet après-midi ?

Elle me dévisage les sourcils froncés.

— Pourquoi est-ce que tu veux venir ?

— Je pourrais me mettre à une table et réviser mes cours, je ne sais pas, c'est une idée comme ça.

Je n'ose pas lui dire ce qui me trotte dans l'esprit. En réalité, en étant sur place, je pourrais voir Jodie et les autres en action, prendre une décision vis-à-vis de ce poste.

— Pourquoi pas ! me répond-elle l'air blasé.

— Eh ? Tu es sûre que ça va toi ?

Je me rapproche d'elle en contournant l'îlot de la cuisine.

— Oui, désolée, je ne suis pas encore bien réveillée…

— OK. Bon, je saute à la douche, tu m'attends ?

Elle hoche la tête, tout en continuant de scroller Instagram. Je m'apprête à rejoindre le couloir quand elle m'interpelle.

— Pourquoi es-tu partie si tôt hier, avec Cassius ?

Dans sa question, je crois percevoir une once de reproche. Je n'ai pas envie qu'elle s'imagine des choses. La vulnérabilité qui anime ses traits me déroute. Je prends quelques secondes avant de lui livrer ma réponse, car je ne suis même plus certaine de me souvenir de la véritable raison de mon départ.

— Cassius m'a proposé de me raccompagner, lâché-je finalement, et puis… il y avait eu des bruits de pétards, des détonations. J'avais besoin de prendre l'air.

— Ah… d'accord ! acquiesce-t-elle la main sur la poitrine.

— Pourquoi tu as l'air si soulagée d'un coup ?

— Oh, c'est absurde… J'ai cru que… je ne sais pas, qu'il se tramait peut-être quelque chose entre vous deux ! s'esclaffe-t-elle nerveusement.

Entre la cuisine et le salon, je me fige. Pourquoi mon ventre semble-t-il à deux doigts de plonger dans le vide ? Ne suis-je pas censée détester Cassius et tout ce qu'il représente ? Pour quelle fichue raison visualiser ma meilleure amie avec lui me paraît si compliqué ?!

— Avec Cassius ?! reprends-je en exagérant. Ça ne va pas bien dans ta tête ?!

Ça me coûte de devoir jouer la comédie devant elle, mais ai-je vraiment le choix ?

— Je t'avais dit que c'était idiot ! Je ne sais pas, j'étais bourrée, je me suis monté la tête toute seule !

— Oui, tu ferais bien d'arrêter de boire, au lieu de raconter des conneries pareilles !

L'air de rien, je m'échappe jusqu'à la salle de bains, mais Tess ne se gêne pas pour m'y accompagner.

— Non mais… entre nous, c'est étrange comme revirement de situation !

Face au miroir, je l'observe s'installer sur le rebord de la baignoire derrière moi.

— Comment ça ?

Ben, tous les deux ! Vous êtes là à vous détester depuis des années, et d'un seul coup il se met à te raccompagner le soir !

Cette conversation me perturbe, j'ai l'impression d'être face au mur de mes responsabilités. Aux dernières nouvelles, Zack était toujours mon petit ami, et je n'ai absolument rien à me reprocher dans mon comportement avec Cassius. Il a été là pour moi lorsque j'en ai eu besoin, point. Cette fusillade m'a quelque peu esquinté les neurones, et si je vois à présent Cassius comme mon sauveur, il ne s'agit vraiment que d'un bug psychologique. Les choses vont revenir telles qu'elles étaient, c'est une certitude. Cassius restera toujours… Cassius.

— Tess, il a juste voulu être sympa parce qu'il a vu que je paniquais, c'est tout ! Pas de quoi en faire tout un plat !

Je laisse tomber mes sous-vêtements avant de me glisser dans la cabine de douche. Tant pis pour l'intimité, Tess a visiblement décidé de camper ici.

— Très bien, très bien. Mais avoue que tu as changé d'avis à son sujet, n'est-ce pas ?

— Hum, peut-être. Ça n'empêche qu'il ne sera jamais un mec bien, Tess.

Bizarrement, je ne parviens pas à croire en mes paroles. Lorsqu'on y pense, Zack non plus n'est pas un mec bien. L'eau dégouline contre mon buste jusqu'à se fracasser contre le sol carrelé. Il est difficile de s'entendre, pourtant Tess s'entête à poursuivre.

— Il était comment lorsque vous avez été retenus dans cette réserve ? Tu ne m'as jamais vraiment raconté !

Merde ! Elle va finir par m'avoir avec ses questions ! J'attrape le premier shampoing qui me vient sous la main, et laisse couler l'eau pour éviter le silence. Tant pis pour l'écologie.

— Il était distant, enfin Cassius quoi !

Je suis soulagée qu'elle ne puisse pas me voir. Derrière la paroi, mon visage est dissimulé et c'est pour le mieux. Bien sûr que Cassius était distant, dans ses paroles, dans sa manière d'aborder les choses. Cependant, nous n'avons jamais été aussi proches l'un de l'autre que ce jour-là, lorsqu'il m'a apaisée avec ses caresses. Mais je ne peux pas le lui dire, ça ne doit jamais se savoir. J'ai honte d'avoir eu besoin de lui à ce point, honte de la quiétude que j'ai ressentie dans ses bras. Si tout éclatait au grand jour, Zack deviendrait fou de rage, ses parents aussi, et maintenant j'ai la conviction que Tess ne s'en remettrait pas.

— Il m'a proposé un job, annoncé-je à travers le jet.

Ni une, ni deux, Tess rapplique devant moi.

— Un job ? Cassius t'a proposé un job ?!

J'essore mes cheveux, et attrape la serviette que Tess me tend.

— Heureusement que je ne suis pas pudique ! m'exclamé-je en sortant de la douche.

— Désolée, je suis juste choquée qu'il t'ait proposé un poste. Ce n'est tellement pas son genre !

— Ah bon ?

— Ça se voit que tu ne le connais pas ! Tu sais combien Jodie et Flory ont dû faire d'essais avant d'être embauchées ? Sept ! Sept essais répartis sur des semaines et des semaines ! Et moi ? Combien d'entretiens avant qu'il m'offre un CDD minable ?

Je n'ai plus les mots, j'essaye de paraître détachée, mais je ne comprends pas. Pourquoi Cassius ferait ça pour moi ?

— Alors ?! s'impatiente-t-elle.

— Je n'en sais rien moi… trois entretiens ?

— Quatre !!! Quatre entretiens ! Alors que j'avais un CV en béton et des compétences que peu de personnes ont ici !

— Ça va le melon ?

— Oh c'est bon, on le sait tous que je suis une des meilleures dans le domaine !

Je ne peux m'empêcher d'exploser de rire. Je le sais aussi bien qu'elle, elle est douée et passionnée. Mais sa prétention m'amuse toujours autant.

— Bon et alors ? Il a juste voulu me donner un coup de pouce, et puis il sait que c'est juste l'histoire de quelques semaines !

— Non. Ce n'est pas dans ses habitudes, Azèle. Il cherche à faire enrager son frère, je ne vois que ça ! Et puis ce n'est pas un restaurant lambda, c'est une vraie référence dans le milieu…

Je n'avais pas envisagé les choses sous cet angle. Bizarrement, une petite part de moi est déçue. J'aurais préféré que cette proposition soit honnête, et qu'elle ne se rattache pas à Zack et leur histoire fraternelle.

— Peut-être…

Je prends du temps pour démêler mes longs cheveux, appliquer mon blush et mon mascara.

— Tu lui as répondu quoi ? Tu comptes accepter ?

Je n'arrive pas à savoir si elle aimerait ou non me voir débarquer sur son lieu de travail.

— Je ne sais pas, Tess.

* * *

Je suis surprise de voir de la lumière ici, même un dimanche matin. Lorsque la police m'a conseillé de contacter la cellule d'aide psychologique mise en place après la fusillade, j'ignorais à quel point ces professionnels se rendraient disponibles. On m'a accueilli chaleureusement, une dame arborant un chignon décoiffé m'a proposé un café et m'a fait asseoir dans une salle d'attente. Le mobilier est froid et sommaire, certes, pourtant je me sens en sécurité. J'essaye de ne pas m'attarder sur le goût rance de mon breuvage, ni sur l'odeur répugnante de transpiration de mon voisin fraîchement débarqué.

— Vous êtes là pour Chuck Connery ?

J'ai un moment de flottement, alors que ce dénommé Chuck hante mes pensées depuis des jours. En réalité, je m'efforce de ne pas le citer. C'est ma manière à moi d'occulter. Je n'ai pas envie de lui donner un nom et un prénom, car pour moi, sa part d'humanité est inexistante.

— Oui. Et vous ? Vous y étiez ?

Il prend le temps de repositionner ses lunettes de vue aux verres microscopiques sur son nez avant d'acquiescer.

— Je passais par là en voiture quand je l'ai vu braquer son arme sur des passants dans la rue. J'ai klaxonné comme un malade pour essayer de prévenir tout le monde, pour le déconcentrer… Depuis, je n'arrive pas à enlever cette scène de mon esprit, comme la peur que j'ai vue sur le visage des autres.

Il récite cela avec une telle aisance que j'en suis jalouse. Le simple fait de me remémorer l'épisode sur le trottoir me vaut de violents coups au thorax. Je doute que ma présence ici soit une bonne idée, je risque de faire perdre du temps aux psychiatres si je me retrouve incapable de parler.

— Je comprends, réussis-je à lui répondre.

Il transpire à grosses gouttes, et se sert de son t-shirt pour tamponner son front.

— C'est la troisième fois que je viens ici, ils sont vraiment bien. Et vous ? Vous y étiez aussi ? poursuit-il.

Je fais abstraction de son regard insistant, et secoue la tête pour toute réponse. Je ne souhaite pas discuter avec un étranger de tout ça. Même s'il y était, qu'il a vécu cette fusillade d'un autre point de vue et que cela pourrait m'être bénéfique.

— Mademoiselle ?

La porte à ma droite s'entrouvre dans un courant d'air. Une petite femme aux courbes généreuses me sourit sincèrement, comme une invitation à la suivre. Je salue mon voisin qui s'est mis à jouer à un jeu sur son téléphone, puis la suis en m'efforçant de garder le cap.

— Je suis contente de vous rencontrer. Je me présente, je m'appelle Cateline, et je suis psychologue spécialisée pour ce genre de traumatisme.

Je lui serre la main et lui rappelle mon nom de famille. J'ai eu un éclair de lucidité ce matin au réveil, cette situation ne pouvait plus durer. Je prends place sur un fauteuil quelque peu décousu, elle s'installe derrière son bureau en attrapant une feuille et un stylo. Par la force des choses, cet entretien me renvoie à mes séances hebdomadaires chez mon psy à Santa Barbara, où mes parents m'avaient traînée de force après l'annonce du cancer. C'était surtout pour mes troubles alimentaires, ma mère avait tenu à ce que j'en parle avec un professionnel quelques mois avant de mourir.

— Comment vous sentez-vous ? me demande-t-elle de sa voix douce.

De jolies boucles blondes entourent son visage, ses yeux sont d'un bleu étincelant. La bienveillance qui émane de cette femme me met instinctivement en confiance, comme si elle venait de créer une bulle magique rien que pour moi.

— Bien. Enfin… je crois.

— C'est normal de se sentir encore perdue après un épisode comme celui que vous venez de traverser. Avez-vous pu en parler avec d'autres personnes qui étaient sur place ?

Je repense à l'homme que je viens de croiser dans la salle d'attente.

— Non. Je n'ai pas ressenti le besoin de contacter qui que ce soit pour en parler, jusqu'à ce matin.

Elle me sourit tout en griffonnant quelques mots sur sa page vierge. Je me demande bien ce qu'elle peut déjà déceler d'intéressant.

— Vous arrivez à sortir ces derniers jours ?

— Oui, je suis une formation de langue la semaine, ce qui m'oblige à sortir de l'appartement.

Je ne trouve pas le courage de lui avouer que Tess me piste la plupart du temps (à ma demande) sur la géolocalisation de mon portable, et que la moindre sortie inhabituelle me provoque des crises de panique.

— Vous êtes bien entourée ? continue-t-elle.

— Je loge chez ma meilleure amie, elle est très présente, oui.

Elle pose son crayon et plonge son regard océan dans le mien.

— Est-ce que vous pouvez me raconter votre expérience ? Avec vos mots, vos ressentis et tout ce dont vous vous souvenez ?

Je déglutis et fixe une petite tache sur la moquette à mes pieds. J'ai peur d'avoir à me remémorer cette journée. Peur d'avoir peur, encore. Peur que mon rythme cardiaque s'accélère au point d'en avoir mal, que ma respiration se bloque et que le noir de cette chambre froide m'engloutisse.

— Si vous n'êtes pas encore prête, je le comprendrai tout à fait. Ce n'est pas donné à tout le monde de verbaliser aussi vite après un choc de cette envergure.

Elle se penche en avant afin de capter mon attention, ce qui m'oblige à redresser la tête.

— Je pensais être prête à… Mais effectivement, je crois qu'il est encore trop tôt.

Elle me sourit encore avant de se concentrer sur sa fiche.

— Si vous le souhaitez, nous pourrons travailler ensemble lors d'une séance d'EMDR la prochaine fois que vous viendrez ?

Je fronce les sourcils.

— L'EMDR ?

— C'est une psychothérapie par mouvements oculaires qui cible la mémoire traumatique des personnes. Il y a de très bons résultats. Grâce à cette méthode nous pourrons traiter les conséquences de vos troubles en combinant un rappel mental du souvenir de la fusillade et des stimulations sensorielles.

Je hoche la tête, pas totalement convaincue du procédé.

— Si j'ai bien compris, le but serait de me refaire « revivre » cette scène pour pouvoir la « traiter » ?

— En quelque sorte oui, mais seulement si vous êtes d'accord.

J'hésite un instant à accepter, consciente que ce travail pourrait être long. Or, si je suis devant cette professionnelle aujourd'hui, c'est que ma technique n'a pas fonctionné. En même temps, occulter n'est pas la meilleure solution, je l'admets.

— OK. Je suis partante.

Un large sourire déforme sa bouche, puis elle attrape son agenda pour réserver notre rendez-vous suivant. Au moment de lui dire au revoir, elle s'interrompt, la main sur la poignée.

— J'allais oublier… Pour la semaine prochaine, j'aimerais que vous réfléchissiez à un élément « agréable », un « point d'attache », auquel vous vous êtes certainement raccrochée pendant ces longues heures enfermée dans le Walmart. Ça peut être une copine par texto, une personne présente sur les lieux, une sensation dans votre corps, un souvenir… Nous en aurons besoin pour avancer.

Elle me salue, sans me laisser l'occasion de réagir à sa requête… Cependant, il ne sera pas nécessaire de réfléchir très longtemps pour déceler mon « point d'attache ».

Chapitre 14

N'essaye pas d'aller contre ta nature, tu es une originale, tu aimeras le non-conformisme.

La vie est trop courte pour s'encombrer d'un destin dans lequel on s'ennuie.

Je t'en supplie, bats-toi corps et âme contre cet ennui, qu'importe ce qui t'en coûte.

Azèle

Après ma rencontre avec Cateline, j'étais trop bouleversée pour continuer ma journée telle qu'elle était prévue initialement. Je suis donc repartie faire une sieste à l'appartement, avant de me décider à sauter dans un taxi vers 18 heures. Je me sentais un peu plus légère lorsque j'ai rejoint le *French Sky* en début de soirée. Armée de mes fiches Bristol et de mes ouvrages de conjugaison française, je me suis installée là où Tess me l'a indiqué, sans un bruit.

L'ambiance ici a quelque chose d'apaisant, pourtant il n'y a rien de reposant. La salle commence déjà à se remplir, les serveurs enchaînent les allers et retours, et la cuisine est en ébullition. Je dois bien admettre qu'il est plus que difficile de me concentrer sur la grammaire française, mais je n'aimerais pas être ailleurs à l'heure qu'il est. Ma petite table au fin fond du restaurant m'offre une vue imprenable sur la cuisine, et inévitablement sur Cassius. Je suis fascinée par ses gestes, son aisance et son talent. Je n'ai rien commandé, mis à part ce soda light, mais les plats défilent sous mes yeux de table en table, et je suis subjuguée par chacun d'entre eux. Cassius ne m'a pas calculée une seconde depuis que je suis arrivée, il faut dire qu'il n'a pas eu une minute à lui. Tess est très occupée aussi, elle conseille chaque client avec une attention très particulière. C'est incroyable tout ce qu'elle connaît en matière de vins et spiritueux.

— Salut Azèle ! Comment tu vas depuis hier soir ?!

Jodie, la responsable de salle, vient me saluer. Son visage de poupée est impressionnant, on ne pourrait jamais croire qu'elle est sortie toute la nuit. Je me demande comment ils font tous pour avoir tant d'énergie. Personnellement, je n'ai pas beaucoup bu, et je ne suis pas rentrée tard, pourtant je me sens comme une loque !

— Très bien ! Et toi ? Pas trop dur de courir partout comme ça ?

— Non ! Ça me maintient en forme ! plaisante-t-elle.

— Tu veux commander quelque chose ? Cadeau de la maison !

— Oh, non, non. Merci c'est gentil.

— Tu es sûre ? Ça va bientôt faire une heure que tu es là avec tes fiches, tu dois avoir faim ! Le chef m'a demandé ce que tu voulais, tu devrais en profiter ! Ce n'est pas tous les jours qu'il est bien luné ! ricane-t-elle en me tendant la carte.

Mal à l'aise, j'accepte le menu avant qu'elle ne s'échappe et croise dans la foulée le regard de Cassius rivé sur moi. Il est à une bonne dizaine de mètres derrière la verrière de sa cuisine, pourtant je perçois chaque étincelle que ses iris m'envoient. Gênée, je gesticule sur ma chaise tout en faisant mine de m'intéresser à sa carte. Je ne sais pas ce qu'il m'arrive, je me demande si l'alcool ingurgité hier n'est pas en train de me faire perdre la raison. Ma présence ici est déjà totalement déraisonnable, mais voilà que je me mets à mater le frère de mon mec ! Il faut dire aussi que son ensemble noir dénote avec tous les autres ici, sa grande carrure athlétique épouse parfaitement sa chemise qu'il a pris soin de retrousser jusqu'aux coudes. Ses cheveux ramenés en arrière et sa barbe de quelques jours lui confèrent des airs de Jake Gyllenhaal, mélangé à Jacob Elordi. Oui c'est très précis, et oui ça fait un petit moment que je l'observe ! C'est étrange, voilà des années que je le côtoie sans que ces ressemblances ne m'aient frappées. Ce sont certainement toutes ces séries d'adolescentes et ces romans à l'eau de rose qui me montent au crâne. Heureusement, il s'est déjà remis à l'œuvre derrière ses fourneaux, ce qui me laisse tout le loisir de l'observer. Je suis tentée de commander, seulement j'ai toujours beaucoup de mal à manger devant les autres, encore plus lorsque je suis loin de mes repères. J'aime pouvoir prendre le temps, je déteste être épiée ou pressée, j'ai besoin d'espace… Bref, c'est compliqué pour moi d'aller au restaurant. Sur la table, une notification fait vibrer mon portable. Un message d'un numéro inconnu.

Tu ne manges que des légumes ?

Je mets quelques instants avant de réaliser qui se cache derrière cette question. J'avais totalement oublié que je lui avais donné mon numéro avant de rentrer hier soir. Je lève les yeux, et suis surprise de ne pas trouver Cassius me dévisager. Il n'a pas bougé de son poste, et continue de s'affairer à ses préparations, comme si rien ne pouvait venir perturber sa bulle. Pourtant, je suis certaine qu'il s'agit bien de lui.

Je ne veux pas te rajouter du travail,
tu es déjà bien occupé.

J'attends une minute, puis une deuxième avant qu'il s'interrompe et attrape son portable dans sa poche arrière. J'aurais aimé lui déclencher un sourire, ou une quelconque expression, mais non. Il reste impassible, comme la plupart du temps

Pourquoi t'es là alors ?

Cette fois-ci je relève la tête et nous nous scrutons tous les deux, comme si plus rien n'existait. Exactement comme la nuit dernière, dans cette discothèque bruyante.

J'avais besoin de changer d'air
après avoir passé deux heures
avec une psychiatre de la cellule psy.

Lorsqu'il reçoit ma réponse, ses sourcils se froncent. J'avais besoin d'en parler à quelqu'un, besoin de partager cette entrevue avec lui.

Tu voudras m'en parler ?

Peut-être.

En appuyant sur *envoyer*, mes doigts commencent à trembloter. J'ai le sentiment de jouer avec le feu, c'est mal de sentir mon corps répondre du tac au tac face à lui. Au coin de sa bouche, un sourire s'immisce, révélant sa fameuse fossette. Il ne ressemble en rien à Zack, il est même impensable que ces deux-là soient unis par le sang.

Pendant la demi-heure qui suit, j'essaye de mémoriser les règles grammaticales totalement loufoques de nos amis les Français. Tess a le temps de venir me servir un verre de Carbonnieux blanc, tout en m'expliquant en des termes bien précis la différence entre tous les cépages.

— Risotto sur crème d'asperges vertes.

Je manque de m'étouffer avec ma gorgée lorsqu'une assiette fumante apparaît devant moi. Les arômes qu'elle dégage sont à se damner. Cassius est là, à me détailler, attendant une réaction de ma part.

— Détends-toi, il n'y a ni viande, ni cannelle, m'assure-t-il.

— Je… merci ?

— Maintenant, essaye de manger.

Je lâche un rire nerveux, car je n'ai pas l'habitude que quelqu'un s'intéresse de près ou de loin à mes goûts et aux aliments qui composent mes repas. Cassius ne veut pas seulement que je mange, il a pris en compte les quelques éléments glanés ici et là depuis qu'il me connaît pour me préparer ce plat. C'est bien la première fois qu'une personne fait ça pour moi. Je suis tellement aspirée par cette assiette qu'il s'échappe avant que je puisse lui répondre. Son dos massif s'éloigne, et le long de son corps, j'entrevois ses poings se fermer puis se resserrer spasmodiquement. Le cœur battant, je décide de planter ma fourchette dans une asperge. À peine dans ma bouche, les saveurs explosent sur ma langue. Je ne pense pas avoir mangé quelque chose d'aussi bon un jour. La dernière fois que je suis venue, je n'avais pas eu le temps d'apprécier sa cuisine. Entre mes beaux-parents et Zack, le climat était tendu.

— Je rêve ou tu manges ? Avec appétit en plus ! s'étonne Tess en prenant place sur la chaise voisine.

— Il faut dire que c'est délicieux !

— Évidemment, ce n'est pas pour rien que le restau a été classé meilleur de la ville l'année passée !

J'intègre l'information sans être surprise pour autant. Repue, je ne laisse qu'un tiers, ce qui est déjà une victoire en soi.

— Bon allez, je repars travailler ! Si tu veux fumer, tu peux emprunter l'arrière-cour.

J'allais justement sortir avec cette intention.

— Oh, et Azèle ?

— Hum ?

— Je pense que tu devrais accepter ce job.

Son regard oscille entre mes couverts et moi, et je sais ce qu'elle pense. Qu'ici, je reprendrai sans doute du plaisir à manger. En réalité, je pense que ce n'est que le hasard, ça ne marchera pas à tous les coups. Et puis, je refuse que ce job devienne une sorte de thérapie, ce n'est pas ici que je compte briser mes chaînes. Qui plus est, je suis très pudique sur ce pan de ma vie. Pourquoi m'étaler sur le sujet avec Cassius ? Sous prétexte qu'il est cuisinier et qu'il sait manier les ingrédients entre eux, il serait capable de me réconcilier avec la nourriture ?

Non, ce n'est clairement pas son rôle. Il a assez fait pour moi ces derniers jours.

J'hésite en me dirigeant vers l'arrière-cour, j'ai peur d'y trouver Cassius. Mes talons résonnent sur les pavés, derrière moi la porte se referme doucement. Seul, assis sur la selle de sa moto, Cassius est au téléphone. Je ne m'avance pas plus, et décide de rester en retrait.

— Et qu'est-ce que ça peut bien te foutre, Zack ?

Je tressaute d'entendre son prénom. Je profite qu'il ne m'ait pas vue pour écouter les bribes de leur conversation.

— C'est fou comme l'argent peut te monter au crâne, il faut arrêter les produits et la fumette Zacky, ce n'est bon pour personne, encore moins pour toi.

Je ne suis pas tout près, néanmoins je peux entendre la voix de Zack retentir à travers le téléphone. Leur échange paraît houleux, et je n'en comprends pas le moindre sens.

— Quoi Azèle ?

Je me statufie lorsqu'il prononce mon nom, puis l'entends rire amèrement.

— Occupe-toi mieux d'elle déjà, au lieu de faire chier le monde ! Tu es là, à te pavaner à son bras, mais quand vous vous croyez seuls c'est à peine si tu lui adresses un regard.

J'hésite à m'avancer pour interrompre ses paroles, mais d'un autre côté, je brûle d'envie d'en apprendre davantage. Dans ma poitrine, mon rythme cardiaque s'affole.

— Je n'en sais rien, appelle-la et demande-lui.

Alors que je me rapproche un peu plus, mon briquet m'échappe des mains et s'écrase sur le sol. Je frôle le malaise à l'instant où nos regards se croisent. Cassius sursaute à peine, il passe ses doigts sur son menton, et écrase son mégot contre son rétroviseur.

— Si elle ne t'appelle pas, c'est qu'elle désire sans doute un peu d'espace. Remets-toi en question, laisse-la s'approprier son nouveau quotidien. Cesse de la harceler pour un rien.

Je pince mes lèvres, embarrassée qu'il prenne carrément ma défense. Sans préambule, il raccroche et fait quelques pas pour ramasser mon briquet. Je reste interdite, incapable de prendre la parole. Comme un automate, j'attrape une cigarette que je cale entre mes lèvres. Cassius me rejoint pour en allumer l'extrémité. Nous nous scrutons un long moment, puis entre deux nuages de nicotine, je lui demande :

— C'est fréquent ce genre de conversation téléphonique entre vous deux ?

— Non.

— Qu'est-ce qu'il voulait ?

Il se racle la gorge et enfonce ses mains dans les poches de son jean noir, puis inspire bruyamment avant de répondre.

— Fouiner, foutre la merde. Il voulait savoir si je t'avais vue récemment.

— Pourquoi ?

— Il s'inquiète car tu ne l'as pas rappelé depuis votre engueulade, il s'inquiète car je suis dans les parages, ajoute-t-il détaché.

— Tu lui as dit que j'étais là ?! le pressé-je, alarmée.

— Tu me prends pour qui ? Jamais je n'irais me mêler à vos histoires de couple.

Un sourire vient fendre mes lèvres.

— C'est pourtant ce que tu viens de faire ! rétorqué-je.

— En lui conseillant de te foutre la paix ! Et alors ? J'ai bien fait ?

J'opine en aspirant la dernière bouffée.

— Peut-être…

L'atmosphère change subitement, et nous sommes les seuls à pouvoir le sentir. Alors qu'il s'apprête à quitter le patio, je reprends.

— Au fait… Merci de m'avoir fait à manger.

La main sur la poignée, il se retourne amusé.

— Tu n'as pas à me remercier pour ça. Et sache que je nourris chacun de mes employés avec autant de soin !

— C'est vrai ?

— Non.

Surprise, je lève un sourcil.

— Tu as aimé ? reprend-il.

— Difficile de ne pas aimer ! C'était incroyable, ça fait des années que je n'ai pas mangé autant en l'espace de cinq minutes !

Ses fossettes sont de nouveau parmi nous.

— Tant mieux.

Il plonge frénétiquement sa main dans ses cheveux puis me demande :

— C'est oui ou non pour bosser ici ?

Il n'y va plus par quatre chemins, et même si mon cerveau me crie de décliner son offre, mon cœur l'emporte. Car j'ai l'intime conviction que Cassius ne me veut pas de mal, et que tout ce que Zack s'est évertué à me raconter durant notre adolescence cache forcément une explication logique et rationnelle.

— Je ne suis disponible que le jeudi midi et le vendredi soir. Je ne parle pas couramment français, j'ai seulement de bonnes notions. Je ne suis absolument pas endurante, casse une bonne partie de ce que je touche et n'ai aucune mémoire. Je ne te garantis pas d'être la meilleure pour parler de nourriture, encore moins lorsqu'il s'agira de viande et de poisson, mais je peux faire des efforts.

Je me stoppe dans ma lancée, choquée de le voir sourire autant. Il n'a jamais été si attentif.

— C'est tout ? me demande-t-il alors que je reprends mon souffle.

— Si Zack l'apprend, je suis foutue.

— Je ne dirai rien, si c'est ce qui t'inquiète le plus.

Nous nous toisons en silence avant qu'il reprenne.

— Au fait, tu ne m'as pas raconté… La cellule psychologique.

Je cligne deux fois des paupières et passe nerveusement la main dans mes cheveux.

— Cateline, ma psy s'appelle Cateline.

— Ah. Ok. Et c'est tout ?

Je croise les bras contre ma poitrine. Pourquoi s'emballe-t-elle autant ?

— Cateline m'a demandé si j'avais eu quelque chose à quoi me raccrocher dans ce supermarché. Apparemment, grâce à ça, nous pourrons avancer avec des séances d'EMDR.

— Le truc avec les mouvements des yeux ?

Je suis surprise qu'il s'y connaisse autant en thérapie alternative.

— Et alors ? Tu as trouvé ton point d'attache ?

Il s'adosse contre la porte, ses deux ambres me fixant avec intérêt.

— Ça semble évident, non ?

Sa fossette apparaît, et alors que j'aimerais continuer cette conversation, Flory déboule derrière lui.

— Désolée de briser cette petite pause, mais des clients vous réclament, chef.

Je le laisse alors s'échapper, le souffle court, parfaitement lucide quant à ma situation. Le fil du rasoir pourrait bien m'écorcher, si je continue sur cette voie.

Chapitre 15

Cassius – Santa Barbara – 20 ans

C'est le premier week-end où je rentre ici depuis que je suis parti vivre à Napa. Et l'atmosphère qui règne dans cette baraque ne m'avait pas manquée. Entre les vignes et les vallées, j'ai fait construire une maison, ma maison. Là-bas, je peux avancer dans mes projets sans que mon père ou Pénélope viennent barrer mon chemin. Ma mère s'est peut-être « enfuie » à mes deux ans, elle a au moins eu le mérite de me laisser une somme d'argent considérable. J'aurais très bien pu m'en sortir sans, entre mon apprentissage dans la restauration, mes petits boulots et ce que je possédais déjà. Seulement, ça aurait pris plus de temps. Parfois j'imagine ce que serait ma vie si j'avais adhéré au moule des Murhpy : en devenant médecin ou chirurgien, en continuant de me rendre à tous ces événements guindés, en écrasant les plus faibles.

Les dix-huit ans de Zack tombent mal, j'avais justement prévu de me rendre à San Francisco pour visiter un local. Ouvrir mon propre restaurant est toujours mon objectif.

— Tu sais ce que j'en pense Zack, cette fille est l'épouse idéale.

J'attrape le verre de vin que mon père vient de me servir, et même si je les déteste tous autant qu'ils sont, une chose est certaine : la cave de cette maison est à tomber. Je n'écoute que d'une oreille leur conversation ennuyante, forcé de constater que leurs sujets de prédilection n'ont toujours pas évolué. Lorsqu'ils ne crachent pas sur leurs patients mourants, c'est la moitié de Santa Barbara qui en prend pour son grade, sans oublier l'avenir de Zack.

— Depuis que je suis gosse vous me poussez vers elle, seulement je ne suis même pas sûr d'être amoureux ! pleurniche Zack.

Combien d'années vais-je encore devoir endurer ces conneries ?! L'innocence de cette pauvre Azèle me fait de la peine, mais après tout, ce n'est pas à moi de m'interposer. De toute façon elle me hait, elle n'écouterait même pas ce que j'ai à lui dire. Je me demande ce qu'elle peut bien trouver à mon abruti de demi-frère… Le cancer de sa mère rend déjà son existence bien triste, pourquoi ajoute-t-elle un Murphy à l'équation ?

— Cesse de te comporter comme un enfant, et réfléchis comme un homme, un vrai ! riposte mon père en prenant place à côté de moi.

Je manque de m'étouffer avec une gorgée. De quoi il parle bordel ?

— C'est-à-dire ? l'interroge Zack aussitôt.

— C'est-à-dire que l'amour n'est pas le nerf de la guerre mon fils. Tu peux te marier avec elle par intérêt, car Azèle

est une gentille fille, issue de bonne famille. Que c'est la dernière personne qui viendra freiner tes envies, tes projets et tout le reste. Elle est docile, elle te connaît, et ne s'enfuira pas en courant à ta première crise de nerfs. Avec elle, tu pourras rentrer à l'heure que tu veux sans qu'elle te pose la moindre question.

Je pourrais dire que je suis choqué par ses propos, mais ce serait mentir. C'est exactement ainsi que fonctionne mon père. Comme un enculé, et ça en dit long sur ce qu'il pense de sa propre épouse, sur ce qu'il a pu penser un jour de ma mère, et sur comment il estime les femmes en général. Tandis que ses mots me donnent un haut-le-cœur à peine dissimulé, ils semblent représenter la vérité pour Zack. Répugnant.

— Tu veux dire que…

— Que tu pourras avoir le beurre, l'argent du beurre et le cul de la crémière. Littéralement.

Je décide de me lever pour les abandonner. C'est trop pour moi, d'autant plus qu'Azèle pourrait arriver d'une minute à l'autre.

— Tu m'incites à tromper ma future femme ?

Zack s'est mis à chuchoter, persuadé d'être discret. Je n'ai pas besoin de rester pour savoir ce que mon taré de père lui a répondu. En entrant dans la cuisine, Pénélope observe la piscine à travers la fenêtre. Elle est au téléphone, elle ne m'a pas vu.

— Oui bien sûr... Écoute James, je ne peux pas vraiment te parler, là.

Je reste silencieux, à moitié dissimulé par une sculpture. Il s'agit de James Blake, leur grand ami, l'oncologue de Grace.

— Non... Ce n'est pas ça, c'est juste que les enfants sont là et Azèle devrait arriver d'une minute à l'autre.

Ce type ne m'a jamais inspiré confiance, les liens qui relient mon père, Pénélope et James me paraissent parfois suspects. J'essaye de décrypter leur conversation, même si la moitié des éléments m'échappent.

— Moi aussi tu me manques..., chuchote-t-elle à bout de souffle.

Mon cerveau bouillonne. Cette salope se tape James Blake en toute impunité, tandis que sa principale patiente lutte pour rester en vie. Alors que j'aimerais connaître la suite de leur conversation, la sonnette retentit. Pénélope ne perd pas une seconde pour raccrocher. En se retournant, elle sursaute.

— Je te dérange peut-être ? lâché-je, désinvolte, en allumant une cigarette.

Son malaise me galvanise. Elle tire nerveusement sur son chemisier en soie gris, puis passe devant moi comme si de rien n'était.

— Peux-tu aller ouvrir au lieu de rester planter là ?!

Je lui souris d'un air narquois, avant de lui recracher toute la fumée que je viens d'aspirer. Excédée, elle s'éloigne en toussant, ses escarpins Gucci claquant contre le marbre. Sur la pelouse, elle vient de rejoindre son cocu de mari et son fils.

La sonnette résonne de nouveau. Merde. *Je passe la main dans mes cheveux en vrac, avant de traverser le hall principal. J'ouvre la porte à la volée, Azèle se balance d'un pied sur l'autre comme si elle flottait. La clope au bord des lèvres, je la reluque de haut en bas. Sa minijupe en jean et son débardeur épousent ses formes, je dois dire qu'elle a changé depuis la dernière fois que je l'ai vue. Elle a peut-être pris un centimètre ou deux, un demi-bonnet de soutien-gorge et ses cheveux sont plus clairs. Sans doute à cause du soleil. Mais ce qui me choque le plus, c'est la finesse de ses jambes. Combien de kilos a-t-elle perdu ?*

— Salut, lance-t-elle, surprise.

J'ouvre davantage la porte pour la laisser entrer, mais reste appuyé contre le chambranle. Sans aucun scrupule, je tapote ma cendre par terre. Elle le remarque, lève les yeux au ciel avant de passer sous mon bras l'air de rien.

— Pourquoi tu t'évertues à venir ici ?

À ma question, elle se retourne, outrée. Sa chevelure est à moitié relevée dans une queue-de-cheval difforme, quelques mèches éparses venant lui encadrer le visage.

— Je te demande pardon ?! s'indigne-t-elle.

Je referme la porte avec mon pied et m'y adosse. Je tire tellement sur mon filtre que l'extrémité de mes doigts commence à me brûler.

— Tu n'as que 17 ans, tu ferais mieux de garder ton énergie pour quelque chose de plus intéressant que Zack.

Je n'aurais pas dû lui balancer ça, pas comme ça en tout cas. Mais je n'ai jamais su mettre les formes. En réalité, j'aimerais lui demander comment elle va, comment sa mère va et s'il lui reste assez de temps pour décompresser le soir. Mais je n'ai pas les couilles, alors je préfère descendre mon frère dans chacune de mes répliques, histoire de lui faire peur et qu'elle découvre enfin son vrai visage. Il faut qu'elle se barre, avant qu'il ne soit trop tard.

Elle laisse échapper un petit rire à peine audible, avant de répondre.

— C'est marrant… Zack m'a toujours dit que tu étais jaloux de lui, je ne le croyais pas. Enfin jusqu'à aujourd'hui.

Elle ne me laisse pas surenchérir, et trace vers le jardin. Je pourrais péter un plomb ce soir, en dévoilant toutes les discussions sinistres que je viens de surprendre, sortir tout un tas de papiers que mon père s'entête à cacher dans les tiroirs de son bureau, mais je n'en ferai rien. Voilà des années que j'ai décidé de rendre les armes. Ces personnes ne valent rien, et mes projets sont bien plus importants que leurs histoires de tromperies. J'écrase au sol mon mégot, monte les escaliers qui me séparent de ma chambre deux par deux. Oui, bien sûr, j'aimerais vraiment, vraiment me persuader que j'agis pour le mieux… Néanmoins, rien ne peut faire disparaître la terrible boule de culpabilité qui assaille mon ventre, ma gorge et mes pensées. Ma famille est une traîtresse, oui. Mais Azèle… Azèle n'y est pour rien et j'ai encore le pouvoir de faire tomber les masques. Pour elle, pour ses proches.

* * *

Azèle

Je n'en reviens pas que Cassius se permette de telles réflexions ! Lorsque j'arrive dans le jardin où Zack et le reste de sa famille m'attendent, je prends sur moi pour me contenir. Il est vrai que Zack n'est pas exemplaire, mais il n'a pas à se mêler de notre relation. Et dire que ma mère continue de croire que Cassius est un homme bien !

— Azèle, ma chérie ! s'exclame Pénélope en se ruant sur moi les bras grands ouverts.

Si cette femme m'adressait à peine la parole au début de notre histoire, à présent elle paraît déborder de tendresse à chaque entrevue. Comme par hasard, cela coïncide parfaitement avec le début du cancer ! J'ai horreur de la pitié des autres, ne suis pas tactile, encore plus lorsque cela me semble faux. Néanmoins je n'ai que 17 ans, et n'ai pas l'aplomb nécessaire pour la rejeter. Elle m'attire contre son décolleté plongeant, d'où les effluves de son Coco Channel *me parviennent par vagues.*

— Comment vas-tu ? me demande-t-elle l'air grave.

Quand mon entourage cessera de me poser cette question, j'irai sans doute mieux. En attendant, j'aimerais simplement que l'on me considère comme une véritable personne et non comme un petit chiot malheureux. Zack se rapproche et m'embrasse à son tour, Kurt me salue tout en m'invitant à m'installer.

— Je vais bien. Vraiment, insisté-je un sourire plaqué sur mes lèvres.

— Nous parlions justement de toi ! m'informe Kurt.

Zack fronce les sourcils en direction de son père, tandis que sa mère s'éloigne pendue à son téléphone.

— Ah oui ? Et à quel sujet ?

Je me méfie, on parle de moi essentiellement pour me plaindre ou pour critiquer les sept kilos que j'ai perdus.

— On se disait que vous seriez parfaits tous les deux pour votre mariage, votre vie future, etc. !

Alors que Zack me sert une grenadine, je manque de m'étouffer. Lorsque ses parents parlaient de notre hypothétique mariage lorsque nous avions 12 ans, c'était marrant. Aujourd'hui, ça l'est beaucoup moins. À force de faire des plans sur la comète, ils vont finir par me faire fuir. Chaque chose en son temps, d'ailleurs ma mère m'a toujours mise en garde à ce propos. « Fais attention de ne pas te perdre en chemin, une relation n'est pas censée empiéter sur ta vie et tes choix, encore moins à ton âge. »

J'ai toujours gardé dans un coin de ma tête ses avertissements, car ils sonnent justes et surtout car le mariage ne m'a jamais fait rêver. Pourtant, ce n'est pas l'amour qui manque entre mes parents. Zack est mon amour de jeunesse, mais après ? Je ne sais pas ce que nous réserve la vie.

— Doucement papa, tu vas lui faire peur !

Zack ricane pendant que je porte à mes lèvres la boisson rose bonbon. Sur le balcon du premier étage, des volutes de fumée s'échappent jusqu'aux tuiles. Le crépuscule est là, mais je parviens sans difficulté à le remarquer dans l'ombre. Même dans sa chambre, il nous surveille et nous écoute. Cassius n'avait peut-être pas tort tout à l'heure. Quoi qu'il en dise, ce n'est pas un exemple en matière de relations ! Son ex-petite amie paraît ravagée par le chagrin depuis qu'il l'a quittée. J'ignore quel était le motif de rupture et ce qu'il a bien pu se passer, mais la pauvre me fait beaucoup de peine. D'après Zack, il l'aurait harcelée pour tourner un film porno. Je n'en revenais pas lorsqu'il me l'a raconté, comment peut-il contraindre une fille à faire un truc pareil ?! Je frissonne en y repensant et repose mon verre.

Zack me sert un burger maison, Kurt ajoute des frites pleines d'huile à mon assiette. Je plisse le nez, incapable de cacher mon dégoût. Je ne sais pas si je parviendrai à me forcer cette fois-ci. Je pioche dans les seuls petits légumes croquants de mon burger, les mastique longuement avant de les avaler. Zack et son père ne remarquent pas mon malaise, ni la manière dont je trie mon assiette, tant ils sont absorbés par leur histoire de baseball, et c'est tant mieux.

— Excusez-moi, je vais juste aux toilettes, les coupé-je discrètement.

Je m'échappe aussitôt, traverse à grandes enjambées le séjour pour m'enfermer dans les toilettes du rez-de-chaussée. Le sac de plomb qui repose sur mon estomac semble s'alourdir de seconde en seconde, je m'agenouille, résignée. Pourquoi chaque repas me rend malade ? Comment en suis-je arrivée là ? L'incapacité de digérer, d'apprécier la moindre saveur ? Et comme à chaque fois que je me retrouve face à la cuvette, la tristesse est ma seule amie. Les doigts au fond de ma gorge, je laisse les larmes jaillir, se mêler aux spasmes douloureux que je m'impose. Putain… Putain. Pourquoi suis-je aussi faible ? L'esprit torturé, mon corps déverse tant bien que mal le trop-plein. Mes rotules me font souffrir, la fraîcheur de la porcelaine me dégoûte, l'odeur de ce vaporisateur au jasmin encore plus. Et comme toujours, je me dis que je ne veux plus m'infliger ça, je dois trouver une solution, n'importe quoi. Si ma mère l'apprenait… elle serait brisée, elle s'en voudrait. Je ne peux pas lui infliger cette maladie. Zack n'a pas conscience de ce que je vis, il pense juste que j'ai perdu l'appétit, il ignore tout des troubles que j'ai développés. Tess est la seule qui m'ait mise à nu, la seule avec qui j'arrive à en parler un peu. Alors que je tire la chasse d'eau pour la deuxième fois, j'ai l'impression d'entendre Pénélope derrière la porte. Je me raidis à l'idée qu'elle ait pu me surprendre. Je me lave les mains nerveusement, puis tourne lentement le verrou dans l'espoir de passer inaperçue. Pénélope n'est pas là, cela dit je l'entends distinctement parler au téléphone.

— Comment ça ? La chimiothérapie ne fonctionne plus ?

Je me statufie lorsqu'elle prononce ce mot tant redouté. Avec qui est-elle au téléphone ?

— James, tu ne peux pas m'annoncer une nouvelle pareille alors que sa fille est justement là ce soir !

Pour la première fois, sa voix déraille et manque d'assurance. Je ferme les yeux et m'adosse au mur pour ne pas me dérober sous mon poids. Il s'agit donc de ma mère, pas d'une autre de ses patientes… Non, il s'agit de ma mère. Ma cage thoracique se referme, et l'infime petit espoir qui subsistait encore dans mon cœur s'étiole à ces mots. Est-ce que cela signifie qu'il n'y a pas d'autre traitement possible ? Est-ce qu'elle va bel et bien mourir ? Je me retiens d'éclater en sanglots. Plus rien n'a d'importance à l'heure qu'il est, même Pénélope qui vient de raccrocher et qui se rapproche dangereusement. J'essuie mes larmes du revers de la main, et avant qu'elle ne m'aperçoive, me faufile jusqu'aux marches de l'escalier. Ses escarpins vernis s'éloignent, emportant avec eux la salade verte et le dessert.

— Qu'est-ce que tu fais là ?

Cassius me fait tressaillir. Accoudé à la rampe, il m'étudie avec gravité sous ses longs cils noirs. Je lui lance un regard meurtrier malgré ma souffrance, me lève et me précipite vers la porte d'entrée sans prendre le soin de dire au revoir.

Dans la rue, j'accélère le pas, je ne veux pas que quelqu'un d'autre me découvre ainsi. C'est déjà bien assez gênant que Cassius soit témoin de mon chagrin ! Alors que je m'apprête à monter dans ma voiture, je l'entends se rapprocher.

— Azèle…

— Laisse-moi tranquille, je vais très bien, m'obstiné-je en tirant sur la portière.

— C'est pour ça que je t'ai entendue vomir dans les toilettes ?

J'aimerais hurler, le taper ou m'enterrer vivante pour ne pas affronter cette discussion. À la place, j'esquisse un sourire que j'espère convainquant.

— Je suis malade. Désolée, ça ne prévient pas ce genre de virus.

De son allure nonchalante, Cassius croise ses bras contre son torse et me scrute de la tête aux pieds.

— Arrête de me regarder comme ça ! craché-je en refoulant un sanglot.

— Et si je m'inquiète pour toi ?

Je hausse les sourcils, surprise. Il se fout de moi ? Je glousse entre mes larmes.

— Alors je ne te croirai pas ! Cassius Murphy qui s'inquiète pour les autres ? C'est une première, ça !

Il tique une fraction de seconde, mais reprend son air imperturbable. Je le trouve impressionnant, même si je fais bonne figure, sa carrure m'intimide, sans parler de tous les détails sordides que je connais sur lui. Je prends place derrière le volant, mais alors que je m'apprête à refermer la portière, Cassius y passe son coude pour m'en empêcher.

— Fais attention à toi, me lance-t-il en jetant un œil vers sa maison.

Il s'immobilise un instant avant d'ancrer ses prunelles dorées dans les miennes.

— Ils te détruiront tôt ou tard.

Puis il claque la porte, et disparaît dans la nuit. Je mets le contact les mains tremblotantes et appuie sur l'accélérateur, si fort que la voiture décolle dans un crissement de pneus. Les rues sont désertes, à l'image de mon cerveau actuellement, je roule sans direction précise. Jamais je ne me suis sentie aussi perdue. Rentrer à la maison ? Pour écouter mes parents me mentir sur l'avenir ? Retrouver Zack pour lui expliquer que sa mère passe des coups de fil en douce à James Blake ? Écouter Cassius et tout foutre en l'air ? Non, j'ai surtout besoin de marcher. Pour évacuer, pleurer et crier.

Quatre mois plus tard, maman n'était plus là.

Chapitre 16

Cassius

Ça doit être le troisième verre qu'elle brise. Lorsqu'elle me disait qu'elle était maladroite, elle ne mentait pas. Heureusement, j'ai briefé Jodie, et elle semble garder son calme, pour l'instant. Pour ma part, j'ai un peu plus de mal à rester concentré sur mes préparations, j'espère ne pas regretter de lui avoir proposé ce poste.

— Est-ce que vous êtes souffrant, chef ?

À côté de moi, Bob est en train de laver des courgettes.

— Pourquoi tu me demandes ça ?!

Il ricane sans détourner son attention une seconde de sa tâche.

— C'est pas votre genre d'embaucher des débutantes !

— Exact, rétorqué-je froidement.

Je n'ai pas envie que ma brigade s'imagine quoi que ce soit. Je n'ai pas embauché Azèle par pitié, j'avais vraiment besoin de quelqu'un, d'autant plus avec ce concours de cuisine qui approche.

— Pardon chef, c'est juste que ça me surprend, reprend-il malgré la distance que je tente d'imposer entre nous.

— Azèle parle très bien français.

— Oh…

À son intonation, j'en conclus qu'il a compris. Je me prépare pour un grand concours culinaire depuis des mois et des mois. Et pour le remporter, avoir une traductrice dans l'équipe serait un plus non négligeable. À ma participation il y a deux ans, mon mauvais français m'a coûté ma place en quart de finale. Ce concours est ouvert à l'international, mais la plupart des cuisiniers sont français. Alors certes, nous avions des oreillettes à disposition pour la traduction des consignes, mais ça n'a pas suffi. Les épreuves sont chronométrées et orchestrées par les plus grands chefs étoilés français, et lorsqu'ils déambulaient entre les candidats pour venir nous parler, je perdais chaque fois tous mes moyens. J'avais amené mon chef pâtissier avec moi, mais cette année, j'ai d'autres projets.

— Je suis désolé, je pensais que ça avait un truc à voir avec cette fusillade… Au temps pour moi ! Même si je dois bien avouer qu'elle est plutôt canon comme nana ! se marre-t-il.

J'inspire bruyamment, sans pouvoir masquer mon impatience. J'aimerais que mes employés cessent de s'imaginer des choses sur ma vie privée. Je ne me suis jamais étalé sur le sujet, tout simplement car elle ne regarde que moi. Je sais qu'elle plaît, ce n'est d'ailleurs pas compliqué à comprendre : cette fille a tout ce qu'il faut là où il faut. Mais merde, les autres hommes ne peuvent pas ranger leurs yeux deux minutes, bordel ?

— Au boulot ! m'exclamé-je en tapant suffisamment fort dans les mains pour que toute ma cuisine l'entende.

Un remue-ménage s'opère derrière moi, laissant en suspens cette conversation inutile. Bob ne se formalise pas, et avance dans toutes les préparations que je lui ai demandé de faire ce matin.

Je quitte les fourneaux pour me diriger vers la salle. Flory explique à Azèle de quelle manière dresser les tables, pourquoi chaque chose a une place bien définie, et lui montre comment rendre le tout harmonieux. Cette dernière acquiesce, concentrée sur le moindre détail. Elle a revêtu des habits noirs que j'impose, et relevé ses cheveux en un joli chignon bas.

— Flory ?

Azèle se gratte la joue, mal à l'aise, tandis que Flory sursaute lorsqu'elle me voit arriver.

— Oui, chef ?

— Laisse-nous une minute, je dois parler à Azèle.

Avant de prendre congé, elle prend soin de laisser dans les bras d'Azèle le plateau qu'elle tenait. Il paraît lourd lorsqu'elle le récupère, il faut dire qu'une montagne d'assiettes y est posée. Avant de prendre la parole, je me rapproche d'elle et croise les bras contre mon torse. Elle ne me facilite pas la tâche, en temps normal je ne mettrais aucune forme et ne prendrais aucun détour pour dire ce que je pense.

— Il y a un problème, chef ? me demande-t-elle en insistant sur ce dernier mot.

Gênée, elle se mord les lèvres tandis que ses phalanges commencent dangereusement à blanchir sous le poids des couverts.

— Pose ton plateau, lui ordonné-je le plus calmement possible.

— Non, non. Tout va bien…

— Pose ton plateau, reprends-je plus sèchement.

Elle obtempère malgré tout. Autour de nous, les quelques salariés en salle nous observent curieusement, sans parler de Jay qui se rince l'œil depuis ce matin derrière le bar.

— Viens.

Elle ne bronche pas et me suit jusqu'à mon bureau. Lorsque je ferme la porte, la tension qui règne entre nous est à son apogée. Je détache les premiers boutons de ma veste de cuisine dans laquelle j'ai l'impression d'étouffer et m'adosse contre le mur. Intérieurement j'ai envie d'exploser, sans réellement comprendre pourquoi. Je voulais lui donner ce travail, je savais qu'elle n'était pas faite pour, alors pourquoi suis-je autant sur les nerfs ? Pourquoi suis-je incapable de la recadrer comme je le fais avec les autres ?

— Cassius… Je t'avais dit qu'il me faudrait du temps !

— Chut.

— Quoi chut ?! Tu es sérieux ?! Si tu me demandes de te suivre dans ton bureau pour me réprimander comme une gamine, ce sera sans moi ! Je ne suis pas venue ici pour être humiliée, tu savais très bien que je n'avais aucune forma…

— Azèle, arrête, la coupé-je.

Ses pommettes sont rouges, et pour la première fois, je remarque les quelques petites taches de rousseur qui parsèment l'arête de son nez.

— Si tu crois que je prends mon pied en réprimandant les gens, c'est mal me connaître.

Elle déglutit, et relâche ses épaules dans un souffle.

— Alors quoi ?

— Tu penses que tu pourrais te libérer un soir dans la semaine ?

Elle écarquille les yeux, étonnée par ma demande.

— Pour… pourquoi ? bafouille-t-elle.

J'esquisse un sourire de la voir si désarçonnée.

— Rassure-toi, je ne te propose aucun rencard.

Elle lâche un son aigu, une sorte de mélange entre un rire et un cri étouffé.

— Je n'ai jamais pensé à un rencard ! rétorque-t-elle avec un semblant d'aplomb.

Sa nervosité peut se voir à des kilomètres à la ronde, elle ne peut s'empêcher de presser ses mains entre elles, et piétine comme si elle avait envie de faire pipi.

— OK… j'aimerais te montrer quelques techniques de cuisine.

— Euh… pour faire quoi ?!

— Pour que tu puisses t'imprégner des termes français, que tu comprennes quelle manipulation correspond à quel mot, etc.

Elle hausse les sourcils, visiblement perdue.

— Je pensais que tu avais seulement besoin de quelqu'un pour accueillir tes clients français. Pourquoi tu veux m'apprendre des trucs de cuisine ?

J'hésite à lui parler de mon projet, et de ce fameux concours. Honnêtement j'aimerais, mais elle ne semble clairement pas prête.

— C'est intéressant pour toi. Si un client te pose des questions, si un critique culinaire est caché dans la salle, ce sera plus facile pour toi de répondre.

Son œil gauche s'étrécit, mon explication semble logique. Tant mieux.

— Je n'avais pas vu ça sous cet angle…

Des coups retentissent derrière la porte, suivis d'une voix sourde que je n'aurais préféré ne plus jamais entendre ici.

— Azèle ! Sors de là immédiatement !

Ses pupilles s'arrondissent à l'instant où elle reconnaît Zack, personne ne l'attendait ici. Le visage d'Azèle se décompose et perd peu à peu de ses couleurs. La dernière fois que je l'ai vue aussi démunie, c'était dans le Walmart.

— Je t'en supplie, ne lui ouvre pas, m'implore-t-elle.

Si je le pouvais, je la cacherais dans mon placard pour lui épargner ce tête-à-tête. Mais les poings de Zack s'abattent sur le bois, et il est impossible d'échapper aux minutes qui suivront. Lorsque j'ouvre le battant, Zack déboule en furie au milieu de la pièce, ses cheveux blonds en bataille, ses joues rougies par la colère.

— Dégage de là Azèle, on rentre à la maison !

Il s'agrippe à son bras violemment et la tire vers lui. Azèle pousse un cri. Mon sang ne fait qu'un tour, je l'empoigne par le col et le pousse sans vergogne un peu plus loin.

— Je te conseille de ne pas la toucher, Zack.

— Pardon ? Et depuis quand mon cher frère a quelque chose à dire sur la manière dont je gère mon couple ?!

— On est chez moi ici, tu n'as pas le droit de débarquer comme un timbré. Encore moins pour venir violenter une de mes employées, le rembarré-je.

Je le domine de toute ma hauteur, et attrape prudemment Azèle pour lui demander de se décaler derrière moi.

— Employée ?

Le rire qu'il lâche fait écho à la cruauté de son regard.

— Oui Zack, J'avais besoin d'un boulot. Cass m'a embauché, n'en fais pas tout un plat s'il te plaît, intervient Azèle d'une voix éraillée.

Ses traits se crispent un peu plus, sa bouche se déforme en un rictus inversé.

— Tu ne peux pas bosser pour lui. Putain Azèle, tu fous quoi ? Tu pactises avec le diable c'est ça ?!

Je le pousse de nouveau jusqu'à ce qu'il bute contre la commode derrière lui. Il grimace, mais ne se départit pas de son sourire machiavélique.

— J'ai compris… Tu fais ça seulement pour me rendre cinglé, c'est ça ? Tu t'es dit « tiens tiens, et si j'allais lui piquer Azèle » !

— Tu n'y es pas du tout.

— Alors pourquoi elle est là ? demande-t-il en me fixant. Pourquoi tu ne réponds à aucun de mes messages depuis trois jours ?! enchérit-il en scrutant Azèle.

— Parce que j'ai besoin d'espace, Zack.

Je décide de me reculer pour leur laisser un peu d'intimité, je n'ai pas envie de m'immiscer dans leur crise conjugale.

— Je reste dans le couloir, murmuré-je à l'oreille d'Azèle avant de sortir.

Appuyé contre la pierre, j'entends distinctement chaque détail de leur échange.

— Besoin d'espace, hein ? Avec mon frère ?

— Pas du tout, arrête… J'ai seulement besoin de savoir où j'en suis. Ça fait des semaines que tu ne me supportes plus, alors arrête avec ta fausse jalousie. Ça ne marche plus.

J'entends des pas se rapprocher, une expiration envahir la pièce.

— Azèle, bébé… Je suis désolé, OK ? Je vais faire des efforts. Tu es encore sonnée par tout ce qu'il s'est passé, c'est normal. Mais ce n'est pas en travaillant… ici que tu te sentiras mieux. Tu le sais n'est-ce pas ?

Je serre les poings, me retenant d'intervenir de nouveau.

— Tu n'as jamais pris de mes nouvelles depuis la fusillade, comme si ça ne te faisait ni chaud ni froid.

— Je sais… pardon, j'étais pris par le boulot. C'est ça d'avoir un poste avec des responsabilités aussi, il faut t'y habituer.

Avec des responsabilités ? Je rêve, il n'est qu'étudiant pour l'instant !

— Est-ce que je peux t'emmener faire un tour ? Je suis là pour la journée, j'avais besoin de te voir, de te parler. Tu me manques.

Dans sa bouche, chaque mot sonne faux. Et je sais qu'ils le sont tous, sans exception. Azèle ne peut pas se laisser embobiner de la sorte.

— Cass ?

La silhouette hésitante d'Azèle apparaît dans le couloir, suivie de près par Zack. Possessif, il encercle sa taille de ses bras, sans détacher de moi une seconde ses yeux clairs.

— Je peux m'absenter quelques heures ? me demande-t-elle finalement.

J'essaye de faire taire mon vacarme intérieur. Si ça ne tenait qu'à moi, je l'enchaînerais à mon restaurant pour ne pas qu'elle parte avec lui. Mais déclencher un esclandre alors que des clients commencent déjà à s'installer n'est pas la meilleure des idées. Alors j'acquiesce, sans oublier d'avertir Zack de mon regard le plus noir. S'il la touche de nouveau, s'il lui fait le moindre mal, je le saurai.

Chapitre 16

La laisser s'enfuir avec lui me coûte plus que je ne l'aurais imaginé. La journée est longue et les minutes semblent s'étirer. Depuis le jour où cet inconnu a pointé son arme vers elle, la protéger est devenu plus qu'une évidence, je ressens cela désormais comme une nécessité. Pas une nuit ne passe sans que mes rêves se transforment en cauchemars… Et si je n'avais pas été dans cette rue, à cette heure-ci ? Que se serait-il passé ? L'imaginer me glace le sang.

Chapitre 17

Te souviens-tu de nos soirées à danser dans le salon ?

Nous n'étions que trois, pourtant j'avais l'impression que la maison entière était imprégnée de joie.

La musique, tes éclats de rire, le pop-corn. Mon Azèle, n'oublie pas d'aborder la vie ainsi : avec ton entrain et ta faculté à rire de tout. Ton rire te sauvera.

Azèle

— Tu veux manger quelque chose ?

Je secoue la tête, incapable d'avaler quoi que ce soit après la scène qui vient de se passer au restaurant. Nous marchons entre les arbres de Salesforce Park, une sorte de jardin urbain aménagé sur les toits de San Francisco. En temps normal, ce genre de balade m'aurait ravie. À l'heure qu'il est, je préférerais encore assister à un cours de médecine légale.

— Je vais me prendre un burger ici, je reviens.

Zack m'abandonne pour rejoindre l'interminable file d'attente devant le fastfood, j'en profite pour m'installer sur un banc. Pour qui vais-je passer devant les autres employés ? Nos échanges tumultueux n'étaient pas discrets, Zack était totalement hors de contrôle. Heureusement, il semble bien plus calme depuis quelques minutes.

Personnellement je me sens perdue. J'aimerais avoir la force de tout plaquer, de rejeter Zack et d'accepter ma vie sans lui. Néanmoins, j'ai espoir que notre relation s'améliore, nous sommes ensemble depuis le collège, il a été mon premier copain, ma première fois, il a fait naître en moi mes premiers sentiments… Je sais bien que les années peuvent parfois être fatales, que les caractères s'affirment en vieillissant et que certains couples ne résistent pas au temps qui passe, pourtant j'ai besoin de me raccrocher à ce que nous étions. Est-ce déraisonnable ? Suis-je pathétique de vouloir lui donner une dernière chance ? Cassius me répondrait oui sans l'ombre d'un doute. Cassius… Jamais je n'aurais cru qu'il occuperait une telle place dans mon esprit un jour ! Lorsque j'essaye de démêler ce merdier, son prénom me vient en premier. Il m'a sauvé la vie, et depuis, tout a changé. La perception de notre passé, l'attitude ingrate de Zack ces derniers mois, son comportement et son absence. En réalité, c'est comme si ma raison était divisée en deux : à gauche on me demande d'avancer vers un avenir tout tracé, à droite on me conseille de tout plaquer pour me jeter dans le vide. Dans les deux cas, j'ai peur.

— Fait chier, ils n'avaient plus de sauce barbecue pour mes frites ! râle-t-il en s'installant à côté de moi.

Le regard rivé vers le ciel, j'inspire une grande bouffée d'air espérant qu'elle me donne des réponses.

— Je suis désolé pour tout à l'heure, j'aurais dû appeler avant.

Il s'interrompt pour enfourner quelques frites dans sa bouche.

— Je sais que j'aurais dû te dire pour le poste au *French Sky*... C'était prévu, j'attendais que tu me rappelles, rétorqué-je.

— Tu ne peux pas bosser pour lui.

— Et pourquoi ? me redressé-je, piquée au vif.

Il ne prend pas la peine de soutenir mon regard, trop concentré à attraper son hamburger dans sa boîte en carton.

— Parce que c'est de Cassius qu'il s'agit ! Bon sang, je dois te rafraîchir la mémoire ?! Sa violence, ses coups bas... La manière qu'il a de traiter les femmes, son aversion pour la famille. Ce mec est un sociopathe, doublé d'un gros connard ! Je ne veux pas te savoir avec lui.

Alors qu'il énumère tous les défauts de son demi-frère qui le font passer pour un être monstrueux, mes yeux butent sur une goutte de ketchup venue s'amasser au coin de sa bouche. Pendant des années, mon cerveau a intégré ces informations, pourtant elles ne collent plus avec ce que je découvre de Cass aujourd'hui. À l'époque, j'étais sans doute trop crédule pour comprendre l'ampleur de tous ces on-dit.

— … tu ne te souviens pas de la fois où il s'est acharné sur moi chez Powel ?! Et la fois où à table il avait envoyé valser le poivre et le sel ? Tout ça pour quoi ? Parce que ma mère avait ri à une de mes blagues !

— Tu avais plaisanté au sujet de sa mère, Zack. En prétextant qu'elle s'était sûrement fait tringler à droite et à gauche avant qu'il vienne au monde. C'était nul.

Il se met à glousser de plus belle, comme s'il ne voyait pas où son humour pouvait poser un problème. Je ne sais pas si j'aurai la force d'endurer ça encore longtemps.

— Tu as de la sauce, juste là, lui précisé-je en portant mon doigt à mes lèvres.

Il stoppe son fou rire et reprend.

— Plus sérieusement, j'aimerais que tu me racontes cette… fusillade.

Je ne m'attendais pas à ce que cet épisode revienne sur le tapis. Le problème n'est pas de lui raconter comment Chuck Connery a failli me buter, mais plutôt de quelle manière Cassius – en l'occurrence son frère – a réussi à me maintenir en vie sans que je meure de froid et sans que l'angoisse prenne possession de mon corps.

— Qu'est-ce que tu veux savoir au juste ? Il est un peu tard pour prendre de mes nouvelles, tu ne crois pas ?!

Il chiffonne son emballage vide qu'il garde dans son poing, puis passe ses mains autour de sa bouche pour l'essuyer.

— Je t'ai déjà dit que j'étais désolé, j'étais préoccupé par tout ce qu'il se passait à l'hôpital, mes cours. Et puis, je ne savais pas comment aborder les choses, j'étais tellement en colère que Cass se trouve là !

— Mais Zack, il m'a sauvé la vie !

Ses traits se froissent à l'instant même où ma phrase résonne. La vérité est parfois dure à accepter, surtout celle-ci. Je crois que c'est la toute première fois que je l'énonce clairement à voix haute. Voilà un bon entraînement pour ma prochaine séance avec Cateline.

— Alors, raconte-moi comment. Vous êtes restés près de cinq heures là-dedans, j'aimerais savoir. Il t'a parlé ? Il t'a raconté des trucs ? Qu'est-ce qu'il a bien pu te foutre dans le crâne pour que tu changes à ce point ?!

Garder son calme est de plus en plus difficile pour lui, me regarder lui est impossible. Pourquoi est-il tant préoccupé par ce que pourrait me dire Cassius ? J'ignore ce qui est bon de lui raconter ou non, mais pour des raisons évidentes, je décide de passer sous silence certains détails.

— Lorsque le tueur a débarqué sur le trottoir, il me visait, j'ai cru que j'allais mourir. C'était parti pour, je ne sais pas ce qui l'a déconcentré, mais en tout cas la seconde d'après c'est la femme qui se trouvait à côté de moi qui a pris la balle. Alors qu'il s'est éloigné en me tournant le dos, j'en ai profité pour aller me mettre à l'abri. C'est là que Cassius a débarqué et m'a guidée jusqu'au Walmart. Au fond, un employé nous a ouvert une grande réserve. Nous étions une dizaine cachés là-dedans.

Je marque une pause, épuisée de devoir ressasser de nouveau ce souvenir macabre. Zack me scrute cette fois-ci, intensément, les mâchoires serrées. Comme s'il vivait avec moi chaque minute passée. Mais je sais que ce n'est pas le tueur qui le met dans cet état, ça n'a rien à voir avec la peur de me perdre. Rien à voir.

— Et ? Qu'est-ce qu'il s'est passé dans ce trou à rat ?! s'impatiente-t-il.

— Rien, nous avons attendu. Et puis c'est tout. Mais que tu le veuilles ou non, cet événement m'a changée. Lorsqu'on sort rescapée d'une fusillade, c'est normal, tu ne penses pas ? Que je remette en question ma vie, mon quotidien et tout le reste…

Mes derniers mots ne sont plus qu'un murmure. Comme s'il n'avait pas entendu ce que je viens de lui confesser, il enchaîne avec Cassius.

— C'est tout ? Cassius n'a pas eu de geste déplacé, pas de paroles, rien ?

— Rien, affirmé-je en plantant mes prunelles dans les siennes.

— Bien, très bien.

Un soupir de soulagement lui échappe, il se rapproche et m'entraîne contre lui. Ses étreintes, qui plus jeune m'aidaient à surmonter les épreuves, n'ont plus la même saveur.

— Tu vas démissionner alors ? me demande-t-il contre mon oreille.

Je le repousse.

— Je crois que tu n'as pas très bien compris, Zack : j'ai besoin de ce boulot.

— Mais pourquoi ?! Tu as des milliers qui dorment à la banque et tu t'entêtes à travailler comme une forcenée ! Excuse-moi, mais j'ai du mal à suivre ton raisonnement.

Je secoue la tête, écœurée par le sien, de raisonnement.

— Mon Dieu, mais grandis un peu ! Heureusement que le monde ne réfléchit pas comme toi. Tu es catastrophique quand tu t'y mets !

— Bon et alors ? OK, tu veux bosser pour garder cet argent pour ton « rêve » ou je ne sais quoi… Mais pourquoi dans son restaurant ?

— Parce qu'il me l'a proposé, et parce qu'il s'agit de m'entraîner en français, de vivre des expériences.

Il explose de rire, un rire machiavélique.

— Mais arrête avec cette histoire de cours de français ! Tout ce que tu fais là ne sert à rien, tu es juste en train de brasser de l'air ! Bébé, fais-moi confiance. Reviens à L.A.

Je me lève d'un bond, stupéfaite qu'il puisse tenir des propos pareils au XXIe siècle. Ce type est un désastre, comment lui donner une dernière chance après ce genre de conversation ?

— OK, OK… Pardon, je n'aurais pas dû dire ça.

— Non, non, tu as bien fait. Je crois que tu as bien résumé ce que tu attends de moi finalement : que je ferme ma gueule, en t'attendant sagement à la maison. Que je n'existe pas.

Alors que je rebrousse chemin, il me rattrape par la main.

— Je n'ai pas dit ça du tout !

— Oh que si ! Laisse-moi partir.

— Pour que tu ailles rejoindre mon frère ? Pour que tu finisses par te faire troncher par lui ?!

J'écarquille les yeux, choquée par ses propos.

— Ah ah, allez… Ne fais pas l'innocente, je ne t'apprends rien. Tu sais très bien que Cass ne considère les femmes que pour les baiser, il ne voit en toi qu'un futur plan cul. Je suis même sûr qu'il t'a embauchée pour t'attirer dans son lit… Putain, ce fils de pute est tellement obsédé qu'il doit jubiler à l'idée de toucher sa belle-sœur un jour.

— Ferme-la. Vraiment ferme-la ! hurlé-je sans retenue.

Devant nous, un couple avec une poussette fronce les sourcils en se retournant comme si nous étions deux fous.

— Bien, très bien ! Alors je suppose que notre petite conversation est terminée ! On se reverra au mariage de Summer, en attendant profite de cette pause pour réfléchir. Mais n'oublie pas Azèle, tout ce que je te dis là… Ce n'est que la simple et pure vérité. Je t'aime, tu me manques, et je crois en nous.

Je secoue la tête au bord des larmes, je n'ai plus envie d'endurer cette confrontation. Je n'ai plus envie de le croire, et je ne suis plus cette petite Azèle innocente et malléable. Chaque entrevue avec lui vire au cauchemar et même s'il affirme m'aimer encore, sa perception de l'amour ne ressemble plus à la mienne. Sans lui adresser le moindre signe, je fais volte-face et l'abandonne. Aujourd'hui, j'ai décidé que mes rêves étaient peut-être plus importants qu'un amour de jeunesse déchu.

* * *

Après m'être prélassée toute la journée dans mon lit en mangeant tout et n'importe quoi – pourvu que ce soit sucré –, je décide de filer sous la douche. Je n'ai pas eu le courage de revenir au restaurant après notre altercation, et c'est bien la première fois que le regard des autres m'importe.

Bientôt 23 heures, Tess ne devrait plus tarder. Je me prépare mentalement à recevoir tout un flot de questions de sa part. Sur le rebord du lavabo, mon portable vibre. Qu'est-ce que je disais, c'est forcément Tess qui vient aux nouvelles. En sortant de la douche, je me dépêche de me sécher pour attraper mon téléphone. Je suis surprise d'y découvrir un message de Cassius, j'aurais pensé qu'il m'en voudrait plus longtemps d'avoir déserté pour son frère.

Prépare-toi, j'arrive te chercher.

Mes yeux manquent de sortir de leurs orbites, est-ce que j'ai bien lu ?

Pour quoi faire ?

À peine ai-je appuyé sur la touche que je me précipite dans ma chambre pour m'habiller. Ce serait mentir de dire que je ne suis pas enjouée à l'idée de quitter l'appartement, même avec lui. Prendre l'air ne me fera pas de mal, de toute façon je ne vois pas ce qu'il peut m'arriver de pire que ce matin.

Tu verras.

Dans ma poitrine, les rouages de mon cœur se remettent en route de plus belle. J'opte pour un chemisier à smocks blanc et pour un jean taille haute évasé au niveau des chevilles. Mes cheveux sont encore mouillés, mais tant pis, ils sécheront à l'air libre. Ce soir, je me donne pour mission de rassembler les quelques pièces manquantes du puzzle, je dois comprendre ce que je n'ai pas eu la chance d'apprendre par moi-même. Car je manquais de discernement, car mon innocence m'induisait en erreur… Qui est Cassius ? Et pourquoi ne parviens-je plus à croire l'homme avec lequel j'ai tant partagé depuis des années ?

Chapitre 18

Cassius

Pas de doute, depuis la fusillade je suis en roue libre. Putain, mais qu'est-ce qui m'a pris de l'inviter ce soir ?

Je suis là.

Mes doigts pianotent seuls sur l'écran lumineux. J'ai envie de me baffer, peut-être autant que de la voir ce soir. En fait, j'aimerais savoir ce qu'il en est de leur relation avec Zack. Depuis qu'il a déboulé comme un fou dans mon restaurant, j'ai des envies de meurtre. Voilà sans doute la raison qui me pousse à venir la chercher ce soir. Je sais qu'elle n'aura pas envie d'en parler, qui voudrait gaspiller sa salive pour ce type ?

Au bout de quelques minutes, je l'aperçois marcher sur le trottoir. Elle reconnaît vite mon gros pick-up et s'élance dans ma direction. Moi qui pensais la récupérer à la petite cuillère, je suis surpris du sourire qu'elle arbore.

— Je suis toujours aussi petite par contre ! déclare-t-elle en ouvrant la portière.

Je souffle d'exaspération, alors qu'au fond ses remarques m'amusent plus qu'elles ne devraient. Je me détache en tendant un bras vers elle pour l'aider à se hisser sur le siège. Dans l'air son odeur se répand, des fleurs, de la vanille ? Je préférerais que son parfum ne me fasse ni chaud ni froid.

— Alors ? On va où ?

Je ne sais pas si j'ai réellement envie de lui dévoiler notre destination. Elle serait du genre à prendre peur et descendre en cours de route. Aussi, je décide de ne rien lui dire quant à mes projets pour la soirée. Je démarre sans tarder et regagne l'axe principal, toujours aussi silencieux.

— OK… Même si j'apprécie ton silence, tu commences à me faire légèrement flipper là.

Accoudé contre le rebord de ma fenêtre, je passe mon index contre ma bouche qui esquisse déjà un sourire.

— Tu as peur ? Vraiment ? lui demandé-je enfin en la regardant.

Ses yeux clairs brillent entre les phares et les lampadaires. Les contours de son visage sont tellement parfaits que l'on pourrait la confondre avec une poupée. Elle secoue la tête avant de la reposer en arrière. Si je pensais que l'atmosphère resterait détendue et légère, je me trompais. Est-ce que je deviens psychopathe, ou le simple fait de la sentir tendue m'excite ?

— Je n'ai pas prévu de te tuer ce soir, si ça peut te rassurer, plaisanté-je la main sur le volant.

— Je suis déçue, ça m'aurait évité de revoir ton frère au moins.

— Demi, la corrigé-je en fronçant les sourcils.

Elle incline son regard vers moi, ses cheveux formant des vagues le long de son épaule.

— Demi, reprend-elle dans un souffle.

Je m'engage sur la voie rapide, me retenant de ne pas l'accabler de questions au sujet de Zack. Je pourrais me permettre cette indiscrétion, avec la scène que ces deux-là m'ont faite tout à l'heure, mais je décide de jouer l'indifférent.

— On va où ? essaye-t-elle encore une fois.

Nous roulons plus vite, vers le nord. Il est presque minuit et je me dis que je vais droit dans le mur, pourtant j'appuie un peu plus fort sur l'accélérateur. Dans son fauteuil, Azèle se tend et respire plus vite. J'augmente le volume, mon portable est branché et ma playlist défile depuis quelques minutes. Les accords de *Eye in the Sky* de The Alan Parsons Project envahissent l'habitacle pour combler le vide entre nous. Si au départ elle paraît surprise par mon accélération, elle finit par se laisser totalement aller dans son siège, au rythme des paysages et de la mélodie.

— Dois-je m'inquiéter de ma situation géographique ?

— Comment ça ?

— Je ne sais pas, j'ai l'impression que plus on avance et plus on s'enfonce dans la campagne ! s'exclame-t-elle.

Elle tente d'avoir l'air serein, mais en réalité, la nervosité qu'elle dégage pourrait déclencher une crise d'angoisse au premier moine tibétain que l'on croiserait.

— Sérieux, respire un coup. Tout va bien se passer.

Elle a croisé ses jambes, et caresse machinalement ses genoux comme pour se donner une contenance.

— Tu vas finir par me stresser ! Tiens, grilles-en une.

Je lui tends mon paquet de cigarettes. En l'attrapant nos mains s'effleurent. *Électricité.* Ouais, un putain de coup de jus, pour un millimètre de phalange frôlée. C'est grave. La clope entre ses lèvres, elle triture les boutons de sa portière dans tous les sens.

— Je suis bête, ou il n'y a aucun moyen d'ouvrir cette vitre ?! s'étonne-t-elle en me dévisageant.

Je ricane tout en haussant les sourcils, puis lui entrouvre sa fenêtre en un clic.

— OK… ! Il faut dire que ton vieux tas de ferraille n'est pas très moderne !

— Mon pick-up t'emmerde. Il est parfait.

— Parfait pour écraser des cyclistes oui !

L'air s'engouffre à l'intérieur. Avec la vitesse, nos oreilles sifflent, pourtant l'ambiance est plus agréable.

— Tu m'as dit l'autre jour que tu n'étais pas du genre à faire la gueule, cela dit je trouve que tu as la rancune tenace !

— Exact, il ne faut pas me chercher !

J'acquiesce.

— Pourquoi tu souris ? m'interroge-t-elle alors qu'elle envoie sa fumée à travers l'interstice.

— Parce que tu es pleine de surprises.

— Ah ? Tu me croyais chiante et ennuyante ?

— Je ne te croyais rien du tout, Azèle. Je te connais mal, c'est tout.

— C'est étrange de se dire qu'on ne se connaît pas alors que nous nous côtoyons depuis des années. Tu ne trouves pas ?

— Étrange ? Non. C'est plutôt logique, lorsqu'on sait que le tocard qui me sert de demi-frère colporte des rumeurs infondées à mon sujet depuis qu'on est gosses.

Après ma réponse, elle ne me décroche plus un mot. J'ai encore loupé une occasion de la fermer, néanmoins la vérité me démangeait beaucoup trop. Je sais parfaitement qu'Azèle m'a fui tout ce temps pour une bonne raison, je ne suis pas le dernier des crétins.

Une demi-heure plus tard, les pneus écrasent les gravillons de l'allée principale. Le portail électrique se referme derrière nous, tandis que sous nos yeux une grande maison en pierres s'illumine à notre arrivée par des spots automatiques. Azèle semble surprise, sa bouche s'entrouvre devant la beauté de la bâtisse.

— Est-ce que… ? Est-ce que c'est ta…

— Ma maison, oui.

Je sors en claquant la porte, et contourne le capot pour aller lui ouvrir. Elle parvient à descendre sans que j'aie besoin de l'aider.

— Elle est magnifique…

— Je sais.

Elle me toise de ses iris verts en soufflant d'exaspération.

— Pourquoi tu m'as emmenée ici ?

— Pour bosser.

Je l'entraîne avec moi vers la porte d'entrée. À peine ai-je enfoncé la clef que mon chien se met à aboyer. Elle sursaute de surprise.

— C'est un gros chien ?

— Très gros, un molosse ! exagéré-je.

Son visage perd tout à coup de ses couleurs. Sa peur des chiens était incontrôlable lorsqu'elle était gamine, je pensais que c'était de l'histoire ancienne.

— C'est une blague ?! Non parce que, c'est idiot… mais j'ai peur des gros chiens !

Elle ne craint rien et je compte bien la réconcilier avec les chiens. Je n'ai pas le temps de m'interposer entre elle et ma chienne que Milky lui saute dessus. Elle est tellement heureuse de voir du monde qu'elle ne lésine pas sur les léchouilles. Azèle pousse de petits cris, se cache le visage et recule jusqu'à buter contre le mur. Même si regarder ce spectacle est très divertissant, je prends pitié.

— Milky, allez ma belle. Ça suffit, viens ici.

Elle me fixe de ses yeux bleus avant d'accourir vers moi. À la différence d'Azèle, je lui ouvre mes bras et la flatte d'un tas de caresses.

— Oui ma belle… Tu ne t'attendais pas à être snobée comme ça, hein ?

Azèle soupire derrière nous avant de rétorquer :

— Je t'avais prévenu que j'avais peur des gros chiens !

— Milky ? Un gros chien ?

J'explose de rire en me relevant, et lui fais signe de me suivre.

— Elle n'est pas petite, je te signale !

— C'est à cause de ses poils longs, elle paraît grosse, mais en réalité, c'est un petit gabarit.

Nous débouchons dans mon séjour, Azèle semble à présent captivée par la visite, comme si l'accueil de Milky n'avait jamais existé.

— C'est… waouh, cette maison est incroyable ! s'exclame-t-elle le nez en l'air pour contempler la hauteur du plafond.

— Ouais… Il paraît.

Je la laisse s'acclimater au lieu, pendant que je passe derrière le bar que j'ai fait installer dans mon salon.

— C'est toi qui as tout rénové ?

— Je suis cuisinier, pas dans le bâtiment. Je suis incapable de faire un boulot pareil.

Elle rit tout en prenant place sur le bord du canapé qui occupe le centre de la pièce. Devant elle, de larges baies vitrées laissent entrevoir un bout de mon jardin, et la lumière de la piscine.

— Je ne sais pas, mon père rénove bien sa maison alors qu'il est dans l'immobilier ! me rabroue-t-elle.

— Je l'ignorais.

En m'approchant, son corps se tend.

— Comme tu les aimes.

Je lui offre un gin tonic.

— Est-ce que tu pourrais m'expliquer ce que je fais chez toi ? Il existe un paquet de bars à San Francisco où tu aurais pu m'offrir un verre !

Elle plonge ses grands yeux dans les miens, avec beaucoup plus d'assurance qu'il y a quelques secondes. Avant de lui répondre, je prends le temps d'allumer une cigarette, et détache les premiers boutons du col de ma chemise noire.

— Tu n'as même pas une petite idée ?

— À part si tu souhaites rendre fou de rage Zack, non. Je n'ai pas la moindre idée de ce que je fiche chez toi !

— Tout ne tourne pas autour de ce type, Azèle.

Elle inspire profondément, puis détourne le regard. La gorgée qu'elle avale paraît lui faire du bien, mais cet instant de quiétude est de courte durée. Milky s'assied à ses pieds et cherche à poser sa truffe contre ses cuisses. Prudemment, elle lui caresse la tête du bout des doigts.

— Pauvre chienne, ricané-je en inspirant une bouffée.

— Comment ça, pauvre chienne ? Je suis en train de combattre mes démons là, pour la caresser !

— Milky est adorable, c'est un Colley. Elle est très câline et pot de colle. Si tu n'y mets pas plus de cœur, elle va le sentir.

— Et alors ? On est venus pour Milky ?

Je la scrute un moment sans prononcer un mot, me demandant si j'ai fait le bon choix en l'amenant ici.

— Tu sais cuisiner ?

— Absolument pas !

Sceptique, j'écrase mon mégot dans le cendrier posé sur la table.

— J'aimerais te montrer deux, trois techniques ce soir. Tu sais, pour que tu apprennes les termes en français, je t'en ai parlé ce matin. Avant que ton petit copain déboule pour foutre le bordel.

— Ah… Alors tu m'invites pour cuisiner ?!

J'opine sans cesser de la mater, je ne parviens pas à détacher mon attention de cette fille. Ses expressions, ses mimiques, sa gestuelle… Tout m'est à la fois familier et totalement nouveau. Alors qu'elle se mordille la lèvre et que ses pommettes s'échauffent, nous échangeons un regard. Je ne suis pas particulièrement proche d'elle sur ce canapé, néanmoins je suis convaincu d'entendre palpiter son pouls, et de pouvoir sentir sa panique. Nous savons très bien les proportions que pourraient prendre notre rendez-vous, aux yeux de ma famille, pour l'avenir de son couple, peut-être même pour le futur de mon restaurant. Mais il y a quelque chose de plus fort qui me relie à elle depuis toutes ces années. Une promesse qu'elle ignore encore, une promesse que j'ai décidé d'honorer. Et même si jouer avec le feu n'est pas recommandé, les flammes que cette nana dégage sont bien trop puissantes pour que je puisse m'en éloigner.

Chapitre 19

J'ai toujours dit à ton père que tu serais quelqu'un d'intuitif.
Là où tu iras, je sais que tu ne te tromperas pas.

Azèle

Sa cuisine me fait penser à un catalogue de décoration, tout a été pensé dans les moindres détails. Du plan de travail en granit jusqu'à la hotte super moderne et silencieuse. Le voir évoluer avec tant d'aisance entre ses poêles et ses couteaux a quelque chose de… sexy ? Mon Dieu, je n'aurais jamais dû accepter de le voir ce soir.

— Et donc cette « blanquette de veau » est un plat typiquement français ?

— Exact.

— Moi qui pensais que tu m'apprendrais à faire des escargots et des cuisses de grenouilles ! plaisanté-je.

Il s'interrompt pour jeter un regard noir.

— C'est bon, je rigole Cassius, détends-toi !

Il épluche les carottes, émince les oignons et rince les poireaux. Ses gestes m'hypnotisent, si bien que je n'écoute que d'une oreille ce qu'il est en train de m'expliquer.

— Tu penses que tu pourrais apprendre tout ce vocabulaire ?

Il a retroussé les manches de sa chemise jusqu'aux coudes, me laissant entrevoir ses avant-bras musclés et sa peau hâlée. Ses mains sont grandes et robustes, ses doigts risquent gros avec la lame aiguisée qui va et vient, mais sa dextérité nous donne l'impression que ce n'est qu'un jeu d'enfant.

— Azèle ?

Je mets un terme à mes pensées délirantes et redresse mon visage. Son air interrogateur ne m'aide pas particulièrement à me recentrer.

— Hum, oui ?

— Je te demandais si tu pouvais prendre des notes, ou faire quelque chose pour retenir tous les termes que je suis en train de t'expliquer.

— Ah, oui bien sûr. Les termes !

Il repose son couteau et plaque ses mains sur le comptoir, puis me scrute intensément.

— Dis-le-moi si tu penses que c'était une erreur.

— Une erreur ? Comment ça ?

— De t'inviter chez moi.

Sa voix est plus basse, plus rauque, alourdissant un peu plus l'atmosphère.

— Pourquoi, c'est ce que tu penses toi ? Tu semblais plutôt sûr de toi tout à l'heure en bas de chez Tess.

— C'est à toi que je pose la question, Azèle.

Je fixe l'heure que me renvoie mon portable, déjà une heure du matin. Je m'apprête à faire une nuit blanche, qui plus est dans la maison de mon beau-frère, mais à part ça tout va bien. Je ne dois pas lui montrer mon hésitation, et il n'est pas acceptable que mon attirance pour lui me trahisse. Il n'est pas dangereux pour moi, ni pour mon « couple », ce n'est *que* mon beau-frère après tout.

— On ne fait rien de mal, on bosse ! rétorqué-je finalement en contournant l'îlot pour le rejoindre.

J'ouvre mon application NOTES et commence à taper tout ce que j'ai réussi à retenir. Je lui promets de faire quelques recherches en français, même si j'ai encore du mal à comprendre à quoi cela pourrait vraiment me servir. Heureusement pour lui, ce pays me fascine toujours autant.

Il escalope les champignons de Paris et mélange son bouillon avec du beurre dans une sauteuse. Il me parle de l'importance de la puissance du feu, de la manière dont il gère son temps entre ses préparations, lorsque mon téléphone se met à sonner.

— Tess t'appelle, m'indique-t-il.

Merde. J'avais complètement oublié qu'elle rentrerait tôt ou tard, elle doit se demander où je suis. Je prends une grande inspiration, puis décroche en m'éloignant vers le séjour.

— Allô ? Ça va ?

— Bon Dieu ! Mais tu es où ?! s'inquiète-t-elle au bout du fil.

— Je suis désolée… J'ai oublié de te prévenir que je ne rentrerai pas ce soir.

J'ignore encore ce que je vais bien pouvoir inventer comme bobard, je n'ai pas le courage de lui avouer que je suis chez Cassius. Pourtant nous ne faisons rien de mal, je pourrais même lui dire que c'est pour le travail, bien qu'à une heure du matin elle se questionnerait sans doute. Je ne veux pas lui faire de la peine, je sais qu'elle apprécie Cassius, bien plus qu'elle ne le laisse entendre.

— J'ai cru que Zack t'avait séquestrée ! Tu ne m'as pas donné de nouvelles depuis ce midi, je t'ai vue partir avec lui alors qu'il était fou de rage. Cassius n'avait pas l'air bien le reste de la journée.

— Ah bon ? Comment ça ?

Il s'est arrêté de cuisiner, à moitié assis sur la table, il m'examine avec intérêt. Toute cette situation me perturbe.

— Je ne sais pas, il a quitté très tôt le service du soir sans un mot. Il avait l'air excédé.

Je suis surprise, car depuis que nous sommes ensemble je le trouve plutôt détendu.

— Mais tu es où toi ? Ça va ? Que s'est-il passé avec Zack ?

— Tout va bien, je te rassure. Zack et moi nous nous sommes un peu expliqués, je lui ai raconté en détail la fusillade, etc. Je pense que c'était nécessaire. Notre conversation ne s'est pas très bien terminée, je crois que nous sommes en train de faire une pause.

— Oh… OK, je vois. Ce n'est pas plus mal Azèle, ça va te donner l'occasion de prendre du temps pour toi, enchaîne-t-elle pleine de bienveillance.

Je mordille ma lèvre inférieure, consciente d'être toujours surveillée.

— Je suis chez mon père, je reviendrai demain ! Je te laisse, je vais aller dormir !

Cassius fronce les sourcils, tout en portant son verre de vin à ses lèvres. Pourvu qu'il n'ait pas entendu toute notre discussion. Je ne suis pas prête à parler de Zack et de tout ce qui s'en suit.

— Prends soin de toi, Zélou. À demain.

En raccrochant, j'hésite carrément à appeler un taxi pour rentrer sur-le-champ. Je dois vraiment avoir l'air dépité, car Cassius m'adresse un sourire lorsque je me rassois en face de lui.

— J'ai comme l'impression que ça mérite un second verre.

— Avec double dose de gin cette fois-ci.

Il lâche un petit rire, et alors que je le pensais parti pour une deuxième tournée, il prend place sur un des tabourets à côté de moi. Nos genoux se frôlent, j'aimerais que notre proximité me dérange, or c'est tout l'inverse.

— Est-ce que tu peux m'expliquer pourquoi ce soir je deviens tout à coup ton papa ? C'est un code entre Tess et toi ?

Je grimace tout en dissimulant mon visage dans mes mains.

— Putain… Tu n'aurais pas pu te boucher les oreilles, toi, aussi ?!

— Excuse-moi, mais si tu ne voulais pas que j'entende, tu pouvais tout aussi bien répondre à ton appel dehors. Ou tout simplement te faire plus discrète, me rembarre-t-il.

Je le regarde, gênée.

— Je ne pouvais pas lui dire que j'étais avec toi.

— Pourquoi ?

Ses yeux dorés me fixent intensément, me rappelant cette journée coincée dans le noir à ses côtés.

— Parce que, ça compliquerait tout… Bon, et mon deuxième verre ?

— Pas avant que tu aies mangé un peu.

Il se lève pour attraper une assiette, et vient y déposer une petite part du repas qu'il vient de préparer. Je ne suis pas sûre d'avoir faim, mais l'odeur qui embaume la pièce depuis quelques minutes me donne l'eau à la bouche.

— Je n'ai pas l'habitude de manger en pleine nuit, déclaré-je lorsqu'il me pose l'assiette sous le nez.

— Je parie qu'entre Zack et toute votre histoire, tu n'as pas pris la peine d'avaler quoi que ce soit.

— Si, justement ! J'ai mangé un paquet entier de M&Ms !

— Bien, et tu es fière ?

— Très !

Dès la première bouchée, c'est comme si mon estomac se réveillait d'un long sommeil. Il en redemande, encore et encore. Je ne sais pas de quoi j'ai l'air, mais je m'empiffre carrément.

— Il faut absolument que tu mettes ça sur ta carte ! dis-je entre deux mastications.

— C'est en prévision. Alors tu valides ?

J'ai mangé la moitié de l'assiette et, même si j'aimerais la terminer, je me sens déjà rassasiée.

— Ce plat est juste incroyable. Merci.

Il n'a pas cessé une seconde de m'observer. Tantôt en fronçant les sourcils, tantôt en se mordillant l'intérieur de sa joue. J'ignore à quoi il réfléchit, mais il me donne le sentiment d'être face à une sacrée énigme.

— Depuis quand as-tu des problèmes pour manger ?

La manière directe qu'il a de s'adresser à moi me désarçonne autant que je l'apprécie. Personne n'a jamais joué franc jeu avec moi comme ça. Zack passe plus de temps à critiquer mes troubles alimentaires qu'à essayer de les comprendre. Je ne me souviens pas qu'il ait un jour tenté d'en parler, même à l'adolescence, lorsque l'angoisse de la nourriture commençait tout juste.

Je reste sans voix quelques secondes, pendant qu'il débarrasse, désinvolte, comme si la bombe qu'il venait de jeter n'avait aucune incidence.

— Depuis l'annonce du cancer, lui réponds-je tout bas.

J'ai hésité à le rembarrer, en lui disant que ce n'était pas ses affaires, mais l'exorciser n'est pas une si mauvaise idée finalement. Et puis *je sais qu'il sait*, et malgré tout, depuis tout ce temps, il n'a jamais essayé de s'en servir contre moi.

— Logique.

Il balance ses derniers ustensiles de cuisine dans l'évier, puis s'allume une énième cigarette. Il croise les bras contre son torse, ce qui intensifie sa carrure massive et ses épaules carrées. C'est dingue comme son charisme me fascine et me rassure à la fois. Comment ai-je fait toutes ces années pour ne pas y prêter attention ?

— Alors comme ça, tu es en « pause » avec Zack ?

L'utilisation des guillemets me fait sourire, je ne le connaissais pas si curieux. Qui plus est, son changement de sujet me prend au dépourvu. Je m'attendais à devoir me lancer dans les déboires de mon anorexie mentale, mais apparemment, il n'a pas besoin des détails. Mieux, il est parvenu à me faire avaler plusieurs repas équilibrés en moins de 24 heures, ce qui est un véritable exploit.

— Pourquoi, ça t'intéresse tout à coup ?

Ses pupilles s'étrécissent.

— Peut-être bien.

— OK ! Je veux bien répondre à ton interrogatoire, seulement si tu me promets de répondre au mien.

— Marché conclu.

Pour me concentrer sur autre chose, j'attrape une cigarette sans même lui demander l'autorisation.

— Zack n'est plus le même ces dernières années. Nous nous donnons jusqu'au mariage de Summer le mois prochain, pour… réfléchir, je suppose.

— Il était comment avant ? creuse-t-il visiblement très intéressé.

— Je crois que ça n'a jamais été simple avec lui. Il a toujours oscillé entre des phases de colère et d'euphorie. Mais… je ne sais pas, il était quand même plus agréable, plus accessible. J'avais l'impression qu'il tenait un minimum à moi. Aujourd'hui, entre ses études, la pression de votre père pour qu'il devienne le prochain neurochirurgien de renom, il devient tout simplement imbuvable. En tout cas c'est ainsi que je l'explique.

Il opine silencieusement, et j'ai l'impression qu'il se prépare déjà pour une nouvelle salve de questions.

— Eh ! C'est à mon tour !

— Qu'est-ce que tu voudrais savoir ?

Je me redresse alors, et plonge mon regard dans le sien. Une multitude de détails me manque.

— Tout, j'aimerais tout savoir, avoué-je à mi-voix.

— Désolé, mais il va falloir que tu sois plus précise.

— Tu sais, on m'a raconté beaucoup de trucs à ton sujet, et maintenant que je te découvre chaque jour, j'ai du mal à y croire.

— Vas-y, balance ta bombe !

J'hésite un instant avant de me lancer.

— Zack m'a parlé de tes histoires amoureuses, et de certaines de tes lubies. Il m'a dit que tu utilisais les femmes comme des objets, que tu étais violent…

À haute voix, tout ça me paraît totalement loufoque. Il esquisse un sourire pervers à la seconde où je termine ma phrase. Apparemment, les rumeurs qui circulent sur sa propre personne l'amusent plus qu'elles ne le dérangent.

— Je pensais que tu étais une fille intelligente, Azèle. À croire que je me suis trompé !

— Tu te moques de moi ?!

— Non. Je trouve seulement triste que tu puisses être si crédule. Zack est le seul avec de sérieux problèmes si tu veux mon avis, alors au lieu d'assumer, il écrase les autres pour mieux exister et enterrer ses propres faiblesses. Réfléchis un peu, ce n'est pas ce qu'il fait avec toi aussi ? En te faisant passer pour un petit oisillon sans défense ? En manipulant ton cerveau jusqu'à ce que tu finisses par croire que c'était toi le problème ?

— Pardon ? Tu penses vraiment que je suis assez faible pour me faire manipuler à ce point ?!

— Non, justement Azèle, je commence à comprendre que tu es tout sauf faible, et je ne voudrais pas qu'il continue à te faire du mal.

Je n'aurais jamais dû accepter de venir ici. Jamais. Mes iris le jaugent durant un laps de temps beaucoup trop long à mon goût. Si j'écoutais mon for intérieur je lui donnerais raison, car j'ai eu beau retourner le problème une centaine de fois dans mes pensées, la conclusion reste la même : Zack a des choses à régler. Or, que Cassius se permette d'étaler la vérité avec autant d'aisance me dérange affreusement. Je pense que ce petit jeu de questions-réponses est terminé pour ce soir. Les mystères de cette boîte de Pandore m'effrayent, j'ai trop peur des découvertes que je pourrais faire. Vexée, je prends la direction du salon où je m'installe dans un fauteuil en velours beige. Devant moi, une grande peinture ancienne me saute aux yeux. Comment ai-je fait pour ne pas l'apercevoir plus tôt ? Une femme est allongée sous un arbre fleuri, elle porte une longue robe vaporeuse, elle paraît apaisée et heureuse. Je me redresse aussitôt pour aller l'admirer.

— C'est une œuvre originale ?

— Oui.

J'écarquille les yeux, oubliant tout à coup notre conversation au sujet de Zack.

— Elle est magnifique… Où l'as-tu eue ? Vu le style, elle doit être très ancienne. Je dirais qu'elle date au moins du XVIIIe siècle.

Doucement, il se rapproche, je parviens à décrypter ses mouvements dans mon dos, puis son souffle glisser contre ma nuque.

— J'ai un ami qui vit à Paris. Il est marchand d'art, et capable de me dénicher des pépites en un clin d'œil.

— Je vois ça !

— J'ai l'impression que tu es calée sur le sujet toi aussi.

Je me retourne et plante mon regard dans le sien. Nous n'avons pas été si proches depuis la fusillade.

— Après avoir étudié cinq ans l'histoire de l'art, si je ne savais même pas replacer une œuvre dans son mouvement artistique, il faudrait sérieusement que je me pose des questions !

Il sourit, tout en remuant son verre de whisky. Les glaçons s'y entrechoquent et, comme une sonnette d'alarme, ce bruit résonne en moi. Il se fait tard, je n'ai aucun moyen de locomotion pour rentrer, et soutenir le regard de Cass pourrait m'être fatal.

— Pour ce qui est de Zack, je sais que tu n'es pas le genre de fille à te laisser marcher sur les pieds. J'aimerais juste te mettre en garde, comme il a dû le faire avec moi.

— Tu peux approfondir ?

— Zack cache bien son jeu, et même lorsque vous étiez plus jeunes. Je n'ai pas envie de m'immiscer entre vous, seulement… voilà maintenant plusieurs fois que je le surprends à te manquer de respect, et je n'arrive plus à faire comme si je m'en foutais.

J'intègre lentement tout ce qu'il vient de me livrer, même si ce n'est pas un scoop, je tique sur un léger détail.

— Tu es en train de m'avouer que depuis tout ce temps Zack se joue de moi ?

— Je ne t'avoue rien, Azèle. Je te préviens, c'est tout, comme je l'ai fait le soir de ses dix-huit ans.

Soudain, l'ambiance intimiste n'est plus au rendez-vous. Il contourne sa table basse et disparaît dans un long couloir. Je reste cinq minutes devant le visage diaphane de cette femme accrochée au mur, l'implorant pour qu'elle me donne des réponses. Pourquoi Cassius m'embrouille-t-il le cerveau ainsi pour finalement me laisser en plan plus perdue que jamais ?

— Tu peux dormir ici, me lance-t-il à travers la pièce.

— Je peux dormir sur le canapé, seulement j'ai cours demain matin à 9 heures !

Il regarde sa montre et grimace.

— Alors dépêche-toi de me suivre, je te montre ta chambre. Il est hors de question que tu dormes sur le canapé.

J'aimerais savoir si sa bienveillance à mon égard n'est pas calculée… Pourquoi ne m'a-t-il jamais montré d'intérêt avant ?

— Très bien, chef.

J'insiste sur le dernier mot, tentant de détendre l'atmosphère.

— Continue de m'appeler comme ça et je te laisserai au mieux dormir avec Milky.

Je pouffe, tout en le suivant à travers le labyrinthe de sa maison.

— Pourtant c'est comme ça que je dois t'appeler au boulot, non ?

Il pousse une porte, où un lit à baldaquin n'attend que moi. Tandis que je suis accoudée contre le chambranle, il me fait signe d'entrer.

— Le « chef », ça vaut pour les autres salariés, pas pour toi.

— Ah bon, pourquoi ?

Il est déjà en train de rebrousser chemin, mais s'interrompt pour me répondre.

— Parce que toi et moi c'est différent. Allez, file te coucher ou demain tu n'arriveras jamais à te lever.

La main sur la poignée, il s'apprête à refermer la porte, mais je l'arrête juste à temps.

— Cassius ?

— Quoi ?

— Merci, murmuré-je malgré le sentiment de gêne qui m'envahit.

— Pour quoi ?

— D'avoir été mon point d'attache. De m'avoir sauvée.

Chapitre 20

Azèle – 15 ans

Les lasagnes fument encore lorsque je m'attable, leur odeur me rappelle mamie Rosa. En réalité elle s'appelait Rose, mais tout le monde l'appelait Rosa pour ses origines italiennes.

« Azèle, ma petite demoiselle. »

Je peux encore l'entendre me le murmurer, avec son accent exagéré. Mamie Rosa est la seule personne chère à mon cœur que j'ai perdue. J'avais douze ans, et lui dire adieu a été la chose la plus difficile qu'on m'ait demandé de faire. Comment continuer à sourire alors qu'un pilier s'est envolé ? C'était la maman de ma maman, et donc indéniablement une seconde maman. Même si j'ai eu le sentiment que son souvenir me tordait les boyaux les premiers mois après l'enterrement, le temps passe et la vie doit continuer. Et toutes les choses qui suscitaient alors de la peine pendant des heures parviennent aujourd'hui à me rendre heureuse. Les lasagnes en font partie, manger son plat en me rappelant la manière dont elle roulait la pâte dans sa machine d'époque me met du baume au cœur.

— Humm, je ne me lasserai jamais de cette odeur ! m'exclamé-je en me rapprochant du bord de la table.

Mon père et ma mère restent silencieux. À vrai dire, je leur trouve mauvaise mine depuis quelques jours. Je sais que le travail de mon père lui demande beaucoup d'énergie, l'immobilier à Santa Barbara ces dernières années, c'est de la folie. Je plante ma fourchette entre le fromage et la sauce tomate, et porte le tout à ma bouche. Je me délecte de toutes ces saveurs, sans prêter attention aux bonnes manières.

— Chérie…

En levant les yeux, l'expression sérieuse qu'ils arborent me perturbe. Est-ce que quelqu'un est mort ?

— Que se passe-t-il ? demandé-je en enfournant une nouvelle bouchée.

Je ne suis pas la plus observatrice qu'il soit, mais je sais dire lorsque quelque chose ne tourne pas rond, et ce soir c'est le cas. Je repose ma fourchette, m'essuie la bouche à la va-vite, et fronce les sourcils face à leur mutisme.

— Eh, oh ! Vous me faites peur là !

Maman inhale une grande bouffée d'air, avant de poser ses doigts chauds et réconfortants contre mon avant-bras.

— Avant que ton cerveau extrapole tout ce que je vais te dire, promets-moi de ne pas t'inquiéter.

— Tu me fais vraiment peur là.

Sans ma permission, mon cœur s'est déjà mis à battre dangereusement, tandis que ma salive se raréfie.

— Je n'étais pas en voyage avec tante Sarah la semaine dernière…

Elle marque une pause, durant laquelle je surprends les mains tremblantes de mon père.

— J'étais à l'hôpital, m'avoue-t-elle les yeux brillants.

Et tout à coup ce n'est plus une belle journée, mamie Rosa et ses souvenirs sont gâchés par les secrets de ma mère. Je n'ai pas envie d'entendre ce qu'elle a à me dire, ni pourquoi elle a cru bon de me mentir comme on le ferait à une petite fille. Ma gorge gonfle instantanément, d'une affreuse douleur, car je sais déjà que la suite ne sera pas plus belle. Les secondes se suspendent dans la grande cuisine déserte, les battements intempestifs de ma poitrine étant les seuls bruits que je distingue.

— J'ai un cancer, un cancer du sein.

Je grimace pour m'empêcher de craquer, alors que mon menton tremble et que mes yeux me brûlent déjà. Mais je n'ai pas le droit de flancher. Non, ce n'est pas possible, ma mère ne peut pas avoir un cancer ! Ce n'est pas le genre de nouvelle que nous avons l'habitude de recevoir, ce n'est pas à nous que ça arrive. Nous ne sommes pas une famille malchanceuse, ça, c'est pour les autres, par pour nous… pour les autres… Je secoue la tête perdue, écœurée par les vapeurs de lasagnes qui pénètrent mes narines et se répandent jusqu'aux tréfonds de mon âme. J'ai la nausée, j'ai envie de vomir. Sur mon bras, le contact avec ma mère me donne la chair de poule, elle n'avait pas le droit de me faire un coup pareil.

— *Azèle, ma chérie... Ça va aller, je te le promets.*

Je pince mes lèvres entre elles, sans pouvoir me détacher du sentiment d'humiliation qui m'envahit. Encore la semaine dernière je l'appelais pour lui demander comment se passait son séjour à Hawaï... Qu'est-ce que j'ai pu être bête ! À lui raconter comment s'était déroulée ma première séance au cinéma avec Zack. J'étais à des années-lumière d'imaginer que ma mère vivait le pire moment de sa vie.

— *Et... qu'est-ce qu'on t'a fait ? À l'hôpital, je veux dire ? parviens-je à articuler malgré tout.*

Mon père renifle, une larme roule contre sa joue. Non ! Il n'a pas le droit de craquer alors que je tente par tous les moyens de tenir le coup.

— *Des analyses, une opération pour retirer la tumeur. Et puis les médecins m'ont expliqué le protocole de soins qui suivra...*

Dans mon cerveau tout s'active, le cancer, les soins, les cheveux qui tombent... Comment vais-je gérer ça ? Découvrir ma mère, mon modèle, mon ancre, mon phare, mon pilier, plus vulnérable que jamais ? Comment faire pour devenir à mon tour sa force, alors que je n'ai que quinze ans ? La vie n'avait pas le droit de nous infliger ça, pas à elle. Mon estomac est renversé, j'ai l'impression d'avoir avalé un sac entier de glaçons tant je suis gelée de l'intérieur. Je frissonne en regardant les restes de mon repas, que j'avais pourtant hâte de dévorer. C'est fou comme l'existence peut basculer en deux minutes. Il y a deux minutes, je chérissais mamie Rosa et ses talents culinaires, et puis soudain patatras : mon univers se casse la gueule. Maman est malade, elle n'est pas morte, pourtant c'est comme si mon corps et mon esprit s'y préparaient déjà. Maman…

Chapitre 21

Même durant tes premiers mois, je n'avais qu'à te serrer dans mes bras pour la sentir…

Cette boule de feu qui crépitait. Ta folie, ton essence. Elle ne t'a jamais vraiment quittée, mais si un jour tu l'égares, promets-moi de la retrouver.

Azèle

Hélène, ma formatrice, m'a dit que je progressais à vive allure. C'est plutôt rassurant, d'autant plus que Cassius me met la pression avec son vocabulaire de cuistot ! J'ai établi toute une liste de mots à connaître par cœur pour ensuite les intégrer à des phrases.

— Tu verrais ta tête ! s'exclame Tess en me rejoignant sur le trottoir devant le bâtiment où sont donnés mes cours de français.

— Merci !

J'ai dormi deux heures, à peine. Pourtant le lit à baldaquin n'avait rien à envier à ceux des grands hôtels, mais j'étais bien trop tendue pour que mon sommeil soit réparateur. Dormir sous le même toit que Cassius après l'avoir vu en action dans sa cuisine m'a quelque peu échauffée, sans parler de toutes les confidences que nous nous sommes faites.

— Non sérieux, tu as fait nuit blanche chez ton père ou quoi ?!

Je ne relève pas, à quoi bon me défendre ? Je serais forcée de lui mentir une nouvelle fois, et je ne pense pas le pouvoir.

— Est-ce que j'ai le temps de me changer avant le service de ce soir ? lui demandé-je pour clore le sujet.

Elle jette un coup d'œil à sa montre avant de me répondre.

— Absolument pas, on est déjà en retard.

— Parfois je me demande ce qu'il m'a pris d'accepter ce job !

— Pff, arrête. Qu'est-ce que tu ferais de mieux à l'appartement ? Au moins tu es avec moi, et tu ne penses plus à ton connard d'ex !

Nous marchons en direction du restaurant. Ces derniers jours la chaleur est de plus en plus écrasante. J'espère que Cassius ne m'en voudra pas d'avoir troqué son pantalon noir contre une jupe.

— Officiellement, ce n'est pas encore mon ex…

— Si ça te fait plaisir de le dire ! Pour ma part, tu ne devrais même plus gaspiller ta salive pour parler de lui.

— Exact. J'arrête immédiatement.

En pénétrant le *French Sky,* Jodie et Flory m'entraînent avec elles pour les préparatifs des tables. Je mets du cœur à l'ouvrage en essayant de plier les serviettes comme elles me l'ont appris, et pour une fois, je ne casse aucun verre. Le soir, l'ambiance est différente, comme si tout le monde était plus excité et heureux de travailler. J'ignore où est Cassius, je ne l'ai pas croisé depuis mon arrivée, et je pense que c'est pour le mieux. Sa présence nuirait à mes capacités.

— Azèle, des clients français à la table 3. C'est bien que tu sois là ce soir, car honnêtement je ne pige pas un mot de ce qu'ils me demandent ! rigole Jodie en me tapotant l'épaule.

Je jette un œil à la table en question, et remarque que Cassius vient justement de les accueillir. Merde… Je n'avais pas prévu qu'il soit là lors de mon premier cas pratique. J'avance néanmoins déterminée dans leur direction, tout en me remémorant à toute vitesse quelques formules et phrases toutes prêtes.

— Mon interprète est pile à l'heure ! Je vous présente Azèle Harris, elle saura vous guider ce soir et répondre à chacune de vos questions.

Son français est impeccable, je me demande de qui il se moque ! Je leur souris poliment avant de les saluer, et alors que je leur décrypte les différents plats de la carte, je sens couler sur moi le regard intense de Cassius. Je reste concentrée, du moins j'essaye, même si ses yeux insistants me provoquent quelques bégaiements. Le couple français me remercie, je leur souhaite une bonne dégustation et prends congé en direction du bar. Cependant, Cassius me rattrape par le bras pour m'arrêter.

— Oui chef ?

— Arrête… Je t'ai déjà dit que ce n'était pas la peine de m'appeler comme ça, rétorque-t-il irrité.

— Ah oui, désolée… J'avais oublié, de la même manière que toi qui omets de me dire que tu parles très bien français !

— Non, c'est faux. Je maîtrise essentiellement quelques formules de politesse.

— Mais bien sûr ! Dis plutôt que tu as eu pitié de moi, et que c'est pour ça que tu m'as proposé ce poste ! Je ne te sers à rien du tout ici, Cass !

Il mord sa lèvre inférieure et fronce ses sourcils. Visiblement ce n'est pas le meilleur moment pour régler nos comptes.

— J'ai besoin de toi. Point ! Cesse de te poser mille questions !

Je m'apprête à rejoindre Tess qui nous observe au loin, mais ce dernier me stoppe dans ma lancée.

— Et la prochaine fois… la jupe, tu évites.

J'écarquille les yeux tant je suis choquée par ses propos. Je pensais pourtant l'avoir un peu cerné depuis mon arrivée à San Francisco. J'ouvre la bouche à plusieurs reprises, ne sachant que lui répondre tandis que ses pupilles oscillent entre mon visage et le reste de mon corps.

— Je pensais que tu étais peut-être différent, Trinisky. Mais finalement il se pourrait que tu aies toi aussi hérité du côté machiste de ton père !

Mes mots le touchent, il respire plus fort et se contient pour ne pas exploser. C'est sans doute puéril, mais ça me fait du bien d'avoir touché sa corde sensible. Je sais qu'il y a des protocoles ici, que c'est un restaurant réputé et qu'il y a des normes à respecter. Mais il aurait pu mettre les formes en me disant quoi porter, et bon sang, il fait plus de 30 degrés ! Nous restons à nous dévisager encore quelques secondes, et du haut de son mètre quatre-vingt-dix, il est plutôt impressionnant.

— Je ne suis personne pour te dire quoi porter, j'ai saisi. Mais ici on est dans mon établissement, et si tu as un problème avec ça, alors tu peux partir. En attendant, tu déconcentres Jay qui fait que de la merde depuis le début du service !

— Jay ?

— Oui, Jay. Le barman, le mec qui porte des t-shirts moulants jour et nuit. Le mec qui t'a repérée dès la première seconde où tu as fichu les pieds ici.

Je hausse les sourcils, gênée qu'il ait remarqué tous ces détails. Moi-même je pensais qu'il était charmeur avec toutes les filles, à croire que non. Il se rapproche de moi, puis se penche vers mon oreille en chuchotant.

— Et il n'y a pas que Jay que tu déconcentres.

Ses derniers mots sont aussi âpres que du papier de verre. Je reste scotchée sur place, la nudité de mes jambes devenant insoutenable, sans parler du tambour qui fait rage dans ma poitrine. Je suis partagée entre l'envie de le retrouver pour lui en mettre une et celle de quitter le service pour ne jamais revenir.

— Eh… Ça va ? Qu'est-ce qu'il se passe avec Cass ?

Je sursaute lorsque Tess m'embarque avec elle jusqu'à la cave.

— Rien du tout, éludé-je en me concentrant sur l'étiquette d'une bouteille de rouge ouverte devant moi.

— Arrête ! De loin, j'ai cru que Cassius allait finir par péter un câble devant tout le monde. Allez, vas-y, dis-moi, tu n'es pas la première à qui il fait des remarques ! Au départ il passait toujours ses nerfs sur Jodie. Ça lui est passé avec le temps.

J'expire d'exaspération, elle ne me lâchera pas.

— Rien… Il m'a dit qu'il fallait que j'évite de me mettre en jupe, avoué-je à contrecœur.

— Ah bon ?! Sérieux ? s'étonne-t-elle.

— Apparemment !

Elle explose de rire, tout en débouchant une bouteille de Sauternes.

— Il a voulu se payer ta tête ! Lorsqu'il fait une telle chaleur, on peut s'habiller comme on le souhaite, pourvu que l'on porte du noir. À ce que je sache, ta jupe est noire ! Donc… Il se fout de toi !

Elle s'excuse avant de s'éclipser pour aller servir des clients, me laissant seule entre les murs remplis de bouteilles incroyables. Si je le pouvais, je me servirais un verre immédiatement. Cela m'aiderait peut-être à mettre le doigt sur ce que je ne comprends pas encore. *Il n'y a pas que Jay que tu déconcentres.*

* * *

Il est minuit lorsque nous achevons le rangement et le ménage de la salle. Je suis exténuée, et ne pense qu'à retrouver ma petite chambre d'ami douillette.

— Tu veux un verre ? me propose Jay.

Même si je suis convaincue que Cassius préférerait que je l'ignore, j'accepte volontiers. De toute façon, je fais encore ce que je veux !

— Tu es épatante avec ton français. Je t'ai entendue à plusieurs reprises avec la table 3. Où as-tu appris à parler comme ça ?

Tess, Jodie et le reste de l'équipe prennent place autour du bar. Seul Cassius est en retrait, et reste accoudé contre l'encadrure de la porte qui sépare sa cuisine du reste de la salle. J'essaye d'ignorer sa présence, mais ses yeux sont trop intrusifs et en ont décidé autrement. Jay me sert une sorte de cocktail au citron, à base de vodka. Je ne me pose pas de questions et en descends la moitié avant de rétorquer.

— À l'école, dans les livres… J'adore les langues étrangères, mais la France, cette langue, et tout le reste… ç'a toujours été une évidence, dis-je naturellement.

— Ça se ressent ! approuve Jodie en trinquant avec moi.

Tess se lève pour allumer la sono, et je ne sais pas si elle le fait exprès, mais les paroles sont en français. La chanson parle d'un amour loupé, entre une fille aux yeux verts et un type qui l'observe dans un bar. C'est beau, je ne connaissais pas. Je me rassure en me disant que personne ici ne peut réellement comprendre les paroles, à part peut-être Cassius. À mes côtés, les pieds du tabouret haut se mettent à crisser. En me décalant, je frissonne de le voir s'asseoir si près de moi, tellement que son parfum aux agrumes et notes marines me replonge aussitôt dans ses bras, quelques semaines plus tôt. Je termine ma boisson, d'abord car j'ai soif, mais surtout car c'est une question de survie. Les conversations vont bon train, sans que personne ne se soucie de l'électricité qui jaillit entre nous. Plus nous passons de temps ensemble, plus mon corps se désagrège sous ses œillades.

— Jay, attrape-moi la bouteille d'Akashi s'il te plaît.

Il se penche en passant son bras au-dessus du comptoir, nos épaules se frôlent et je sens son souffle atterrir contre ma joue. Jay s'exécute en dépit de l'ambiance entre eux qui ne semble pas au beau fixe. Je suis ses moindres faits et gestes comme hypnotisée, ses doigts qui encerclent le cristal, le liquide ambré qui recouvre la glace, et les muscles de ses bras qui se contractent dès qu'il le porte à sa bouche.

— Quoi ? me lance-t-il un sourire en coin, comme si la situation l'amusait.

— Je veux la même chose !

— La même chose ? reprend-il d'un ton moqueur.

— Oui, ton whisky là ! Vas-y, sers-m'en un fond, ça me détendra !

Il ricane tout en inclinant le goulot.

— Les mélanges ne font pas bon ménage. Et puis tu as intérêt à l'apprécier, celui-ci !

— Je vais peut-être le boire cul sec juste pour t'énerver !

Il rit à nouveau, totalement inconscient du pouvoir que ce son exerce sur moi.

— Tu es immature, Azèle.

À mon tour, je souris pleinement.

— Peut-être, mais au moins ça me permet de continuer de rêver un peu.

Son regard me renvoie tout un panel d'émotions, je donnerais cher pour les distiller une à une.

— Et je crois que ça me plaît, me souffle-t-il en remuant son verre contre le marbre.

Difficile de rester stoïque lorsqu'un type comme Cassius te lance une bombe pareille, je suis à *ça* de mourir asphyxiée dans mon propre malaise. Mon trouble est tel que je suis obligée de me gifler mentalement pour reprendre contenance.

— Bon alors, dis-moi ce que ce whisky a de si fantastique !

— Ça t'intéresse vraiment ? Ou bien tu essayes de dévier le sens de notre conversation ?

— Tais-toi… ! pesté-je en reniflant mon breuvage.

— C'est dommage, ça commençait à devenir intéressant !

Je m'apprête à lui répondre, mais Tess s'interpose derrière le bar.

— Qu'est-ce qui est intéressant ?! Allez, faites-nous participer un peu !

Elle nous fusille de ses prunelles bleues, elle n'est pas aussi innocente qu'elle veut bien le laisser croire. Je suis certaine qu'elle commence sérieusement à se poser des questions.

— Azèle devient intéressante, continue Cassius dans le plus grand des calmes.

Tess lâche un rire nerveux, qui s'apparente plus au cri d'un chat à qui on écrase la queue.

— À qui le dis-tu ! Lorsque je l'ai vue débarquer à 7h30 ce matin avec une tête de zombie, je me suis demandé où son père l'avait emmenée faire la fête toute la nuit ! Azèle est un vrai mystère ces derniers temps… Ou peut-être que c'est la nouvelle Azèle célibataire qui s'exprime !

Elle incline la tête contre son épaule, pendant que je me bats pour garder un semblant d'aplomb. Soit elle voit clair dans notre jeu, soit elle me cherche pour plaisanter comme la plupart du temps. Mais j'avoue avoir un sérieux doute.

— OK… Bien ! Tu m'as eue. J'avais un *date*, hier soir.

— AH ! Je le savais ! Pourquoi tu ne me dis jamais rien ?! Mais d'où sort ce mec ? Je veux tout savoir !

Cass ne se départit pas de sa fossette, et s'installe même confortablement la joue contre sa main pour m'écouter m'enliser. Dans quoi me suis-je lancée ?!

— Oh tu ne le connais pas, c'est un type de ma formation.

— Attends ce n'est pas le type de 45 ans qui pue l'oignon quand même ?!

Je pouffe malgré moi. Ce mensonge a au moins le mérite de me faire relâcher la pression.

— Ça va pas ou quoi ? Je suis peut-être désespérée, mais pas à ce point !

— Ah ? Tu es désespérée, toi ? s'interpose Cassius alors qu'il allume une cigarette.

Il plisse les yeux lorsque la fumée monte.

— Azèle ? Évidemment ! Désolée pour ton enfoiré de demi-frère, mais il était temps qu'elle passe à autre chose !

Je passe mes mains dans mes cheveux ondulés.

— Eh oh ! Je suis là au cas où vous l'auriez oublié ! m'égosillé-je.

— Rassure-toi, tu es tout sauf invisible, ajoute Cassius.

— Dooonnc… Tu as rejoint ce mec dans un bar, un restau ? continue Tess, pleine d'entrain.

— Chez lui.

Cassius laisse tomber sa cendre dans le cendrier, sans me quitter du regard.

— Chez lui ?? s'écrie-t-elle.

— Ouais ouais, bon et c'est tout ! Il n'y a rien de plus à raconter. Nous avons juste parlé.

Au fond, rien de tout cela n'est un mensonge. J'omets juste le prénom du mec, pas de quoi en faire tout un plat !

— Et alors ? Il est comment ?

— Ouais il est comment ce « mec » ? s'enquiert Cass plus attentif que jamais.

Je prends mon courage à deux mains, car j'ai envie de répondre de manière subtile à toutes ses allusions. Et puis, peut-être car j'ai besoin de lui faire passer un message. De toute façon rien de tout ce que je raconte en ce moment n'est vrai, n'est-ce pas ?

— Il me plaît, et je crois que c'est réciproque.

Je pourrais entendre sa respiration s'accélérer à des kilomètres à la ronde, pourtant il ne cille pas, enfonçant un peu plus profondément ses iris mordorés dans mon âme. En temps normal, et surtout lorsqu'on connaît nos liens familiaux, j'aurais été mortifiée par mes paroles, mais ce soir tout est différent.

— Ton portable, Azèle.

Tess interrompt notre échange en me tendant mon téléphone, et j'ignore si c'est une vilaine blague de l'au-delà, ou le bon Dieu qui souhaite me punir, mais…

Je regrette tout ce que j'ai pu te dire, Azèle.
Tu me manques...

Zack ne pouvait pas choisir meilleur timing !

Chapitre 22

Tout n'est pas qu'une question de devoir et d'engagement.
Enlève-toi bien ça de l'esprit.
Tu peux choisir d'écouter ta raison, mais tu peux tout aussi bien prendre le risque de suivre ton cœur. Et je te promets que tu t'ennuieras moins.

Azèle

Encore une journée où le thermomètre indique une chaleur écrasante. Encore une matinée où je regrette d'avoir accepté de bosser ici, sous ses œillades provocatrices et tout ce qu'elles insinuent. Voilà presque une semaine que je n'avais pas croisé Cassius et que ma conscience n'avait pas à ce point déraillé. Chaque fois que je le vois débarquer dans son uniforme noir qui épouse sa musculature tel un roi entre les murs de son restaurant, j'ai le sentiment qu'il m'ébranle un peu plus. Nous n'avons pas poussé plus loin notre petite sauterie de fin de service vendredi dernier, et heureusement, car je ne sais pas jusqu'où nous auraient menés mes sous-entendus.

Aujourd'hui, la salle est un peu plus calme, certainement car personne n'ose s'aventurer dehors à une heure pareille à cause des températures. Pour la seconde fois, je porte une jupe et j'espère ne pas avoir droit aux remarques de Cassius à ce sujet.

J'aimerais que nous allions au mariage de Summer et Brad ensemble, Azèle. Je t'en prie.

J'intercepte un nouveau message de Zack. Il n'y a pas un jour sans qu'il me harcèle, cela dit j'ai l'impression que cette fois-ci, il est sincère. Sa peine et son désespoir sont palpables, et je suis déchirée entre l'envie de faire table rase de nos disputes et celle de tirer définitivement un trait sur notre histoire. J'hésite une seconde à lui répondre, avant de sentir couler sur moi le regard insistant de Cassius. Aussitôt je verrouille mon portable et le range dans ma poche. Je réfléchirai plus tard à sa requête, ce n'est pas une décision à prendre à la légère.

— Tu peux me suivre à la table 5, des clients espagnols ne comprennent pas un mot de la carte.

Jodie m'emboîte le pas, visiblement tendue par la situation.

— Euh… OK. Mais je ne parle pas espagnol ! rié-je pour détendre l'atmosphère.

— Ah ? Tu n'es pas censée être l'interprète du restaurant ?

— Oui, lorsqu'il s'agit de français !

Nous sommes plantées au milieu de la salle face aux cuisines.

— Bon, je vais tenter de me débrouiller avec mes souvenirs du collège, mais je ne vous promets rien !

En arrivant devant les étrangers, je n'en mène pas large. Heureusement que j'avais choisi cette troisième langue au collège ! Je les salue, leur demande ce qu'ils souhaitent découvrir comme saveurs et me surprends en retrouvant rapidement quelques bases. Ils m'expliquent qu'ils ne connaissent pas du tout les lieux, et que c'est leur première fois aux États-Unis. Nous échangeons quelques minutes, jusqu'à ce qu'ils fassent enfin leur choix.

En prenant congé auprès des clients, je manque de trébucher sur le sol à cause de la semelle en caoutchouc de mes baskets. Je me rattrape à la première personne qui passe, sans apercevoir que le serveur en question tient un plateau chargé de verres en cristal. *Merde*. Les verres se fracassent contre le parquet massif, dans un bruit assourdissant. Je ferme les yeux, les mains plaquées sur la bouche, consciente que je viens de commettre une sacrée bourde. La plupart des clients se tournent vers nous effarés, tandis que je me jette au sol pour tenter de réparer les dégâts.

— Je suis tellement désolée, mon Dieu… Je ne t'avais pas vu !

Je me confonds en excuses auprès de Tony, le serveur en question.

— Putain… La prochaine fois regarde où tu vas !

Les mains dans les morceaux de verre, ma poitrine tambourine. J'aimerais mieux me cacher dans un trou de souris plutôt qu'affronter le regard des autres. Encore plus, lorsqu'en inclinant la tête je tombe sur Cassius qui m'épie en silence. Il n'a pas bougé d'un poil, cependant son air renfrogné me laisse interdite. Vais-je avoir droit à une remontrance de sa part ?

— Aïe !

— Attention, tu es en train de t'entailler le doigt.

Je me redresse, paniquée à la vue du sang qui s'écoule le long de mon index. Bordel, il ne manquait plus que ça !

— Azèle, viens.

Au milieu de mon agitation interne s'insinue la voix claire et grave de Cassius. Il me fait signe de le suivre, sous le regard irrité de Tony. Il doit vraiment m'en vouloir, encore plus de le laisser seul pour nettoyer ma merde. Mais il faut à tout prix que j'aille rincer ce rouge qui dégouline sur mon poignet.

— Je suis désolée… Je… je ne suis pas très concentrée aujourd'hui.

Il appuie sa main dans le bas de mon dos, pour me conduire jusqu'à son bureau. En passant dans le couloir qui jouxte la cave à vin, je surprends Tess nous dévisager.

— Heureusement que j'ai une bonne assurance.

Il ferme la porte derrière nous, je le regarde perplexe. Il ne semble pas plus en colère que ça, mais ce n'est pas pour autant que je me sens à l'aise.

— Une bonne assurance ?

— Pour toute la casse. Je ne te connaissais pas si maladroite.

Je sens mes joues rougir, je recule jusqu'à buter contre le bois de son bureau. Par réflexe, j'ai fourré mon doigt ensanglanté dans mon t-shirt noir. Cassius le remarque et s'approche de moi en tendant les mains.

— Montre-moi ça.

J'hésite un instant. Finalement, j'inspire un grand coup avant de lui dévoiler ma blessure de guerre. Je frissonne dès l'instant où sa paume m'encercle.

— Désolé, mais je vais être obligé d'appuyer.

Je n'ai pas le temps de protester qu'il presse ma plaie entre son pouce et son index sans ménagement.

— Aïe, ça fait hyper mal ! m'exclamé-je en me contorsionnant.

— Reste tranquille.

Il pince ses lèvres et se penche vers moi pour atteindre un des tiroirs de son secrétaire. Son mouvement m'oblige à fermer les yeux et à retenir ma respiration. Nous sommes si proches que son souffle chaud s'infiltre à travers mes pores.

— Qu'est-ce que tu fais ? parviens-je à articuler malgré tout.

Il ne me répond pas, farfouille toujours dans mon dos puis recule avec une petite trousse de secours à la main.

— Je te soigne, répond-il très naturellement.

J'écarquille les yeux, et hoquette de surprise lorsque ses mains s'arriment à mes hanches. Avec le plus grand des calmes, il m'assoit sur son bureau et commence à préparer des compresses qu'il imbibe d'alcool. Je n'avais pas prévu une telle proximité, mes jambes nues se balancent dans le vide, pendant que mes yeux butent sur son torse imposant.

— Tu as toujours peur du sang ?

— Comment es-tu au courant de ça ?

Son sourire en coin fait naître un tourbillon de frissons dans mon ventre.

— Ce n'était pas difficile à comprendre, à l'époque dès qu'il y avait une bagarre et inévitablement du sang, tu tournais de l'œil. Tu m'as surprise le jour de la fusillade d'ailleurs. Je n'ai pas préféré te le rappeler sur le coup, j'avais trop peur que tu fasses une crise d'angoisse en plus de tout ce qu'on était déjà en train de vivre.

C'est la première fois que je comprends quelque chose ; tout ce temps, je n'étais pas invisible à ses yeux. Cassius me voyait déjà lorsque j'étais adolescente, et ses observations n'étaient pas juste sournoises et délétères comme me le faisait croire Zack. Je reste sans voix, la bouche entrouverte à essayer de me rappeler tout ce que nous avons vécu sans vraiment nous côtoyer.

— C'est un peu profond, tu ne t'es pas loupée. Et je pense que Tony va t'en vouloir pendant quelques semaines.

Il tamponne mon entaille, ce qui m'arrache un gémissement incontrôlable.

— C'est presque terminé.

— Et toi ? Tu ne vas pas m'en vouloir ? D'avoir foutu un tel bordel en plein rush ?

J'ancre mes prunelles aux siennes, la respiration saccadée entre ma douleur et ce que je commence à éprouver lorsque je suis à ses côtés. L'avantage d'être aussi proches, c'est que je peux admirer tous les détails de son visage. Les petites stries plus foncées qui entourent ses pupilles comme les rayons du soleil, ses minuscules ridules sur son front et autour de ses yeux qui le rendent encore plus masculin. Sa proximité me donne l'impression d'être en sécurité. Il lâche un petit rire, puis attrape le sparadrap pour faire un bandage.

— En temps normal, j'aurais sûrement perdu mon calme.

Il en arrache un bout entre ses dents, puis s'applique à le coller autour de mon doigt. Une fois qu'il a terminé, il pose ses mains à plat contre son bureau de part et d'autre de mes cuisses, ainsi je ne peux plus m'échapper.

— En temps normal ? répété-je en haussant un sourcil.

Il étire ses lèvres dans un sourire franc, dévoilant ses fossettes et ses dents blanches.

— Ouais, Azèle. En temps normal il ne m'arrive pas de surprotéger mes employées, ni de les soigner dans mon bureau, encore moins d'avoir envie de leur sauter dessus… Même lorsqu'elles portent des jupes ridiculement courtes.

Mon cœur retentit si fort que j'ai peur d'avoir une attaque. Il ne peut pas me faire ça.

— Cass… Je… tu…

Des coups rebondissent contre la porte et me font sursauter.

— Les clients de la table 5 réclament Azèle, beugle Jodie derrière le battant.

Le souffle court, j'expire pour rejeter toute cette tension suffocante. Il me tend sa main pour m'aider à descendre, je n'ai plus la force de le regarder.

— Tu m'avais caché que tu parlais espagnol !

— Je ne parle pas espagnol !

— Il semblerait que si, ricane-t-il en ouvrant la porte.

Avant de retourner travailler, je prends mon courage à deux mains pour lui faire face.

— Merci, Cass… Pour le pansement.

— File, avant que je change d'avis pour t'engueuler.

Chapitre 23

Azèle – 17 ans

Je crois que ma mère est tombée sur une barre de céréales, celles que je cache sous mon lit. Depuis, elle m'a forcée à aller voir une psychothérapeute. Je ne lui en veux pas, seulement je sais que ce n'est pas de ça que j'ai besoin, ce n'est pas cette inconnue qui me fera aller mieux. Le remède à mon manque d'appétit serait d'éradiquer le cancer.

Je sais qu'elle va mourir bientôt, je l'ai compris le jour de l'anniversaire de Zack. Le soir, lorsque je suis arrivée, Cassius m'a encore fait des remarques désobligeantes auxquelles je n'ai pas prêté attention. En revanche, je n'ai pas oublié la discussion téléphonique que j'ai surprise entre Pénélope et James Blake ce soir-là, « la chimio ne fonctionne plus ». Depuis, cette phrase campe dans mon esprit tel un brouillard noir et épais. J'imagine que mes parents sont au courant et qu'ils préfèrent ne rien me dire afin de rendre mon quotidien moins triste.

Zack essaye de me changer les idées en m'amenant à ses fêtes, or il disparaît la moitié du temps pour réapparaître soit couvert de sang, soit d'une humeur massacrante. Moi, rien ne peut me détacher de ce qui se passe vraiment chez moi. Je crois encore en un miracle, je prie un dieu différent chaque soir alors que je ne vais plus à l'église depuis des années, je compte les marches, j'effeuille les pétales des marguerites, cherche les étoiles filantes, je fais tout pour avoir l'occasion de faire le même vœu.

« Que ressentez-vous ? Pourquoi avoir besoin d'aller vomir ? », les questions de ma psy tournent en boucle inlassablement. Si seulement j'avais la réponse ! Mon ventre me fait toujours faux bond, chaque repas est un supplice, chaque saveur se transforme sous ma langue comme le goût de la mort. Peut-être que je ne digère toujours pas ce qu'il m'arrive, peut-être que je « vomis » ma peine, et toutes ces métastases. Lorsque je n'arrive plus à dissimuler mes troubles, je m'enfuis de table, prétextant un rendez-vous avec Zack ou un devoir à rendre avec Tess. Et je marche. Je marche pour m'empêcher d'exploser en mille morceaux, pour ne pas avoir à penser, pour ne plus avoir à enfoncer mes doigts dans le fond de ma gorge. Plus mes foulées sont amples, plus je m'éloigne de la maison, plus j'ai l'impression de respirer de nouveau. Passer le seuil de ma porte me donne le sentiment d'être en apnée, comme si j'enfilais un masque pour me forcer à affronter la réalité. Je n'ai personne à qui parler, mon père n'a pas les épaules, il est en train de perdre l'amour de sa vie, et de toute façon, qui s'intéresserait aux sentiments d'une adolescente perdue ? Qui aurait envie de savoir que je cache des barres protéinées sous mon matelas pour m'éviter de sombrer, que le reste de mes repas finissent la plupart du temps dans le fond de la cuvette, ou que mon reflet me devient de plus en plus insupportable ? Qui ?

Cassius – 22 ans

Il arrivait souvent que les Harris organisent des soirées. Grace adorait donner de belles réceptions. Même si j'étais gamin la dernière fois que j'y ai mis les pieds, les détails et la décoration de sa table m'avaient manqué.

Ce soir, elle a tenu à inviter mes parents, peut-être pour prouver à sa fille qu'elle continue de vivre malgré les traitements. Peut-être aussi car sa fille sort avec Zack…

Elle m'a appelé personnellement pour m'inviter moi aussi. J'ai été surpris qu'elle ait encore mon numéro, encore plus qu'elle continue de penser à moi malgré les kilomètres qui nous séparent. « J'aimerais que tu sois là aussi Cassius, je suis peut-être malade mais pas aveugle. Je sais que ton père et ta belle-mère ne t'ont pas mené la vie facile. Viens, nous passerons un bon moment, comme au bon vieux temps. » Je l'ai fait pour elle, uniquement, car j'ai senti dans l'intonation de sa voix que ça lui tenait particulièrement à cœur. De plus, j'ai besoin de m'assurer qu'Azèle va bien. J'ignore pourquoi, mais depuis que je l'ai entendue gerber dans nos toilettes, je n'ai pas arrêté de penser à elle. Ce n'est pas qu'elle m'intéresse, mais plutôt que son état de santé m'inquiète, qui plus est avec Zack comme partenaire. Alors j'ai décidé de faire la route pour cette soirée, afin de m'assurer qu'Azèle Harris ne soit pas en train de disparaître entièrement.

— Que ce soit bien clair, tout le monde se tient à carreaux, et pas de débordement. Compris ?

Mon père nous fixe à tour de rôle Zack et moi, avec la certitude de nous intimider.

— Continue de me parler comme si j'avais cinq ans, et t'es sûr que je finirai par lâcher tous vos plus sombres secrets, rétorqué-je blasé.

Pénélope couine dans son coin, tandis que Zack se met à pianoter nerveusement sur l'écran de son téléphone. J'appuie sur la sonnette, imposant à mes traits un air détendu alors qu'intérieurement mes muscles sont plus tendus qu'une arbalète.

— Bonsoir ! Comment ça va ? Entrez, entrez, Grace et Azèle sont au salon.

Roby Harris nous précède, avec sa bonne humeur, son mètre quatre-vingt-cinq et sa jolie chemise bleu clair. Roby est le genre de papa sympathique que n'importe qui rêverait d'avoir. Pourtant, sous son sourire, on peut percevoir la tristesse et l'inquiétude creuser ses traits.

Une odeur de poulet braisé embaume le rez-de-chaussée. À travers les pièces qui défilent, une petite partie de mon enfance me revient par vagues. Il m'arrivait de venir ici, même avant qu'Azèle et Zack naissent. Grace et Roby venaient souvent me chercher à l'école lorsque mon père travaillait tard. Ma mère était partie depuis déjà quelques années, et Grace était un peu comme un repère. Ils veillaient sur moi comme si j'appartenais à leur famille depuis toujours. Ça m'allait parfaitement, puisque ça m'évitait d'avoir à me retrouver seul avec Pénélope. Lorsque Grace est tombée enceinte, je me rappelle avoir été plus excité à la perspective de la naissance d'Azèle que celle de Zack. Honnêtement, je n'ai jamais su pourquoi les Harris côtoyaient mon père et Pénélope, ils sont en tous points opposés.

— Bonsoir Pénélope, comment vas-tu ? Oh, ta robe est magnifique, tu es superbe ! s'exclame Grace en embrassant ma belle-mère.

J'ai envie de grimacer, mais je m'abstiens de tout commentaire. Pénélope n'est pas superbe, elle parvient seulement à donner l'illusion d'une femme coquette grâce à l'argent de mon père. Alors que Grace, elle… Malgré la maladie qui la bouffe de l'intérieur, elle reste éblouissante. Elle a revêtu un pantalon en soie vaporeux, dont les motifs s'accordent avec le foulard lilas qui dissimule son crâne.

— Oh, je te remercie. Comment te sens-tu ?

Nous savions tous qu'il ne lui restait que quelques semaines à vivre, James Blake l'avait semble-t-il expliqué à Pénélope quelques jours auparavant. Peut-être après une baise, sur le coin de son oreiller ? Où dans le placard à balais de l'hôpital, entre deux rendez-vous ? Bref, Grace allait mourir et la seule qui continuait de sourire à tout va restait la principale intéressée.

— Très bien, j'ai un regain d'énergie !

Elle continue de serrer le reste de ma famille dans ses bras, ignorant leurs regards de pitié.

— Cassius, je suis contente que tu sois venu. Vraiment.

— Merci pour l'invitation.

En m'asseyant dans un des canapés, je surprends Azèle et ses deux pierres de jade braquées sur moi. Coincée entre Kurt et Zack, son minuscule corps semble compressé, mais elle ne bouge pas d'un iota. Je reste un moment à investiguer son visage froissé par la douleur. Elle ne va pas bien, qu'importe ce qu'elle peut en dire. Est-elle soutenue par Zack, peut-elle compter sur lui ? J'en doute. Je suis à peu près sûr qu'elle ne me croirait pas si je lui avouais la folie qu'il dissimule.

— Comment vont les affaires, Roby ? J'ai entendu dire que les Clarks cherchaient à investir !

Les deux hommes s'éloignent pour déboucher une bouteille, pendant que Pénélope fait semblant de se sentir concernée par l'état de sa voisine. Dans la pièce, une multitude d'objets d'art trônent sur les meubles. Des sculptures émaillées, des tableaux aux couleurs vives, des statuettes en bronze. Je savais que Grace aimait ça, mais je n'imaginais pas une telle collection.

— Alors, ça va ?

Zack se décide enfin à prendre des nouvelles de sa petite amie. Cette dernière hoche la tête tout en se blottissant dans le fond du sofa.

— Eh ben… T'es pas bavarde ! s'esclaffe-t-il en lui attrapant la cuisse.

Elle n'a aucune réaction, comme si le moindre geste lui coûtait. Elle a 17 ans et la vie devant elle, néanmoins je n'aperçois plus l'ombre d'un espoir dans ses iris. Le sourire de façade avec lequel elle réussissait à tous nous berner s'est à ce jour envolé et je suis le seul à le remarquer.

— Tu veux un toast, ma chérie ? lui propose sa mère en lui tendant une assiette pleine de foie gras.

C'est subtil, mais j'entrevois le dégoût déformer ses lèvres. Elle décline son offre avant de s'excuser et de quitter les lieux. Grace ne laisse rien paraître, mais au vu de leur relation particulièrement fusionnelle, je sais qu'elle n'est pas dupe. Zack fronce les sourcils lorsqu'elle rejette sa main pour s'enfuir, avant de poser les yeux sur moi.

— Elle est bizarre en ce moment, je n'y suis pour rien ! se justifie-t-il en faisant craquer ses doigts.

Les conversations se poursuivent pendant une bonne demi-heure, trente minutes durant lesquelles Azèle reste absente sans que cela dérange qui que ce soit. Quand nous passons à table, je suis surpris de la voir franchir le seuil de la salle à manger.

— Je suis désolée, je ne me sens pas très bien. Je me demande si je n'ai pas attrapé un virus ou un truc du genre.

Zack lui caresse le dos machinalement lorsqu'elle s'assoit à ses côtés, tandis que ses parents se jettent un regard qui en dit long.

— Tu préfères rester dans ta chambre ?

— Non non, t'inquiète pas maman, je vous accompagne pour le repas. Mais je n'ai pas trop d'appétit.

Pénélope et Kurt ne disent pas un mot, et c'est à peine si Zack remarque notre discussion puisqu'il s'est déjà attaqué à son assiette. Je lâche un soupir d'exaspération qu'Azèle est la seule à percevoir.

— Alors Cassius, comment se déroulent tes projets à San Francisco ?

Je ne veux pas vexer Roby, seulement je ne compte pas lui répondre dans les détails, j'aurais trop peur que mon père fasse capoter tout ce que j'entreprends en ce moment.

— Tout va pour le mieux, merci.

— J'imagine qu'un tartare de crabe ne doit pas ravir tes papilles expertes, mais j'espère que tu apprécies ! plaisante Grace à l'autre bout de la table.

Je la rassure sur ses talents, sans renchérir sur un quelconque sujet.

— Alors Azèle, comment envisages-tu la suite de tes études ? enchaîne Pénélope tout à coup très intéressée.

Zack se tortille sur sa chaise, tandis qu'Azèle lève enfin les yeux.

— Euh… je ne sais plus vraiment. Il était question que je parte à Paris, mais je n'en suis plus certaine.

— Oh, je vois. Pour étudier l'art, c'est bien cela ?

Elle prononce ce mot comme s'il lui écorchait la bouche, les artistes n'étant pas les bienvenus dans sa vision de l'avenir et de la réussite.

— Exactement ! Et Azèle ira loin ! rétorque sa mère pleine d'aplomb.

L'atmosphère est soudain moins légère.

— Oui, bien sûr Grace, c'est évident !

Pénélope n'en pense pas un traître mot, et j'ignore ce qui me retient de ne pas intervenir.

— Maman ? Ça va ?

Si Grace n'avait pas beaucoup de couleurs lorsque nous sommes arrivés, ce n'est rien en comparaison de ses pommettes livides. Son mari se précipite à ses côtés pour la rattraper, lui évitant une chute contre le marbre du living-room. Azèle se lève à son tour, affolée de voir sa mère si vulnérable.

— Mince… nous allons vous laisser, elle a besoin de se reposer, déclare mon père sans même proposer de l'ausculter.

— Non non, ça va aller… ça m'arrive fréquemment, j'ai juste besoin de repos… Mangez, mangez, je vais vous…

— Maman, ça suffit. Tu as besoin de t'allonger ! la coupe Azèle au bord des larmes.

Je recule ma chaise pour me mettre debout, puis avance dans leur direction.

— Roby, je vais vous aider à la porter jusqu'au salon si vous voulez.

Sans un mot, il me fait signe d'attraper son bras gauche pour la soutenir sur le chemin. Dans le regard d'Azèle, un maelström de sentiments fait rage : chagrin, désespoir, souffrance. Je ne l'avais jamais vue si démunie. Elle nous accompagne néanmoins, s'assurant que sa mère soit bien installée.

— Je vais te chercher un plaid, je reviens maman.

Roby lui apporte un verre d'eau, Grace s'excuse alors que cette situation ne dépend pas de sa volonté. Voir cette femme si belle, si humble s'écrouler et perdre pied a vraiment quelque chose d'effrayant.

— Cassius ? Je peux te demander une faveur ?

Sa voix n'est plus qu'un filet, je m'assieds près d'elle afin d'être à sa hauteur.

— Je n'aurai jamais la force d'exprimer tout ça à Azèle… Elle va mal, même si elle prétendra toujours le contraire, et Zack… Zack n'est pas celui qu'il lui faut.

Elle m'attrape la main, reprend sa respiration alors que la mienne s'amoindrit.

— Je sais qui tu es, Cassius. Je connais ton histoire, et je n'ai jamais douté une seconde de toi. Tu vois les gens tels qu'ils sont véritablement.

Je pince mes lèvres entre elles pour m'éviter de craquer, car même si elle ne me le dit pas clairement, ses paroles ont tout l'air d'un adieu.

— Tu vois Azèle. J'ai remarqué comment tu la regardes. Et même si tu n'oses pas aller vers elle à cause de la situation familiale, je sais qu'un jour elle te verra elle aussi.

En plongeant dans son regard clair, j'ai l'impression de voir les yeux d'Azèle. Cette peur terrifiante qui les relie, ce lien viscéral, cet amour démesuré que peut avoir une mère pour son enfant.

— Promets-moi de prendre soin d'elle, de trouver la force nécessaire pour lui montrer le chemin, de l'aider à réaliser ses rêves. Tu peux me faire cette promesse ?

Je reste statique quelques secondes, à serrer ses doigts, à la regarder, tout en prenant la mesure de ses mots. J'aimerais lui dire tant de choses, mais les mots ne sortent pas. Alors j'opine silencieusement, avant d'ajouter :

— Je te le promets, Grace.

En repartant vers la salle à manger, je croise Azèle qui descend les dernières marches des escaliers. Prudemment, je fais un pas vers elle, malgré son expression fermée à triple tour.

— Azèle…

— Je ne veux pas te parler, me coupe-t-elle brutalement.

Quand elle passe près de moi, je lui barre le passage avec mon bras. Elle lève la tête et sans un bruit une minuscule larme s'échappe de son œil droit, pour venir s'échouer à la commissure de ses lèvres. Nous nous fixons longtemps, sans que personne remarque notre absence. Elle, trop fragile pour exprimer la moindre de ses émotions, moi, espérant que mes messages silencieux franchissent la barrière de son cœur. J'aimerais qu'elle sache qu'elle n'a pas à affronter ça seule, que je pourrais être là si elle le souhaitait. Ma main se raccroche à son chemisier un peu plus fort, mais elle me repousse finalement, puis disparaît avec sa couverture rose fuchsia.

Chapitre 24

Cassius

Hier, je suis resté l'après-midi entier à me fustiger d'en avoir trop dit. Azèle va finir par prendre peur et ne plus jamais vouloir me voir, et je pourrai dire adieu à mon interprète, mon concours et tout le reste. Mais s'il n'y avait que ça ! Je me suis habitué à elle, à sa présence, son naturel et tout ce qu'elle dégage, et j'ai peur de ne bientôt plus contrôler grand-chose. Me maîtriser va finir par me rendre dingue.

La tonalité résonne dans mon oreille, mais elle ne répond pas. Une émission de télé m'a contacté hier, ils veulent retracer les événements du jour de la fusillade, j'ai accepté de témoigner pour eux. Je dois me rendre à leur studio en fin de journée. À vrai dire, je regrette un peu d'avoir pris cette décision. J'aimerais qu'Azèle m'y accompagne. Même si revivre ces souvenirs ne sera pas facile, je suis certain que ça pourra être bénéfique. Sauf qu'elle ne me répond pas, et je n'ai pas envie de la harceler.

Je monte dans ma caisse quelques minutes plus tard, règle le GPS sur l'adresse que la journaliste m'a communiquée et démarre sans plus attendre. Je roule à travers San Francisco, les immeubles victoriens s'enchaînent et je repense à elle, à Zack et à ce fameux message que j'ai intercepté l'autre soir.

> Je regrette tout ce que j'ai pu te dire, Azèle.
> Tu me manques.

Sur le moment, j'ai cru que j'allais m'en mêler. De quel droit revenait-il vers elle après l'avoir traitée comme une moins que rien ? J'ai hésité à prendre son téléphone pour l'appeler directement, je lui aurais rappelé qui il est, et le mal qu'il est capable d'engendrer. Peut-être que ça l'aurait dissuadé de revenir vers elle, peut-être pas. De toute façon, j'ai préféré la fermer, comme d'habitude. Après tout, ça n'aurait pas été le meilleur instant pour sortir toutes les horreurs que j'ai sous le coude. Une part de moi ne peut s'empêcher de penser que je suis le pire d'entre tous. J'ai fait une promesse, il y a cinq ans, que je ne suis visiblement pas en mesure de tenir. J'espère que Grace sera clémente lorsque je la rejoindrai là-haut…

Entre deux morceaux de rap américain, et quelques clopes consumées, la sonnerie de mon portable vient rompre l'atmosphère. *Azèle*, son prénom s'affiche sur mon tableau de bord. Une seconde de flottement s'écoule, je me demande ce qu'elle lui a répondu… Lui a-t-elle redonné une chance ? Cette idée me rend déjà fou de rage.

— Allô ?

Sa voix douce et curieuse résonne dans l'habitacle.

— Tu es chez Tess ? lui demandé-je de but en blanc.

— Pas encore, je sors de mes cours.

Elle n'est pas en face de moi, pourtant j'arrive à imaginer son visage selon l'intonation de sa voix. Je parie qu'elle est en train de chasser quelques mèches qui lui tombent devant les yeux, qu'elle regarde autour d'elle comme si elle s'attendait à me voir débarquer d'une seconde à l'autre. Je souris comme un con, attendant que le feu passe au vert.

— Je peux venir te chercher ?

Un ange passe à l'autre bout du fil, puis elle me répond en essayant d'avoir l'air détendu.

— Pour que tu m'obliges à cuisiner chez toi ?

— Pas cette fois… rié-je.

— Pour aller où alors ?

J'appuie sur la pédale d'accélération, et fais demi-tour vers l'adresse de sa formation.

— Je vais livrer un témoignage à une télévision. J'aimerais que tu viennes avec moi.

J'ai l'impression qu'elle s'étouffe de surprise à l'autre bout du fil.

— Pour… la fusillade… ?

— Oui.

Elle va se dégonfler, j'en suis sûr. Je sais que ses entretiens avec Cateline l'aident, néanmoins, elle peine encore à tout lui dévoiler. Elle m'a confié que ses séances d'EMDR étaient lourdes et éprouvantes. Or, je suis son « point d'attache », alors peut-être qu'avec moi à ses côtés, elle parviendra cette fois-ci à relater les faits. Quoique… Il se pourrait que ce soit *nous*, le problème. Ce qu'il s'est passé : nos contacts, son corps qui grelotte contre le mien, et tout ce que cette situation a fait naître d'attirance pour l'interdit dans nos cellules. Je le sais, car je ressens la même chose. Nous n'en avons jamais reparlé, préférant clore ce chapitre derrière une porte invisible, en s'assurant qu'aucun de nous n'ait le malheur de la rouvrir. Sauf que… J'ai envie de rouvrir cette putain de porte d'affronter tout ce que ça implique, lui montrer que ce n'était pas si terrible.

— Bouge pas, j'arrive.

Je ne lui laisse pas l'occasion de se défendre, de toute façon je ne me vois pas livrer le début et la fin de cette histoire sans elle à mes côtés.

* * *

— Azèle, vous étiez seule sur ce trottoir lorsque le premier coup de feu a retenti ?

Elle se tortille sur le petit canapé où nous sommes assis. Ma grande taille ne nous permet pas d'être à l'aise, et nous oblige même à nous frôler. C'est d'ailleurs très drôle de la voir se ratatiner un peu plus sur sa gauche, comme si éviter que nos cuisses se touchent pouvait l'éloigner de moi.

— Oui… Enfin non, pas vraiment. Il y avait d'autres passants !

La pauvre, je l'ai vraiment prise de court avec cette interview.

— Qu'avez-vous ressenti à cet instant ?

Je l'observe de biais se mordiller la lèvre inférieure, c'est un supplice de la voir humecter cette bouche rouge et pulpeuse à mesure que son stress monte.

— Je n'ai pas réalisé quoi que ce soit au début, j'avais la musique à fond dans mes oreilles ! rigole-t-elle.

Je sais qu'elle lâche des petites blagues pour ne pas craquer, Azèle déteste se montrer faible devant les autres, c'est ainsi que je l'ai toujours perçue. Je ne l'ai jamais vue pleurer, à l'enterrement de sa mère c'était elle qui consolait sa famille. Lorsqu'elle tombait alors qu'elle n'était qu'une gamine, elle ne lâchait pas la moindre larme non plus. Dans le noir de ce supermarché, même en ayant vu la mort la frôler, elle ne s'est pas écroulée.

Je l'écoute résumer le premier quart d'heure de cette longue après-midi sur Mission Street, sous les yeux imperturbables de la journaliste.

— C'est à ce moment-là que Cassius m'a emmenée à l'arrière dans la réserve…

Azèle baisse d'un ton, comme si elle s'apprêtait à raconter un terrible secret.

— Vous n'étiez que tous les deux à cet instant ?

— Houla non ! Il y avait beaucoup d'autres personnes ! s'empresse-t-elle d'ajouter.

Un rire m'échappe.

— Je ne pensais pas que revivre ce genre de moment pourrait faire rire monsieur Trinisky.

La journaliste prend un air faussement étonné, puis braque son attention sur moi. Azèle plisse les yeux, et se décale pour mieux me regarder.

— Disons qu'Azèle aime se souvenir de ce qui l'arrange.

— Ah ?

Elles froncent toutes les deux les sourcils, j'aurais mieux fait de me la fermer.

— Nous n'étions pas si nombreux, et dispatchés aux quatre coins de cette réserve. Donc oui, pendant les cinq heures qui ont suivi, nous avons surtout été tous les deux.

Autant jouer franc jeu dès le départ. Azèle se pince frénétiquement la peau nue de son genou, sans pouvoir s'empêcher de remuer les jambes. Sa nervosité a quelque chose de craquant, et provoque en moi l'envie irrépressible de caler mes mains sur ses muscles. Au moins, elle arrêterait de faire bouger tout le canapé. Mais je préfère choisir la sécurité, en enfonçant mes mains dans les poches de mon jean.

— Oh, d'accord, je vois…, et comment se sont déroulées ces longues heures ? J'imagine que vous deviez être terrorisés de ne pas savoir réellement ce qu'il se passait à l'extérieur. Avez-vous entendu des coups de feu ?

La respiration d'Azèle suit probablement le même tempo que son rythme cardiaque actuel, sa gestuelle et ses mimiques ne trompent pas. Elle ne pourra plus se contenir très longtemps, je crains même qu'elle ne parvienne à s'exprimer sur le sujet. Évidemment, la chroniqueuse s'adresse davantage à elle, à croire que les jeunes filles apeurées sont plus intéressantes pour son audience.

— Oui, un coup de feu. Nous étions dans le noir et il faisait très froid. J'ai fini par m'endormir, donc je ne peux pas vraiment vous en raconter davantage, achève-t-elle à la manière d'un robot.

Je n'arrive pas à me détacher de ses yeux verts, encore moins lorsqu'elle tourne la tête vers moi. Durant un instant, cette salle d'interview disparaît pour nous laisser rien que tous les deux. Son pied s'affole de nouveau contre le sol, tandis que ses pommettes rougissent. Et puis merde ! Je ne passe plus par quatre chemins et emprisonne fermement le haut de sa cuisse dans ma paume. Elle frissonne à mon contact, comme si je venais de la brûler à vif. Pourtant c'est elle qui est brûlante.

— Vous vous connaissiez avant ?

Sa question fait éclater notre bulle, son sourire malicieux m'exaspère. Elle pense sans doute avoir découvert le pot aux roses, mais elle en est encore loin.

— Nous… Oui, nous nous connaissons, répond Azèle sur la défensive.

— Ça devait être rassurant de ne pas avoir un étranger à ses côtés ! Je veux dire, je me mets à votre place, Azèle, et rien de mieux qu'un ami dans ce genre de circonstances !

— Nous ne sommes pas amis.

Je hausse un sourcil et penche ma tête pour mieux la voir.

— Il ne semble pas de votre avis ! pouffe la reporter.

Sous mes doigts, sa peau commence à glisser tant elle est moite. Bon sang, il faut vraiment qu'elle se calme.

— Non. Elle a raison, nous ne sommes pas amis. Elle était la petite copine de mon frère, donc ma belle-sœur, je suppose.

— Elle était ? ajoute-t-elle pleine de curiosité.

— Excusez-moi, madame, mais je ne pense pas que ma relation amoureuse avec son demi-frère soit réellement le sujet ! la rabroue finalement Azèle en se redressant.

La grande blonde qui nous fait face se racle la gorge, et prend une minute pour se remettre du rouge à lèvres.

— J'ai envie de partir, me murmure Azèle à l'oreille.

Son souffle me chatouille la nuque, je lui pince la cuisse avant d'enchaîner.

— Est-ce que vous avez besoin d'autres éléments ?

— Oui, j'aimerais juste savoir une dernière chose. Depuis cet événement hors du commun, avez-vous ressenti le besoin de vous revoir ? D'être ensemble, d'en discuter ?

Elle ancre ses prunelles aux nôtres, satisfaite d'observer l'impact de sa question sur nos propres émotions. Il est évident qu'après cette journée, notre relation a pris un tournant différent, nous sommes passés de « l'indifférence » la plus totale au besoin de se voir et de s'entendre tous les jours. Je l'avais déjà intégré, mais visiblement ce n'était pas le cas d'Azèle. Alors qu'elle reste statique et muette, je décide d'intervenir de nouveau.

— Du moment où j'ai cru qu'elle allait mourir, j'ai ressenti le besoin viscéral de la protéger. Azèle a encore du mal à en parler, mais je serai là pour elle au moment venu. Pour ce qui est d'avoir envie de se revoir ? Je l'ai embauchée dans mon restaurant quelques jours après la fusillade, interprétez-le comme vous voulez.

Sur ces dernières paroles, je me lève et m'étire avant de tendre ma main à Azèle. Si je ne savais pas de quoi on vient de parler, je me demanderais ce qui lui vaut cet air hébété.

Dès que nous sommes dans la voiture, j'en profite pour allumer une cigarette et lui en propose une dans la foulée. Nous restons silencieux, entre la climatisation, l'air chaud de l'extérieur et la fumée qui embaument l'habitacle. Nous avons l'air complètement abasourdis, c'est sûrement le cas.

— On aurait peut-être dû fumer sur le trottoir… soupire-t-elle en s'enfonçant dans son dossier.

— Ça aurait été judicieux, effectivement. Et plus écologique aussi.

Son rire doux et mélodieux m'enveloppe, et a le don de détendre l'atmosphère en un éclair.

— Tu es déjà allée faire une balade jusqu'au Golden Gate depuis que tu es ici ?

— J'y suis passée en voiture le jour où je suis arrivée.

— Ouais, donc tu n'as jamais vraiment vu le Golden Gate !

Je mets le contact et m'engage sur la route. La *golden hour* ne va pas tarder à inonder la ville de sa couleur dorée, c'est le meilleur moment pour lui faire découvrir le pont.

— On y va ? Genre là, maintenant ?

— Pourquoi ? Tu as autre chose à faire ?

Elle secoue la tête un sourire aux lèvres.

— Tu te sens comment ? Je suis désolé, j'aurais dû te demander plus tôt pour cette interview, mais je n'en ai pas eu l'occasion avec ce qu'il s'est passé hier matin. D'ailleurs, comment va ta blessure ?

Elle lève son index recouvert d'un mini-pansement transparent. A priori, sa plaie était superficielle.

— T'inquiète pas, je ne suis pas en sucre. Les journalistes et tous les autres pourront essayer de gratter tant qu'ils le peuvent, je vais bien et cet événement ne m'a pas changé plus que ça !

— Tu n'es pas obligée de faire semblant avec moi, Azèle.

Elle souffle tout en s'appuyant sur sa vitre.

— Pourquoi je n'ai jamais l'ascendant sur toi ?

— Comment ça ?

— Je ne sais pas… Quand tu es dans les parages, j'ai l'impression que tu es capable d'anticiper la moindre de mes actions, la moindre décision. C'est tellement déroutant !

Elle marque une pause lorsque son portable vibre entre ses cuisses. Je n'ai pas le temps de voir de qui il s'agit qu'elle a déjà raccroché.

— Je veux dire : est-ce que je suis si prévisible que ça ? Comment fais-tu pour me connaître si bien, alors qu'à mes yeux tu n'es encore qu'un mystère ?

Nous nous garons proche du pont, sur un parking qui longe l'océan. Lorsque je coupe le moteur, je me détache pour mieux lui faire face.

— Je ne suis pas capable d'anticiper quoi que ce soit, j'agis juste au feeling lorsqu'il est question de toi. Et ne me demande pas pourquoi ni comment, mais ça semble plutôt bien fonctionner.

Son téléphone se remet à sonner sans interruption, pourtant elle ne décroche toujours pas. Sa poitrine moulée dans son chemisier blanc monte et descend sous mon nez. Ses deux pierres de jade me transpercent par leur intensité, la luminosité décline doucement et donne à ses cheveux une teinte caramel.

— Et rassure-toi, tu es loin d'être transparente. Si tu savais le nombre de mecs qui te matent en permanence, c'est indécent.

Elle ouvre la bouche puis la referme avant de se lancer enfin.

— Comme toi en ce moment ?

Je me rapproche d'elle, son parfum aux notes sucrées m'enveloppe instantanément. Passer mes doigts dans sa chevelure me démange, la serrer contre moi, la toucher… Je dois me contenir pour ne pas déraper.

— Comme moi.

Pendant une seconde, j'ai le sentiment qu'elle est prête à briser ses chaînes, mais c'est sans compter son satané vibreur qui vient tout foutre en l'air.

— Putain, Azèle, réponds ça va me rendre barge.

En l'attrapant je peux y lire le prénom de Tess. Son visage se crispe, elle hésite à prendre l'appel.

— Qu'est-ce que tu attends ? Décroche, si elle appelle autant de fois c'est que ça doit être important !

Chapitre 25

Parfois les personnes changent, parfois on s'en rend compte trop tard. Ce n'est pas grave, ce n'est pas une tare de se planter. Il te suffira de trier un peu, de dépoussiérer et de tout recommencer au propre.

Azèle

Merde, merde, merde. Je n'avais aucune envie de prendre cet appel. Qu'est-ce que je vais bien pouvoir raconter à Tess encore ?!

— Oui, Tess ?

— Ben tu es où ?! On s'était dit 20 heures au Shake Shack, je commence à m'inquiéter !

Quelle conne, notre rendez-vous au fastfood du coin m'était complètement sorti de la tête.

— Je suis désolée, j'ai oublié…

— T'es vraiment bizarre en ce moment, me coupe-t-elle avant que je puisse m'expliquer.

J'ouvre la portière et marche quelques mètres pour m'oxygéner. Le panorama est à couper le souffle.

Dans mon dos, le vent me caresse et fait voltiger ma chevelure.

— Bon, t'es où ? Tu penses être là dans combien de temps ? Je crève la dalle moi !

Tess a beau s'impatienter, je ne parviens plus à me concentrer sur notre conversation. L'eau turquoise en contrebas contraste avec l'immense pont rouge, d'ici tout semble démesuré.

— Allô ? Azèle, tu captes les grillons ou tu m'entends ?

— Oui oui… désolée. Je me balade et je n'ai pas vu le temps passer. Je rentrerai plus tard, j'ai eu un contretemps.

À côté de moi, l'imposante carrure de Cassius m'apparaît. Les mains dans ses poches, il fixe l'horizon sans perdre une miette de mon mensonge.

— T'abuses, on avait prévu ça depuis deux jours ! Mais tu es où au juste ? Il y a du vent non ? Je n'entends presque rien lorsque tu parles.

— Je suis allée voir le Golden Gate. Je suis vraiment désolée, je suis sortie tard des cours, et puis… je ne sais pas, je n'ai pas vu le temps filer.

Elle reste silencieuse, j'espère qu'elle n'est pas en train d'analyser la situation comme elle sait si bien le faire. Elle n'est pas dupe, et si nous continuons sur ce chemin-là avec Cassius, je crains que Tess ne finisse par tout découvrir. Elle est bien plus mordue qu'elle ne le laisse croire, le regard qu'elle m'a lancé hier matin lorsque je me suis blessée et que Cass m'a secourue transpirait la jalousie.

— Ah mais attends ! Tu es avec ton *date* c'est ça ? Le mec qui t'a invitée chez lui la dernière fois ?!

Je ferme les yeux et inspire un grand coup.

— Je te rappelle plus tard, Tess ! À tout à l'heure.

En rangeant mon téléphone dans mon sac à main, je me sens plus lourde que jamais. La honte et la culpabilité viennent d'élire domicile dans mon estomac.

— Pourquoi chaque fois que nous sommes tous les deux, tu n'oses rien lui dire ?

Je m'oblige à le regarder, peut-être car j'ai besoin qu'il prenne la mesure et l'importance de la situation.

— Je crois que Tess t'apprécie beaucoup, lui avoué-je en plongeant mes yeux dans les siens.

— Ouais, moi aussi. C'est une fille bien.

— Non, mais vraiment, Cassius ! Elle t'apprécie, elle a des sentiments et tout et tout !

Il fronce les sourcils et se met à marcher vers un sentier, je ne perds pas une seconde pour le suivre.

— Je te jure que c'est la vérité, Cass ! Je ne peux pas lui dire que je suis seule avec toi, elle s'imaginerait trop de choses, ça lui ferait beaucoup trop de peine !

Je suis sa cadence, même si ça me demande de courir. Il porte un t-shirt blanc extra-large qui fait ressortir ses épaules carrées, c'est rare de le voir si décontracté. J'ai l'habitude de son tablier noir de travail, mais je dois dire que ce look lui va tout autant, si ce n'est plus. Ses cheveux sont légèrement en bataille à cause du vent, et ses yeux… Mon Dieu, ses yeux sont encore plus brillants lorsque les rayons orangés du soleil les illuminent. Ils me font penser à deux flammes qui crépitent et ondulent au gré de ses émotions.

— Cass… Nous ne sommes pas seuls dans cette histoire. Et même si l'univers semble vouloir nous rapprocher, l'impact ferait trop de mal autour de nous.

Il s'arrête, se retourne et s'approche pour me surplomber de toute sa hauteur. Suivre son allure, mentir à Tess et surtout lui avouer à demi-mot qu'il me plaît ont mis mon corps à rude épreuve, la balade n'a pas encore commencé que mon souffle trahit déjà mon épuisement.

— Alors tu fais passer les autres et leur bien-être avant le tien ? C'est stupide. Surtout que je suis prêt à parier que Tess n'en a rien à foutre. Elle te l'a dit clairement ?

— Non… Enfin si, elle m'a dit qu'elle te trouvait beau.

Le dire à voix haute rend la situation encore plus ridicule. Pourtant c'est la vérité. Oui, Tess et son amitié sont peut-être plus importants que… que ce cafouillis de sentiments qui m'encombre le cerveau depuis quelques semaines. Cassius ne se départit pas de son aplomb, il amenuise l'espace qui nous sépare jusqu'à ce que ses pieds butent contre les miens. Instinctivement, mon cœur se met à caracoler plus vite. Dans l'atmosphère, les effluves de son parfum racé se répandent contre moi, pour m'envelopper, me rassurer comme le ferait un doudou. Je devrais peut-être oublier ce qui nous entoure, ce qui nous retient : notre passé, son frère et ma meilleure amie. Oublier pour me laisser secourir encore une fois, me laisser choir dans ses bras et juste apprécier l'instant présent. Je devrais sans doute… Sauf que ma conscience est dotée d'une auréole, et qu'elle ne me laisse jamais en paix.

— Moi, c'est toi que je trouve belle, Azèle. Seulement toi. Et si tu n'es pas encore capable d'accepter ça… notre attirance et tout ce que ça pourrait impliquer, alors j'attendrai.

Nous sommes si proches que je peux sentir son souffle chaud contre ma joue, mon ventre se contracte comme s'il se trouvait au bord d'un précipice. J'ai peur, mais je suis aussi excitée de l'entendre. Sa voix est grave et profonde, et je sais que ce genre de moment restera gravé dans mon esprit pour des décennies. Ce qu'il provoque chez moi, jamais aucun homme ne me l'avait fait ressentir, je dois lutter pour ne pas l'embrasser, pour ne pas le toucher. Alors que nous nous dévisageons, ma respiration se suspend lorsqu'il attrape une mèche de mes cheveux et la replace derrière mon oreille.

— Ça m'agaçait de la voir se balader devant tes yeux.

Son geste me statufie.

— J'ai accepté d'accompagner Zack au mariage… lâché-je sans préambule.

Je me déteste de briser un instant pareil, mais c'est la seule chose que j'ai trouvée pour éviter de m'emparer de ses lèvres. Il hausse les sourcils et rit nerveusement avant de se remettre en route.

— Je suis désolée… Je voulais te le dire avant qu'on se pointe devant toi au mariage !

— Azèle, arrête. C'est bon, j'ai compris. Tu es maso. Ça se soigne, tu sais ?

— Non je ne suis pas maso, je n'ai juste pas le courage d'affronter toutes les questions de ta famille au sujet de notre potentielle rupture ! Alors j'ai dit à Zack qu'on irait ensemble. Après ça, nous prendrons une décision.

Il ne répond rien et s'assied sur un banc qui domine la falaise, je prends place à ses côtés.

— Je suis navrée de pourrir l'ambiance avec Zack et nos histoires de merde, mais c'est ma réalité.

Le ciel et les nuages se teintent d'un dégradé parfait ; rose, orange, jaune, mauve. C'est un véritable tableau que la nature nous offre, et au-delà de mes problèmes de cœur, je suis heureuse d'être là avec lui.

— Ma mère et moi, nous avions un rituel. C'est absurde car je n'avais que deux ans, et qu'à cet âge-là nous ne sommes pas censés avoir de souvenirs. Pourtant je me le rappelle parfaitement.

Je l'écoute plus attentive que jamais, c'est bien la première fois qu'il évoque avec moi Lily Trinisky. Jusqu'ici, ce sujet était tabou, même ma mère n'en parlait presque jamais alors qu'elles avaient été amies. Je me suis donc raccrochée à ce que me racontait Zack, même si abandonner son enfant du jour au lendemain me semble aujourd'hui de plus en plus improbable.

— C'était l'été avant qu'elle s'en aille. Elle venait me chercher dans mon lit, alors que mon père s'évertuait à me coucher à 18 h 30 tous les soirs pour se débarrasser de moi.

Je suis les mouvements de ses lèvres. Les muscles de sa mâchoire se tendent par intermittence, je suis comme hypnotisée, la gorge serrée d'entendre la suite.

— Elle m'emmenait jusqu'à la plage, nous faisions un détour chez le marchand de glace. Nous prenions toujours le maximum de boules pour goûter à tous les parfums. On s'asseyait dans le sable et on attendait que le soleil se couche. Elle me parlait, je ne sais plus de quoi, mais il me suffit de fermer les yeux pour entendre sa voix douce.

Je peux sentir sa tristesse même s'il fait tout son possible pour la dissimuler, c'est la première fois qu'il brise sa carapace.

— Je peux te poser une question ? me risqué-je alors.

Il me fait un signe de tête pour que je poursuive.

— Que s'est-il réellement passé ?

— Qu'est-ce qu'on t'a raconté ?

Je ramène mes cheveux sur le côté et commence à les natter.

— Qu'elle vous avait abandonnés sans un regard en arrière. Qu'elle était instable, que Kurt s'était démené pour toi, ton éducation, et que Pénélope avait joué le rôle de mère.

Il explose de rire.

— C'est la pire connerie que j'aie jamais entendue ! Pénélope est une pétasse infidèle qui n'en a jamais rien eu à foutre de moi. Si elle avait pu me faire disparaître, elle l'aurait fait. Elle n'a jamais supporté que je sois plus intelligent que son fils ! Je ramenais des A+ dans toutes les matières, je pouvais envisager n'importe quelle université, au lieu de ça j'ai choisi la cuisine.

— Tu as raison, Zack n'a jamais supporté tes bulletins parfaits. Il me disait toujours que tu trichais, que ce n'était que du bluff.

— C'est ce qu'il aurait voulu, oui. Quand mon père a compris que je ne ferais jamais médecine, je crois que ça l'a rendu dingue. Du coup, il a tout misé sur Zack, or je reste convaincu qu'il n'est pas fait pour cette voie.

Je soupire face à l'étendue des dégâts. Les bases de leur famille sont pourries depuis le départ, j'ai juste mis un paquet d'années à m'en rendre compte. Et ce n'est que maintenant que je prends conscience de ce qu'a vécu Cassius. Grandir à côté de ce noyau dur et impénétrable, sans cesse rejeté, sans cesse jalousé. Sa force de caractère m'impressionne, à sa place je ne serais plus de ce monde.

— Ma mère ne m'a pas abandonné. Elle a été forcée de partir. Mon père avait déjà rencontré Pénélope, il voulait faire disparaître ma mère pour vivre son histoire d'amour. Mais il ne souhaitait pas passer pour le connard, alors il a inventé tout ce tissu de mensonges.

Ma poitrine tambourine de rage. Comment une mère pourrait choisir de laisser son propre fils ? Rien que l'envisager me fait froid dans le dos.

— Elle n'a pas pu faire ça, si ? Où est-elle maintenant ?

— Sa sœur est revenue vers moi quelques années plus tard. J'avais dix ans. Je ne l'ai jamais dit à mon père, j'avais trop peur qu'il exerce encore son pouvoir d'intimidation contre nous.

J'ai l'impression de suivre un feuilleton accéléré de tout un pan de sa vie.

— Elle m'a raconté leur rencontre, comment mon père avait mis le grappin sur ma mère. Elle arrivait tout droit de Pologne. Elle était jeune, belle, pétillante. Elle ne parlait pas un mot d'anglais, et sans le savoir elle se faisait déjà manipuler par mon père. Elle provenait d'une famille qui avait peu d'argent, il a pu s'entraîner à exercer son pouvoir.

Le faciès de Kurt flotte devant mes yeux, cet homme ne m'inspirait déjà pas confiance, à présent c'est le dégoût qui prime.

— Que s'est-il passé pour qu'elle n'ait plus aucun espoir, qu'elle laisse son bébé entre les mains de ce cinglé ?

— Elle était malade, un cancer de l'utérus. Au départ, James Blake a tenté un nouveau protocole, mais tous les traitements se sont révélés inefficaces. Je pense que Kurt a dû rencontrer Pénélope à ce moment-là, lors des allers et retours à l'hôpital. Ma mère représentait un obstacle pour leur avenir. Il l'a convaincue qu'en partant elle me préservait, qu'un enfant de deux ans n'avait pas à subir le cancer, les traitements et tout ce que ça implique. Il lui a donné de l'argent, beaucoup d'argent, en échange de son silence.

À l'énonciation du mot cancer, la boule de tristesse qui m'a accompagnée pendant si longtemps refait surface. J'avais oublié à quel point elle pouvait être désagréable, elle m'empêche d'avaler ma salive, me pique les yeux, me donne la nausée. J'imagine l'innocence de cette femme, et le poids de la culpabilité l'envahir au point de laisser la chair de sa chair. C'est injuste.

— Comment… pourquoi n'ai-je jamais entendu cette partie de l'histoire ? Cassius, je suis tellement désolée.

Ma voix se brise dans le crépuscule, tandis que ma main vient recouvrir la sienne.

— Zack ne sait rien, et ne saura jamais. Il a beau être égoïste et stupide, je ne le crois pas aussi cruel que notre père. Si tu savais le nombre de secrets qu'il y a dans cette famille, Azèle… Je ne veux pas t'inciter à quoi que ce soit, mais j'ai fermé ma gueule toutes ces années et aujourd'hui je n'en peux plus.

J'acquiesce silencieusement, essayant de digérer toutes ces informations.

— Quand est-elle… morte ?

— Deux ans plus tard. Je devais avoir 4 ans. Lorsque ma tante m'a tout révélé à mes 10 ans, je n'ai même pas osé le dire à mon père. Puis la nouvelle est venue à lui quelques années plus tard. Ce jour-là, je lui ai mis mon poing dans la gueule. C'était trop. Tout ça, c'était trop. J'avais besoin de le voir souffrir lui aussi. Et c'est à ce moment-là que les choses se sont compliquées, que Pénélope a conclu que j'avais des problèmes de violence et que c'était de ma faute si Zack en avait aussi.

Tout ce temps j'avais des œillères, j'étais trop idiote pour déceler la vérité. Je m'en veux, car j'aurais pu être là pour lui, même si j'étais sans doute trop jeune, j'aurais fini par comprendre.

— À sa mort, ma famille maternelle aurait pu se barrer avec l'argent de mon père, en profiter. Au lieu de ça, ils m'ont ouvert un compte et m'ont tout restitué.

C'est grâce à ça que j'ai gagné mon indépendance dès ma majorité, que j'ai pu suivre les meilleures formations de cuisine, construire ma maison… Investir dans les murs du *French Sky*. Mon père l'a compris plus tard, ça l'a rendu fou de rage. Il n'a jamais avoué à Pénélope tout ce qu'il avait fait pour que ma mère foute le camp. Payer son ex-femme mourante aurait fait de lui quelqu'un d'infréquentable à Santa Barbara. Ça aurait entaché sa réputation professionnelle, ainsi que tout son cercle d'amis.

Je lui souris, même si j'ai clairement envie de chialer. Mais il n'est pas question de se montrer faible devant son courage.

— J'ai rendu Kurt à moitié dingue lorsque j'ai commencé ma formation de cuisinier. Il est devenu fou à lier lorsqu'il a compris que je me barrais pour vivre à Napa dans la maison que je me faisais construire avec *son* argent. Alors, lorsque j'ai eu mon restaurant, ça l'a démangé de venir me voir, mais sa fierté l'en a empêché. Jusqu'à l'autre soir. Zack ignore tout sur ma mère, il se demande encore comment j'ai pu en arriver ici si vite.

Il s'interrompt, jaugeant mes réactions et l'incidence qu'ont ses révélations sur moi.

— Sa jalousie envers toi est nourrie par la haine de sa mère et de son père à ton égard. Regarde-moi… J'en suis le parfait exemple. Tout ce temps j'étais trop accaparée par mes propres problèmes entre ma mère, ma relation avec Zack et mes études pour comprendre que tu n'étais pas le méchant de l'histoire.

— Je ne t'en veux pas. Jamais je ne t'en ai voulu. Par contre, je t'ai plaint un nombre incalculable de fois. Si j'avais pu te kidnapper plus tôt et t'emmener loin de tout ce bordel, crois-moi je l'aurais fait.

Je fixe les derniers prismes lumineux qui s'éteignent derrière la baie, encore remuée par ses confidences. Je donnerais tout pour avoir une machine à remonter le temps, et changer le mauvais ou du moins l'améliorer. Je pourrais épauler Cassius, envoyer balader Kurt et Pénélope, rompre avec Zack et surtout revoir ma mère et mon père heureux.

— Merci de m'avoir emmenée ici. C'est magnifique, murmuré-je.

— Comment tu te sens ? me demande-t-il en inclinant sa tête.

— C'est à moi de te poser cette question, tu ne penses pas ?

— Non. Je viens de te replonger dans des histoires de cancer, de traitement et tout le reste. Je n'avais pas prévu une telle ambiance !

Je me lève, j'ai besoin de bouger pour ne pas sombrer et me mettre à pleurer comme un bébé.

— Je vais bien, tu n'as pas à t'inquiéter. Ma mère aussi adorait les couchers de soleil. Elle m'avait fait promettre d'aller photographier ceux de Paris, à travers les monuments. Pour Zack, j'ai décidé de renoncer à tout ça. Quelle conne !

— Je sais. Ta mère m'en avait parlé. De tes rêves, de ta passion pour l'art et de tout ce qu'elle prévoyait pour toi.

Je mets une seconde avant de réagir à cette confidence. Ma mère et lui étaient-ils si proches que ça ? Pourquoi ai-je l'impression d'avoir tout un train de retard ?

— Ta mère s'est beaucoup occupée de moi lorsque j'étais gamin. Elle devait avoir pitié, ou alors un sixième sens. Grace avait cette faculté de sentir les choses sans même qu'on ait à lui en parler. Je crois qu'au fond, elle savait que ma mère n'avait jamais fait ça.

Des larmes commencent à s'accumuler sous mes paupières. Il a parfaitement raison, ma mère avait ce sixième sens, et derrière ses sous-entendus, elle tentait toujours de me prévenir… à sa manière.

— Tu veux que je te dise quelque chose de drôle ?

— Si tu me promets que ça ne me fera pas pleurer ! réussis-je à prononcer.

— Lorsque Zack est né, j'aurais pu m'émouvoir de ce nouveau bébé à la maison. Mais c'était tout l'inverse. Du haut de mes 5 ans, je sentais déjà que c'était le départ de tout un lot d'emmerdes. Mais quand toi tu es née… Tout m'a semblé différent. Tu ne braillais pas à longueur de journée, tu étais déjà sage et rêveuse. Exactement telle que tu es maintenant. Alors souvent, le week-end, je venais me réfugier chez vous. Grace me laissait te porter, jouer avec toi. Elle me répétait souvent que quelque chose de fort nous liait toi et moi… Ces souvenirs sont étranges, encore plus aujourd'hui.

Ces révélations me donnent le tournis, j'ai du mal à intégrer tout ça. Le fait qu'il ne m'ait jamais voulu de mal, que ma mère et lui avaient tissé des liens aussi puissants au cours des années, une partie de mon monde s'écroule. Comment a-t-il pu garder le silence malgré toutes les horreurs dont il disposait sur sa famille ? Les questions s'accumulent dans mon esprit, j'ai du mal à respirer. Cassius m'examine sous ses longs cils noirs, un air protecteur flottant sur ses traits. Il choisit cet instant pour se lever et me tendre la main. Les vagues s'écrasent en contrebas et le vent fait voler ma chevelure.

— Pour… pourquoi tu ne m'as jamais parlé de tout ça ? J'aurais aimé savoir que ma mère te portait autant dans son cœur…

— Qu'est-ce que ça aurait changé, Azèle ?

Je ris nerveusement, tout en secouant la tête pour dégager mes cheveux.

— Bon sang Cassisus, tout ! Ça aurait tout changé… J'aimerais rendre cette conversation plus légère, mais c'est peine perdue, nos mères sont toutes les deux mortes d'un cancer, ma belle-famille est monstrueuse et j'ai eu la bonne idée de m'engager avec ton demi-frère qui semble tout autant fêlé ! Et maintenant ? Maintenant je craque sur le frère de…

Je m'apprête à faire demi-tour pour retourner à la voiture, mais il m'attrape par le bras sans me laisser terminer mon introspection. Sans pouvoir me dégager, je me retrouve collée contre son torse. La chaleur de ses bras m'emprisonne, je suis encore à me demander si je ne devrais pas refuser son étreinte, mais doucement ma respiration s'apaise et se cale sur le rythme des battements de son cœur. Son odeur si caractéristique me rassure instantanément. La paume de ses mains lisse mes cheveux, et je sens son menton reposer contre le sommet de ma tête.

— Chuut… Je suis ton point d'attache pas vrai ? C'est tout ce que tu dois garder à l'esprit.

Mon oreille toujours plaquée contre sa poitrine, sa voix paraît encore plus grave et amplifiée.

— Azèle ?

— Hum ?

Je redresse le visage vers lui. Malgré la nuit qui commence à tomber, je discerne encore parfaitement chacune de ses expressions. Un sourire en coin vient s'imprimer sur ses lèvres.

— Tu penses pouvoir t'absenter d'ici quelques semaines ?

— Euh… Je ne sais pas, il faut que je voie avec ma formatrice ! Pourquoi ?

— Je participe à un concours de cuisine. Je vais avoir besoin de toi.

Je fais la moue, incapable de saisir pourquoi ma présence l'aiderait au beau milieu d'un concours de cuisine !

— Tu rigoles ou quoi ? Tu veux que je te rappelle comment je me suis fait ça ?

Je lui montre le pansement sur mon index. Son rire fait apparaître ses fossettes et me provoque un tsunami de sensations. Ses mains se posent sur mes épaules, son regard s'arrime au mien.

— Le concours a lieu à Paris.

Chapitre 26

Personne n'a le droit de venir altérer tes rêves. Si ça compte pour toi, alors ça devra compter pour celui qui partagera ta vie.

Azèle

À Paris… Il veut m'emmener à Paris. Ça fait peut-être trois jours qu'il me l'a annoncé, mes oreilles n'en reviennent toujours pas. Je n'ai pas attendu très longtemps avant de le répéter à Tess. Cette dernière n'était pas étonnée, puisqu'elle était déjà au courant, et fera aussi partie de l'aventure. Apparemment, Cassius prépare ce concours depuis un moment, c'est la seconde fois qu'il le tente. Je comprends mieux pourquoi il voulait m'apprendre toutes ces techniques. Ce soir, il m'a demandé d'être là. Comme nous n'avons plus beaucoup de temps, il m'a réquisitionnée pour que je le suive en cuisine. J'étais plutôt excitée à cette idée au départ, mais maintenant que l'heure fatidique approche, le stress m'envahit. Et si je n'étais pas à la hauteur de ses espérances ? Cassius en plein rush n'a vraiment rien de drôle, et compte tenu de ma maladresse et de mon manque de concentration lorsqu'il est dans les parages, j'ai du souci à me faire. Il faut que je m'imprègne de tout le vocabulaire, des gestes appropriés et du nom de chaque plat français sur lesquels il serait susceptible de tomber le jour J.

— Alors comme ça, Cassius te kidnappe dans sa cuisine ce soir ? me chambre Jodie lorsque je pénètre dans la salle.

— Il faut croire ! dis-je en enfilant le tablier qu'elle me tend.

Il est presque 19 heures et les tables sont dressées et prêtes à accueillir les clients. Je me sens fébrile tout à coup, il faut dire que l'angoisse m'a empêchée d'avaler quoi que ce soit. De plus, je ne peux pas arrêter de penser à ce que les autres s'imaginent en nous voyant : est-ce que ses employés nous soupçonnent de coucher ensemble ? Jay n'a plus le même regard sur moi, Bob son second de cuisine semble se marrer chaque fois que je pénètre les murs du restaurant, et Jodie et Flory m'ont fait comprendre plus d'une fois que j'avais droit aux traitements de faveur du chef.

Lorsque je suis rentrée de notre balade l'autre soir, je n'en menais pas large. Entre ses révélations et l'annonce de cette nouvelle, mon excitation a pris le pas et m'a carrément empêchée de dormir. Sans parler de son odeur qui est restée collée à ma peau… Tess m'a accueillie en fanfare vers 22 heures, persuadée que j'allais lui raconter ma folle soirée avec mon « *date* inconnu ». J'ai préféré laisser planer le doute plutôt qu'avouer qu'il s'agissait de Cassius. Il paraît que les étrangers qui participent au concours ont droit d'avoir une interprète à leurs côtés, je suis touchée d'être l'heureuse élue malgré le coup de pression que ça implique.

Je m'avance vers la cuisine où toute l'équipe s'affaire déjà à toutes sortes de préparations. Le crépitement du beurre dans les poêles et le ronronnement des appareils électriques viennent se mêler aux odeurs d'herbes et de légumes sautés. Visiblement, Cassius n'est pas encore là, mais Bob m'accueille aussitôt un sourire plaqué sur ses lèvres.

— Prête, Azèle ?

Sa toque vient aplatir ses boucles brunes et lui confère un air plus juvénile. Je ne le connais pas très bien, il faut dire que nous n'avons pas eu l'occasion de beaucoup nous parler, mais il m'inspire confiance. J'acquiesce tout en resserrant les cordons de mon tablier, déterminée à ne pas passer pour une empotée.

— Le chef arrive, il a dû s'arrêter en chemin réceptionner une commande chez le boucher. Il m'a demandé de te montrer sa recette de cromesquis de canard, tiens.

Il me tend une petite feuille volante où l'écriture de Cassius, je présume, détaille différentes étapes de son plat. Je la prends en photo, et me note de la traduire une fois chez moi. Tout ce vocabulaire spécifique à apprendre en si peu de temps… espérons que mon cerveau sera suffisamment extensible.

— Alors, qu'est-ce que ça te fait de l'accompagner sur un si gros événement, à Paris qui plus est ?

— Euh… Je passerais pour une pauvre fille si je te disais que je suis morte de trouille ?

Il rigole et me fait un signe de tête pour que je le rejoigne. Sur le plan de travail, il a étalé chaque ingrédient et m'a même installé un couteau. J'écarquille les yeux lorsqu'il me met un énorme oignon entre les mains.

— Allez, montre-moi ce que tu sais faire.

Je lui lance un regard perplexe.

— Qu'est-ce que tu veux que je fasse avec ça ? La seule chose que je peux faire, c'est épeler « oignon » en français, c'est déjà pas mal non ?

Il se racle la gorge lorsque ses yeux se posent sur quelque chose, ou plutôt quelqu'un, dans mon dos.

— Je prends le relais, Bob. J'arrive tout de suite.

Son ton autoritaire m'empêche de déglutir correctement, et me flanque des tortillons dans le bas du ventre. Avec le recul, j'aurais peut-être préféré que Bob continue d'être mon instructeur, au moins avec lui je n'aurais pas senti mes joues s'échauffer à chacune de ses remarques.

— Je te conseille de ne pas broncher et d'écouter à la lettre tout ce qu'il te dira, ce concours lui tient particulièrement à cœur. Il l'a déjà loupé une fois, cette fois-ci il veut que ce soit la bonne !

Sans le savoir, ses paroles viennent d'alimenter un peu plus mon angoisse.

— S'il t'a choisie, ce n'est pas pour rien. Ses décisions sont toujours mûrement réfléchies, d'autant plus avec ce que ce concours promet au vainqueur.

— T'es sympa Bob, mais là tu es en train de me la stresser.

Cassius s'interpose entre nous deux et tapote l'épaule de son cuisinier en riant. Ils échangent quelques mots au sujet de l'organisation du service : ce soir, c'est lui qui devra gérer. À travers les vitres, je suis les serveurs en mouvement et entrevois Tess de temps à autre une bouteille à la main. J'aimerais pouvoir lui expliquer ce qui me passe par la tête, lui raconter tout ce que j'ai appris ces derniers jours et le chamboulement que ça opère dans mon corps. Les frissons dès qu'il me frôle, ses étreintes et nos échanges silencieux qui en disent bien plus que tout le reste. Mais j'ai tellement peur de sa réaction…

— À nous deux.

Un courant d'air parfumé me caresse la joue, alors qu'il se poste à ma gauche. Il est si grand que mes épaules ne lui arrivent qu'au niveau du ventre. Je lève le menton vers lui, mon oignon toujours dans ma paume.

— Bon, tu m'expliques pourquoi Bob vient de me filer ça ? Sache que je ne sais absolument pas cuisiner, ni manier la lame d'un couteau !

— Pour commencer : souffle un coup. Ça fait même pas cinq minutes que tu es là, et t'es déjà tendue comme un arc.

Je jette un œil derrière nous pour m'assurer que personne ne nous regarde, évidemment la moitié de la cuisine est rivée sur nous.

— C'est par ici que ça se passe, Azèle.

Ses doigts se posent sur ma joue, m'obligeant à pivoter la tête. J'inspire profondément avant de m'emparer d'un énorme couteau posé devant la planche à découper.

— Hep, hep, hep. Le but ce n'est pas que tu perdes un doigt. Tiens, prends celui-ci, ce sera beaucoup mieux.

— Pourquoi tu m'apprends ça ?

— Parce qu'on ne sait pas de quoi j'aurai réellement besoin une fois les épreuves commencées. Nous n'avons droit qu'à une seule personne pour nous épauler : commis, pâtissier, sommelier, qu'importe. Moi je t'ai choisie toi, car je suis américain et que ne pas parler français me handicape très clairement. C'est en partie pour ça que je l'ai loupé la première fois.

— Et les autres étrangers, ils font comment ?

— Ils sont certainement plus à l'aise que moi avec la langue. Le concours est ouvert à l'international, mais la plupart des candidats sont français. La dernière fois, j'étais le seul Américain à avoir été sélectionné avec un Coréen.

Je me pince les lèvres, j'ai compris où il voulait en venir mais j'espère encore me tromper.

— Tu es en train de me faire comprendre qu'à tout moment je pourrais être forcée de t'aider autrement que pour la traduction ?

Il esquisse un sourire en coin tout en s'appuyant sur l'inox du plan de travail.

— Exactement. Donc… il nous reste un peu moins de deux semaines pour t'apprendre quelques bases.

— Mais pourquoi tu ne demandes pas à Bob de t'accompagner ?

— Parce que j'ai besoin de toi. Pas de Bob…

Mon cœur s'emballe à la seconde, si fort que mes mains se mettent à trembler. Je dois certainement être en manque de sucre, ce n'est pas possible autrement.

— Eh, détends-toi. C'est pas sorcier, je sais que tu en es capable.

— C'est facile à dire pour toi, tu es né avec une spatule entre les doigts ! Je ne sais pas si tu l'as oublié, mais la bouffe et moi on n'est pas meilleures copines !

Ses deux prunelles ambrées me scrutent si intensément que j'aimerais disparaître.

— Tu me fais confiance ?

— Oui.

Je n'aurais jamais pensé répondre si vite, pourtant c'était spontané. Faire confiance à Cassius est comme une évidence aujourd'hui. De plus, ma mère lui vouait une confiance aveugle, et c'est largement suffisant pour lever toute la suspicion que j'éprouvais à son égard. Il n'a pas hésité une seconde à risquer sa vie pour moi, il n'a jamais cherché à se venger du reste de sa famille, ni à écraser les plus faibles. Il n'est tout simplement pas l'homme dont j'aurais dû me méfier. Je prends conscience qu'il était là tout ce temps, tapi dans l'ombre, à observer sans jamais s'étaler sur la souffrance de sa propre vie. Alors que ma relation avec Zack frôle la catastrophe, lui me tire vers le haut en me valorisant et en me faisant prendre confiance. Il l'ignore encore, mais il détient un sacré pouvoir : celui de tirer les ficelles invisibles auxquelles je suis reliée. Au creux de ses mains, il y a mes rêves, ma fragilité et mes angoisses, et j'ai la conviction qu'avec lui tout ça pourrait rendre quelque chose de beau.

Durant l'heure qui suit, il m'explique les rouages du concours, les différentes épreuves auxquelles nous allons être confrontés et me dresse une liste interminable de mots en tous genres. J'apprends que ça durera une semaine, que le rythme sera intense et que la télévision française sera au rendez-vous pour filmer l'intégralité de la compétition. L'événement regroupera environ trente cuisiniers et cuisinières triés sur le volet. La ou le vainqueur recevra un chèque d'une somme non négligeable, une grande visibilité grâce à la diffusion de l'émission, et surtout l'occasion de rencontrer les meilleurs chefs étoilés du monde et de créer une recette en collaboration avec l'un d'eux.

— Tu aurais peut-être dû embarquer avec toi ton chef pâtissier ? Imagine je casse de la vaisselle en direct live, ou pire, que je fasse un malaise ?

Je me bats avec une courgette à moitié épluchée qui me glisse des mains.

— Je me débrouille en pâtisserie, ne t'inquiète pas pour ça.

Il fronce les sourcils en scrutant mes mouvements empruntés.

— La courgette, tu la tiens comme ça, c'est plus pratique.

Il m'aide à raffermir ma prise sur le légume en question.

— Et je remplirai mes poches de pâtes de fruits, comme ça, on évitera le malaise.

Il enfonce ses mains dans ses poches et continue de m'observer, tandis que je rougis en silence.

— Chef, je vous ai laissé deux assiettes ici.

Bob lui désigne deux plats fumants, qu'il inspecte avec intérêt.

— Tu en as fait des végétariens ?

— Évidemment, chef !

Puis il s'éloigne le sourire aux lèvres. Je continue de tailler la courgette en petits dés, sous l'œil inquisiteur de Cassius.

— Si tu continues de me regarder comme ça, je vais finir par faire de la merde !

— Ah bon ?

Il se rapproche de mon dos et passe sa tête au-dessus de mon épaule, un frisson s'empare de ma nuque.

— Tu me mets mal à l'aise.

Son rire grave et terriblement séduisant s'infiltre à travers ma peau, et détruit les dernières cellules qui résistaient encore à l'envahisseur.

— Il va falloir t'y habituer ma grande, car notre proximité n'ira pas en s'arrangeant dans les semaines à venir !

Je déglutis difficilement, puis me retourne, nerveuse. Je ne m'attendais pas à ce qu'il soit si proche, si bien que je me retrouve coincée entre son torse musclé et le rebord du plan travail. Je pense aux autres autour, j'entends le brouhaha de la salle et les ordres que les serveurs et la brigade se lancent à tour de rôle. L'effervescence des lieux est tout aussi puissante que celle de mon corps à cet instant.

— J'ai chaud. Je crois que j'ai besoin d'une petite pause ! bafouillé-je à moitié.

Il ne bouge pas d'un millimètre, et se penche pour attraper une des assiettes que Bob vient de nous servir.

— Avant, goûte ça.

— Je ne sais pas si… j'ai très faim.

— Juste quelques bouchées. Si tu ne manges pas un minimum, je t'emmènerai pas à Paris !

J'écarquille les yeux et le repousse doucement du bout des doigts.

— Ça, ça s'appelle du chantage, monsieur !

— C'est bon, je plaisantais. Tu sais très bien que quoi qu'il advienne, je ne partirai pas sans toi. Mange un peu, c'est important que tu prennes des forces.

Il enfonce sa fourchette dans la panure, et me la tend.

— Tu ne vas pas me donner à manger ! Arrête, passe-moi cette…

— Ouvre ta bouche, et laisse-toi faire, tu as les mains toutes sales, me coupe-t-il.

J'inspecte les environs et finis par me laisser tenter. Lorsqu'il me dépose la nourriture sur ma langue, une explosion de saveurs se mélange à ma salive. Il ne m'a pas quittée des yeux, attendant mon verdict. Je suis surprise d'apprécier autant un plat que je ne connais pas, je suis du genre à ne manger que des choses dont j'ai l'habitude. Ça me rassure, je sais comment mon ventre le digérera et qu'aucun goût ne me rappellera de mauvais souvenirs.

— Alors ?

— Ce truc est sensationnel ! Laisse-moi me laver les mains, j'en veux encore !

Je passe à la hâte mes doigts sous le jet d'eau avant de m'emparer de l'assiette.

— Il y a quoi là-dedans ?!

— Légumes, champignons et un tas d'autres petits ingrédients qui viennent relever tout ça.

Je mâche à peine, et avale en un temps record afin d'en attraper une nouvelle part. Ce chrome-quelque-chose est véritablement succulent ! Il me toise sans retenue, arquant un sourcil.

— Je me souvenais de toi qui ne mangeais jamais rien à table. Je suis content de voir que je suis bon pour quelque chose !

J'essuie mes lèvres et repousse une mèche qui dégringole de ma demi-queue.

— Que tu sois bon en cuisine n'est pas vraiment une nouvelle !

Il se rapproche dangereusement.

— Je parlais du fait qu'avec moi, tu manges.

Je n'ai jamais apprécié que les autres se mêlent de ce pan de ma vie, mon estomac, mes goûts et mes problèmes de bouffe ne regardent que moi. Mais bizarrement, je n'éprouve ni l'envie de le gifler, ni le besoin de m'enfuir, et encore moins d'aller vomir tout ce que je viens d'ingurgiter. Et ça, c'est sacrément rare !

— Je me souviens encore parfaitement du repas que je mangeais, le jour où ma mère m'a annoncé qu'elle était malade : des lasagnes. Un plat tout con, un plat dont je raffolais au point de m'en faire mal au ventre, pourtant depuis ce jour il n'a plus la même saveur.

Je pose l'assiette entre nous, attrape le verre d'eau qu'il vient de me servir et grappille un peu de courage à travers ces quelques gorgées.

— Je n'ai plus jamais touché à un plat qui puisse s'apparenter à de la bolognaise, ni à de la viande, d'ailleurs. J'ai tiré un trait sur un paquet de trucs, parce que tout me filait la nausée, tout me donnait aussi mal au ventre qu'à la seconde où j'ai compris que ma mère pouvait mourir du jour au lendemain.

J'ignore pour quelle raison je choisis cet instant pour lui raconter tout ça. Peut-être que l'agitation du service et de la cuisine m'aide ; grâce à ça, j'ai le sentiment que son attention n'est pas entièrement focalisée sur mon histoire. Je ne parle pas de ce genre de chose, ni avec mon père, ni avec Tess, et encore moins avec Zack. Pendant des années j'ai essayé de lui expliquer que m'inviter au restaurant était comme me forcer à prendre place sur une chaise de torture, mais il n'a jamais compris.

— OK. C'est noté.

Sa voix rauque n'est plus qu'un filet, elle est aussi douce qu'elle est grave. Si seulement je pouvais investir son cerveau pour y déceler ce que cachent ses traits et ses réactions. Je viens de lui balancer l'une de mes plus grandes failles, or il ne semble même pas un chouïa tiraillé par la curiosité. Pas une question, pas une grimace, rien. Il préfère astiquer son plan de travail, sans en faire une affaire d'État. Je crois que ça me plaît, enfin non, j'en suis sûre.

— Merci… murmuré-je alors.

— Pour ?

— Pour ce jour où tu m'as surprise en train de vomir dans vos toilettes. Tu n'as jamais cherché à en savoir plus, tu as respecté ma maladie et mon silence.

Il s'immobilise, et sans ciller me scrute avec attention.

— Et je ne t'obligerai jamais à m'en dire davantage. Sauf si tu en ressens le besoin.

Difficile de chasser les dizaines de battements d'ailes venus s'insinuer dans mon ventre, mais je dois impérativement rompre notre contact visuel.

— Tu veux que je t'aide à ranger quelque chose ? rétorqué-je pour changer de sujet.

— T'occupe, les autres le feront. Viens avec moi, on a encore du pain sur la planche.

Chapitre 27

Il y aura des moments où la vie te paraîtra aussi escarpée qu'une montagne. Et si tu as l'impression de ne jamais pouvoir la franchir, qu'il t'arrive d'avoir peur du vide, des bosses ou du brouillard, répète-toi que tu as le temps, que tu n'es pas seule et que tout finit par passer.

Azèle

Lorsque Zack klaxonne en bas de chez Tess, je n'en mène pas large. Entre toutes les révélations au sujet de sa famille, les souvenirs de notre dernière entrevue et mes sentiments florissants pour son frère, j'ai peur que nos retrouvailles aient un goût amer.

Ma robe en soie grise flotte dans l'air à mesure que mes talons aiguilles martèlent le goudron noir. Un nœud s'est formé dans mon estomac à la perspective de cette journée. Ce foutu mariage, je ne le sens pas.

— Salut !

J'ai beau mettre toute l'assurance qu'il m'est possible dans ce « salut », mon manque d'entrain pourrait même alerter un môme de cinq ans. En pénétrant dans la voiture, son parfum me frappe de plein fouet, me ramenant brutalement à la réalité. Il y a deux mois, nous partagions notre quotidien, notre lit et tout le reste. Depuis mon arrivée à San Francisco, j'ai tout simplement occulté d'où je venais.

— Salut, tu es magnifique.

Il se penche vers moi et dépose un baiser au coin de mes lèvres. Son contact me fait frémir, seulement, pas de la bonne manière. J'aurais préféré qu'il me fasse revivre la scène de notre premier rendez-vous, lorsqu'il m'avait emmenée au cinéma et que nous avions passé la séance à nous embrasser derrière nos cônes remplis de pop-corn. Que mon ventre fasse des saltos, que ma poitrine s'emballe, m'obligeant à me faire violence pour ne pas lui sauter dessus. À la place, il fait naître en moi un abominable vide, si profond que mes sens se demandent où sont passées les notes d'agrumes que ce grand brun ténébreux diffuse sur ma peau à chacune de nos rencontres. C'est de lui que j'ai envie, c'est avec lui que je préférerais me rendre à ce mariage.

— Merci, soufflé-je en bouclant ma ceinture.

Dans le rétroviseur, j'aperçois mon reflet et la crispation de chacun de mes traits. J'ai l'impression qu'à n'importe quel moment, le mot « COUPABLE » pourrait s'inscrire sur mon front en lettres fluorescentes.

— Comment tu vas ? Mieux ?

Pour la première fois depuis longtemps, il semble s'intéresser à moi, c'est déroutant. Je me racle la gorge avant de lui répondre.

— Oui je vais bien. Grâce à des séances d'EMDR avec une psychologue, le traumatisme s'atténue petit à petit. Et toi ? Le boulot ?

— J'ai raté mes examens, c'est pas la grande forme, m'avoue-t-il.

J'ose enfin le regarder, ses cheveux blonds sont plus courts que la dernière fois, sa peau plus hâlée. Son costume bleu nuit lui concède un certain charme que je ne lui trouvais plus… Notre éloignement nous aurait-il fait du bien ? Nous n'avions pas l'habitude de nous confier sur nos vies respectives, ce qui est plutôt étrange lorsqu'on habite ensemble. En fait, nous nous comportions comme deux étrangers qui se croisaient sous le même toit.

— Tu reviens quand à L.A. ? Tu me manques.

Autour du volant, ses doigts se resserrent brusquement, alors que nous nous engageons sur l'autoroute. Je ferme les paupières quelques secondes pour réfléchir à la meilleure réponse, alors qu'en réalité je suis déjà certaine de ne jamais revenir. En tout cas, pas dans cet appartement, pas avec lui.

— Ma formation n'est pas terminée, j'ai besoin de plus de temps.

Il soupire bruyamment, la paume de sa main droite s'agaçant sur le levier de vitesse. Je tiens trop à ma vie pour lui confier mon voyage à Paris, une annonce pareille pourrait nous conduire droit dans le décor.

— Tu travailles toujours pour Cassius ?

Ça y est, le semblant de calme qui régnait dans l'habitacle s'est maintenant envolé, son ton est acerbe comme si la simple évocation de son frère lui écorchait les lèvres. Je ne peux pas lui mentir, et puis il n'est pas censé savoir tout ce que Cassius provoque dans mon corps.

— Toujours.

Il lâche un juron à peine dissimulé, tout en augmentant le volume de la radio. Les basses du morceau de métal qui passe au même instant retentissent dans mes entrailles, je ne crois pas avoir un jour écouté une musique si fort, c'est insoutenable. Je lui crie d'arrêter ça, mais il riposte d'un coup d'accélérateur. Le trajet ne fait que commencer, sa colère risque d'atteindre des sommets en arrivant à Malibu.

— Zack, je t'en supplie, arrête, m'égosillé-je en m'agrippant à l'accoudoir.

Notre allure ne faiblit pas, nous slalomons entre les autres automobilistes, le paysage pourtant si beau finit par me donner la nausée. Sa part d'ombre l'écrase, sa jalousie et la haine qu'il éprouve pour son demi-frère l'étouffent. J'aimerais être capable de désamorcer la bombe qu'il représente, mais je ne sais pas si j'en ai vraiment le courage. Je ne sais même pas si quelqu'un en est capable.

— Avoue-moi que tu te le tapes !

Sa voix est perçante malgré la chanson qui hurle à tue-tête, je me concentre pour ne pas vomir sur le tableau de bord.

— Putain, Zack, arrête ça ! On va finir par mourir !

— EST-CE QUE VOUS BAISEZ ENSEMBLE ?!

Je hurle et tape un grand coup sur ma vitre lorsque je vois l'aiguille frôler les 220 km/h, je ne veux pas mourir ici. Je tourne vivement le bouton du volume, et pivote vers lui pour tenter de l'apaiser. Son front est aussi rouge qu'une écrevisse, sans parler des fines gouttelettes de sueur qui dégoulinent le long de son cou. Bon sang, il est encore pire que lorsqu'on habitait ensemble. Je retire ce que j'ai pu penser quelques minutes plus tôt, mon absence ne joue pas en sa faveur.

— Zack…

Je fais abstraction des barrières que nous frôlons de trop près, et pose ma main dans le creux de son coude. Des larmes perlent aux coins de ses yeux.

— Je ne sais pas ce que tu t'imagines, mais Cassius et moi sommes juste amis.

Ce n'est ni un mensonge, ni une vérité. J'ignore moi-même ce que nous sommes l'un pour l'autre, mais personne n'a besoin de le savoir maintenant.

— Amis ? Sans déconner, Azèle !

Je ne préfère pas tergiverser à ce propos, il serait capable de remettre un coup de volant. Qu'il s'imagine qu'on couche ensemble ne fait qu'accroître mon malaise, alors que nous n'avons jamais échangé un seul baiser. Comment lui expliquer ce que je ressens pour Cassius, alors que je l'ignore encore ? L'idée de me retrouver entre ces deux-là d'ici une heure me terrorise. Il y a quelques jours, Cassius m'apprenait à manier couteau et économe sans se soucier une minute de ce qui nous attendait aujourd'hui. Je ne l'ai pas revu depuis, et comme nous ne sommes pas du genre à nous envoyer des messages, je ne sais pas s'il viendra. Lorsque Tess a abordé le sujet à la fin du service l'autre soir, son expression s'est figée, pire encore quand j'ai surenchéri en disant que Zack viendrait me chercher à 9 heures pétantes. Là, c'est le filtre de sa cigarette qu'il a failli avaler. Bref ces noces commencent sur les chapeaux de roues.

— Écoute-moi, j'aimerais que tu respires et que tu te calmes, Zack. Le but n'est pas d'arriver à ce mariage comme des fous furieux. Je n'ai pas envie de me faire remarquer !

— C'est trop tard pour ça, le simple fait de travailler pour Cassius te fait déjà passer pour une cinglée auprès de toute la famille ! lâche-t-il dans un rire gras.

Je secoue la tête, dépitée. Il va falloir m'armer de beaucoup de patience.

— Pour deux malheureux jours où je sers des gens ? Vous êtes vraiment pas nets dans cette famille !

Nous poursuivons notre trajectoire vers le sud, la côte se rapproche et les souvenirs aussi. Je suis partagée entre la joie de revenir ici et la peur que tout parte en live ce soir.

— Tu me promets de ne pas faire de vagues ce soir ?

— Seulement si tu me promets de ne pas adresser la parole à Cassius.

Je refuse de jouer à ce jeu-là, il ne peut pas m'obliger à l'ignorer. Dans mon sternum, ma colère s'accumule jusqu'à me brûler la trachée.

— Tu es ridicule, tu ne peux pas me demander un truc aussi con ! Tu te méprends à son sujet, il n'est pas… commencé-je avant de m'interrompre de peur d'en avoir trop dit.

Il emprisonne le haut de ma cuisse entre ses doigts, je résiste pour ne pas le rejeter. Il s'est apaisé, et pour le bien de tous, il vaut mieux ne pas riposter. Je vais donc devoir supporter la moiteur de son contact contre le tissu de ma robe.

— Ne te laisse pas embobiner par lui. J'essaye juste de te protéger, parce que je t'aime, Azèle.

— Je sais me protéger, et de toute façon, il n'est pas dangereux. On arrête avec le sujet Cassius, OK ? Je n'ai pas envie d'épiloguer plus longtemps.

Il marmonne dans sa barbe et fait craquer ses doigts, mais je ne cherche pas à saisir le moindre sens à ses paroles. Autour de nous, les palmiers et les collines défilent, me ramenant enchaînée vers mon ancien chez-moi, pleine de doutes et d'interrogations. Je regrette que ma mère ne m'ait pas écrit tout un tas de Post-it sur les ruptures et la marche à suivre ! Où est-elle alors que j'ai tant besoin d'elle ? Une passeuse d'âme que mon père avait payé une fortune était venue chez nous après la mort de ma mère. Elle nous avait expliqué que les défunts continuaient de rester à nos côtés, dans les bons moments comme les plus compliqués. J'ai reçu des signes, des messages pendant cinq ans, comme si un fil énergétique nous reliait elle et moi. L'amour maternel est plus fort que la mort elle-même, sans l'ombre d'un doute. Pourtant je suis à un tournant de ma vie, sans personne à qui me raccrocher pour traverser les pires des turbulences. Pourquoi n'est-elle pas au rendez-vous ? Où sont passées les plumes, les musiques, les heures miroirs, les colombes et tout ce à quoi je croyais ? À moins qu'elle ne m'ait envoyé Cassius…

Chapitre 28

Cassius

Devoir me farcir sa tête de con dans son costume trois pièces, alors qu'il n'est même pas dix heures du matin, c'est plus que je ne peux endurer.

— Qu'est-ce qui t'a pris de l'embaucher ?!

— J'aimerais que tu baisses d'un ton, et que l'on trouve un meilleur endroit pour parler de ça ! D'ailleurs, je me demande bien ce que ça peut te foutre ! persiflé-je hors de moi.

Mon père n'a pas attendu longtemps pour me faire chier avec Azèle, bien que je me sois attendu à le voir débarquer plus tôt dans mon restaurant.

— Ce que ça peut bien nous foutre ?! Tu déconnes là, Cassius ? Jouer au héros ne t'a pas suffi, tu t'es senti pousser des ailes ou quoi ? On n'embauche pas la petite copine de son frère, encore moins lorsqu'on connaît votre relation avec Zack, et sa... situation ! Elle appartient à Zack, il a besoin d'elle, c'est son repère !

À la limite de l'implosion, j'enfonce mes poings dans les poches de mon costume vert sapin qui m'a coûté la peau du cul. Lutter contre l'envie de me jeter sur lui me demande un effort surhumain, mais ce n'est pas le lieu. Sur le parvis de l'église, la famille de Brad et l'intégralité des Murphy s'agglutinent pour se saluer. Ça pue l'hypocrisie à plein nez.

L'ignorance demeure ma meilleure arme, dans peu de temps Zack et Azèle nous rejoindront, et nous n'avons pas besoin d'un nouvel esclandre. D'ailleurs, je me demande bien ce qu'ils foutent tous les deux, je mentirais si je disais que je suis serein à l'idée qu'ils soient dans la même voiture. Je n'ai aucune confiance en Zack, d'autant plus que notre rapprochement a dû attiser sa jalousie, et ça ne présage rien de bon. Je connais ses changements d'humeur, son caractère lunatique, je ne veux pas qu'Azèle en fasse les frais.

— Arrêtez de faire la gueule tous les deux, souriez, nous sommes pris en photo ! peste Pénélope entre deux flashs.

Le photographe est à deux doigts de me fracturer la rétine, pourtant me concentrer sur son objectif me semble plus agréable que de converser avec mon père et sa pute de femme.

— On n'en a pas terminé tous les deux ! me siffle-t-il dans l'oreille avant de s'éloigner.

Je ne lui offre aucune réaction, déjà car je sais pertinemment qu'il en rêve, mais surtout car sa tentative d'intimidation ne me fait ni chaud ni froid. Qu'il essaye de me reparler de leur relation bidon, de tous leurs mensonges et d'Azèle, et je jure que cette fois-ci, mes poings ne resteront pas sagement rangés.

L'heure tourne, nous avons le droit à un récit détaillé de tante Anabelle, la mère de la mariée, sur Brad et tout ce que sa famille n'a pas voulu payer pour le mariage. J'ai le temps de fumer trois cigarettes, de serrer la main à tout un tas de cousins dont j'ai oublié le prénom, mais qui, vu la dégaine, ont été terminés à la pisse. Le soleil n'est pas au rendez-vous, le ciel est menaçant, la chaleur écrasante, il ne manquerait plus qu'un orage s'invite pour que ce mariage vire à la catastrophe. Je regarde chaque minute passer sur l'écran de mon portable, fulminant de ne pas voir se garer le 4x4 de Zack.

Lorsque des cris et des sifflements éclatent, j'en conclus que Summer n'est pas loin. Effectivement, une voiture blanche flambant neuve klaxonne à tout va, dévoilant le buste de ma cousine à travers une vitre baissée. Dans la famille Mauvais-Goût, je demande la fille. Bordel de merde, je ne peux pas être associé à *ça*, c'est impossible ! Mon père est tout aussi renfrogné que moi, et Pénélope piaille avec une vieille copine déformée par le botox. Très vite, les témoins des mariés nous pressent à l'intérieur de l'église, je laisse passer la totalité des invités pour me placer tout au fond, au plus proche de la sortie. J'ai besoin de voir Azèle, je ne suis pas rassuré.

L'orgue entame les premiers accords de la marche nuptiale, et tous les invités se retournent à l'instant où Summer pénètre les lieux au bras de Franck, le frère de mon père. Je ne lui prête aucun regard, j'ignore sa robe volumineuse et les larmes qui ruissellent déjà le long de ses joues. Les autres ont beau s'extasier, brandir leurs téléphones pour immortaliser la scène, je n'ai d'yeux que pour *elle*. Azèle est enfin arrivée. De ma place, je peux l'observer gravir les premières marches, patientant que le cortège finisse son entrée. Elle est à couper le souffle dans sa robe soyeuse qui épouse ses formes, même d'aussi loin sa beauté est capable de me foutre à l'envers, et c'est assez problématique. Tout pourrait être à peu près parfait, si seulement Zack ne se tenait pas à ses côtés.

Alors que Summer rejoint Brad près de l'autel, que le reste de la salle s'assied pour assister à leur union, je prends place sans quitter des yeux une seconde l'entrée d'Azèle. Quand ils passent à ma hauteur, la pâleur de son visage me frappe de plein fouet. Son regard habituellement si pétillant me renvoie un douloureux mélange de peur et de résignation. Je dois me contenir pour rester sur mon siège et ne pas interrompre leur trajectoire. Ils prennent place de l'autre côté de l'allée, à quelques rangs devant moi, ce qui me permet de les observer sans trop me faire remarquer.

— Mes bien chers frères, mes bien chères sœurs, nous sommes réunis aujourd'hui pour célébrer l'union de Summer et Brad… Je vais vous inviter à vous lever.

Les mouvements des deux cents convives réunis m'indiquent la marche à suivre, car je n'écoute pas un traître mot de ce que nous raconte le prêtre. Je suis beaucoup trop intéressé par la fente de sa robe grise, qui dévoile sa peau hâlée. Zack ne lui offre pas un seul geste d'affection. Tant mieux, ça m'aurait donné envie de gerber. Tandis que les autres récitent à l'unisson une prière, Azèle fait passer sa chevelure auburn sur son épaule opposée avant de se retourner nerveusement. Sous ses battements de cils, ses iris vert d'eau fouillent l'assemblée à toute vitesse, lui donnant l'air d'une petite souris perdue. Sans même m'en apercevoir, un sourire vient chatouiller la commissure de mes lèvres. J'ai du mal à accepter que Zack ait une longueur d'avance sur moi, il l'a déjà vue nue, l'a déjà touchée. Les imaginer coucher ensemble me fait serrer les poings.

Nous nous rasseyons, mais je suis incapable de la quitter du regard. Elle s'est mise à déchiffrer son livret de messe, comme si tout à coup ce vieux bout de papier était devenu la chose la plus intéressante du monde. Par inadvertance elle le fait tomber, puis le ramasse péniblement sous l'air courroucé de Zack. Finalement, elle continue d'épier les gens, se dandine sur sa chaise, et va jusqu'à se tordre le cou pour essayer – je suppose – de me trouver.

Arrête de jouer aux contorsionnistes.

Je patiente une petite minute avant qu'elle n'attrape son téléphone. Heureusement, elle a le réflexe de le dissimuler dans sa pochette argentée.

Mais, t'es où ?! Je ne te vois pas !

Cette bénédiction est interminable, heureusement qu'Azèle et son langage corporel m'offrent le plus beau des spectacles.

Rassure-toi, je suis juste derrière toi. Mais ne te retourne pas, tu es tout sauf discrète.

Malgré le brouhaha ambiant entre les pleurs, et le chant que la chorale vient d'entamer, je perçois son petit rire quand elle découvre mon message. Zack aussi visiblement. Il se penche à son oreille pour lui murmurer je ne sais quoi, elle riposte par un regard noir. J'ai hâte qu'on se barre de là, hâte de la retrouver malgré les circonstances.

Content de voir que tu récupères des couleurs.

Enfin, l'échange des consentements arrive. Brad a la voix qui chevrote, le maquillage de Summer a intérêt à être waterproof.

Comment ça, des couleurs ?

Je décide de m'éclipser en douce, la chaleur ici est insoutenable et je n'ai pas envie de faire partie du cortège et de klaxonner comme un con jusqu'au domaine.

Quand je t'ai vue passer dans l'allée,
tu étais blanche comme un linge.

Je m'accoude contre la pierre brûlante de l'église, savourant cette clope comme si je venais de passer douze heures dans un avion.

Ah ? Pourtant je pensais avoir forcé
sur le blush ce matin !

Je tire sur le nœud de ma cravate pour m'en délester totalement, puis fais tomber ma veste par la même occasion.

Zack a fait le caïd ?

Derrière moi des applaudissements résonnent, suivis d'un gospel a capella. J'en déduis qu'il est temps pour moi de me mettre en route, je ne crois pas avoir le courage d'affronter Azèle et Zack jouant au faux couple transi d'amour. De toute façon, n'importe qui – même le plus bête d'entre tous – pourrait flairer l'esbroufe.

Je te raconterai.

Je ne sais pas ce qui me retient, mais je crève d'envie de lui demander de me rejoindre. On pourrait se barrer, prendre la fuite et emmerder tous ces crétins qui se prennent pour ce qu'ils ne sont pas… Mais la raison l'emporte, sept jours nous séparent de Paris et je m'en voudrais de tout faire péter. Car c'est aussi son rêve, et qu'il n'y a rien qui compte plus que ça.

Chapitre 29

Je sais que tu caches des barres de céréales sous ton lit. Je sais aussi que tu ne voudras jamais m'expliquer leur présence. Fais-moi seulement la promesse qu'après toute cette épreuve, tu retrouveras l'appétit. J'ai besoin de l'entendre, Azèle.

Azèle

Je dois contenir mon souffle et réfréner le muscle sous ma poitrine à l'instant où Cassius s'installe en face de moi. Je ne l'ai pas vu depuis qu'on est arrivés, je pensais même qu'il avait pris la poudre d'escampette. Un homme en costume, ça fait toujours quelque chose, mais Cassius dans *ce* costume… c'est une aventure à lui tout seul. Le vert émeraude intensifie son bronzage ainsi que les contours de son visage, l'éclat de ses pupilles fait ressortir l'ambre de ses yeux qui me scrutent avec intensité. Je me tortille sur ma chaise, et porte ma coupe de champagne à mes lèvres pour éviter de me liquéfier sur place. Avec le recul, ce n'était pas plus mal qu'il demeure introuvable dans l'église tout à l'heure.

Notre table n'est pas la plus stratégique, nous ne sommes pas loin de la piste de danse, mais à des mètres de la table d'honneur. Kurt et Pénélope ne sont pas dans notre champ de vision, ce qui est un luxe, en revanche Zack ne me lâche pas d'une semelle sur la chaise voisine.

— Tiens, Cassius ! Je pensais que tu avais décidé de déserter !

Ce dernier semble blindé, prêt à résister à la moindre attaque de sa part, et tout en ricanant, il attrape la bouteille de vin pour servir la tablée.

— Navré de te décevoir, Zacky. Je n'aurais loupé ça pour rien au monde…

Lorsque le goulot frôle mon verre, il braque son attention sur moi, alors que je m'empresse de le recouvrir d'une main.

— Euh… non merci. J'évite les mélanges ce soir, l'interromps-je.

Il incline sa tête et me lâche un de ses sourires ravageurs.

— Azèle, c'est bien cela ?

Une grande rousse, style mannequin, s'interpose dans notre échange. Elle est assise à la gauche de Cassius et ne cesse de battre des cils dans sa direction. Ça en devient gênant.

— C'est bien cela, enchantée.

L'alcool déjà ingurgité me rend peut-être mauvaise ou annihile ma perception de la réalité, mais le comportement de cette fille m'agace.

— C'est Carrie, notre cousine ! Vous vous êtes déjà vues les filles ! s'exclame Zack.

Je secoue la tête. Non, je m'en souviendrais si ma route avait croisé celle d'une pimbêche pareille !

— Oui c'est vrai, tu as raison ! Nous nous étions croisées à une réception chez vos parents pour Thanksgiving !

Ses manières sont insoutenables, sa façon de poser sa main contre l'avant-bras de Cassius dès qu'elle rigole, encore plus.

— Possible… finis-je par marmonner entre deux gorgées.

— Je disais justement à Cassius que je ne vous avais pas vus depuis des lustres ! J'ignorais même que vous étiez encore tous les deux ! lance-t-elle à Zack et moi.

Zack remue frénétiquement son pied contre le sol, tandis que je hausse les sourcils, blasée. Rien ne me retient, je pourrais parfaitement lui balancer notre vie, notre dernière dispute qui date d'il y a quelques heures seulement… mais ce serait gâcher la fête et le semblant d'ambiance que Summer et Brad ont réussi à obtenir. Et je ne suis pas si vache. Zack détourne finalement son attention pour converser avec son voisin, pendant que j'émiette mon morceau de pain.

D'une oreille, j'écoute les toasts s'enchaîner, et la discussion que tente d'imposer Carrie à Cassius sur son changement de boulot, il faudrait être aveugle pour ne pas s'apercevoir qu'il s'en contrefiche. Toutes les cinq minutes, nos regards se heurtent, nos jambes se frôlent sous la nappe à l'abri des regards. Tout nous est interdit, la moitié des invités seraient outrés d'apprendre la nature de nos sentiments. Mais il n'y a rien à faire, mon corps est irrémédiablement attiré par cet homme et son charisme.

Les entrées arrivent, je grimace en découvrant que le poisson est mis à l'honneur une fois de plus aujourd'hui. Après tous les amuse-gueules du cocktail à base de saumon, de crabe et de crevette, je suis ravie d'avoir sous mon nez un tartare de dorade. Zack, déjà à moitié saoul, s'esclaffe en croisant mon rictus écœuré.

— Tu vas pas commencer ! lâche-t-il en me donnant un coup de coude.

Je l'ignore tout en reprenant un bout de pain.

— Un problème peut-être ?

Cassius le toise durement, alors que le reste des convives se délectent du contenu de leur assiette.

— Rien qui te concerne !

J'inspire profondément, plus tendue que jamais face au combat qui se livre sous mes yeux.

— Tout va bien, je me réserve pour la suite, interviens-je alors.

Avec un coup d'œil rassurant qui en dit long, Cassius m'apaise en un éclair tandis que Zack se renfrogne contre son dossier. Heureusement, ou malheureusement, je ne sais pas encore, il vide ses verres tellement vite que bientôt, sa conscience se sera fait la malle.

— Carrie, alors… ça fait quoi, 6 ans ? Est-ce que tu es toujours aussi fan de Cassius ? À l'époque tu te déguisais en Cendrillon à chaque Noël dans l'espoir qu'il te remarque ! C'était très bizarre avec le recul, non ?!

J'ai envie de sauter à la gorge du mec qui vient de prendre la parole, il choisit bien son moment. Carrie glousse comme une idiote, alors que le principal intéressé ne cille pas une seconde.

— Aucun souvenir de tout ça, finit-il par lâcher.

— Oh, mais si ! Elle venait gratter à ta porte le soir, Carrie avait à peine 10 ans, toi peut-être 13. C'était déjà une sacrée coquine !

Je manque de m'étouffer, c'est qui ce type au juste ? Encore un cousin éloigné ?

— Bon, Gary, tais-toi ! C'est fou comme tu peux être lourd ! bougonne tout à coup Carrie aussi rouge qu'une écrevisse. Mon frère adore me mettre mal à l'aise, c'est son passe-temps favori ! se défend-elle avec maladresse.

— Pas besoin de l'être, je te dis que je n'ai aucun souvenir de ces réunions familiales, insiste Cassius.

Zack se fend la poire tout en attrapant la bouteille de vin blanc, mais Cassius l'en empêche.

— Qu'est-ce que tu fais ? hoquette-t-il.

— Je prends garde à ce que tu ne sabotes pas la soirée avec tes excès.

Et moi qui trouvais déjà l'ambiance de notre table étrange ! Il ne manquait plus qu'une petite embrouille entre un Trinisky et un Murphy.

— Donne-moi cette bouteille !

— Fais une pause, Zack. Va prendre l'air.

Alors que je pensais que Zack réagirait au quart de tour, il me surprend en obtempérant. Avant de s'éloigner, il prend la peine de me glisser à l'oreille un « fais attention », plein de sous-entendus. À peine s'est-il éclipsé que mes muscles se relâchent. Trop préoccupée par la tension qui règne entre nous trois, j'ai enchaîné les verres sans penser une seconde aux dégâts qu'ils finiraient par m'infliger. Ma tête tourne légèrement. Avec le peu que j'ai mangé, ce n'est pas très surprenant.

Le calme est revenu à notre table, les conversations fusent, seuls Cassius et moi restons silencieux à nous détailler sous toutes les coutures.

— Attends-moi là.

Je le regarde s'éloigner vers une pièce qui jouxte la nôtre, me demandant ce qu'il peut bien aller y faire. Lorsqu'il revient, il prend soin d'étendre ses jambes et de s'installer confortablement sur sa chaise, les bras croisés contre son torse. Sous la table, ses pieds touchent mes chevilles nues et je sais que rien de tout cela n'est innocent.

— Qu'est-ce que tu es parti faire ?

— Te commander un plat.

J'écarquille les yeux.

— Comment ça, tu m'as commandé un plat ?

Il pose ses coudes devant lui, puis se penche vers moi. Je l'imite pour que nous puissions nous entendre plus aisément.

— Je suis allé voir les cuisines pour leur demander un repas végétarien. Je ne te promets pas des merveilles vu la gueule du chef, mais au moins tu pourras manger un peu.

Son attention me va droit au cœur, et je ne sais pas comment le remercier. Sous son regard pénétrant, j'ai la sensation de me consumer, le mouvement de son index qui passe et repasse contre le rebond de sa lèvre inférieure m'hypnotise.

— Tu peux savoir à la tête d'un type s'il est capable de faire de la bonne cuisine, toi ? le questionné-je en riant.

— Ouais, c'est un truc de cuisinier ça. J'ai le flaire !

— Donc si on se base sur ton physique, toi t'es quoi ? Le dieu de la cuisine ?

Je glousse, emportée par le champagne qui imbibe mes neurones et le fait que Zack ne soit pas là à nous surveiller. Il secoue la tête en souriant de toutes ses dents, ses cheveux bruns coiffés en arrière. Je pourrais mourir rien que pour son sourire.

— C'est pas moi qui l'ai dit…

Je suis déjà prête à répliquer et à continuer notre petit jeu, malheureusement notre tête-à-tête s'interrompt dès l'instant où Zack réapparaît. Sa pause au grand air est censée lui être salvatrice, pourtant il revient encore plus éméché.

— Zack, il n'est même pas 23 heures et tu es déjà arraché… je te conseille de calmer le jeu, lui chuchoté-je, agacée.

Je ne sais pas s'il m'entend, puisqu'il vide d'une seule gorgée le fond de son verre avant de s'en resservir un aussitôt. Je soupire, résignée.

À la seconde où les serveurs nous déposent nos assiettes fumantes, Zack est encore assez lucide pour remarquer la mienne et sa différence.

— Tiens, Summer a pensé à tes lubies apparemment…

— Non. Cassius s'en est chargé.

Quelques têtes se tournent vers nous, Zack se raidit immédiatement.

— Il faut bien qu'il y en ait un de nous deux qui prenne soin d'elle ! surenchérit Cassius.

Je me mords la lèvre, anticipant la réaction de Zack.

— Et on applaudit bien fort nos mariés !

Des sifflements fusent aux quatre coins de la salle, au moment où Summer et Brad prennent place au centre de la piste sous les lumières tamisées. Zack est tellement touché dans son ego qu'il quitte de nouveau la table comme une fusée. Le piano entame les premiers accords d'un morceau qui ne m'est pas inconnu, et j'aimerais pouvoir me concentrer sur Summer et ses pas de danse, mais ma situation m'en empêche. Je suis trop perturbée par le départ de Zack et sa colère, il est tellement remonté depuis ce matin qu'il serait bien capable de faire une connerie. Je décide donc de partir à sa poursuite. En passant derrière Cassius, ce dernier m'attrape le bras.

— Laisse-le, Azèle, m'intime-t-il contre ma nuque.

— Je vais aux toilettes…

En m'éloignant, je crois me perdre un paquet de fois tant les couloirs se ressemblent, mais les bribes d'*Another Love* de Tom Odell m'indiquent que je ne suis pas très loin de la salle principale. Les toilettes sont aussi luxueuses que le lieu du mariage, du marbre blanc recouvre le sol et des bouquets de roses mauves ornent les coins. Vais-je réellement partir à la recherche de Zack ? Ma conscience me crie de ne pas bouger, et je pense que, pour une fois, je vais l'écouter. Je passe mes mains sous l'eau pour me rafraîchir un peu, m'immobilise quelques secondes à scruter mon reflet. Les boucles de mes cheveux se sont détendues, mon maquillage estompé, malgré tout, mes pommettes restent bien rouges, sans doute la résultante de toutes ces émotions. Refouler mon attirance me demande une énergie terrible, ajoutez à cela le comportement de Zack et voilà le résultat ! Je me demande si je ne ferais pas mieux de rentrer chez moi, enfin chez Tess. Bon Dieu… Tess. Hier soir encore, j'ai tenté d'amorcer une discussion, j'étais prête à lui avouer toute cette histoire de papillons dans le ventre avec Cassius, mais… je me suis dégonflée.

Une porte claque, je sursaute lorsque la silhouette imposante de Cassius se dresse dans mon dos. Au même instant, l'éclairage automatique des sanitaires s'éteint. Cette demi-pénombre accentue mon désir d'interdit, je ne devrais pas être ici avec lui, pas maintenant.

— J'allais revenir… soufflé-je en me cramponnant à la vasque.

Chacun de ses pas est mesuré, l'atmosphère est lourde, tous les deux lucides du risque encouru à nous trouver seuls ici.

— Je n'ai pas envie qu'on reparte dans cette salle.

Sa voix est chaude et lascive, faisant écho à toutes les sensations qui bouillonnent en moi.

— Et si… si Zack nous voit ? bredouillé-je alors que seul un petit mètre nous sépare.

— Chuut… Arrête avec lui.

Son index se pose sur ma bouche, que j'entrouvre par mécanisme. Un pas, un seul petit pas pourrait m'offrir son torse et toutes ses promesses. Mais je ne flanche pas, j'attends, impatiente, que tout devienne insoutenable, qu'il se jette sur moi, qu'il craque le premier, car je ne suis qu'une lâche. J'ignorais que l'on pouvait désirer quelqu'un si fort et le redouter tout autant. C'est exactement ce que Cassius impose à mon cœur. C'est dur, intense, brûlant, comme les caresses lancinantes d'une flamme. Son odeur me kidnappe, mettant mes sens à rude épreuve. Nous nous toisons en chiens de faïence, nos respirations saccadées, nos pupilles dilatées.

— Et puis merde.

Il m'attire dans ses bras sans aucun préambule et opère un demi-tour de façon que mon dos bute contre le mur derrière nous. Autour de mon visage, ses avant-bras m'emprisonnent, me dissimulent du premier intrus qui aurait le malheur de s'aventurer ici. Je plonge mes iris dans les siens, essayant de détailler ce qu'ils m'évoquent : de la passion, de la colère, du désespoir… Son haleine mentholée et son parfum boisé m'enivrent. Nos bouches ne sont plus qu'à un petit millimètre de se toucher, pourtant je ne bouge toujours pas. Terrifiée de découvrir sa saveur, terrifiée d'apprécier au point d'en redemander encore et encore. Il se courbe pour atteindre mon cou, ses lèvres contre ma peau tendue déclenchant une myriade de frissons dans mon ventre.

— Dis-moi de ne pas aller plus loin, dis-moi que ce n'est pas ce que tu veux.

Je déglutis, pétrifiée par tout ce qu'il m'impose. La délicatesse de ses mouvements diffère avec la robustesse de ses muscles, et je sais qu'il se bride pour moi. Pour ne pas m'effrayer. La vérité, c'est que j'en veux plus, mille fois plus.

— Continue, confessé-je à bout de force.

Mes paroles tombent comme un couperet, Cassius s'empare de ma bouche en un éclair. Notre baiser n'a rien de doux, il est abrupt, enfiévré, signe que nous nous bridions depuis trop longtemps. Dans mes entrailles, c'est un saut en parachute, un feu d'artifice. Ses mains caressent mes joues, me cherchent jusqu'à se perdre dans ma chevelure. J'aimerais avoir le pouvoir de suspendre le temps, de nous emmener loin d'ici, pour réapparaître dans une autre vie où tout serait permis. Où je ne me serais pas trompée de frère. Il parsème ma peau de baisers, me léchant, me mordant, atteignant ainsi ma clavicule. À son contact, je ferme les yeux et enfonce mes ongles dans son cuir chevelu. Un râle lui échappe, le son le plus sexy jamais entendu.

— Putain… Cassius, qu'est-ce qu'on est en train de faire ? parviens-je à articuler entre nos échanges assoiffés.

— Tais-toi, tais-toi…

Il pose son front contre le mien pour reprendre son souffle, tandis que je passe mes phalanges entre les poils drus de sa mâchoire. Derrière la paroi, la soirée bat son plein, et les accords de piano s'éternisent. J'ai peur que quelqu'un débarque à l'improviste, Zack en l'occurrence, ou n'importe quel Murphy qui pourrait péter un scandale.

— Ne te remets jamais avec lui, je t'en supplie, m'implore-t-il.

Ses lèvres sont gonflées, je dois réprimer mon envie de m'en emparer. C'est la première fois qu'il me montre cette vulnérabilité. Je fais non de la tête, et me hisse sur la pointe des pieds pour atteindre sa bouche. Il me serre fort contre lui, incline son visage pour approfondir notre baiser. Mes mains se perdent dans ses cheveux épais et soyeux à la fois. Je crois défaillir lorsque nos langues se trouvent, je n'avais jamais goûté quelque chose d'aussi doux et d'aussi bon. Alors qu'un soupir d'extase m'échappe, je crois entendre des pas dans le couloir. Je me statufie aussitôt, et me détache de lui à contrecœur.

Chapitre 30

Cassius

J'ai été forcé de me détacher d'elle, et depuis je m'enfume les poumons dans le parc du domaine.

Merde.

À quel instant j'ai cru bon d'embrasser Azèle ? La chaleur de ses lèvres est encore imprimée sur les miennes, leur goût sucré, l'odeur de sa peau… Merde, je suis foutu. Je savais que j'aimerais ça, mais je ne pensais pas à ce point.

Des gravillons crissent sous la semelle d'une paire de chaussures, des pas se rapprochent. Je ne me retourne pas, je sais déjà qui se tient derrière moi. Son souffle erratique, l'impatience de ses membres, son parfum *Dior* entêtant.

— Ils ont rompu, Cassius ! Tu envisageais de me le dire un jour ?! s'époumone mon père.

Je tire un peu plus fort sur le filtre de ma cigarette, à deux doigts de lui balancer mon mégot dans la face.

— Et en quoi cette information t'importe ?

Son rire grave et malsain se perd dans la nuit noire. Je serre les dents pour ne pas l'emplâtrer, puis opère un demi-tour.

— Ne joue pas à ça avec moi. Tu sais très bien que si même son amour de jeunesse ne veut plus de lui, c'est peine perdue. Aucune personne sensée ne voudra s'engager avec les casseroles qu'il se traîne, ses troubles de l'humeur et tout le reste. Tu es venu foutre un sacré merdier en l'embauchant, et tu le sais très bien !

Je secoue la tête tout en sifflant entre mes dents.

— Vous ne pouvez pas lui foutre la paix ? Rendre à cette fille sa liberté, une bonne fois pour toutes ? C'est quoi votre projet au juste ? La kidnapper dans un mariage foireux où l'amour est inexistant, où elle se retrouverait nuit et jour avec un psychotique ?

— Ferme-la, Cassius ! Tu n'as donc aucune compassion pour ton frère ? Tu crois que c'est sa faute s'il est comme ça ? Qu'il l'a choisi ? S'il veut avancer dans sa vie, dans son boulot, avoir une vie à peu près normale, il a besoin d'Azèle. Elle le connaît bien, ne s'est jamais posée de question quant à ses sautes d'humeur, tout ça pour elle, c'est ancré, c'est la normalité. Tu es égoïste, à cause de toi il finira peut-être seul.

Je grimace, écœuré par ses propos et son raisonnement. Comment peut-il encore se regarder dans un miroir ?

— Zack ne l'aime pas, il passe sa vie à la tromper, il s'entête juste à écouter son paternel qui lui a mis tout un paquet de conneries dans le crâne. Tu profites de sa maladie, de sa faiblesse, pour l'influencer dans ses choix. Et tu me traites d'égoïste…

Je lâche un rire plein d'amertume tout en recrachant un nuage de fumée au-dessus de sa tête.

— Ta vie n'est qu'un enchevêtrement de mauvaises décisions, nous sommes tes dommages collatéraux, Azèle un putain de pion, et le pire c'est que tu en es fier.

Je me rapproche lentement. Derrière nous, la façade du domaine est éclairée par des dizaines de lumières jaunes, intensifiant la froideur de ses traits. Puis je reprends d'un ton plus grave et plus autoritaire encore.

— Occupe-toi de ton fils, paye-lui des séances chez le psy, veille à ce qu'il prenne ses traitements au lieu de t'acharner sur ses études dans lesquelles il n'est même pas bon ! Mais n'approche plus jamais de près ou de loin Azèle Harris. Elle n'est pas la sauveuse de Zack et ne deviendra jamais sa sage petite épouse qui l'attendra à la maison. Elle a ses propres rêves, ses propres fêlures, et ce n'est pas Zack dont elle a besoin.

À bout de souffle je le dépasse en le bousculant, surpris qu'il ne m'ait pas interrompu. Je sais que c'est vain et qu'il n'en fera qu'à sa tête une fois que je me serai échappé. Pourtant j'ose espérer que mes paroles feront mouche.

— Tu l'as baisée, hein ?

Son rire machiavélique sonne faux dans mes tympans. Je n'ai plus rien à lui dire, seulement l'entendre parler en ces termes de mon hypothétique relation avec elle me fout en l'air. Je m'immobilise, et me fais violence pour canaliser ma rancœur et toute la hargne accumulée depuis de longues années. Je ne peux pas perdre le contrôle cette nuit, ni gâcher cet événement, même si je me contrefous des trois quarts des invitées ici présents.

— Baisée ? Oh non… je ne l'ai pas baisée. Baiser c'est ce à quoi s'adonne ta charmante femme tous les week-ends avec ton meilleur pote, James Blake. C'est ce que tu fais chaque vendredi soir dans tes bars à putes !

Un cri bestial s'échappe de sa gorge, mais avant qu'il ne se rue vers moi, je fais volte-face et le stoppe net dans son élan. Au même moment, son poing heurte ma joue, et je riposte en le poussant violemment en arrière. Son équilibre se fait la malle, il tente de se rattraper à une statue en bronze à côté de nous, mais échoue lamentablement et s'étale sur la pelouse. Galvanisé par l'adrénaline, je me rue sur lui et l'abreuve de coups au visage. Son arcade pisse le sang, mes phalanges cognent contre ses facettes mais malgré la douleur, je ne faiblis pas. C'est jouissif de me défouler enfin sur lui, l'unique responsable de mon mal-être d'adolescent, le décisionnaire de tout un pan de ma vie que j'ai haï en silence. Un maelström d'émotions négatives s'échappe de moi, l'innocence de ma mère que j'ai blâmée tant d'années, la maladie qu'elle a dû affronter seule, le rejet de tous les Murphy à mon égard, mon satané demi-frère qui a pris toute la place et l'attention de la famille, et puis... Azèle. Beaucoup pour elle aussi. Mon père profite d'une seconde d'inattention pour enrouler ses doigts autour de mon cou, puis ressert son emprise autant qu'il le peut. Rapidement, ma gorge se rétrécit et déglutir m'est impossible. Ses yeux n'ont jamais été si noirs, même l'éclat de ses pupilles paraît hanté par le diable.

— Ça suffit, stop ! Arrêtez... nous parvient une petite voix étranglée.

Dès l'instant où j'entends sa supplication, je sens l'étau se desserrer un peu. Nous haletons avec peine, tous les deux à bout de force et nous redressons enfin. Lorsque j'ai le courage de me retourner, la fine silhouette d'Azèle se tient juste là, derrière un massif d'hortensias. Ses talons à la main, sa robe à moitié déchirée, son visage de poupée ravagé par les larmes. Son expression est indéchiffrable, elle oscille entre désespoir, tristesse et dégoût, et ça fait mal. Car dans sa confusion, c'est à moi qu'elle s'adresse, et toutes ses émotions me sont pleinement dédiées. Depuis quand est-elle ici ? Qu'a-t-elle entendu ? Elle secoue la tête les lèvres pincées, les sourcils froncés, ses ondulations venant lui brouiller la vue par intermittence.

— Azèle, attends...

Elle ravale une longue plainte, semblable à un gémissement, puis s'échappe sans un mot. En dépit des cailloux qui doivent lui esquinter les orteils, elle se met à courir à toute allure en direction du parking, puis disparaît.

***

J'ai abandonné mon père aussi vite, sans lui accorder une seule minute supplémentaire. Inutile d'ajouter que cette entrevue marquera définitivement la fin de ma relation bancale avec mon géniteur, après tout, la moindre de nos réunions familiales s'avérait déjà cataclysmique depuis ma naissance, alors c'est sans regret que je tire un trait ce soir entre moi et les Murphy.

Il est 1 heure du matin, Azèle demeure introuvable. Je l'ai cherchée partout, je suis d'abord retourné dans la grande salle où la soirée battait son plein, mais aucune des personnes présentes à notre table ne l'avait vue. J'ai fait le tour des sanitaires, demandé au mec de l'accueil s'il avait donné la clef de la chambre à mademoiselle Harris, mais apparemment personne ne s'est présenté. J'ai cru un moment qu'elle s'était enfuie avec la voiture de Zack, mais heureusement je l'ai aperçue garée sur le parking.

— Elle est où ?

Zack ne tient plus debout, ses jambes vacillent tellement que je me demande ce qui le soutient encore. Devant l'entrée du bâtiment, je scrute le parc du domaine dans l'espoir de la voir réapparaître.

— Je ne sais pas, Zacky. Elle n'est pas censée être ta petite amie ?

Il se retient aux feuilles d'un bosquet, durant quelques secondes je suis certain qu'il va se vautrer, malheureusement il parvient par je ne sais quel miracle à rester campé sur ses pieds.

— Tu me fais rire… tu joues les sauveurs avec elle. T'aimes ça hein ?

Son haleine pourrait aseptiser un hôpital, j'ignore ce qui m'empêche de tout lui balancer. Azèle sans doute.

— Va faire dodo, Zack. L'alcool et toi ne faites pas bon ménage.

Il ricane en bavant à moitié. Je suis à deux doigts de le monter de force dans sa chambre d'hôtel, au moins, au lit, il arrêterait de foutre la merde.

— Je l'attends. On doit jouer au faux couple, tu te souviens ? Les gens se demanderaient pourquoi nous ne dormons pas ensemble !

— Les gens n'en ont rien à foutre ! Et personne de normalement constitué n'a envie de voir un type ivre mort se faire escorter par sa soi-disant petite copine pour aller au lit ! Personne.

Ses yeux marron toujours plantés dans les miens ne sont plus que deux ciels torturés par l'alcool et la maladie. Il m'observe sans un mot, néanmoins je ne suis pas sûr que ses neurones se connectent correctement là-haut. Encore moins lorsque son teint devient livide, et que sa bouche se tord en une expression de dégoût.

J'ai à peine le temps de me décaler sur ma gauche qu'un liquide nauséabond se répand sur ses mocassins à glands. Il me ferait presque de la peine.

— Pas bon ménage. Qu'est-ce que je t'avais dit !

Il peste en s'essuyant la bouche du revers de la main, et s'assied sur une marche un peu plus loin. Il prend une minute pour retrouver ses esprits.

— J'ai vu comme elle te regarde, Cass. Je suis peut-être à moitié cinglé, mais je ne suis pas con.

Je n'essaye pas de l'interrompre, ni de le contredire, car pour une fois, ce qu'il dit pourrait m'intéresser. Et pour une fois, le dédain et la haine dans sa voix se sont volatilisés.

— C'est juste… je ne veux pas finir seul comme un connard. Avec elle, j'avais un semblant de vie normale.

Depuis des années, Zack est diagnostiqué. Pourtant, si on demandait aux invités de ce mariage, personne ne serait au courant. Car Pénélope et mon père sont bien trop fiers, assumer que leur gosse ait des troubles psychiques ternirait leur réputation. J'ai été considéré comme le bâtard, le fils d'une salope polonaise qui s'est barrée à la première difficulté. Tout est erroné, tout. Alors, que Zack admette qu'Azèle Harris – celle avec qui ses parents chéris avaient projeté mariage, enfants, et compagnie – puisse avoir des vues sur moi… Ouais, il doit vraiment être au fond du seau. Je m'apprête à prendre place à côté de lui, mais comme s'il redoutait ma présence, il se lève aussitôt, crachote un restant de bile et met les voiles sans un regard en arrière. J'aurais aimé lui dire que je ne cautionnais pas le quart de ce que notre père lui ordonnait depuis que son trouble bipolaire avait été décelé à ses 8 ans, mais éprouver de l'empathie à son égard est tellement nouveau que je ne suis pas sûr que les mots seraient sortis.

Par-delà les toits rutilants des voitures de luxe, j'aperçois une ombre onduler. J'enjambe alors la flaque d'alcool fumante de Zack et me faufile à travers le parking. Entre les roues alignées, une paire de talons argentés hors de prix dépasse. Les mains dans les poches, j'inspire une grande bouffée avant de m'approcher prudemment de celle que je cherche depuis une heure. Derrière le capot d'une Jaguar décapotable, Azèle est roulée en boule contre le goudron chaud, ses cheveux épars collés à ses joues. Sa robe, qui ce matin brillait sous les rayons du soleil, est maintenant dans un piteux état, les bretelles lui tombent sur les épaules, et son ourlet est taché d'un liquide que je suppose être de l'alcool.

— Va-t'en.

Je devine à la bouteille de rhum qu'elle tient dans sa main qu'elle n'est pas d'humeur. Pourtant, malgré son manque évident de lucidité, il ne lui a fallu qu'une seconde pour savoir qui se tenait devant elle. Je m'accroupis à ses pieds, et tente de lui décoller les mèches châtains qui m'empêchent de voir son visage. À peine mes doigts effleurent son front qu'elle tressaute et me tape le poignet. Je laisse tomber l'approche physique pour le moment, et m'adosse contre la jante.

— Je pensais que tu ne pouvais pas boire de rhum ? lancé-je au bout de quelques minutes.

Elle bascule sur le côté, jusqu'à se retrouver dos contre terre, son regard verdoyant rivé vers le ciel étoilé. Au vu de ses gestes chaotiques, j'en déduis qu'elle est plus que touchée. Sa poitrine s'agite au rythme de sa respiration lente est profonde, un peu plus et je pourrais croire qu'elle est prête à s'endormir.

— J'aurais bu n'importe quoi pour faire avaler la pilule, marmonne-t-elle la bouche pâteuse.

— Je suis désolé que tu sois tombée sur cette discussion.

— Tais-toi, lâche-t-elle dans un énième sanglot.

Elle se redresse non sans peine pour s'asseoir à son tour et engloutir une énorme gorgée en grimaçant. Durant une seconde, je suis persuadé qu'elle va être malade, mais elle encaisse finalement la chaleur de l'alcool. J'ignore quelle quantité exacte elle a ingurgitée ce soir, mais vu son gabarit et le peu qu'elle a mangé à table, j'espère que sa bouteille de rhum était déjà bien entamée lorsqu'elle l'a piquée au barman. Cela dit, je ne préfère pas lui confisquer, vu sa colère, elle serait prête à me la casser sur la tête.

— Azèle… je comptais te le dire.

Elle rit, mais pas de son rire habituel. J'avais l'habitude d'un son mélodieux, communicatif et positif, or, dans l'immédiat, il n'est empreint que de cynisme. Azèle ne montre jamais sa tristesse, et savoir que je suis le principal fautif de son état actuel m'ébranle.

— Je… Je ne veux pas de tes explications à deux balles. Tu as eu mille occasions ! Tu l'as laissé me tromper, tu le savais et tu ne me l'as jamais dit ! Pendant toutes ces années… tu… tu regardais tout ça en sachant très bien quelle fin tragique m'attendait ! Et puis tu m'as embrassée, et puis… putain je te déteste !

Elle décide de se lever, mais ses jambes vacillent tellement qu'elle doit s'y reprendre à plusieurs fois pour ne pas s'écraser au sol. Je me redresse d'un bond pour l'aider à tenir debout, et capitule en lui arrachant cette satanée bouteille. Elle crie en se débattant, mais je finis par l'emprisonner dans mes bras pour la calmer. Lui parler ne servirait à rien, elle est complètement saoule et le choc est encore beaucoup trop frais pour qu'elle daigne m'écouter.

— Dégage, laisse-moi ! m'implore-t-elle en fondant en larmes.

Ses muscles se relâchent, son corps abdique et se love contre mon torse, pourtant sa bouche continue de m'intimer tout et son contraire. Je referme alors mes avant-bras sur ses omoplates nues, et caresse lentement sa chevelure, priant pour qu'elle s'apaise.

— Je suis désolé, Azèle.

Entre sa morve et son mascara qui dégoulinent sur ma chemise, elle baragouine quelque chose d'inaudible que je suppose être une insulte. Nous restons là un moment, moi à la maintenir fermement, elle tentant de se calmer, quand tout à coup je sens ses mains me repousser de nouveau.

— Je vais vomir, articule-t-elle en posant ses mains sur sa bouche.

Avant qu'elle se retourne pour expulser le trop-plein de cette soirée merdique, j'ai seulement le temps de lui attraper les cheveux.

— Ferme les yeux… bouche-toi les oreilles.

Penser à son image alors que son corps est en train de se révulser me fait sourire. Il n'y a qu'elle pour être capable d'un tel exploit.

— Arrête tes conneries, il m'en faut plus pour être écœuré.

Après avoir rendu le peu que son estomac contenait, elle s'éloigne en titubant.

— Je t'en supplie, bouge de là, c'est trop ignoble.

— Hep, hep, hep… Tu vas finir par tomber si tu continues comme ça.

Ses pieds nus raclent le sol comme s'ils ne craignaient aucune douleur. Malgré cette accalmie, elle paraît toujours m'en vouloir. Sauf qu'elle est trop bourrée pour que je la laisse toute seule vagabonder dans ce domaine plein de piscines, de Murphy et autres dangers.

— Viens là.

— Tu rêves, je rentre à San Fransisco ! s'exclame-t-elle en déverrouillant le SUV de Zack garé à quelques mètres.

— Mais bien sûr, et moi je pars sur Mars ! Passe-moi les clefs, tu n'iras nulle part.

Je surgis devant elle, et n'ai besoin que d'une fraction de seconde pour m'emparer des clefs.

— Ehh ! Rends-les moi ! Tu n'as pas le droit, elles sont à moi !

Converser avec elle ne sert absolument à rien, elle est bornée, blessée, faible et l'alcool fait encore rage dans son cerveau. C'est peine perdue. Sans lui demander la permission, je la hisse sur mon épaule comme un vulgaire sac à patates et remonte l'allée en direction du hall principal.

— CASSIUS ! Relâche-moi, IMMÉDIATEMENT !

En fait sa voix aigüe qu'elle voudrait menaçante m'amuse beaucoup.

— Bonsoir, un problème mademoiselle ? s'enquiert le maître d'hôtel alerté par ses hurlements.

— Tout va pour le mieux, le rassuré-je alors que les jambes nues d'Azèle s'agitent en l'air. Madame a légèrement forcé sur la bouteille…

Le maître d'hôtel acquiesce d'un air entendu, et me donne le pass de sa chambre. Je resserre ma prise sur ses cuisses, et une fois dans l'ascenseur, la repose au sol.

— Putain ! Mais ça va pas ?! Je peux parfaitement me débrouiller toute seule ! fulmine-t-elle aussi rouge qu'un champ de coquelicots au soleil.

— Mais bien sûr, c'est pour ça que tu hoquettes entre chaque phrase et que tu viens de vomir tes tripes sur le parking !

Une tempête prend vie au milieu de ses iris. Ses pupilles se dilatent à mesure que les étages défilent, et plus elle me dévisage, plus je dois réfréner mon envie de la dévorer. Azèle en colère est presque aussi mémorable qu'une Azèle qui cuisine à mes côtés ou qui goûte à tous mes plats.

Un « ding » retentit, elle passe sous mon nez, répandant son odeur sucrée. Sa longue chevelure ondule à chaque pas, ses formes moulées dans le satin me narguent. Le couloir décoré de tout un tas de fioriture paraît insipide face à elle.

— Quel numéro ?

— Marche. Je te dirai.

La porte en question m'apparaît enfin, je rattrape Azèle par le poignet pour la stopper dans son élan. Elle râle de nouveau, certainement pour me montrer qu'elle m'en veut toujours. Je n'ai pas oublié que nous devrons tôt ou tard avoir une explication, je lui dois bien plus que ça. Mais pour cette nuit, nous en resterons là. Elle n'est pas disposée, et moi, je dois juste m'assurer qu'elle dorme suffisamment pour rentrer demain à San Francisco sans encombre.

La chambre est spacieuse, la salle de bains est entièrement vitrée, ce qui donne une impression de modernité. Elle jette ses affaires sur le lit king size, sans prêter d'attention particulière à la décoration qui l'entoure, puis se dirige vers la douche à l'italienne.

— Je veux prendre ma douche.

— Je vais fumer.

Je lui laisse l'intimité nécessaire pour qu'elle puisse se rafraîchir. Lorsque j'entends l'eau couler derrière moi, la nicotine m'aide mentalement à ne pas me retourner pour la mater. Mais je ne suis pas ce genre de gros pervers, je ne veux pas avoir à découvrir son corps de cette manière. D'un autre côté, elle n'a pas objecté une seule fois pour que je reste ici durant sa douche, ce qui prouve qu'elle a toujours confiance en moi. J'espère en tout cas.

La vérité : je me sens comme une merde. De n'avoir jamais eu le cran de lui avouer tous ces secrets, même si je sais très bien ce qui me retenait. La peur de la faire souffrir, de découvrir son désarroi. Je crois qu'égoïstement je n'avais pas envie d'être le sale type qui lui annoncerait que ma famille s'était jouée d'elle, et que Zack l'avait maltraitée tout ce temps, sous mes yeux.

Dans mon dos, l'eau s'est arrêtée de couler, ma clope s'est consumée toute seule entre mes doigts. En contrebas, la fête semble à son apogée, je me demande où ont terminé Zack et les autres, et même si la rancœur que je ressens pour lui est toujours bien présente, j'espère qu'il ne s'est pas mis en danger. J'hésite encore à me retourner, lorsque j'entends un « boum » retentir derrière moi. J'accours dans la salle de bains aussitôt, découvrant Azèle étalée sur le marbre dans son peignoir.

— Azèle ? Putain, comment tu t'es démerdée…

Je m'agenouille le long de son flanc, elle bat des paupières sous la luminosité agressive des spots, luttant contre l'envie irrépressible de les garder fermées. Je l'entends couiner lorsque je passe mes paumes sous son corps humide, puis grimacer quand je la hisse contre mon torse.

— Laisse-moi… bredouille-t-elle avec peine.

Comme une plume, sa légèreté est déconcertante. Je la pose avec délicatesse sur l'édredon gonflé, puis lui apporte un verre d'eau. Elle décline mon offre d'un rictus inversé.

— Je t'assure que ça te fera du bien. Bois.

J'insiste et lui fourre le verre entre les mains, elle finit par abdiquer et boire tout son contenu. Une fois qu'elle s'est essuyé les lèvres, elle s'allonge plus confortablement entre les oreillers et ferme les yeux. Son petit gabarit au milieu de cet immense lit me fait sourire, mais je m'abstiens de tout commentaire.

— Quelle horreur… s'exclame-t-elle finalement en écrasant ses poings sur ses yeux, j'ai l'impression d'être dans un paquebot en pleine tempête.

— Tu as mal quelque part depuis que tu es tombée ?

— Non.

— Pas de vertiges ou de nausées ?

— Ne me parle pas de nausées, s'il te plaît… me rabroue-t-elle.

— Désolé, je préfère m'assurer que tu vas bien avant de te laisser.

Je me lève tout en remontant la couette sur ses membres. Elle se laisse faire en m'observant.

— C'est horrible… j'ai vomi devant toi, finit-elle par lâcher dans un murmure.

Je ricane, et m'accoude à la tête de lit en la couvant du regard.

— Tu veux que je t'avoue quelque chose ?

Elle fronce les sourcils, méfiante.

— Je ne suis pas sûre de survivre à une nouvelle révélation…

Alors que je croise les bras contre mon torse, elle tente de se dissimuler derrière ses doigts.

— Je n'avais jamais vu une fille entrain de gerber aussi sexy.

Elle laisse résonner un grognement de gêne, puis enfin un léger sourire vient fendre sa bouche appétissante. Ses deux turquoises m'étudient longuement, avec le besoin évident de gratter la surface de ma coquille pour en déceler tous les mystères.

— Je te laisse, on se verra au restaurant. Je t'ai commandé un taxi qui viendra te chercher demain à 11 heures. En attendant, fais attention à toi et repose-toi.

Je me penche une dernière fois pour replacer une mèche derrière son oreille, et sa respiration s'interrompt à mesure que son teint rosit. J'ignore encore quelles seront les conséquences de cette soirée foireuse, mais je compte bien me faire pardonner lorsque nous serons à Paris.

— Je t'en veux toujours autant tu sais.

Je soupire avant de lui tourner le dos.

— Je sais.

Je suis peut-être le pire dans l'histoire, l'observateur de l'ombre, trop désintéressé de tout ce qu'il se passait pour intervenir. À plusieurs reprises j'en suis venu aux mains avec Zack, à plusieurs reprises j'ai voulu faire éclater au grand jour son vrai visage, mais ça aurait signifié lui faire du mal à *elle*. Aujourd'hui, Azèle a besoin de moi, elle ne le sait peut-être pas encore, pourtant je suis le seul à pouvoir l'aider à surmonter cette épreuve. Car en passant dix-sept ans aux côtés de personnes toxiques, j'ai compris quels mécanismes de défense il fallait adopter.

Ce qui a fait de moi un lâche, ce sont ces angoisses perpétuelles que je ressens lorsque je suis trop proche d'une femme. Par proche, je n'entends pas physiquement, car pour ça, je n'ai jamais eu de soucis. Seulement, m'attacher, m'engager, créer quelque chose de sérieux... Pour quoi faire ? Lorsqu'on voit les schémas qui trônent autour de moi, Zack et sa perversion, mon père et Pénélope avec leurs potentielles activités extraconjugales... Les sentiments ? Je ne veux pas les vivre, je m'en éloigne. Mais Azèle est sans doute la première à faire vibrer mon cœur, et ça ? Putain, ça me terrifie.

Chapitre 31

Tu te souviens de ce que je t'ai dit ? Lorsqu'un garçon te fait pleurer, il ne faut surtout pas douter de toi.

Rends-lui au centuple ta peine, qu'il comprenne où tu en es à cause de lui.

Azèle

Si on m'avait dit un jour que je me retrouverais dans le canapé de ma meilleure amie à épancher ma peine comme une alcoolique, je n'y aurais pas cru. C'est sans doute le cinquième verre de tequila que je me sers, et bizarrement je me sens toujours aussi triste. Comment ai-je pu être aussi aveugle ? Les changements dans le caractère de Zack auraient dû me mettre la puce à l'oreille, mais j'étais trop préoccupée par mes études, mes troubles alimentaires et tout le reste pour m'en apercevoir. En réalité, je me demande même s'il m'a aimée un jour. Depuis que j'ai quitté Malibu il y a deux jours, mon esprit essaye de faire la part des choses entre mes souvenirs, la conversation entre Kurt et Cassius, et toutes ces questions qui ne me quittent plus. Je suis partagée entre l'envie de foncer chez mon père pour pleurer comme un bébé et celle d'appeler Cassius pour qu'il me rejoigne sur-le-champ et m'apporte toutes les réponses qu'il me manque.

— Bon Dieu… Azèle ! Je t'avais dit de m'attendre en regardant *Harry Potter* ou *Friends*, pas de picoler jusqu'à plus soif devant *Titanic* !

La porte d'entrée retentit dans mon dos, et Tess débarque en furie dans le salon. Vu son air catastrophé, j'en déduis que mon désespoir est plus fort que tout. Même si je n'ai aucune réaction en l'apercevant, je suis soulagée de voir ma meilleure amie approcher. Voilà deux jours que je me morfonds ici, j'ai même loupé mes heures de travail, néanmoins Cassius doit se sentir trop fautif pour se permettre de me faire la morale.

— Pourquoi il fallait que ça tombe sur moi ?! sangloté-je sans aucune classe.

— Houla, OK… On va arrêter l'alcool un petit peu, Azèle. Est-ce que tu veux en parler ?

Après que Cassius m'a laissée dans cette chambre d'hôtel, je me suis endormie profondément malgré la migraine et les nausées. Mais lorsque je me suis réveillée, les souvenirs de la veille sont venus me heurter de plein fouet. Je n'ai pas attendu longtemps avant de sauter dans le taxi, de boucler mon sac et de déguerpir du domaine. Tess m'a récupérée à la petite cuillère, elle est restée à mon chevet à m'écouter relater l'horrible conversation entre Cassius et son père. Sauf qu'il y a un léger détail que je ne lui ai pas encore raconté, et qui commence doucement à me ronger de l'intérieur.

— Tu as appelé Zack ? Peut-être qu'en en parlant avec lui ça pourrait t'aider un peu ?

— Non. Je ne veux pas le voir, ni entendre sa voix ! Il m'a menti pendant des années, il m'a trompée, il m'a… bernée ! Putain, depuis tout ce temps, il souffre de troubles psychologiques et ne m'en a jamais rien dit !

Ma voix se brise de nouveau en repensant à notre relation. J'ai vécu avec lui, je pensais le connaître, apprendre cette réalité est un véritable choc pour moi. Je ne sais même pas de quoi il souffre exactement. Je me sens humiliée, bafouée, stupide, en colère, coupable…

— Bon… Allez, viens là.

Même si je ne le mérite pas, Tess m'entraîne vers elle pour me serrer dans ses bras. Je devrais lui avouer tout le reste, que malgré ma haine pour Cassius, il subsiste encore quelques papillons emprisonnés dans mon abdomen depuis qu'il est venu poser ses lèvres sur les miennes. Cette situation est affreuse. Bien que je ne sois pas du genre à pleurer la plupart du temps, j'éclate de nouveau en sanglots. Tess me berce comme un bébé, me répète que ça finira par passer tout en caressant mes cheveux.

— Pense à Paris, dans trois jours tu vas découvrir cette ville qui te fait tant rêver. Il faut que tu sois d'attaque !

En temps normal, je m'en serais réjouie, mais pour l'instant, je suis pétrifiée de penser au concours, aux épreuves et à mon rôle là-dedans. Devoir faire équipe avec Cassius après tout ce qu'il s'est passé au mariage me paraît insurmontable. Or, j'ai donné ma parole et je me suis engagée à l'aider. Je ne peux plus faire marche arrière.

— Ça va être chouette, tu vas voir ! Cassius a loué un grand appartement pour que nous puissions tous y dormir, il y a aura Bob, Jodie, toi, moi… J'ai vraiment hâte !

Son ton enjoué ne parvient pas à guérir ma peine, ni à m'embarquer dans son bonheur. Alors que mes larmes ruissellent sur le col blanc de sa chemise, je me recule et prends mon courage à deux mains.

— Il faut que je te dise quelque chose, murmuré-je en ignorant son froncement de sourcils.

— Qu'est-ce que tu vas encore me révéler ? Que Kurt n'est pas leur vrai père, que Pénélope a un compte Mym où elle donne des lives tous les soirs ?!

Lui dire que j'aurais préféré que mon ex-belle-mère vende son corps sur Internet ne me sauvera malheureusement pas.

— Non… C'est pas vraiment le sujet.

— Ben vas-y, balance ! Tu me fais légèrement flipper, c'est si grave que ça ? Ou bien c'est d'avoir vidé la bouteille de tequila qui te donne cet air apeuré ?

— C'est par rapport à Cassius, avoué-je enfin.

Elle se redresse, et je suis convaincue de lire dans son regard une part de jalousie.

— Est-ce que le fait de ne pas vouloir lui parler depuis ton retour a quelque chose à voir là-dedans ?

— Oui.

Je peux remercier ma gueule de bois, car c'est clairement grâce à elle que j'ai le courage de lui confesser tous mes sentiments.

— Je n'ai pas été très sincère avec toi… Disons que depuis la fusillade, Cassius et moi nous sommes rapprochés.

Elle pince ses lèvres et déglutit comme si elle entrevoyait déjà ce qui allait suivre.

— Rapprochés comment ? Continue, ne t'arrête pas en si bon chemin !

Je me fais violence pour poursuivre, car je la connais suffisamment pour savoir qu'elle prend sur elle.

— Et c'est tout… Nous avons passé pas mal de temps tous les deux. Les fois où je te disais que j'étais avec un *date*, en fait j'étais avec lui.

Elle se lève brusquement et attrape la bouteille de tequila pour la boire au goulot. Elle la repose sur la table dans un claquement bref et sonore, j'inspire profondément avant de poursuivre.

— Je suis désolée… J'ai essayé de te le dire, je voulais te le dire…

— Arrête, me coupe-t-elle sèchement.

— Nous n'avons jamais couché ensemble, il m'a seulement…

— Il t'a quoi, Azèle ? Abrège, ça devient lassant.

C'est la première fois que nous connaissons ce genre de discussion, elle et moi. Jamais nous n'avions eu de différend, jamais je n'avais eu à lui cacher le moindre secret. Je me sens minable.

— Nous nous sommes embrassés, juste avant que je surprenne Kurt et lui en train de se battre et de se dire toutes ces choses.

Ma gorge est sèche, ma poitrine s'affole, pourtant je reste inerte, incapable d'ajouter quoi que ce soit, ni de croiser son regard.

— Super. Bien. Tu sais quoi ? Si tu m'avais dit qu'il te plaisait, si tu m'avais dit que la fusillade vous avait rapprochés, j'aurais pu le comprendre. Tu sais, je ne suis pas idiote, ni aveugle. Je voyais bien comment il te regardait, et la tension qui vous entourait dès que vous vous trouviez dans la même pièce. Cela dit, je me disais que ma meilleure amie ne me cacherait pas quelque chose de si gros, je me persuadais que tout était dans ma tête. Putain, j'y crois pas ! Qu'est-ce que je peux être idiote parfois !

Elle ricane puis contourne le canapé sur lequel l'empreinte de mon postérieur est imprimée. Je ne peux rien ajouter pour ma défense. Je suis une lâche, trop préoccupée par mes petites histoires, mes drames et mon passé.

— Je n'ai pas besoin d'être couvée, j'aurais largement pu encaisser si tu me l'avais dit plus tôt. Au lieu de quoi, tu as préféré me mentir et ça… désolée mais je ne sais pas si j'arriverai à m'y faire.

— Tess… Je ne savais pas à quel point tes sentiments pour lui étaient forts, j'avais peur de te faire du mal. J'ai merdé.

Elle est déjà dans le couloir, prête à s'enfermer dans sa chambre, mais la main sur la poignée, elle s'interrompt.

— J'ai essayé d'être la meilleure amie possible durant des années… J'ai vraiment tout fait. Je me suis mise entre parenthèses lorsque tu as appris que ta mère avait un cancer, pour que tu n'aies pas mes problèmes qui s'ajoutent aux tiens. Je t'ai suivie dans toutes tes décisions, je t'ai épaulée, je t'ai écoutée, j'ai voulu comprendre tes troubles, t'accompagner pour t'aider. Oui, tout ce temps je ne voulais que ton bonheur parce que je t'aimais.

Nous ne sommes pas le genre d'amies à nous lancer dans de grandes déclarations, mais qu'elle emploie ce verbe au passé me terrifie. Tess est la seule véritable amie que j'aie jamais eue. Et pour un homme, j'ai peut-être tout gâché.

Les larmes aux yeux, elle continue malgré tout.

— Je n'ai pas mérité ça.

Lorsqu'elle claque la porte derrière elle, je refoule le bloc de pierres venu obstruer ma trachée. Je souffre de lui avoir fait tant de mal, je l'aime, je l'aime vraiment. Pas comme un amoureux, ni comme l'amour que l'on porte à ses parents, simplement comme une âme sœur. Tess et moi c'est depuis la maternelle, nos souvenirs sont tellement anciens et précieux que chaque fois qu'une image me revient je la note pour ne plus qu'elle m'échappe. Une larme roule jusque dans mon cou, je ne cherche plus à les retenir, après tout, elle est partie dormir, elle ne me verra pas. On ne trouve pas une Tess à chaque coin de rue, et je le savais pourtant. Il y a peu de personnes avec qui je m'autorise à être pleinement moi, sans aucun self-control, sans faux-semblant. Avec Tess je pouvais être qui je voulais. Avec mes ombres et mes lumières, sans me sentir jugée ni épiée. Elle est mon remède à mes jours de tristesse, ma confidente, mon ancre lors de nos soirées trop arrosées, elle fait partie de moi et de mon enfance, et doit le rester à tout prix.

Chapitre 32

Cassius

7 h 30 du matin, l'aéroport est déjà bondé et les queues pour passer la sécurité sont interminables. J'ai imposé à toute ma petite équipe d'arriver en avance, tout le monde est là, excepté Azèle. Je rumine silencieusement, les souvenirs du mariage et toutes les fois où j'ai essayé de prendre de ses nouvelles depuis, et j'ai peur qu'elle ne pointe pas le bout de son nez.

— Tu n'es pas venue avec Azèle ? demandé-je discrètement à Tess en imprimant mon billet à une borne électrique.

La mine de cette dernière m'indique que la nuit n'a pas été bonne, d'ailleurs ça fait plusieurs jours que je la trouve étrange. Elle se renfrogne à chacune de mes interventions, et ne me répond que par des monosyllabes sans même croiser mon regard.

— Non.

Son ton est froid et sans appel. Très bien, si prier reste ma seule option alors soit. Car elle doit à tout prix venir, malgré tout, ça fait partie de son job ! Et accessoirement, j'ai besoin de la revoir pour lui donner de plus amples explications.

— On devrait y aller, l'avion décolle dans trois quarts d'heures et nous avons toute la sécurité à passer ! nous conseille Jodie son sac hissé sur le dos.

Les autres la suivent tandis que je scrute pour la énième fois le hall principal. Malheureusement, pas l'ombre de ses cheveux châtains et de ses jolies jambes à l'horizon. Je suis le groupe à reculons, espérant encore un miracle. Sans elle, je devrai demander à Bob d'être mon second lors des épreuves…

Après être passés aux rayons X, nous patientons en salle d'embarquement. Jodie et Bob commencent eux aussi à questionner Tess quant à l'absence d'Azèle, mais celle-ci ne leur donne pas plus d'explications. J'en déduis qu'elle doit être au courant de quelque chose, car elle paraît drôlement remontée.

À l'instant où l'hôtesse nous appelle pour monter dans l'avion, une petite voix fluette nous parvient au loin.

— Attendez-moi, je suis là, attendez-moi !

Je ferme les yeux une nano seconde, rassuré de l'entendre de nouveau et de savoir qu'elle fera bel et bien partie de l'aventure. Lorsque je me retourne, elle court encore à l'autre bout de la pièce. Elle porte un jogging de couleur crème et un gros sweat vert olive XXL qui lui recouvre les fesses. Le réveil aux aurores ne lui a visiblement pas laissé le temps de se coiffer ni de se maquiller, mais à vrai dire elle n'en a pas besoin. Ses pommettes teintées de rose sont parsemées de taches de rousseur, et ses yeux sont encore bouffis par le sommeil. Lorsqu'elle arrive à notre hauteur, elle salue rapidement les autres, tout en prenant soin de ne pas croiser mon regard ni celui de sa meilleure amie. Le malaise est palpable, l'ambiance est vraiment particulière et j'espère que les onze heures de trajet suffiront à remettre tout ça d'aplomb ! Autrement je crains que l'appartement que j'ai loué ne soit pas assez spacieux.

— Tu nous as fait peur ! s'exclame Jodie en l'enlaçant, on a cru pendant quelques minutes que tu ne viendrais pas !

— Je suis désolée, je suis partie un poil trop tard et la circulation était horrible !

Bob rétorque que le principal c'est qu'elle soit arrivée à temps, l'hôtesse impeccablement peignée nous prie d'avancer. Je laisse Azèle me précéder, car je ne veux plus la quitter d'une semelle, et surtout car la vision de son corps m'avait trop manqué. Sa nuque est dégagée en une queue-de-cheval haute, d'où un paquet de petites mèches s'échappent.

— Vous êtes au 12B mademoiselle, bon voyage.

Le stewart lui indique la direction à prendre, elle le remercie d'un hochement de tête puis fait volte-face vers moi pour m'arracher mon billet des mains.

— Putain, 12A, t'es sérieux ? Je ne peux pas voyager à côté de toi !

— Bonjour à toi aussi, lui sourié-je.

Elle fulmine, expire bruyamment et continue de remonter l'allée sans ajouter quoi que ce soit. Au fond de l'appareil, Jodie, Tess et Bob se sont installés côte à côte sur une rangée, alors que nous arrivons devant ce qui semble être nos places.

— Excusez-moi… Madame ?

Azèle se contorsionne pour parler à une dame à quelques rangs derrière nous. Elle bloque tout le monde, et se penche tellement vers elle qu'elle me dévoile le bas de son dos. Je suis à *ça* de lui tirer le sweat pour que l'adolescent boutonneux qui se trouve à sa gauche cesse de se rincer l'œil, mais je décide de ne pas aggraver ma situation.

— Je suis vraiment désolée de vous déranger, il se trouve que je ne peux pas voyager à ma place, j'ai vraiment besoin d'être proche du couloir. Est-ce possible d'échanger avec la vôtre ?

La femme en question est déjà bien installée, puisqu'elle s'est emmitouflée dans la couverture à l'effigie de la compagnie aérienne. Elle accepte après une longue hésitation. Je me retiens d'intervenir, après tout, si Azèle ne désire pas voyager à mes côtés, je ne peux pas l'y forcer. Je m'excuse auprès de cette bonne femme pour le dérangement, tandis qu'Azèle me fusille du regard.

Après le décollage, je m'autorise à l'observer de temps à autre, et c'est drôle car la plupart des gens sont soit en train de dormir, soit de mater un film. Sauf elle.

Ses yeux ne se détachent pas du hublot, et ses mains s'agrippent tellement aux accoudoirs qu'elles pourraient aisément les déformer. Ça fait déjà plusieurs fois que la petite alarme pour appeler le personnel navigant retentit, et c'est sans surprise que je les aperçois accourir auprès d'Azèle. Je me demande ce qu'elle peut bien leur vouloir.

— Si vous voulez mon avis, on devrait interdire l'alcool à bord ! me chuchote ma voisine.

Elle jette un coup d'œil derrière nous, sous-entendant que mon « amie » est complètement givrée. Effectivement, Azèle est en très bonne compagnie, puisqu'un bon nombre de mini-bouteilles trônent devant elle. Putain, elle ne va pas remettre ça à bord tout de même ?! Je me lève discrètement, remonte l'allée jusqu'à sa place. Par chance, le voyageur du milieu est parti aux toilettes.

— Est-ce que la compagnie sait que tu viens de t'enfiler tout leur stock de gin ?!

Même si elle tente de donner le change, ses paupières se ferment toutes seules, dissimulant ses iris déjà touchés par l'ivresse. Je l'enjambe pour m'asseoir à côté d'elle, ce qui ne manque pas de la faire râler de nouveau.

— Tchin, tchin…

Elle décide de rompre le silence entre nous, en levant une mignonnette à mon intention. Un petit gloussement lui échappe entre nervosité et ébriété.

— J'espère que les autres passagers seront conciliants, car le voyage risque d'être long pour eux !

Elle est loin, l'Azèle d'il y a trente minutes, on peut dire merci à l'altitude qui décuple les effets de l'alcool.

— Et pourquoi tu me dis ça ?!

— Excusez-moi ? S'il vous plaît ?

L'hôtesse de l'air qui passe avec son chariot entre les sièges s'immobilise enfin.

— Oui monsieur ?

— Ma voisine a comme qui dirait un sérieux problème de boisson, je vous serais reconnaissant de faire passer le mot à tout l'équipage. Évitez de la resservir, il en va de la survie de tous.

Azèle tente de s'interposer en grognant, mais je pose un doigt sur sa bouche pour qu'elle baisse d'un ton. J'ai déjà fait les frais d'une Azèle ivre morte, je n'ai pas envie de réitérer l'expérience, encore moins à plus de 10 000 pieds.

— Va retrouver ta place et laisse-moi gérer ma vie tranquillement !

— Excusez-moi, vous êtes à ma place… nous interrompt un homme aux dreadlocks plus longues que des lianes.

Je tourne mon buste vers lui, et prie pour qu'il accepte de se déplacer de quelques rangs.

— Ça vous embête si je reste ici ? Regardez, ma place est juste là, en plus vous aurez le hublot ! dis-je plein d'entrain comme si je lui proposais le marché du siècle.

Azèle l'implore en secouant la tête, mais ce brave type est de mon côté j'imagine, car il accepte ma proposition sans rechigner. Je lui donne toutes ses affaires, il m'apporte gentiment les miennes, sous le regard médusé d'Azèle qui porte la fin de sa fiole à ses lèvres.

— Bon, maintenant, si tu veux bien…

J'attrape à la volée la minuscule bouteille de vodka qu'elle était sur le point de s'enfiler et la jette dans le vide-poche du siège avant.

— Je ne peux jamais être tranquille ! soupire-t-elle.

— Et si tu me disais plutôt pourquoi tu as besoin d'aseptiser ton corps dans les moindres recoins ? Je sais que tu aimes boire un verre de temps en temps, mais là… tu m'inquiètes !

Au même instant, une petite secousse fait bouger l'aile de l'avion, Azèle se redresse soudain pour contrôler le hublot les yeux exorbités.

— C'était quoi ça ?!

Je l'observe quelques secondes, persuadé de déceler en elle de la panique. Elle remue sur son siège en fermant les yeux, puis expire bruyamment de manière anarchique. Exactement comme pendant la fusillade, ou cette soirée en boîte de nuit.

— Merde… Ne me dis pas que je m'apprête à passer 11 heures avec une phobique de l'avion ?!

Ses doigts se referment brusquement autour de mon avant-bras lorsqu'un nouveau mouvement se fait ressentir. Pour couronner le tout, la voix du pilote résonne dans l'appareil pour nous annoncer une zone de turbulences.

— La ferme, Cass. Je dois me concentrer là.

Je m'oblige à ravaler la blague que j'étais sur le point de déballer et me penche à son oreille pour la détendre.

— Avoue que j'ai eu raison de changer de place… autrement tu aurais été forcée de te coller à monsieur Je-Pue-La-Weed.

Malgré son visage à moitié dissimulé sous mon sweat, je discerne le minuscule sourire qu'elle parvient à esquisser.

— Je ne savais pas que tu avais peur en avion, continué-je tout bas.

Elle émet un grognement étouffé, et se redresse avec difficulté, la peur ayant pris possession de chacun de ses traits. Elle secoue la tête incrédule.

— Je ne suis plus censée avoir peur, parvient-elle à répondre enfin.

— Difficile de l'imaginer vu ta tête !

Elle me fusille de son regard menthe à l'eau et attrape son portable les mains tremblotantes sans but précis. Je sais qu'elle m'en veut depuis une semaine, que les circonstances entre nous sont particulières, or sa détresse actuelle me peine. Pour l'apaiser, je glisse ma main dans la sienne et la laisse reposer contre ma cuisse. La plupart des voyageurs restent absorbés par leur film, continuent de dormir ou manger malgré les mouvements de l'avion. Heureusement pour elle, je suis de ces gens-là, et n'ai jamais ressenti d'angoisse à l'idée d'être suspendu dans le vide.

— Dès que tu as peur, serre-moi la main. OK ? Ça va passer, les turbulences sont assez fréquentes à cet endroit.

Elle se laisse faire sans broncher puis finit par enfouir son visage entre mon abdomen et mon biceps. Les minutes qui suivent ressemblent à une véritable lutte : elle sursaute dès que l'appareil entame un changement d'altitude, respire comme un buffle et broie l'intégralité de mes phalanges un nombre incalculable de fois. Mais je reste stoïque, je crois sans prétention être le roc dont elle a besoin à cet instant. L'odeur fruitée de ses cheveux décoiffés me chatouille les narines, me rappelant tout un tas d'autres souvenirs. Après que le voyant « attacher votre ceinture » s'éteint, je lui chuchote que la voie est libre, mais je n'obtiens aucune réaction de sa part. Dans ma paume, ses doigts se sont relâchés, et tout contre moi ses expirations se font de plus en plus lentes. Elle s'est endormie, comme un bébé, l'alcool aidant certes, mais je suis parvenu à l'apaiser. Et la sensation de son corps chaud pelotonné dans mes bras est plus magique que tout ce que j'ai pu vivre jusqu'à présent avec quiconque. Pour une fois, j'ai le sentiment d'être à ma place, de faire ce qui est bon, même si le monde entier me crie le contraire. Pour une fois, je m'autorise à être pleinement moi. Un mec au cœur tendre qui, catalogué toute sa vie comme le méchant, s'est vu étouffer par les attaques incessantes d'une famille insensible. À force de les entendre, ils avaient presque réussi à me persuader que j'étais le problème. Mais elle est arrivée à San Francisco, avec son innocence feinte, ses airs à la Barbara Palvin, ses troubles alimentaires, son mètre soixante-cinq et son caractère solaire… et comme si les planètes voulaient s'en mêler, je me suis senti pousser vers elle chaque jour un peu plus.

Alors ouais, j'ai peut-être le bras tout engourdi à cause de la position que m'impose Azèle, j'ai peut-être faim, soif, et une envie pressante d'aller aux toilettes, mais là, maintenant, je ne bougerais pas pour tout l'or du monde.

Chapitre 33

Tes yeux… si clairs et si pénétrants à la fois. Je n'avais jamais vu tant de nuances dans un seul et même regard. J'espère qu'ils auront l'occasion d'admirer les plus beaux endroits de notre monde.

Azèle

Dans le taxi qui nous conduit à l'appartement, je reste le nez scotché à ma fenêtre pour admirer le scintillement des monuments qui nous accompagne. Je ne peux pas détacher mon regard de cette ville. Paris… Après toutes ces années à en rêver, à regarder des millions de reportages sur son histoire, je la rencontre enfin en chair et en os. J'ignore si c'est l'alcool englouti un peu plus tôt dans l'avion ou le fait d'avoir dormi huit heures dans les bras de Cassius, mais l'émotion est à son comble.

— C'est encore loin ? demande Jodie à l'attention de Cassius.

— Aucune idée, je sais juste que l'appartement est à 3 kilomètres du lieu du concours.

J'imagine qu'ils comptent tous sur moi pour le français, mais je dois dire que je suis trop occupée en ce moment. D'ailleurs, ils semblent le comprendre puisque personne n'ose m'arracher à ma contemplation. L'ambiance entre Tess est moi est toujours glaciale, j'ai tenté de revenir vers elle déjà une bonne dizaine de fois, mais je crois que c'est encore trop tôt. Pour ce qui est de Cassius, je dois dire que je ne me suis jamais sentie aussi perdue. Ma mère me dirait probablement de profiter de l'instant présent, de Paris et de tout ce que ce séjour est prêt à m'offrir. Or je ne peux m'empêcher de ressasser ces derniers jours et tout ce que Cassius s'est efforcé de me cacher, sans parler de Zack, de Kurt et de toute cette famille de dégénérés. J'aimerais être reconnaissante du *French Sky* et de l'opportunité que Cassius m'a donnée… Mais c'est au-dessus de mes forces, j'aurais peut-être même préféré réaliser ce rêve par mes propres moyens, sans avoir à me sentir redevable.

— C'est au bout de la rue, je vous suggère de descendre ici, car c'est un sens interdit.

Le chauffeur gare le véhicule sur le bas-côté, attendant que l'on sorte, sauf que personne ne bouge, excepté moi.

— Euh, eh oh ? On est arrivés !

En pleine conversation téléphonique, Cassius acquiesce et dépose une petite liasse de billets dans la main du conducteur. Nous descendons tour à tour de la voiture, tandis que Bob commence à décharger le coffre. Une fine pluie s'abat sur la capitale, et tandis que les piétons pestent autour de nous avec leur parapluie à la main, j'ai personnellement l'impression que ça ajoute du charme au paysage.

— Tiens, ta valise.

Tess me tend la poignée négligemment, et je discerne là un premier pas vers la réconciliation. Du moins, elle tente quelque chose.

— Merci.

— Ç'a été le vol ? me demande-t-elle malgré le tumulte des roulettes sur le goudron.

Je me mords l'intérieur de la joue. Nous n'étions pas à côté dans l'avion, cependant je ne sais pas si elle a pu nous voir avec Cassius.

— Ça aurait pu être pire.

— OK… Tant mieux alors.

Oui ça aurait pu être pire… J'aurais tout aussi bien pu vider l'intégralité des réserves d'alcool de la compagnie et finir en coma éthylique sur mon siège. Heureusement, Cassius est intervenu, même si j'ai eu envie de le gifler au départ, je dois bien avouer que sans lui le vol n'aurait pas été le même. Je le savais protecteur et rassurant – il m'avait déjà montré cette part de lui pendant la fusillade –, mais je n'imaginais pas à quel point son calme, sa force et sa douceur m'apaiseraient.

— Passe-moi ça.

Sa voix grave et traînante me sort de mes pensées, sa main vient effleurer mes phalanges pour s'emparer de mon bagage. Je le laisse faire, quelque peu mal à l'aise d'être la seule à bénéficier de cette faveur. Nous pénétrons dans le hall de l'immeuble, soulagés d'apercevoir un ascenseur au centre de l'escalier.

— Alors ce n'est pas un mythe les ascenseurs microscopiques à Paris ? s'esclaffe Bob en me laissant pénétrer à l'intérieur.

Ils poussent Tess à me suivre avec une petite pression dans le dos, elle entre de toute évidence de mauvaise grâce dans l'habitacle.

— On vous laisse monter toutes les deux, on va se débrouiller avec Bob. Une fois en haut, renvoyez-le à Jodie.

La porte se referme sur Tess et moi, toutes les deux gênées et comprimées dans la minuscule cabine. J'ose à peine la regarder.

— Il manquerait plus que l'on reste coincées là-dedans ! tenté-je de plaisanter.

Tess soupire en appuyant sur le bouton numéro six.

— Je t'en supplie, ne parle pas de malheur. Tu te souviens le jour où…

Je pouffe de rire avant qu'elle ne termine sa phrase.

— Oh non… pitié ne me remémore pas cette matinée !

Pour la première fois depuis une semaine, un sourire se dessine sur sa bouche.

— J'ai cru qu'on ne sortirait jamais de ce placard à balais, tu te souviens de ce que le prof de maths nous avait dit en nous retrouvant ?

— « Et bien, vous avez voulu jouer à 7 minutes au paradis les filles ? »

On explose de rire, sans même comprendre que nous sommes arrivées au dernier étage.

— Quel con ! Ce prof n'était qu'un gros pervers, nous retrouver toutes les deux dans ce trou à rat avait dû l'exciter ! ajoute Tess.

Alors que les voix de Cassius et Bob nous parviennent, nous restons quelques secondes à nous dévisager, ses grands yeux bleus alliant désolation et pardon.

— Tess… Tu peux pas savoir comme tu me manques.

La pudeur de notre échange la pousse à se concentrer sur le sol crasseux de l'ascenseur, et le rouge aux joues, elle réplique :

— Moi aussi. J'aimerais t'en vouloir encore, mais je n'y arrive plus.

La commissure de mes lèvres me chatouille, je ne parviens plus à me retenir de sourire.

— Bon, vous foutez quoi là-dedans ? On va finir par se poser des questions ! beugle Bob à travers la porte en ferraille.

Je lève les yeux au ciel avant de débarquer sur le palier.

— Vous avez vraiment un problème, vous les mecs, avec les endroits clos !

Cassius hausse un sourcil dans ma direction, et je préférerais qu'il se concentre sur la serrure pour éviter que je me désagrège entièrement. Il porte un jogging et un sweat gris à capuche, et ses baskets blanches viennent parfaire son look entièrement sponsorisé Nike. Ses cheveux mi-longs sont en désordre, probablement humides à cause de la pluie. Cet homme vient de passer douze heures dans un fauteuil minuscule comparé à sa corpulence à devoir lutter contre ma peur de l'avion, pourtant il est toujours aussi séduisant. Quel est son secret ?!

— Après vous.

Il nous laisse investir les lieux, et à peine ai-je franchi le seuil de l'entrée que je reste sans voix. Tess m'avait prévenue que Cassius ne ferait pas les choses à moitié, en effet la vue est tout simplement magique. C'est un grand appartement de style haussmannien où de longues fenêtres laissent filtrer les prismes lumineux de la tour Eiffel. La hauteur des étages nous offre une vue imprenable sur les toits parisiens, chaque fenêtre est un nouveau voyage, une nouvelle promesse. Au milieu des « Oh », et des « Ah », mon regard rencontre celui de Cassius. Je ne dis plus rien, mon cœur s'affole tandis que ses deux iris fauves m'investissent en silence. Je souffre de ne pas pouvoir lui sauter au cou, de me retenir de l'embrasser. Mon cerveau et mon corps se vouent une lutte sans relâche, je suis tiraillée entre ma méfiance et l'envie de lui pardonner.

— Bon, on mange quoi ?

Jodie interrompt notre contact visuel en frappant dans ses mains. Il est déjà 22 heures, mais avec le décalage horaire, mon estomac est en vrac et je ne sais pas si je parviendrai à avaler quoi que ce soit. Nous sommes attendus demain matin sur le lieu de tournage du concours, pour visiter, découvrir notre espace et nous familiariser avec les caméras et les journalistes.

Chacun commence à s'installer et prendre ses aises, Cassius est déjà en train de commander à manger sur une application, puis la sonnette retentit.

— C'est qui ? demandé-je.

— Ça doit être Tomy, répondent en cœur Jodie et Tess.

— Tomy ?

Je m'assieds sur le rebord d'une des fenêtres, encore obnubilée par le panorama.

— C'est son meilleur ami. Il est œnologue, ils se sont rencontrés à l'école de cuisine. Tomy habite en France mais revient souvent vers Napa. Il me semble que ses parents possèdent tous les deux des domaines viticoles, m'explique Jodie.

J'écoute attentivement toutes ces bribes d'informations au sujet de Cassius et de son passé qui reste encore très flou.

— Tu te sens prête Azèle ? me questionne Tess visiblement pressée de changer de sujet.

— Prête à quoi ?

— Ben, pour le concours !

J'étire mes jambes et détache mes cheveux tout en réfléchissant.

— Honnêtement ? J'essaye de ne pas trop y penser, autrement je risque d'être beaucoup trop angoissée le jour J.

Ils m'observent tous les trois, et je crois lire sur leur visage une sorte de compassion.

— Oh, du calme ! Tout va bien, je ne vais pas à l'abattoir non plus ! Arrêtez avec vos têtes d'enterrement.

— C'est pas ça… commence Jodie prudente.

— Quoi ?!

Le parquet grince, des voix graves retentissent derrière nous.

— C'est juste que d'expérience, on sait que Cassius risque de ne pas être très tendre, souffle-t-elle discrètement.

J'ai cru comprendre qu'effectivement ce concours lui tenait beaucoup à cœur, Bob et le reste de l'équipe n'ont pas cessé de me le répéter ! Néanmoins, je n'avais peut-être pas mesuré les enjeux, et le stress que Cassius allait lui-même devoir encaisser.

— Salut ! Comment ça va depuis le temps ?!

Un grand jeune homme baraqué fait irruption dans le séjour, ses cheveux blond foncé sont coupés court, et ses yeux clairs transpirent la bienveillance. J'ignore si Cassius choisit ses amis selon des critères de beauté, mais Tomy ressemble aux mannequins de chez Abercrombie & Fitch. Jodie et Tess ont toutes deux subitement changé de couleur de peau, ce qui a le mérite de me détourner de mes pensées. Jodie est rouge écarlate, tandis que Tess paraît avoir vu un fantôme. Tomy offre une accolade à Bob, pendant que nous nous levons toutes les trois pour le saluer.

— Tu connais déjà Jodie et Tess.

— Ça va les filles ? Pas trop crevées du voyage ?

— Crevées ? Nous ? Tu parles, on est déjà d'attaque ! rigole Jodie en l'embrassant.

Tess avance vers lui avec réticence, et lui dit bonsoir sans même le regarder. C'est étrange, Tess n'est pas du genre à s'éteindre, encore moins en présence d'un aussi bel homme. Tomy la sonde le regard rieur, puis détourne son attention sur moi.

— Et toi, tu dois être Azèle, n'est-ce pas ?

Je suis surprise qu'il connaisse mon existence, Cassius lui aurait-il déjà parlé de moi ? Si seulement je pouvais savoir ce qu'il se sont dit !

— Exact, voici Azèle. Azèle, je te présente Tomy, mon meilleur ami.

Cette accolade est gênante, sans doute car la manière dont ils me toisent tous les deux n'a rien d'innocent. J'ai l'impression d'être examinée en long en large et en travers, si bien que je ne parviens même pas à décrocher la moindre parole.

— Enchanté ! Je suis ravi de rencontrer la seule fille assez folle pour s'engager dans un concours aux côtés de Cass !

Merde ! Ça commence à devenir pesant ces réflexions au sujet des jours à venir, si je n'étais pas angoissée au départ, ils vont tous finir par changer les choses.

— Arrête, tu vas la faire flipper, se marre Cassius en lui tapant dans le dos.

— Oh ! J'ai l'habitude des humeurs changeantes, des tensions et de tout ce qui va avec ! Je ne m'inquiète pas pour le reste de la semaine !

Si Tomy explose de rire, ce n'est pas le cas de Cassius. Son air léger et sarcastique s'est tout à coup envolé, je vois bien qu'il souhaiterait surenchérir et briser la glace une bonne fois pour toutes. Mais le groupe nous en empêche, et j'admets que ça m'arrange bien.

— Les pizzas sont là, je vais les chercher ! annonce Bob.

Tout le monde prend place autour d'une imposante table en granit noir, mais je n'ai pas le courage de m'asseoir et de faire semblant ce soir.

— Tu viens ? me demande Tess en me désignant la chaise à côté de la sienne.

— Pour ma part, je pense que je vais aller me coucher.

— T'es sûre ? Le ventre vide ? s'étonne Jodie.

Tout en évitant le regard de Cassius, j'acquiesce en prétextant avoir trop mangé lors du dernier repas servi dans l'avion, puis m'engage dans un immense couloir qui dessert les chambres. Je suis surprise d'en découvrir autant, nous ne sommes que cinq, pourtant une bonne dizaine de portes s'enchaînent sous mes yeux. Je m'apprête à en pousser une lorsque sa voix résonne derrière moi.

— Est-ce que ça va ?

Je donnerais beaucoup pour ne pas réagir à son timbre suave, pourtant mon ventre se rétracte à la seconde où je sens sa présence dans mon dos.

— Cass… Je vais bien, je suis seulement fatiguée, soufflé-je.

Il s'adosse au mur, à quelques centimètres de la poignée.

— Ne les écoute pas, OK ? Tout va bien se passer, je ne veux pas que tu stresses.

— Je ne stresse absolument pas !

— Ah oui ? demande-t-il en souriant.

J'ouvre la porte et pénètre à l'intérieur sans lui répondre. En allumant la lumière, je découvre une chambre décorée et meublée avec goût. Des moulures parsèment le plafond d'où un lustre en cristal illumine la pièce par petites touches dorées, les murs bleu nuit contrastent avec la brillance du parquet massif. Un édredon beige recouvre le grand lit dans lequel je rêve de me glisser. Dans un petit couloir attenant, j'entrevois une douche à l'italienne et des toilettes.

— Si celle-ci ne te convient pas, il y en a d'autres.

— Non. Elle est parfaite, le coupé-je en foulant le tapis berbère.

— Tu es sûre que tu ne veux rien avaler ?

Je fais volte-face, il ne porte plus qu'un t-shirt blanc extra-large qui marque davantage encore ses épaules.

— Ça va, Cassius. Je te le promets.

— OK.

Il hésite une minute, fait demi-tour, puis s'immobilise sur le seuil de la porte.

— Je suis content de te voir ici.

Ne sachant quoi répondre, je lui souris.

— Paris te va bien.

Définitivement, mon cœur est sur le point de s'arrêter. Il s'échappe pour de bon, me laissant seule avec un organe fou en cavale et mes sentiments en pagaille.

C'est peut-être le décalage horaire, les émotions du voyage, Paris et tout ce que cette ville éveille en moi, qui m'empêchent de trouver le sommeil. Ou alors c'est seulement Cassius et ce que cet homme impose à mon cerveau. Les voix dans le séjour se sont arrêtées depuis quelques minutes, pendant leur repas j'ai eu le temps de lézarder sous une douche brûlante, d'enfiler un legging et de m'imaginer arpenter toutes les rues parisiennes en admirant la carte postale que m'offre la fenêtre de ma chambre.

Je tourne et me retourne dans le lit, la chaleur de la couette m'oppressant un peu plus à chaque seconde. Et puis merde. Je me redresse et attrape mon téléphone portable. Je fais défiler mes contacts jusqu'à atterrir sur *lui*, et appuie fébrilement sur le bouton « appeler ». Quelques tonalités plus tard, sa respiration calme et profonde percute mon oreille. Je reste statique sur le bord de mon lit, à regarder mes pieds nus, en réfléchissant à comment commencer.

— Azèle ?

Je prends une grande inspiration avant de lui demander.

— Je peux te rejoindre ?

Un ange passe.

— Troisième porte à gauche.

Il raccroche. Je ne sais pas ce qui m'a pris, je ne sais pas si le retrouver dans une pièce à coucher est une bonne idée.

Dans le couloir, mes jambes flagellent et mon ventre a le vertige, pourtant j'avance déterminée. Arrivée devant le battant, je frappe un léger coup pour signaler ma présence, et la porte s'ouvre aussitôt, dévoilant un Cassius torse nu comme je ne l'avais encore jamais vu. Je reste bouche bée devant tous ses muscles tendus, incapable d'avancer ou d'aligner deux mots. Pareil à un renard, il me lorgne de haut en bas, sans pouvoir réfréner son désir. Je le vois dans l'éclat de ses prunelles ambrées, j'ai le sentiment qu'en passant cette porte il m'aura tout entière. Ce constat devrait me faire fuir, or mes pieds me portent dans la pièce et il referme la porte derrière moi.

— Tout va bien ? me demande-t-il en penchant la tête contre son épaule.

— Oui.

Il s'est rapproché, mettant mon palpitant à rude épreuve. Je m'efforce de ne pas poser mes yeux sur ses abdominaux tout tracés, car je ne peux pas rompre mes barrières tant que je n'aurai pas eu de réponses à mes questions.

— J'ai… j'ai besoin de te parler ! m'exclamé-je avec un semblant d'aplomb.

Je le dépasse en luttant contre mon désir, son odeur citronnée me parvenant par vagues. Sa chambre fait deux fois la mienne, la décoration est tout aussi contemporaine. Son lit est défait, je détourne le regard pour éviter à mon esprit de vagabonder plus loin.

— Je t'écoute.

Son timbre est rauque, mais il est toujours aussi doux.

— Je peux ?

Je montre du doigt son paquet de cigarettes avant d'en attraper une. Il me fait signe d'aller jusqu'au balcon attenant à sa fenêtre. Dehors, les bruits de la capitale se fondent avec le paysage. Sous mes poignets, la balustrade en fer forgé est gelée, j'aspire une première latte pour me donner du courage.

— Depuis quand es-tu au courant pour Zack ?

Mes yeux sont toujours rivés sur les toits, Cassius se rapproche de moi jusqu'à ce que nos bras se touchent. Un frisson parcourt mon échine, mélange entre délice et fraîcheur nocturne. Comment fait-il pour ne pas avoir froid alors qu'il est si peu vêtu ?

— Je suis tombé sur un dossier lorsque j'avais 13 ans. C'était un diagnostic psychiatrique.

Ma poitrine fait une embardée, comment ai-je pu être aveugle à ce point ? Un nuage de nicotine s'envole vers les étoiles.

— Bipolarité, schizophrénie, troubles de l'humeur… Le diagnostic n'a jamais été très clair dans son cas, poursuit-il. Au départ, mon père et ma belle-mère voulaient l'enfermer. Puis ils ont vu que Zack arrivait à « gérer » tant bien que mal ses phases.

J'écrase mon mégot avant de m'adosser au balcon pour lui faire face, je frissonne au souvenir de mon passé avec lui et de toutes les soirées atroces qu'il me faisait vivre à l'appartement. Cassius le remarque et attrape un blouson à l'intérieur.

— Enfile ça.

— Ça va, je n'ai pas froid.

— Enfile ça, je te dis, j'ai besoin de toi en parfaite santé pour le reste de la semaine, marmonne-t-il la clope entre les lèvres.

Voyant que je ne bouge pas, il dépose la veste sur mes épaules.

— Tu es toujours aussi têtu ?! m'indigné-je alors.

Un sourire vient fendre ses lèvres alors qu'il s'accoude sur la balustrade.

— Et tu n'as encore rien vu !

Je secoue la tête, refrénant un rire qui ne demande qu'à sortir.

— Pourquoi m'avoir menti tout ce temps ? Pourquoi Zack ne m'en a jamais parlé ? Je ne comprends pas ! J'ai vécu avec lui pendant presque quatre ans, et c'était un véritable enfer la plupart du temps.

— Pénélope et Kurt étaient fous à lier lorsqu'ils l'ont appris. Ils avaient peur que la nouvelle s'ébruite, que Zack perde sa réputation, que le regard des gens change à leur propos. Que la faculté ne veuille pas de lui, que l'hôpital l'apprenne… Moi, je m'en foutais, on me laissait enfin en paix, et les problèmes psychologiques de mon pseudo demi-frère me passaient au-dessus.

Il marque une pause, mais je lui intime de poursuivre.

— Mais il s'est mis avec toi, et là les choses se sont compliquées. Car il t'embarquait dans sa violence morale, que tu avais déjà avec la maladie ta mère… J'ai essayé de te mettre en garde, mais tu étais persuadée que j'étais le dangereux de l'histoire.

Je cherche dans mes souvenirs, et la soirée des dix-huit ans de Zack me revient par bribes. La conversation que j'avais surprise entre Pénélope et James, mon détour aux toilettes du rez-de-chaussée, puis Cassius… Lorsqu'il m'avait couru après pour me dire qu'il s'inquiétait pour moi. « *Tôt ou tard, ils te détruiront.* » Sans pouvoir les contrôler, quelques larmes viennent s'accumuler aux coins de mes yeux.

— Pourquoi tu as cru bon de me cacher la vérité ? Si tu avais essayé clairement, je t'aurais sans doute cru… J'ai l'impression d'avoir passé mon adolescence dans le mensonge. D'abord lorsque ma mère m'a caché qu'elle était malade, puis quand son traitement ne fonctionnait pas, et enfin avec la maladie de Zack.

La colère que j'avais ressentie durant la soirée de mariage ressurgit de nouveau. Mes tripes se tordent, et ma voix s'éraille.

— Tu sais ce que ça fait de se sentir humilié à ce point ? De réaliser que toute une partie de sa vie est une erreur, que je n'ai été qu'un pion pour des personnes que je pensais importantes ? Et toi ?! Toi tout ce temps, tu le savais et tu ne m'as rien dit ?!

Un rire nerveux m'échappe lorsque je le pointe du doigt les sourcils froncés. Lui n'a pas bougé d'un millimètre, il écoute et son regard grave me supplie de lui pardonner.

— Bien sûr que j'ai cru tout ce qu'on me racontait à ton sujet ; les coups de violence, tes plans cul bizarres, les histoires sur ta mère et tout le reste… Mais je n'étais pas idiote, si tu m'avais parlé en m'exposant les choses telles qu'elles étaient, j'aurais compris. Déjà car au bout d'un an de relation avec Zack, ses troubles de l'humeur impactaient déjà notre couple, et surtout car je n'étais pas heureuse. Je me posais mille questions sur sa personnalité changeante, parfois il me manipulait tellement qu'il parvenait à me faire croire que c'était moi le problème !

— Je suis désolé, Azèle, commence-t-il alors que je quitte le balcon pour retourner dans la chambre.

Je n'aurais pas dû venir le rejoindre ici, je ne sais même pas pourquoi j'ai accepté de participer à ce concours.

— À l'époque je pensais que tu l'aimais vraiment malgré tout. Je croyais que mes légères insinuations suffiraient à te faire comprendre qu'il n'était pas pour toi. Mais tu restais avec lui coûte que coûte, Tess m'a même dit que tu avais renoncé à Paris pour lui. J'ai voulu te le dire un nombre incalculable de fois, sauf que mon père me menaçait, que Pénélope aurait été du genre à me foutre des bâtons dans les roues. Et je crois que c'est pour tout ça que j'avais décidé d'être égoïste. Cependant, il n'y a pas eu une journée où je n'ai pas pensé à toi.

Dans ma poitrine, une part de moi se brise un peu plus. Je me suis perdue avec lui, j'ai tout oublié à cause de lui et de la perversité de sa famille. Je pense à ma mère, à ses mots doux qu'elle me soufflait tous les jours avant de partir, et je m'en veux. Me pardonnera-t-elle d'avoir été si naïve et imprudente ? Dans la pénombre de la pièce, des larmes longtemps refoulées roulent le long de mes joues. Je les déteste, pourtant je sais qu'elles doivent sortir. Derrière moi ses pas effleurent le parquet, son parfum aux notes d'agrume réveille mes sens et tous nos moments ensemble. Et si le passé restait derrière nous ? Et si nous avions une seconde chance ?

— Tu as le droit de pleurer.

Ses bras viennent m'encercler, sa force me déséquilibre jusqu'à ce que mon dos vienne heurter son ventre. C'est ici que je suis en sécurité, nulle part ailleurs.

— Azèle, j'étais là tout ce temps, j'ai continué de veiller sur toi, même lorsque tu me détestais. Ça me tuait à petit feu de ne rien pouvoir te dire.

Son souffle chaud me chatouille la nuque.

— Retourne-toi, s'il te plaît.

Ce n'est pas un ordre, mais une supplication. Lorsque j'opère le demi-tour, ses iris dorés me scrutent avec une telle intensité que je me sens obligée de détourner le regard.

— Regarde-moi, j'ai besoin de te le demander encore une fois.

— Quoi ?

— Pardon.

Je ravale mes sanglots avant de lui offrir un frêle sourire. Je refuse que les Murphy interfèrent encore une fois dans mon bonheur. Les Murphy ou n'importe qui d'autre. Cassius a lui aussi été un dommage collatéral, il s'en est sorti comme il le pouvait. Et même si j'imaginais lui en vouloir encore longtemps, je me surprends quand j'ouvre la bouche pour répondre dans un murmure :

— Accordé.

Sa fossette apparaît au coin de sa bouche, provoquant dans mon abdomen une nuée de papillons. De ses pouces, il chasse les dernières gouttes salées qui s'attardent sur ma peau, puis se penche doucement jusqu'à ce que nos fronts se touchent. Nous nous observons une fraction de seconde, sur le tempo de nos cœurs qui caracolent.

— J'attends ce moment depuis que je t'ai vue débarquer à l'aéroport ce matin.

Quand ses lèvres attrapent les miennes, j'ai l'impression de décoller une nouvelle fois. Sauf que je n'ai pas peur des réacteurs, ni des turbulences, ni de l'atterrissage, puisqu'il est là. Ses mains s'agrippent à mes joues, pendant que les miennes fourragent dans ses cheveux, se perdent dans sa nuque, puis sur ses épaules robustes. Sur la pointe des pieds, je m'accroche à lui comme s'il était devenu mon oxygène. Il rit contre ma bouche, puis plaque ses mains sous mes fesses pour me soulever complètement. Je pousse un petit cri de surprise, lorsqu'il me hisse contre lui et recule vers le lit.

— Chuut… Bob est juste derrière la cloison, j'aimerais qu'il ne soit pas témoin de tout ça.

— Tout ça quoi ?! chuchoté-je à son oreille.

Il s'écrase sur le lit en m'entraînant avec lui, ce qui m'arrache un cri de surprise. Il plaque sa main contre ma bouche alors que je me retrouve à califourchon sur ses hanches.

— Ne me dis pas qu'en venant me rejoindre, tu n'avais pas une petite idée derrière la tête ?

Il passe sa main dans mes cheveux, et niche son visage au creux de mon cou, m'arrachant de délicieux frissons.

— J'avais plein d'idées, oui… Comme te parler !

— Parler : OK. C'est fait, quoi d'autre ?

Ma respiration s'alourdit, car il me couvre de baisers et de coups de langue. Entre mes jambes, un vide se creuse un peu plus. Constatant que je ne réponds pas, il me pince la hanche et je me tortille sur lui sentant son excitation durcir un peu plus. Je suis déjà sur le point d'exploser alors que nous sommes encore habillés.

— Je voulais un câlin.

— Tu sais que tu aurais pu me le demander bien plus tôt dans la journée, je t'en aurais fait des tonnes.

— J'étais trop préoccupée par le bordel de mon esprit, Paris et tout le gin que j'ai avalé ce matin.

Il me bascule contre le matelas et s'allonge sur moi, ses doigts se faufilent sous mon t-shirt pour caresser mon ventre et la naissance de mes seins. Ma respiration se fait plus saccadée, pourtant il continue de me parler comme si de rien n'était.

— Un câlin : OK. D'autres envies ? susurre-t-il en remontant prudemment mon top le long de mes côtes.

Je secoue la tête, une chaleur irradiant l'intégralité de mon corps.

— Est-ce que tu me permets de te montrer *mes* idées ?

Je mordille ma lèvre, légèrement nerveuse, avant d'acquiescer avec impatience. Un sourire avide étire ses lèvres, lorsqu'il ôte carrément mon haut. Entre nous, il n'y a plus de statut, plus de barrières, il n'a jamais été mon beau-frère.

Je frissonne en fermant les yeux, le laissant explorer ma peau et ses trésors sans la moindre peur. Il est doux, impétueux et terriblement excitant. Entre son pouce et son index, il fait rouler la pointe de mes tétons, les happe avec sa bouche et trace un chemin jusqu'à mon nombril. À la lisière de ma culotte, il passe sa main sous l'élastique, puis me jette un regard. Comme s'il attendait mon approbation pour chacune de ses manœuvres, qu'il jaugeait mes réactions. Je fais alors mine de retirer mon jogging, et aussitôt ses mains recouvrent les miennes pour m'en débarrasser. Une fois nue devant lui, le peu de luminosité m'aide à assumer mon corps, j'attends simplement qu'il s'empare de moi. Cependant, ses mouvements s'immobilisent.

— Cass ?

Il passe ses mains sur la peau sensible qui recouvre l'intérieur de mes cuisses, et l'abreuve de caresses.

— Parfois j'aimerais faire machine arrière pour être celui qui t'invite le premier.

Mes mains se perdent dans ses cheveux soyeux et lui donnent l'ordre de revenir un peu plus haut.

— Cass…

Ses lèvres déposent des baisers chauds et veloutés contre les miennes.

— Je suggère qu'on oublie le passé, juste pour cette nuit.

Il acquiesce, embrasse le bout de mon nez et descend jusqu'à ce que son visage disparaisse entre mes jambes. Son souffle chaud manque de me faire perdre la raison, et tandis que ses mains maintiennent mes fesses, sa langue investit mon point le plus sensible. Je soupire d'extase, et comme je gigote au passage de sa bouche entre mes replis, il raffermit sa prise. Je n'ai pas envie de me laisser aller trop tôt, car je le veux lui, je veux le sentir.

— Cassius, je t'en supplie, viens.

Je le tire vers moi, et l'aide à se débarrasser de son pantalon. Son érection se dresse entre nos corps, et ma respiration s'amoindrit. Tous les deux à genoux, nous nous dévisageons. Haletante, j'attrape son membre dur et épais, il ferme les yeux dans la seconde, comme s'il attendait cet instant depuis une éternité. De haut en bas, mes gestes coulissent et suivent le rythme que m'imposent ses expirations, pendant qu'il glisse délicatement son index en moi. Je gémis contre son torse et crois défaillir, mais il me rattrape en plaquant une main contre mon dos. Nos gestes deviennent désordonnés et rapides tant la passion nous dévore.

— Viens là.

Il attrape dans la poche de son jean un préservatif, le déroule rapidement et s'assied devant moi. J'enroule mes bras autour de son cou, il m'aide à passer une jambe de chaque côté de son bassin. Il est immense comparé à mon gabarit, mais cette position est confortable malgré tout. Alors que je suis sur le point de descendre sur lui, il prend le temps de remettre une mèche derrière mon oreille et de m'embrasser.

— Si tu as mal, si tu…

— Chuut… Tout va très bien, Cassius.

Et avec une lenteur qui dépasse l'entendement, je le laisse me pénétrer, me posséder, jusqu'à ce que nous ne formions qu'un. Je dois prendre quelques secondes pour m'habituer à sa taille, mais grâce à ses va-et-vient langoureux, le tiraillement que j'ai ressenti au début se transforme en plaisir. Ses mains continuent leur découverte le long de mon échine, pour terminer arrimées à mes fesses. Avec sa poigne il m'aide à me mouvoir sur lui, accélérant la cadence de seconde en seconde. Mes soupirs se mêlent à ses râles, nos bouches assoiffées l'une de l'autre s'entrechoquent jusqu'à n'en plus pouvoir. Au moment où je sens monter en moi le point de rupture, je lui mordille le creux de l'oreille en exhalant un cri étouffé tout contre lui. Les tremblements dans ses membres se répercutent en moi, et lovée dans ses bras je le serre un peu plus fort à chacune de ses poussées. Une éternité que nous nous retenions, que nous luttions contre cette réalité, et cette nuit, nous atteignons enfin le point de non-retour. Dans un dernier coup de rein, il laisse exploser son orgasme, puissant et masculin. Le faisceau pailleté de la tour Eiffel glisse sur sa peau comme un mirage. Je le contemple le temps de reprendre mon souffle. À cette seconde, je sais que je suis à ma place, qu'il n'est pas une erreur. Qu'il est juste une évidence, mon point d'attache, ma bonne étoile.

Chapitre 34

Cassius

C'est clair que j'aurais dû dormir davantage, mais son corps contre le mien valait bien mes quatre pauvres heures de sommeil. Nous venons de passer la matinée à déambuler dans l'immense hangar dans lequel se dérouleront les épreuves du concours. Les animateurs nous expliquent que la télévision française va diffuser chaque jour un nouvel épisode, le tout sur une chaîne très prisée. J'ai l'habitude de cuisiner devant des spectateurs, ma cuisine vitrée au *French Sky* ne laisse guère de choix à l'improvisation ou aux erreurs. J'ai donc déjà un petit entraînement en la matière, malheureusement ce n'est pas le cas d'Azèle. L'avantage de pouvoir embarquer mon équipe avec moi, c'est que le soir nous pouvons débriefer ensemble au sujet de ma progression dans le concours, de mes failles, de mes qualités comparé aux autres candidats. Honnêtement, j'aurais très bien pu partir seul avec Azèle, mais retrouver les membres de ma brigade le soir pour décompresser et me motiver, est un véritable atout. Qui plus est, partir en duo aurait été gênant, nous retrouver en tête-à-tête dans la ville de l'amour m'aurait totalement déconcentré. C'est déjà suffisamment difficile de rester de marbre face à son jean moulant, et sa manière bien à elle de prendre des notes sur son petit calepin comme une étudiante perdue.

— Ici, il y aura des caméras. Surtout lorsqu'elles viennent vers vous, n'arrêtez pas ce que vous serez en train de faire. De temps en temps, l'animateur ou un chef étoilé viendra vous poser des questions, à ce moment-là, vous pourrez stopper vos préparations et leur répondre. Compris ?

Cet homme parle à une vitesse folle, j'acquiesce en fronçant les sourcils comme si tout ce qu'il venait d'énoncer était clair comme du verre. Mais j'espère surtout qu'Azèle est sur le pied de guerre et qu'elle parviendra à tout me retranscrire ce soir lorsque nous serons rentrés à l'appartement.

— Vous ne pourrez accéder au garde-manger que deux fois. Ici, vous avez tous les ustensiles, ici les appareils électroniques, et derrière, vos fours. Il est important que vous vous cantonniez à votre espace personnel, sans perdre de vue votre épreuve et le temps imparti.

Ouais. Bon, il parle de plus en plus vite. C'est terrible comme on peut se sentir largué en l'espace de cinq minutes, et comme la barrière de la langue peut diviser. Heureusement, mon ancienne participation à ce concours me donne une petite longueur d'avance, je sais que nous ne découvrons les épreuves que quinze minutes avant de commencer, ce qui nous laisse très peu de temps pour réfléchir. Des chefs étoilés arpenteront les allées, viendront observer nos réalisations tout en nous posant des questions. En réalité, ces instants offrent un petit « show » pour la télé, et c'est en nous déstabilisant que nous pouvons commettre les pires des bêtises… C'est bien connu. C'était cette partie-là que j'avais le moins bien géré la dernière fois.

L'heure tourne, on nous montre les coulisses, les vestiaires. On nous donne notre convocation pour demain matin, et tous les horaires de notre semaine. Lorsque nous sortons enfin, il est déjà 14 heures et mon estomac gronde. En rangeant son bloc-notes, Azèle me regarde circonspecte.

— Dis-moi que tu as tout compris et tout enregistré.

— S'il te plaît, ne me mets pas la pression !

Elle serre la lanière de son sac contre son épaule, et m'emboîte le pas, déterminée.

— Laisse le temps à mon cerveau de souffler.

J'incline ma tête pour mieux la regarder, les rayons du soleil sont encore chauds malgré la fin de l'été, et inondent sa peau d'un voile doré. Ses yeux vert d'eau paraissent translucides, la voir si nerveuse m'attendrit.

— Très bien madame l'interprète. Je te laisse le temps.

Je lui souris en lui tendant la main, elle semble se méfier une seconde avant de se laisser entraîner sur le passage piéton. De l'autre côté de la route, je fais signe à un taxi de s'arrêter.

— Tu as faim ? lui demandé-je en ouvrant la portière arrière de la berline.

— Je crois que oui.

Nous nous installons sur la banquette en cuir après avoir salué le chauffeur, et lorsque ce dernier nous demande notre destination, je me rapproche de lui pour ne pas me faire entendre. Azèle n'a encore rien vu, si cette demi-journée peut lui permettre de découvrir sa ville de cœur, je veux être aux premières loges.

— Tu es stressé pour demain ? me questionne-t-elle curieuse.

— Non.

Je lui mens. Évidemment que je suis mort de trouille, je sais à quel point les épreuves sont éreintantes et complexes au niveau du temps et de la créativité, ainsi que de la concurrence. Mais le lui avouer pourrait la désarçonner totalement.

Sous les arcades de la rue de Rivoli, je ne me lasse pas de son enthousiasme et de ses yeux admiratifs. La plus modique ruelle la rend euphorique, elle ne se soucie ni du monde qui s'agglutine sur le trottoir qui nous gâche la vue, ni des travaux en contrebas qui font un raffut du diable. Du moment que c'est à Paris, j'ai le sentiment que je pourrais l'emmener n'importe où.

— Oh ! Des petits porte-clés tour Eiffel, il m'en faut un !

— Tu as vu la queue pour un misérable bout de ferraille ? Viens, on va plutôt aller manger, tu as faim de sucré ou de salé ?

— Sucré. À choisir, je préférerai toujours le sucre.

Elle me répond tout en se rapprochant d'un vendeur à la sauvette, ce dernier l'ayant déjà repérée à des mètres de là. Elle serait capable d'acheter tout son stock, les fausses Rolex avec. Je l'écoute baragouiner quelques phrases en français, puis la vois sortir une énorme liasse de billets.

— Azèle, viens là, lui intimé-je en la prenant par la main.

J'étais resté en retrait jusqu'ici, mais là, elle est clairement en train de se faire arnaquer. Et même si elle a les moyens, je ne supporte pas tous ces types qui profitent de l'innocence des touristes. Merde, on a les mêmes à San Francisco, elle devrait pourtant le savoir !

— Mais ! Attends, je voulais mon magnet et mon porte-clé ! râle-t-elle comme une enfant.

— Range tes billets, on achètera des souvenirs à l'aéroport.

Je l'entraîne droit devant, pressé d'arriver à destination.

— Acheter des souvenirs à l'aéroport n'a absolument pas le même charme !

— Avec le taux de change, tu étais sur le point de dépenser un pognon monstre pour des babioles. Fais-moi confiance.

Elle se renfrogne, mais garde sa main chaude dans la mienne alors que nous marchons côte à côte. Je la toise de biais, et surprends ses deux billes émeraude à me reluquer.

— Quoi ? lui sourié-je.

— On va où alors ?

— Es-tu prête à manger les meilleures pâtisseries du monde ?

En arrivant au palace du Meurice, je crois voir sa mâchoire se décrocher. Les lustres en cristaux nous éblouissent, des fresques historiques recouvrent les murs et le plafond, cet établissement est un véritable musée. Chaque fois que je suis à Paris, c'est un rite de passage pour moi, leur chef pâtissier est un vrai prodige.

— Pourquoi nous n'avons pas ça aux États-Unis ? lâche-t-elle ébahie.

Un jeune homme en costume nous guide vers une autre salle, où des fauteuils en velours encadrent des tables en marbre dressées de grandes nappes blanches et de vaisselles en porcelaine. Azèle s'interrompt dès qu'elle aperçoit un tableau ancien, ce qui nous ralentit grandement, mais l'attente en vaut la chandelle. Je n'avais jamais vu quelqu'un d'aussi expressif, j'ignorais totalement cette partie d'elle. Lorsque nous nous installons enfin, je crois même voir ses yeux rougis par l'émotion.

— Si j'avais su, j'aurais sorti ma robe Chanel et les chaussures qui vont avec ! plaisante-t-elle en s'enfonçant dans son dossier.

Le serveur nous dépose la carte des pâtisseries, pourtant mon attention reste braquée sur elle. Ses gestes, la manière qu'elle a de passer sa langue contre sa lèvre supérieure, de toucher ses cheveux, de sourire sans raison. Les images de la veille voguent dans mon esprit, sa peau, son odeur et nos baisers ardents. Je n'avais pas prévu qu'elle me rejoindrait, d'autant plus avec le voyage et l'ambiance lourde qui persistait entre nous deux. Et pourtant… Depuis, son comportement est aux antipodes. A-t-elle accepté cette nouvelle réalité ? Mes aveux, mes excuses ? En tout cas, son sourire ne trompe pas et ses larmes de bonheur encore moins.

— Je veux goûter à cette pistache géante ! s'exclame-t-elle en regardant passer l'assiette d'une table voisine.

J'acquiesce tout en appelant le serveur. Personnellement, je n'ai pas besoin de réfléchir longtemps, la tarte au citron est à tomber, ici.

— Pourquoi tu me regardes comme ça ?

— Je n'ai pas le droit ?

Elle soupire, l'air songeur, en jetant quelques coups d'œil à travers la fenêtre.

— Je ne t'avais pas vue sourire ainsi depuis longtemps, lui fais-je remarquer.

Ses pupilles s'étrécissent, intensifiant notre échange silencieux.

— Je souris ? Je ne m'en étais pas rendu compte !

Notre commande arrive, la fraîcheur de son thé à la menthe se mêle à la gourmandise de nos douceurs sucrées. Elle prend son assiette en photo sous tous les angles, m'interdisant au passage de toucher à la mienne tant qu'elle ne l'aura pas immortalisée.

— Ma mère aurait adoré cet endroit.

Elle marque une pause pour enfourner une première bouchée. D'extase, elle clôt ses paupières, se lèche les lèvres et émet une sorte de gémissement à peine contrôlé.

— Waouh… je n'ai jamais mangé quelque chose d'aussi bon.

— Il y a une multitude d'endroits que j'aimerais te montrer, mais celui-ci était tout en haut de la liste. Je suis content de voir que tu prends plaisir à manger. Avec moi.

Lorsqu'elle trempe ses lèvres dans son thé fumant, son trompe-l'œil en pistache a déjà diminué de moitié. Elle me détaille avec une attention particulière, comme si elle voulait me faire passer un message. Autour de nous le brouhaha de la salle ne nous dérange pas, il nous plonge dans une sorte de bulle imperméable que personne ne pourrait atteindre.

— Merci… murmure-t-elle finalement le rouge aux joues.

— Tu n'as pas à me remercier.

— Si… Ça faisait longtemps que je ne sentais plus sa présence. Dans les mois qui ont suivi la mort de ma mère, j'avais la sensation d'être encore avec elle. Partout où j'allais, elle était avec moi. Mais ces derniers temps, j'avais perdu cette connexion.

Je l'écoute attentivement, une main remuant mon café, l'autre reposant nonchalamment sur l'accoudoir. Je ne sais pas si je crois à tous ces trucs d'âme et d'esprit, ma mère est morte, mais je n'étais pas assez proche d'elle pour la percevoir après. En revanche, Azèle a une sensibilité hors du commun, et la relation qu'elle entretenait avec la sienne semblait très fusionnelle, alors je n'ai pas de mal à la croire.

— Depuis que j'ai mis un pied dans cette ville, je la sens de nouveau. C'est subtil, et la plupart des gens me prendraient pour une folle en m'entendant, mais c'est la vérité. Il y a une énergie ici qui nous lie, un « déjà-vu », un je-ne-sais-quoi, bien plus fort que n'importe où ailleurs.

Des rayons dorés parsèment ses traits de paillettes, lui offrant une aura qui lui est propre. À présent je comprends mieux pourquoi Paris, pourquoi ce rêve, pourquoi l'art et rien d'autre, elles avaient en commun bien plus que leur ADN.

— Et puis… je pense que tu es tout aussi responsable de ce sourire. Même s'il y a encore 24 heures j'avais envie de t'étriper, je réalise que tu influes beaucoup trop sur mon humeur !

Je ris, incapable de rester de l'autre côté de cette table après ce qu'elle vient de m'avouer. Je bouge alors mon siège et me déplace jusqu'à ce que nous soyons collés l'un à l'autre, au plus proche de la fenêtre. Ma carrure ne me permet pas vraiment d'être à mon aise, mais peu importe. Je pose ma main sur sa cuisse en la pressant légèrement, pendant que mon autre bras encercle ses épaules pour l'attirer contre mon torse. Sans émettre la moindre réticence, elle se laisse aller et j'en profite pour lui murmurer à l'oreille :

— Si tu veux, je peux essayer de te faire sourire comme ça encore longtemps.

Elle s'agrippe à mon pull en enfouissant son visage dans le creux de mon cou.

— Emmène-moi voir un nouveau trésor de la ville !

— Tu termines ta pistache et on décolle.

Chapitre 35

Il y a une infinité de toiles blanches dans une vie. Tout ne tourne pas autour d'une seule et même peinture. N'hésite pas à t'éclater en mettant tout un tas de couleurs… et quand tu auras enfin un chef-d'œuvre entre les mains, surtout bichonne-le, et ne le laisse pas filer.

Azèle

Devant le verre de cette pyramide célèbre, mon cœur bat la chamade. Car je suis ici, avec Cassius, que nous avons couché ensemble hier soir et que c'était sans l'ombre d'un doute la meilleure nuit de ma vie, et surtout car il est sur le point d'accomplir un nouveau rêve en m'emmenant au Louvre. Je n'aurais pas pensé un jour toucher du bout du doigt la réalisation d'un tel fantasme, car mon quotidien, ma relation avec Zack et tout ce qui me retient enchaînée aux États-Unis se sont toujours mis en travers de mon chemin. Je ne suis ici que depuis 24 heures, et pourtant mes désirs pour l'avenir et mes convictions ont déjà évolué. Une fois rentrée en Californie, je mettrai un point final à mon histoire avec Zack, je nous imposerai la discussion que nous n'avons jamais eue.

— Il est déjà 16 heures, tu ne penses pas que les autres vont se demander où nous sommes ? m'inquiété-je dans la file d'attente.

— Tu as peur de quoi ? Qu'ils nous crament ?

Sa voix grave et moqueuse me file des frissons, je ne sais pas ce que l'on représente l'un pour l'autre. Même si nos aveux entre hier et tout à l'heure au Meurice sont plutôt explicites, j'ai encore tant de choses à régler. Et puis, Cassius est un solitaire, ça m'étonnerait qu'il me laisse partager sa vie si facilement. Je sens la chaleur me monter aux joues alors que je cherche la meilleure des réponses.

— Non. C'est juste que je n'ai même pas eu le temps de t'expliquer tout ce qu'on m'a dit ce matin, au sujet du reste du concours. Et puis on devrait se préparer à la première épreuve, et puis Tess…

— Eh, eh, eh.

Il abat ses mains sur mes épaules et me scrute en profondeur. Le menton en l'air, je m'oblige à soutenir son regard. Sa barbe à peine rasée et sa bouche sont un appel au pécher, surtout lorsque l'on sait de quoi elle est capable.

— Deux heures ensemble. C'est tout ce que je te demande. Après, nous rentrerons affronter ce concours et tout le reste.

Je hoche la tête avant d'articuler.

— Tu sais que le Louvre fait partie des choses à cocher sur ma liste ?

— Absolument pas, mais tu vas me raconter ça, tu vas même pouvoir m'expliquer l'histoire de toutes les œuvres d'art… et l'existence de cette liste !

Je peux sentir les muscles de ma mâchoire me tirailler tant je suis excitée et reconnaissante. Naturellement, je me blottis contre lui en poussant un petit cri de bonheur à peine dissimulé. Je le sens m'embrasser le sommet de mon crâne et c'est idiot, mais je me retiens de l'embrasser tout court. Peut-être par gêne ou par pudeur. Le réceptionniste nous donne nos entrées, je tente de l'intercepter pour payer, mais une fois de plus Cassius refuse en appuyant fermement sur mon bras.

— Arrête d'essayer de payer, garde ton argent pour les porte-clés et les cartes postales, tu veux ?

Après une bonne heure à arpenter les couloirs du Louvre, entre sculptures, tableaux, sarcophages datant de l'Égypte ancienne, je deviens un vrai moulin à paroles. J'ai tant à partager sur l'histoire de ces œuvres, que je ne vois pas les minutes défiler.

— Je te fatigue ? Tu peux me le dire hein ! Je sais que j'ai tendance à devenir fatigante lorsqu'il s'agit d'art.

— Ne t'en fais pas, si c'était le cas tu le saurais déjà.

Lorsqu'il m'explique qu'il m'a réservé le meilleur pour la fin, j'en prends pleinement conscience dès l'instant où nous pénétrons dans la galerie d'Apollon. Tout s'enchaîne sous mes yeux : les voûtes dorées, les tapisseries, les moulures et les peintures au plafond, j'ai juste le sentiment d'être au centre d'un palais luxueux, et que Louis XIV pourrait surgir d'une seconde à l'autre.

— C'est somptueux… je n'ai plus les mots, murmuré-je immobile au milieu de la salle.

Par chance, la foule s'est dissipée et nous ne sommes plus très nombreux à cette heure-ci. Dans ma gorge l'émotion vient se loger, or je refuse de craquer devant lui une fois de plus. Des années que je rêvais de découvrir cet endroit en chair et en os, alors j'essaye de vivre ces secondes pleinement et de savourer cette parenthèse. J'ignore si j'aurai l'occasion de revenir, même si j'espère travailler ici un jour. Être la gardienne de ces trésors, du passé, de l'histoire. C'est ce qui m'anime.

Alors que je suis scotchée par l'énergie que dégage ce lieu, je sens la main de Cassius se glisser dans mon cou et m'attirer vers lui. Face à face, nous nous défions sans un mot, pendant que sa seconde main rejoint l'arrondi de ma joue. Ses cheveux bruns sont coiffés négligemment en arrière, et son parfum embaume mes sens. De ses pouces il me caresse lentement, puis incline son visage plus bas pour venir kidnapper ma bouche. Notre baiser est doux et tendre, mêlant un tas de sensations que je n'avais jamais connues jusqu'alors. Dans notre étreinte je m'échappe, et c'est facile pour une fois, sans ombre au tableau, sans nuages, sans manipulations ni remarques désobligeantes. Lorsque nos langues se retrouvent, tout devient plus ardent, à un point où je préférerais être ailleurs qu'ici. Mes mains s'arriment à ses épaules, en prenant soin de caresser la robustesse de ses muscles et la douceur de sa peau.

— Je ne sais pas comment j'ai fait pour supporter que Zack te touche devant moi pendant tout ce temps, grogne-t-il en me mordillant ma mâchoire.

Je frissonne au contact de ses incisives, mais surtout en repensant à Zack et toutes ces années gâchées.

— Peut-être que je n'étais pas à ton goût avant !

Il secoue la tête et rassemble mes cheveux dans mon dos.

— Oh non… Tu as toujours été à mon goût. Mais je suis du genre à avoir des principes, tu étais avec mon demi-frère, tu étais censée être ma belle-sœur… donc intouchable.

Alors que le musée se vide petit à petit, nous prenons nous aussi le chemin de la sortie.

— Quand as-tu ressenti un changement ?

— Comment ça ?

— Quand est-ce que tu as commencé à avoir des sentiments ?

Il ricane en basculant sa tête en arrière.

— Qui te dit que j'ai des sentiments ?!

Je pourrais me vexer, mais rien qu'à l'incandescence de ses prunelles lorsque je suis dans son champ de vision, j'ai la certitude que j'ai une place dans son cœur.

— Et toi ?

— Eh ! C'est ma question, réponds en premier !

Lorsque nous sortons, le jour commence à décliner et l'air est légèrement plus frais. Nous passons devant l'Arc de Triomphe du Carrousel, pour traverser le jardin des Tuileries. Mon esprit essaye à la fois de se focaliser sur les monuments qui défilent et sur cette conversation.

— Dès l'instant où je t'ai serrée dans mes bras dans la chambre froide du Walmart. Là, je me suis dit que j'étais dans une sacrée merde.

Il contrôle ma réaction, tout en allumant une cigarette puis m'en propose une au passage. Je refuse son offre, aussitôt il hausse les sourcils surpris.

— Je dois m'inquiéter ?

— Je vais arrêter cette merde. C'est ma résolution pour les mois à venir.

Cette ville agit comme le remède à tous mes soucis, elle me parle et me promet monts et merveilles. Ce matin, en fumant au balcon de l'appartement, j'ai compris qu'il était peut-être temps pour moi d'écraser cette satanée clope pour la dernière fois. Il reste immobile à me décrypter, me donnant tout à coup le sentiment de parler une langue étrangère.

— Alors c'est dans le Walmart que tu t'es mis à fantasmer sur moi ?! le coupé-je dans sa contemplation.

— Fantasmer ? Oh non, ça, c'était bien plus tôt, ma grande !

J'écarquille les yeux, amusée.

— Ah oui ?

J'aimerais pouvoir continuer notre jeu de questions-réponses toute la nuit, dans ce parc, sur un banc. Malheureusement, il passe son bras le long de mon dos, m'attire vers lui, et je comprends que maintenant nous devons rentrer.

* * *

La soirée est longue, très longue. Je souffre du décalage horaire, mais surtout du rire de crécelle d'une certaine Jessy qui s'est invitée pour le dîner avec Tomy. Tout le monde échange à propos du concours, et lance les paris quant à l'épreuve qui nous attend demain, le tout dans une ambiance détendue et amicale. Sauf que je suis incapable de me mêler à la bonne humeur, car le décolleté de Jessy est trop plongeant, qu'elle passe son temps à attirer l'attention de Cassius, et que dès qu'elle rit j'ai envie de la buter. Elle me coupe l'appétit.

— Eh, ça va ?

Je suis derrière l'îlot central de la cuisine à ranger la vaisselle, lorsque la voix de Tess me fait sursauter.

— C'est qui, elle ? craché-je sans retenue.

S'il y a encore quelques heures je ne me sentais pas prête à lui avouer ma relation avec Cassius, je crois que ma jalousie est déterminée à parler pour moi. Ma meilleure amie me sourit, puis braque son regard dans la même direction que le mien.

— Alors… De un : elle ne t'arrive pas à la cheville. De deux : c'était il y a mille ans, et Cassius n'en a jamais rien eu à foutre. De trois : même si c'est encore dur à prononcer, il n'a d'yeux que pour toi.

— Attends, attends… Jessy est une ex ?!

Tess grimace tout en portant son doigt à sa bouche.

— Chut ! La musique n'est pas assez forte pour couvrir ta jalousie là ! Je te l'ai dit, c'était il y a longtemps. Jessy et lui, ça ne s'est produit que quelques fois, lorsqu'il venait à Paris. C'est une amie de Tomy, mais je t'assure que tu n'as pas à t'inquiéter !

Les mains sous l'eau, j'astique de plus en plus fort la casserole avec le côté vert de l'éponge. Cassius intercepte mon regard et malgré les mètres qui nous séparent, je peux lire dans ses iris un interrogatoire silencieux.

— Azèle, tu as entendu mon « petit trois » ?

L'eau chaude a beau me brûler les mains, cette souffrance n'est rien comparée à celle qui ravage mon cerveau. Quand la rivalité d'une inconnue face à cet homme est-elle devenue plus forte que le reste ? J'en oublierais presque la journée qui m'attend demain.

— Il n'a d'yeux que pour toi, Azèle.

Elle coupe le mitigeur et m'oblige à lui faire face. Sur son visage ses traits sont sereins, sa sincérité m'émeut, et à cet instant je réalise qu'elle est en train d'accepter et soudain un poids énorme s'envole.

— Ne me dis pas que tu es sur le point de chialer là ? Bordel, c'est cette ville qui te monte au crâne ou quoi ?! s'exclame-t-elle en me prenant dans ses bras.

Je ris avec elle, sachant pertinemment que nous sommes observées.

— Merci Tess.

— Arrête de me remercier, je n'ai rien fait. Par contre, Cassius est en train d'arriver là. Je te suggère de sécher tes petites larmichettes vite fait, bien fait.

Un vertige s'immisce dans mon abdomen dès qu'elle prononce son prénom. Pareil à une ombre, il est là, immense, à nous regarder comme si nous devenions folles.

— Qu'est-ce que vous foutez à vous faire des câlins dans la cuisine ? raille-t-il sa bière à la main.

— Bon, je vous laisse, moi. En revanche, après, on fait le « vrai » débriefing pour le concours, car ce n'est pas comme ça que tu vas gagner Cass !

Il lui jette un regard noir, et elle se presse dans le salon comme si elle avait le feu aux trousses. Adossée contre le plan de travail, j'ose à peine le regarder.

— Bon, tu vas m'expliquer ce qu'il t'arrive, ou je vais devoir te sortir les vers du nez ?

Je fais la moue avant d'attraper un torchon et d'essuyer mes mains qui sont encore trempées.

— Je vais très bien Cass, j'attends seulement ce satané « débriefing » pour aller me coucher.

Il fait un pas vers moi, sa démarche traînante.

— Tu es jalouse ?

Je me statufie en regardant mes pieds nus contre le parquet. Il s'approche de nouveau, puis incline sa tête de côté pour mieux me défier.

— Jessy n'est rien pour moi. Elle ne l'a jamais été. Je ne savais pas qu'elle serait ici ce soir.

— Ah oui ? Tant mieux, car je suis à *ça* de l'égorger.

Il laisse reposer son avant-bras contre la cambrure de mes reins, puis passe délicatement sa main sous mon t-shirt. L'intégralité de mon épiderme est au garde-à-vous, la pointe de mes seins se dresse à cette simple caresse.

— J'ignorais à quel point une Azèle jalouse pouvait être sexy, susurre-t-il contre mon oreille.

— Je ne suis pas jalouse !

— Ah oui ? J'étais sur le point de ranger l'intégralité des couteaux avant qu'un drame n'éclate.

Il se décolle de moi, attrape sa bouteille et en engloutit la moitié en moins de deux, puis me fait signe de le suivre au salon en me prenant par la main. Ainsi, les autres nous voient débarquer ensemble, nos doigts entrelacés, et c'est assez jouissif de surprendre le dégoût de Jessy et l'étonnement – à peine feint – des autres. Pour autant, personne n'ose poser de question sur la nature de notre rapprochement, ni même intervenir. Et c'est parfait ainsi.

Chapitre 36

Mon rêve était d'avoir une fille, et je t'ai eue toi. Tu m'as tout appris, et surtout tu m'as prouvé que l'on pouvait combattre nos pires démons grâce à ton sourire et ton innocence.

Azèle

Malgré le brouhaha de l'immense salle, j'essaye de faire le vide autour de moi. Le concours est sur le point de démarrer, les caméramans sont déjà tous postés aux quatre coins de la pièce, et Cassius ne m'a jamais paru si impressionnant. Voilà déjà trente minutes que nous attendons le coup d'envoi, la pression est à son comble, et les dizaines de chefs cuisiniers se dévisagent à tour de rôle l'air curieux. Je me sens de trop, la plupart des binômes comprennent un chef et un commis ou un pâtissier, autant dire que je suis la seule sans expérience aucune.

— Dans cinq minutes, tenez-vous prêts, s'écrie une voix grave entre les espaces de travail.

Je resserre le tablier blanc qu'on a imposé aux accompagnants, tandis que Cassius reste statique à regarder le sol. Ça doit certainement être sa manière à lui de gérer, pourtant je ne peux m'empêcher de me poser des questions. Peut-être réalise-t-il son erreur en m'amenant ici, peut-être regrette-t-il de ne pas avoir proposé à Bob de le seconder ?

— Trois minutes !

L'homme chargé du compteur n'aura probablement plus de voix à la fin de cette première épreuve, en tout cas, il commence à m'agacer à beugler ainsi.

— Tu te souviens de ce qu'on a dit ? Dès que les consignes sont énoncées, tu me répètes tout, et tu écris chaque détail important sur le bloc-notes, OK ?

Je suis surprise de l'entendre me parler si proche du départ. Son ton est froid et sans appel, j'acquiesce sans un mot, l'adrénaline déferlant dans mes veines.

— Et pour les caméras, il faudra que tu m'appelles « chef ».

Nos regards se croisent quelques secondes, son intransigeance grandissant un peu plus encore. L'ambre de ses yeux ne me transmet rien d'autre que sa détermination à gagner, et une fois encore je me sens rapetisser. Alors que le silence se fait, le présentateur prend place au centre de la salle, les caméras braquées sur lui.

— Bonjour à tous les spectateurs et spectatrices qui nous rejoignent aujourd'hui, pour le lancement de la 5e édition du Concours des chefs !

Même si mes paumes me démangent, je me retiens d'applaudir. *A priori*, ce n'est pas le bon moment.

— Cette année encore, les chefs vont vous faire rêver au fil de la semaine et des épreuves.

L'homme en costard-cravate se déplace avec aisance entre les participants, des petites fiches entre les mains. Professionnel, il articule relativement bien pour que je puisse le déchiffrer assez facilement.

— Pendant trois jours, ils s'affronteront autour d'épreuves salées et sucrées, et à la fin de chacune d'entre elles, des éliminations auront lieu.

Cassius m'observe de biais, sans doute pour s'assurer que je suis toujours vivante, et bien focalisée sur cette présentation. Aussi je sors mon calepin, et m'astreins à noter tout ce que j'entends. Les minutes s'égrènent sans que j'en perde une seule miette, et soudain une grande cheffe française fait son apparition sous un tonnerre d'applaudissements. J'avoue ne pas m'être renseignée au préalable sur le monde de la cuisine française et ses visages, peut-être ai-je commis une erreur ? Cette femme porte un tablier blanc d'où un petit col aux couleurs du drapeau français remonte le long de son cou. Sa chevelure blonde est tressée en un chignon parfait, et ses traits sont ronds malgré ses airs stricts et autoritaires.

— Bonjour à toutes et à tous, et bienvenue ! Pour celles et ceux qui ne me connaissent pas, je suis Stéphanie Lacombe, cheffe du restaurant *L'Assiette d'argent* en Bourgogne.

Sur une longue table, une unique assiette blanche trône en son centre. Elle fait quelques pas pour la rejoindre puis s'empare de la cloche qui la recouvre.

— Voici ma blanquette de veau, le plat signature de mon restaurant.

Je suis pendue à ses lèvres lorsqu'elle développe avec minutie les étapes de son plat. Le but n'est pas de la copier, mais sa réalisation peut donner des idées à nos chefs.

— Vous avez deux heures pour revisiter ce plat populaire et typiquement français. Bonne chance, abrège-t-elle.

Aussitôt, le chronomètre d'une grosse horloge se met en route.

— Pendant que je cours au garde-manger, je te laisse me retranscrire tout ce que tu as entendu, m'ordonne Cassius avant de décamper.

Je l'observe se rendre dans la pièce qui jouxte la nôtre, en même temps que tous les autres. J'en profite pour remettre de l'ordre dans mon esprit, le stress est capable de me faire tout oublier, je n'aimerais pas que ce soit le cas aujourd'hui.

Il revient avec une grosse cagette pleine à ras bord. Des carottes, des aromates en pagaille, de la viande, des condiments, je me demande comment tous ces ingrédients peuvent tenir là-dedans.

— Effeuille-moi le cerfeuil, émince les oignons et explique-moi dès maintenant ce que la cheffe Lacombe a raconté sur sa revisite de la blanquette de veau.

Il s'active dans tous les sens, attrape un énorme faitout dans lequel il verse de l'eau et jette tout un tas de trucs dont je ne pourrais pas citer le nom. Son ton est glacial, je le connaissais froid et distant, c'était d'ailleurs ainsi que je le percevais il y a encore trois mois, pourtant aujourd'hui j'ai l'impression de me retrouver aux côtés d'un étranger. Je reste statique à repenser à tout ce que les autres m'avaient dit, au sujet de Cassius et de son caractère en cuisine, et surtout lors d'un concours. C'est bête, mais je ne l'aurais pas imaginé ainsi, mon ego en prend un coup.

— Grouille-toi, deux heures c'est extrêmement court, Azèle.

Il me donne un petit coup de coude, et sans me prêter un seul regard, me balance des petits oignons et une touffe d'herbe sur une planche à découper.

— Oui, oui, c'est bon je suis là, marmonné-je en attrapant un couteau.

— Chef, ajoute-t-il sèchement.

Je fronce les sourcils en me tournant vers lui, mais les éclairs que me renvoie l'éclat de ses prunelles me dissuadent de tout commentaire.

— Oui, chef, répété-je à contrecœur.

— Bon alors ? Tu peux me retranscrire sa recette ?

Je suis en train d'éplucher les oignons nouveaux, en prenant soin de respecter les méthodes apprises à San Francisco. De toute façon, qu'importe, il n'est pas du tout concentré sur mes gestes puisqu'il oscille entre le gaz, ses champignons et ses carottes.

— Oui, attends, ne me bouscule pas ! Il faut que ça me revienne en mémoire !

— En mémoire ? Sans déconner Azèle, ça fait à peine dix minutes, si tu as déjà oublié tout ce qu'elle vient de dire c'est inquiétant !

Au loin, les mouvements des autres s'intensifient au rythme des feux qui crépitent, des coups de couteau et des casseroles qui tintent. Je finis par dicter comme un automate le discours de cette fameuse Stéphanie, tout en déposant mes petits bouts d'oignon fraîchement coupés. Cassius continue dans sa lancée, ses gros bras en action, passant par intermittence sous mon nez ou derrière mon dos, pour attraper le sel, le poivre ou le bouquet garni. Après une heure dans un silence de plomb, l'objectif d'une caméra me sort de mes préparations.

— Alors, à qui ai-je l'honneur ici ? s'exclame la cheffe en arrivant près de nous.

Cassius, qui jusqu'ici était aimable comme une porte de prison, se redresse en esquissant un large sourire à notre invitée surprise. En l'apercevant, cette dernière paraît tout émoustillée et se rapproche un peu plus près encore de ses poêles.

— Cassius Trinisky, qui vous vient tout droit de San Francisco ! se présente-t-il jovial, et un brin séducteur.

Je me sens tout à coup complètement inutile, déjà car Cassius s'exprime parfaitement, mais surtout car il me donne l'impression d'être invisible. Et c'est absolument ridicule, car je sais pertinemment qu'il est obligé d'agir ainsi, que ce n'est pas contre moi.

— Oh, un Américain !

Pleine d'enthousiasme, Stéphanie attrape une cuillère qu'elle plonge dans son bouillon. Dans un geste lent et délicat, elle porte le tout à sa bouche sans détourner son regard de Cassius. Lui se tient droit comme un I, les bras croisés, attendant une réaction de sa part. Réaction qui ne tarde pas à arriver, puisqu'elle lâche un petit couinement, mélange entre gémissement et soupire d'aise. Je ne sais pas si je suis la seule à trouver sa gestuelle, son intonation et ses œillades déplacées, pourtant elle ne m'inspire rien d'autre qu'un film pornographique. Je me pince les lèvres et dois m'agripper au rebord de l'îlot pour ne pas défaillir. Cassius le perçoit, car il réduit l'espace entre nous de sorte que nos corps se touchent. Cette fois-ci, Stéphanie braque son attention sur moi et me sourit de toutes ses dents.

— Avec qui êtes-vous venu, Cassius ?

— Mon interprète, comme je ne parle pas français convenablement, Azèle m'épaule.

Elle lâche un rire aigu à s'en balancer la tête en arrière, puis m'analyse en long, en large et en travers. J'ai envie de disparaître, surtout lorsque le caméraman en rajoute une couche en filmant mes doigts qui tremblotent.

— Vous avez le goût du risque ! s'esclaffe-t-elle en parcourant les différents ingrédients qui composent son plat.

— Il faut croire…

Cassius continue sa sauce, tout en me demandant d'éplucher une gousse d'ail. Je m'exécute, sans oublier d'omettre le « chef » auquel il tient tout particulièrement aujourd'hui. Je l'écoute retracer son parcours, sans une seule faute de vocabulaire ou de grammaire. Il a appris ce texte par cœur, s'est entraîné avec moi un nombre incalculable de fois entre hier et avant-hier, alors même si je lui en veux pour son comportement hautain, une grande fierté m'envahit.

— Bien, Cassius, j'ai hâte de goûter à votre plat…

La manière qu'elle a de faire traîner sa voix ne trompe pas, et cela me révulse. Nous sommes en plein concours, et cette cheffe se permet bien des écarts ! Je suis à deux doigts de lui balancer mon couteau dans les yeux !

— Il vous reste trente minutes ! tonne le présentateur dans son micro.

— Fait chier ! Azèle, récupère-moi deux assiettes blanches creuses, il va falloir commencer doucement le dressage si on veut être dans les temps.

Deux assiettes blanches creuses, deux assiettes blanches creuses. J'essaye de me rappeler où ce gigantesque hall renferme la vaisselle, mais je ne suis pas sûre que quelqu'un me l'ait dit. Ou alors c'était hier ? Mon Dieu, c'est dingue ce que la pression est capable d'exercer sur mes neurones !

— Azèle, putain, dépêche-toi ! Tu devrais déjà être partie !

Ne pas le buter, ne pas le buter. C'est officiel, Cassius en plein concours est tout bonnement infecte. En zieutant les environs, j'entrevois une autre équipe ouvrir un placard où sont rangées des centaines d'assiettes en tous genres. Je me précipite vers eux, en manquant de tomber deux fois et en bousculant un autre participant sans faire exprès. En revenant, je lui dépose mes trouvailles devant les yeux, il hoche la tête sans un mot. Avec une grande pince en inox, je le regarde attraper ses légumes avec minutie, puis les placer au centre de l'assiette.

Après un travail d'orfèvre, sa revisite est terminée et fièrement dressée. Le veau a été découpé de manière à former un petit carré et nimbé d'une sauce blanche et brillante. Tout autour, les légumes glacés ont été positionnés en harmonie, par rapport à leur couleur, leur taille et leur consistance. Cassius se montre peut-être impitoyable devant la concurrence, il n'en reste pas moins doué de ses mains. En retrait, j'admire ses derniers ajustements sous le décompte du chronomètre.

— 5, 4, 3, 2, 1. C'est terminé !

Tous les cuisiniers lèvent les mains, soufflent d'épuisement, lâchent quelques grossièretés, ou comme Cassius, restent plongés dans le silence. Pour ma part, mon palpitant ne s'est pas apaisé depuis deux heures, et je commence à ressentir les prémices d'une chute de tension.

— J'invite toutes les équipes à patienter dans la salle voisine, en attendant que la cheffe Stéphanie Lacombe déguste vos plats. Elle les classera par ordre de préférence, les dix derniers seront éliminés.

Cassius se lave les mains avant de détacher les cordons qui retiennent son tablier noir, puis me fait signe de le suivre. Nous pénétrons dans la pièce en question, où les trente participants prennent place. Une grande télévision attachée au mur nous renverra les images en direct de la dégustation. En attendant, des bouteilles d'eau et des barres de céréales nous attendent sur nos sièges attitrés. Je ne perds pas une minute pour me jeter dessus, et la dévorer à une vitesse folle. Cassius me scrute de travers, puis finit par me proposer la sienne.

— Tu dois crever de faim, je ne vais pas te piquer ta part ! rétorqué-je la bouche pleine.

— Non, le stress et les effluves de nourritures m'ont coupé l'appétit. Mange, t'en as plus besoin que moi.

Je m'apprête à m'y opposer une fois de plus, mais la voix du présentateur retentit autour de nous. Au mur, Stéphanie Lacombe apparaît. Elle est attablée, un sourire carnassier sur son visage rond, patientant que les plats défilent sous ses yeux. À mes côtés, je sens Cassius se redresser, son expression tendue reflétant la froideur de la pierre. Et comme si ça ne suffisait pas, c'est son assiette qui arrive la première.

— Carré de veau, nimbé de sa sauce et de ses légumes glacés, énonce l'animateur.

Stéphanie reste stoïque face à l'intitulé, ainsi qu'au dressage contemporain de Cassius. Certains des spectateurs sifflent d'approbation, d'autres se retournent pour chercher à qui appartient cette réalisation, quoi qu'il en soit, je peux sentir leur jalousie et leur peur de ne pas être à la hauteur. Le principal intéressé ne bronche pas d'un millimètre, et si je ne sentais pas son parfum aux notes marines me chatouiller les narines, je pourrais croire qu'il a déserté.

Entre deux mastications, l'œil de la cheffe s'illumine comme par magie. Ses papilles semblent apprécier les saveurs, elle a fait une tête similaire tout à l'heure, lorsqu'elle s'est extasiée sur son bouillon. Cependant, elle ne lâche pas un commentaire et s'attaque déjà à la seconde assiette. Pendant une bonne heure, le coup de fourchette de Stéphanie ne faiblit pas, et même si son visage mesquin ne me revient pas, elle m'impressionne. Dévorer tous ces plats demande un sacré estomac ! Entre Cassius et moi, un malaise s'est installé, ou peut-être suis-je la seule à le ressentir ? J'ignorais que son mutisme se poursuivrait au-delà de l'épreuve, j'avais bon espoir que notre entente et notre alchimie brisent la glace une fois sortis de ces cuisines.

Lorsque la cheffe arrive au bout, nous avons enfin le droit de sortir prendre l'air. Cassius me propose d'aller fumer, mais je refuse son invitation, je préfère en profiter pour appeler Tess qui m'a déjà envoyé une multitude de messages.

— Azèle ?! C'est pas trop tôt ! Alors, comment c'était ?

— Horrible !

— Comment ça, horrible ?!

Je déambule dans un long corridor, puis me poste à une fenêtre où je peux observer Cassius tirer sur sa cigarette.

— Vous aviez raison, Cassius a juste été odieux durant toute l'épreuve.

Un blanc à l'autre bout du téléphone.

— Ah… Oui, il est particulier lorsqu'il concourt. Mais, rassure-toi, quoi qu'il t'ait dit, ce n'était pas contre toi.

— Hum… Je sais bien, mais il ne m'avait pas habituée à ça, surtout ces derniers temps.

Je l'écoute me déblatérer qu'il n'a pas le choix lorsqu'il est en plein rush, que ce concours peut lui amener une grosse reconnaissance dans le milieu, et que c'est la manière de parler des chefs qui est ainsi. Pour autant, je n'arrive pas à passer au-dessus.

— Et du coup, la cheffe a dit quelque chose en particulier lors de la dégustation ?

— Non, elle ne disait jamais rien. Mais je sais qu'elle a aimé son plat, elle avait cette étincelle dans le regard. Et puis, elle a carrément flashé sur Cassius, je ne serais pas étonnée que même à l'aveugle, elle puisse reconnaître son bouillon !

— Ah ah ! En même temps, qui ne craque pas pour Cassius ?!

Je sais qu'elle rigole, même si une petite part de vérité se cache dans cette dernière remarque.

— Je dois te laisser, on va découvrir le classement. On rentre bientôt, Dieu soit loué !

— Courage, ça va le faire ! s'écrie-t-elle avant de raccrocher.

Au bout du couloir, la carrure imposante de Cassius se dessine, il m'appelle et je n'ai d'autre choix que de le suivre. En pénétrant dans la pièce, je sens sa main se poser dans le bas de mon dos, jusqu'à ce qu'on regagne nos places. Ce contact, aussi infime soit-il, me brûle l'échine. J'ai l'impression que c'est sa manière à lui de me montrer qu'il est là, que malgré les circonstances, rien n'a changé. Enfin j'espère. Après cinq minutes dans un brouhaha incessant, le silence se fait et un tableau apparaît à l'écran. Le classement est sorti, et au milieu des protestations, des déceptions et des cris de joie, j'entrevois son nom de famille arriver en deuxième position.

— Parfait. On rentre, et maintenant il faut qu'on fasse encore mieux demain ! tranche-t-il sans l'ombre d'une émotion dans sa voix.

Je suis stupéfaite que ce classement ne le rende pas plus joyeux, moi-même je n'aurais jamais espéré une telle réussite dès la première épreuve. Évidemment, c'est un classement provisoire et je sais qu'il ne vise que la première place.

— C'est tout ? T'es même pas un peu content ? m'étonné-je en rejoignant le trottoir.

— Je serai content si dans trois jours j'arrive en tête de liste. Pas avant, ça pourrait me porter la poisse.

OK… Le Cassius que j'ai craint toute mon adolescente refait douloureusement surface, sauf qu'il y a encore 48 heures nous partagions son lit, et son corps investiguait le mien sans retenue. Difficile d'y croire aujourd'hui.

* * *

Dans le taxi retour, nous n'avons pas décroché un mot, il était trop absorbé par sa discussion téléphonique avec Tomy, et moi trop fatiguée pour intervenir. Dans l'ascenseur de l'appartement, il m'a souri pour la première fois de la journée, puis m'a enfin félicitée pour mon aide, mais je n'ai pas eu le courage de lui répondre quoi que ce soit. Nous avons été accueillis en fanfare par Bob, Jodie et Tess, qui nous avaient préparé un délicieux festin. Encore une fois, j'ai eu du mal à me réjouir, incapable de faire taire mon cerveau et la multitude de questions qui l'assaillait.

— Zélou ? Je peux entrer ?

Le timbre doux et familier de Tess se fraye un chemin jusqu'à la petite salle de bains où je suis en train de me démaquiller. Je me précipite à la porte pour lui ouvrir, un coton humide encore posé sur ma joue.

— Tu ne viens pas avec nous ? Tomy vient d'arriver, ils essayent de faire des pronostics sur l'épreuve que vous aurez demain.

Je soupire en m'affalant sur mon lit, si cette décision ne tenait qu'à moi, je serais déjà sous ma couette à dormir. Mais je me dois d'assister à cette petite « réunion ». Même si croiser le regard dur et intransigeant de Cassius me coûte.

— Cassius est à fond dans le concours, il ne faut pas que tu prennes ça pour toi, intervient Tess en s'asseyant à côté de moi.

— Je sais… C'est juste que son comportement a vrillé en l'espace de quelques heures. Je n'y croyais pas vraiment lorsque vous m'aviez prévenue, je pensais naïvement qu'il serait différent avec moi. Au final, toute la journée, j'ai seulement eu l'impression d'être sa boniche qu'il maltraitait. Je ne sais même pas si mes traductions l'aident réellement !

Décharger mes ressentis me déleste d'un énorme poids, c'est instantané et grandement salvateur. Je me sens idiote de raisonner ainsi, or cette journée m'a véritablement esquintée. Tess se rapproche de moi pour m'attraper la main.

— Eh, tu es Azèle Harris, OK ? Tu ne vas pas te laisser impressionner par son petit numéro de cuistot machiste ! Demain, tu continues de répondre à ses ordres, mais je t'interdis de te laisser faire et de refouler tes émotions ! Cassius a le droit d'être tendu, mais toi tu as aussi le droit de lui dire comment tu l'as vécu une fois les caméras éteintes. D'accord ?

Je pince mes lèvres entre elles, et tout en analysant ses conseils, je prends conscience qu'elle a raison. Zack m'a marché sur les pieds, manipulée pour obtenir ce qu'il voulait de moi pendant des années, je ne vais pas réitérer l'expérience avec Cassius ! Je me conduirai de manière exemplaire à l'antenne, mais je ne me priverai pas de lui dire ce que j'en pense une fois le tournage terminé !

— Merci Tess, j'aurais dû te demander de venir avant. Je me sens déjà mieux !

— Bon, tu termines de te démaquiller, et tu viens.

C'est alors pleine de confiance que je m'élance dans le séjour aux côtés de ma meilleure amie. Bob et Cassius listent les fondamentaux de la pâtisserie sur une feuille pendant que Tomy et Jodie sont en pleine conversation. J'ignore pourquoi Tess lance un tel regard dans leur direction, mais j'ai remarqué que ses seuls échanges avec Tomy sont houleux. Nous prenons place autour de la table basse, et j'essaye de m'intéresser à tout ce que raconte Cassius.

— Donc demain, vous pensez que ça pourrait tomber sur la pâtisserie ? lancé-je, désinvolte.

Chapitre 37

Cassius

Ses grands yeux verts sont rivés sur moi, j'ai du mal à comprendre à quoi elle joue. Depuis que la compétition a démarré, Azèle s'applique à mettre une certaine distance entre nous. J'imagine qu'elle est sûrement stressée, ce concours filmé est très impressionnant, encore plus lorsqu'on ne connaît rien à la cuisine. Même si elle semblait perdue en début d'épreuve, je l'ai trouvée plutôt efficace par la suite. Ses explications m'ont bien aidé, car il faut se l'avouer, la cheffe Stéphanie avait un sacré débit lorsqu'elle parlait. En revanche, j'aurais imaginé une meilleure cohésion, peut-être a-t-elle du mal avec la manière dont je m'adresse à elle ? Malheureusement je ne peux pas lui faire de traitement de faveur, nous ne sommes pas là pour tourner une téléréalité sur le thème de l'amour, et je ne peux faire autrement lorsque je suis en plein rush.

— L'épreuve de demain peut tomber sur un sujet de pâtisserie, comme sur un poisson ou une nouvelle revisite. Nous ne savons rien, nous anticipons c'est tout, répliqué-je sans détacher mon regard du sien.

Elle déglutit péniblement, tout en s'approchant pour attraper la feuille volante sur laquelle nous venons de noter toutes les mesures de farine, sucre, beurre ou lait, selon la consistance du gâteau souhaité. Je ne suis pas fan de pâtisserie, mon chef pâtissier gère toute cette partie-là au *French Sky*, ce n'est donc pas confiant que je partirai demain, et après-demain, tant que cette fameuse épreuve ne sera pas passée.

— OK, parfait. Et quelle sera ma mission si nous tombons sur la pâtisserie ?

Il y a longtemps que je n'avais pas vu cet air sur son visage. Si nous étions seuls, je n'hésiterais pas une seconde pour lui demander ce qu'il lui arrive.

— Remuer les préparations, peser les ingrédients. Traduire, encore et toujours, Azèle.

J'esquisse un sourire pour détendre l'ambiance entre nous, seulement ce dernier ne semble pas avoir l'effet escompté.

— Peser les ingrédients, je devrais m'en sortir !

— Bon super, donc on continue. Si vous tombez sur une tarte au citron, le plus important est de doser le sucre et l'acidité, j'ai trouvé une vidéo hyper intéressante à ce sujet. Attendez…

Pendant que Bob cherche désespérément sur Internet son fameux article, nous continuons de nous fixer en chiens de faïence, comme deux inconnus.

— Quelque chose ne va pas ? lui soufflé-je en attrapant une cigarette sur la table.

Elle secoue la tête, comme si elle ne voyait pas où je voulais en venir.

— Tu es sûre ? Car j'ai l'impression d'avoir en face de moi une réplique de Mercredi.

— Mercredi ?

— *La Famille Addams.*

Pour la première fois depuis douze heures, j'ai le sentiment qu'elle est prête à rendre les armes et à rire. Mais son voile d'indifférence recouvre aussitôt ses traits. Elle fait chier à la fin ! Je me retiens d'exploser, elle n'est pas censée venir compliquer tout ça avec ses états d'âme. Je ne peux pas m'autoriser à gratter davantage, pas avant la fin du concours, j'aurais trop peur que notre relation se dégrade un peu plus et qu'elle mette en péril mon avancée dans la compétition. Mais Azèle ne perd rien pour attendre, d'ici la fin de la semaine j'aurai une explication quant à son comportement.

— Bon, je vais me coucher ! J'ai besoin d'aligner plus de huit heures de sommeil si je veux être capable de traduire toute l'épreuve de demain.

Elle se lève et s'adresse à toute l'assemblée, Jodie est avachie contre les coussins en lin, déjà à moitié endormie, tandis que Tomy et Tess se lancent des piques à n'en plus finir.

— Bonne nuit !

Elle adresse un sourire malicieux à sa meilleure amie, puis s'échappe dans le couloir.

— Qu'est-ce qu'elle a ? Pourquoi tu as le droit aux jolis sourires, alors que je ne récolte que des vents du nord glaciaux ?! demandé-je à Tess.

— Eh ! Je n'y suis pour rien mon pote, tu n'as qu'à lui demander directement !

Je siffle d'exaspération, allume ma cigarette puis me concentre de nouveau sur ce que Bob me montre. Or, seule la silhouette parfaite d'Azèle vogue dans mon esprit, et il me sera compliqué de l'extraire de mes rêves cette nuit. Je n'aime pas sentir ce froid entre nous.

— Bon, chef… C'est pas le tout, mais j'essaye de vous aider là !

* * *

Après cette soirée chaotique, je ne suis pas serein face à la journée qui nous attend. Sur le chemin pour aller au plateau, j'ai essayé de détendre l'atmosphère en demandant au chauffeur de mettre de la variété française, mais Azèle est restée stoïque à fixer le paysage. Je regrette déjà les milliers d'étincelles qui animaient ses prunelles il y a encore deux jours, seulement je me suis senti incapable de clarifier la situation à quelques mètres de l'arrivée.

Nous sommes donc dix de moins ce matin, et comme de parfaits élèves, nous attendons sagement que les caméras, le présentateur et les autres membres de l'équipe terminent leur mise en place. Si j'étais à cran hier matin, ce n'est rien en comparaison d'aujourd'hui. Je dois à tout prix exploser les scores, me rattraper et innover. Dans mon cerveau, les idées fusent, alors que j'ignore encore ce que nous réservent les minutes à venir. Je me remémore chaque conseil, me refais mentalement l'ordre chronologique de la sauce béarnaise, d'une chantilly maison, d'une ganache au chocolat, de tout ce qui pourrait bien me tomber dessus.

— Bienvenue pour cette deuxième journée de concours ! Nous espérons que vous êtes tous en forme aujourd'hui pour affronter la prochaine épreuve !

De son allure nonchalante, l'animateur arpente l'allée centrale entre les plans de travail. Il rappelle les règles pour les téléspectateurs, et refait le point sur le classement général en projetant le tableau derrière nous. Mon nom à côté du chiffre 2 me crève les yeux, j'ai intérêt à faire mieux, je n'accepterai pas une nouvelle défaite.

— Faites un tonnerre d'applaudissements pour le meilleur pâtissier du monde, Jérémy Rouillet.

Azèle s'empresse d'attacher sa longue chevelure en une queue-de-cheval pour applaudir l'invité d'honneur. Le jeune chef fait son entrée l'air décontracté et joyeux, et au milieu du tumulte, je me félicite d'avoir eu l'idée d'aller déguster ses réalisations il y a deux jours.

— Jérémy va vous expliquer en quoi consistera votre épreuve.

Le présentateur lui laisse la place et se met en retrait. Dans la seconde qui suit, Azèle s'empare de son calepin, attentive comme jamais. Et à cet instant, j'ai beau répéter à mon cerveau de rester focalisé sur l'homme en tablier, mon attention est irrémédiablement attirée par ce petit bout de femme. Elle est là, elle ne s'est pas dégonflée, alors qu'elle n'y connaît rien. Dans son jean trop moulant, son t-shirt blanc basique et son tablier qui lui enserre la taille, elle n'a jamais été si belle. Si je ne gagne pas, j'aurai au moins la certitude d'avoir remporté la plus belle des victoires : lui offrir son rêve.

— Au lieu de me regarder, tu ferais mieux de te concentrer, souffle-t-elle sans s'interrompre de griffonner.

Son intervention, si brève et désagréable soit-elle, me réchauffe la poitrine. J'avais peut-être besoin d'entendre sa voix pour appréhender l'épreuve différemment.

Au centre de la pièce, le chef Jérémy Rouillet dévoile sa dernière création : le grain de café en trompe-l'œil. Son travail est bluffant, le rebondi du grain, sa brillance, tout est parfaitement exécuté. Projetée sur le mur, une vidéo étape par étape nous dévoile ses secrets.

— Vous l'aurez compris, aujourd'hui vous allez devoir réaliser votre propre trompe-l'œil, avec un ingrédient amer. Comme le café ici, je vais vous demander de travailler l'amertume, les textures et de soigner le trompe-l'œil. Vous avez deux heures et demie pour cette épreuve !

Je fixe avec attention ses lèvres remuer, le vocabulaire m'échappe, je ne suis pas encore certain d'avoir tous les éléments en ma possession. Je crois reconnaître un mot dans son explication, *amertume*... Immédiatement, mon cerveau se met en surchauffe, *Amertume, amertume, amertume*... Je sais que le chef Rouillet aime les desserts très peu sucrés, avec des saveurs fortes qui explosent en bouche. Alors que la plupart des candidats se mettent déjà à courir vers le garde-manger, j'attrape le carnet d'Azèle et décrypte son écriture approximative.

— Mais, tu écris si mal que ça ? m'exclamé-je en récupérant son stylo qu'elle suçote sans retenue.

— Tu me demandes d'enregistrer le maximum, alors désolée si mon écriture n'est pas calligraphiée ! Bon, tu as compris ce qu'il fallait faire ?

— Je t'écoute, grogné-je en m'accoudant au plan en inox.

Elle refait le tour de tout ce que Jérémy Rouillet attend de nous, en insistant sur les textures et les deux sujets principaux : l'amertume et le trompe-l'œil.

— Tu as une idée de ce que tu veux traiter ? Un fruit ?

Elle incline la tête vers moi, tandis que doucement ma recette prend vie dans mon esprit. Dans un enchevêtrement de goûts et de couleurs, les pièces du puzzle s'imbriquent entre elles, jusqu'à ce que le résultat m'apparaisse.

— Cacao. Une fève de cacao.

Chapitre 38

Si tu avais encore des doutes sur ta capacité à t'adapter, tu peux être rassurée.

Tu es un véritable caméléon, Azèle, c'est une vraie force. Mais il ne s'agirait pas que tu t'effaces, que tu t'oublies, ou cela deviendrait une faiblesse.

Azèle

Si je devais comparer l'épreuve d'aujourd'hui à celle d'hier, je dirais que celle-ci s'est légèrement mieux déroulée. J'ai trouvé Cassius plus à l'aise, confiant et moins hautain dans ses réflexions. Pour autant, j'ai toujours l'impression que la calotte glaciaire nous a engloutis.

Nous sommes assis dans la fameuse salle où nous patientons pour voir les dégustations, je me suis de nouveau jetée sur ma barre de céréales, et cette fois-ci ai accepté celle que Cassius m'a tendue. Je sais que le stress et la compétition le rendent nerveux, qu'une fois que nous aurons terminé cette semaine les choses reviendront sans doute à la normale. Et j'ai hâte, car à force de devoir ponctuer chaque fin de phrase par « chef », mon ego est sur le point de disparaître totalement.

Du reste, je dois dire que ce concours m'apprend beaucoup ; sur ma relation avec la nourriture, sur le monde extraordinaire de la cuisine étoilée, mais surtout sur Cassius et son caractère. Même s'il se montre la plupart du temps impitoyable, sa persévérance, sa dextérité et sa faculté à transformer tout ce qu'il touche en œuvre d'art m'épate.

— Tu vas me faire la gueule longtemps ?

Son murmure dans le creux de mon oreille se répercute en une myriade de frissons. Ces 48 heures sans nous toucher et sans véritablement échanger mettent mon corps à rude épreuve.

Je cligne des yeux tout en avalant ma dernière bouchée de barre chocolatée.

— Je ne fais jamais la gueule, tu te souviens ? rétorqué-je sans prendre la peine de le regarder.

Je l'entends souffler, avant qu'il croise ses bras contre son torse, ô combien attirant.

— Azèle, si tu as un problème avec moi, j'aimerais savoir lequel.

Je m'apprête à lui répondre, mais le présentateur me devance. Il lance sur la télévision le direct de la dégustation à l'aveugle, me permettant de reprendre ma respiration. J'ignorais l'avoir retenue jusqu'ici… Ça doit être l'effet dur à cuir de Cassius, le jet lag, la panique du concours et peut-être, aussi, ses deux ambres qu'il laisse traîner sur moi à longueur de journée.

— Vous l'aurez compris, la compétition se resserre un peu plus encore aujourd'hui. D'ici quelques minutes, dix nouveaux candidats nous quitterons, les dix derniers du classement.

Dans la salle, une tension générale s'est installée. J'entends des soupirs, je vois des mains trembler, des jambes tressauter, cependant Cassius, lui, ne faiblit pas. Il reste mutique, les yeux rivés sur l'écran. Les desserts défilent, certaines assiettes sont étonnantes de réalisme, mais difficile de savoir ce que le chef en pense véritablement tant il reste impassible. Des pamplemousses par dizaines, du chocolat, des amandes, des agrumes et encore des agrumes… La plupart des cuisiniers ont eu des idées similaires, alors quand la jolie fève de cacao apparaît sous le nez de Jérémy, je crois distinguer une nouvelle lueur dans son regard. Sur sa chaise, Cassius se redresse nerveusement en passant ses mains le long de son visage. Avec un peu de concentration et de silence, je pourrais entendre son pouls battre douloureusement sous sa chemise noire.

— *La Fève de cacao.*

L'animateur sourit en donnant l'intitulé du plat, lui aussi semble attiré par cette nouveauté. Le premier coup de cuillère vient fendre la fève en deux, l'intérieur révèle un jeu de textures et des déclinaisons de couleurs incroyables. Je l'ai vu y mettre toute son énergie, et je dois dire que visuellement son trompe-l'œil est une réussite. Comme d'habitude, Jérémy prend son temps pour mâcher, plisse les yeux quand il termine de déglutir et s'empare de son calepin pour y noter tous ses ressentis.

Lorsqu'il passe déjà à l'assiette suivante, je retiens encore ma respiration. Cassius se rencogne dans son dossier, et caresse du bout des doigts sa lèvre supérieure comme s'il réfléchissait. J'aimerais avoir le mot juste pour le rebooster, lui demander s'il a perçu la même petite étincelle dans le regard du chef, mais je ne préfère pas lui donner de faux espoirs. Même si le visuel était au rendez-vous, les goûts, la maîtrise de l'amertume et les textures sont tout aussi importantes…

Le moment fatidique arrive enfin, et lorsque les noms s'affichent les uns après les autres dans ce maudit tableau, un immense sourire s'invite sur mes lèvres. J'occulte aussitôt les réactions des uns et des autres, trop heureuse de retrouver la même expression sur le visage de Cassius. Ses dents blanches m'éblouiraient presque tant il est soulagé. 1er : Cassius Trinisky – *La Fève cacao.*

— Je crois que c'est la première fois que je te vois autant sourire ! m'exclamé-je en lui donnant un petit coup d'épaule.

Il se lève de toute sa hauteur en riant, puis me tend sa main.

— J'espère qu'on va continuer sur cette lancée. Demain, ils feront la moyenne des places obtenues sur les trois jours. Celui qui a la meilleure remporte le concours. Étant donné que j'ai obtenu la deuxième place hier, il faut s'assurer de décrocher la première demain.

Je suis stupéfaite qu'il parvienne à redevenir sérieux aussi vite, comme s'il ne s'accordait pas le droit d'être fier de lui, ou d'être joyeux plus de cinq minutes. C'est sans doute sa stratégie pour ne pas flancher, contrôler ses réactions, ne pas crier victoire trop vite… Quoi qu'il en soit, son abnégation est à couper le souffle.

— Comment tu te sens ? J'ai l'impression qu'on n'a pas parlé ensemble depuis des jours.

Le taxi nous a déposés un peu plus haut dans la rue de l'appartement, j'avais besoin de marcher, et fuir l'atmosphère pesante entre nous. Les mains enfoncées dans ses poches, il essaye de ralentir sa cadence pour rester à ma hauteur. Sa question me prend au dépourvu, je ne m'attendais pas à ce qu'il me demande comment je vais, et honnêtement je ne le sais pas moi-même.

— Ce n'est pas une impression, on ne se parle pas depuis deux jours !

Une ombre voile son regard, il ne s'attendait visiblement pas à ma franchise, ni au ton de reproche que je ne parviens plus à dissimuler.

— Comment tu vis le concours ?

J'hésite quelques secondes avant d'ouvrir la bouche, puis la referme aussi vite. Cassius hausse les sourcils et se plante devant moi les jambes écartées, avec pour seul but de me barrer le passage.

— Arrête… J'ai faim, je suis fatiguée j'ai envie de rentrer, bougonné-je en le repoussant.

— T'inquiète pas, je te commanderai des tonnes de barres de céréales une fois qu'on sera rentrés, mais avant tu m'expliques ce qu'il se passe.

Un rire nerveux m'échappe lorsqu'une de ses mains vient envelopper ma hanche.

— Si tu penses que de simples barres de céréales suffiront à me rassasier, tu te plantes en beauté !

Les sensations de sa paume chaude et de ses muscles bandés m'arrachent de délicieux frissons. Je recule lentement pour lui échapper, quand un sourire espiègle vient creuser sa joue.

— Quoi ? Qu'est-ce qui te fait rire encore ? râlé-je avec le peu d'audace qui subsiste en moi.

Les pierres froides du mur derrière moi viennent heurter mes omoplates, tant il s'acharne à réduire l'espace entre nous.

— Je suis heureux de constater que Paris te creuse l'estomac à ce point.

Nous ne sommes plus qu'à quelques centimètres, et je prie pour qu'il ne ressente pas mon rythme cardiaque s'accélérer. Mes cheveux s'envolent dans l'air frais du soir. Il rattrape à la volée une de mes mèches pour la coincer derrière mon oreille.

— Je ne bougerai pas tant que tu ne me parleras pas.

Je déglutis avec peine devant ses deux fentes insistantes, la délicatesse de ses gestes étant en totale contradiction avec ce que traduit son regard.

— Je vais bien. Le concours se passe bien, et je commence à m'habituer au rythme.

Je m'interromps avant de poursuivre.

— En bref : c'est une super expérience et j'ai vraiment hâte d'être demain !

— Tu mens.

Il me pince les côtes, ce qui me fait gesticuler et glousser comme une idiote.

— Tu n'as pas le droit de faire ça ! m'offusqué-je en me libérant.

— Quoi ?

— Me chatouiller pour obtenir des réponses !

Il se niche dans le creux de mon cou, l'air de rien.

— C'était trop tentant…

— Allez… dis-moi pourquoi tu m'en veux depuis deux jours.

Ma respiration s'entrecoupe, mais je m'efforce de garder la tête froide, par fierté. Car même si son corps douloureusement attirant est un appel au pécher, je n'ai pas encore oublié la journée qu'il m'a fait passer hier.

— Je n'aime pas le Cassius qui concourt.

Je sens sa mâchoire tressauter, ses muscles se tendre. De part et d'autre de mon visage, il abat ses mains contre les pierres, m'emprisonnant totalement. En levant les yeux vers lui, je me sens tout à coup incapable d'aller plus loin.

— Dis-m'en plus à propos de ce Cassius, me souffle-t-il d'une voix rauque.

— Je n'arriverai jamais à… à te parler dans ces conditions, parviens-je à répondre.

Il incline sa tête et d'un signe du menton, m'invite à essayer.

— C'est juste que je ne m'attendais pas à ce que tu sois si intraitable et intimidant.

Il expire plus fort, et son haleine mentholée m'enveloppe dans une bulle de souvenirs.

— Azèle… je n'ai que la victoire en tête. Je suis désolé si j'ai pu te paraître dur ou exigeant, je t'assure que ce n'était pas intentionnel.

Par miracle, j'arrive à me faufiler sous son biceps, et continue ma route sur le trottoir. Dans mon dos, je sens toujours son attention braquée sur moi.

— Tu m'en veux ?

Je le laisse me rejoindre, et nous marchons côte à côte.

— Je pense que mon ego en a pris un coup. On venait de coucher ensemble, tu m'as emmenée dans tous ces endroits merveilleux, et le lendemain… j'ai eu cet homme froid et hautain sur mon dos, avec ses ordres et son besoin de se faire appeler « chef ». C'était violent. Mais j'ai aussi compris que ce concours était plus important que tout, et c'est pour ça que j'ai préféré me faire toute petite. Tu as besoin d'un bon petit soldat ? Très bien, je suis là, je sais faire. Enfin j'espère.

Une expression indéchiffrable se loge dans ses yeux, ses lèvres se pincent et ne forment plus qu'une mince ligne. Je m'arrête au passage piéton qui fait l'angle d'une rue pavée, observe les berlines défiler sans oser ajouter quoi que ce soit. L'air est lourd, tant par notre relation et nos aveux que par la pluie qui menace le ciel. Ne tenant plus, je reprends la parole au moment où le bonhomme passe au vert.

— Dis-moi que je ne suis pas nulle comme commis-interprète ! Je ne supporterais pas savoir que je suis un boulet.

Mes baskets foulent le goudron, tandis qu'une main me tire en arrière.

— Attends.

Je me heurte à ses abdominaux durs comme l'acier, l'effluve de son parfum que je connais maintenant si bien m'enivre derrière des barrières impénétrables. Ses phalanges s'enchaînent à mes poignets, et d'une simple pression m'attirent davantage vers lui.

— Tu n'es pas nulle, et je ne supporte pas l'idée que tu puisses ne serait-ce que l'imaginer. Avant, ce concours, mon restaurant, ma réussite professionnelle, c'était tout ce que j'avais…

Sa respiration se suspend, il déglutit tout en levant les yeux vers les nuages gris comme s'ils pouvaient lui venir en aide. Autour de nous, une cacophonie sans nom résonne, des klaxons, des hurlements, des insultes.

— Je crois qu'on gêne sérieusement là !

Nous accélérons le pas pour traverser la route. Les acclamations des chauffeurs, et l'embouteillage que nous venons de créer est déjà phénoménal.

— Qu'est-ce que tu disais ?

Je suis suspendue à ses lèvres, attendant ses paroles comme le Messie. Malheureusement, son téléphone se met à sonner et nous coupe net dans notre conversation.

— Allô ?

Il siffle entre ses dents avant de me prendre par la main et de m'obliger à suivre sa cadence. Quoi qu'il vienne d'apprendre, ça semble pressant et sérieux, alors je ne bronche pas une minute et me mets à sautiller pour rester à sa hauteur.

Chapitre 39

Tu m'as dit un jour que tu avais peur de te retrouver seule. Ça m'avait anéantie, car tu n'avais que six ans, que tu étais la plus merveilleuse des petites filles, et que ta simple compagnie aurait pu réjouir tout un peuple… J'ai compris plus tard que la solitude te pesait, qu'elle te mettait face à tes faiblesses et tes craintes. Azèle, il y aura des moments de confrontation, ils te sembleront terrifiants au départ, mais après, une fois que la tempête émotionnelle sera passée, la lumière te rattrapera.

Azèle

Je rêverais d'avoir le fin mot de cette discussion ! Dire que je suis frustrée est un euphémisme. La soirée s'est enchaînée comme dans un tourbillon, Bob a téléphoné à Cassius car il avait réussi par je ne sais quel moyen à obtenir des informations sur l'ultime épreuve. Nous avons donc passé des heures et des heures à potasser en cuisine, jusqu'à ce que je m'endorme sur le plan travail. En me réveillant ce matin dans mon lit bien bordée, j'ai compris que Cassius y était pour quelque chose.

Aujourd'hui sonnera la fin du concours avec une épreuve fatidique et très redoutée : recopier à l'identique un plat réalisé par un chef. Je suis tendue, plus que jamais, déjà car Cassius l'est tout autant voire plus, et surtout car nous n'avons pas le droit à l'erreur. Nous devons finir premiers du classement pour gagner, et je sais que Cass n'envisage aucune autre place, surtout pas la seconde.

— Aujourd'hui nous nous retrouvons pour le dernier jour de la compétition, l'ultime épreuve : l'épreuve miroir.

Un silence s'abat dans l'assemblée, chaque candidat retient sa respiration, moi la première. Je suis tellement tendue que je n'ose regarder Cassius. La simple vision de son index qui tambourine sur le plan de travail est amplement suffisante. Les heures qui vont suivre seront longues, intenses et douloureuses, j'en ai déjà les entrailles en compote.

— C'est très simple, le chef Marc Brillant a réalisé ici le plat signature de son restaurant étoilé à Bobigny. Chaque candidat aura l'honneur de le goûter une fois pour s'imprégner des saveurs et du visuel, le but étant de refaire ce plat à l'identique. Vous aurez deux heures et trente minutes, pas une seconde de plus.

Le présentateur a revêtu sa plus belle veste de costume, sa cravate est parfaitement nouée, sa démarche assurée et son petit sourire sont à l'encontre de nos corps en ébullition.

— Nous allons donc vous demander de venir rejoindre la grande table qui se trouve derrière moi.

Sans plus attendre, les derniers candidats du concours se dirigent tour à tour vers le fond de la salle. En passant à côté de moi, j'intercepte Cassius pour lui glisser à l'oreille tout ce que j'ai compris des consignes. Il acquiesce durement, comme toujours dès qu'il se trouve dans ce maudit hangar.

— Et voici la *Fleur de Lasagnes* du chef Brillant.

Je n'étais déjà pas au meilleur de ma forme, et manque de chance, la mécanique de mon cerveau est en surchauffe, ce qui ne me prend guère plus de trois secondes à comprendre. Lasagnes, la-sagnes. J'en suis paralysée, à deux doigts de m'écrouler contre la plaque de cuisson de notre poste. Or, je dois faire bonne figure, d'autant plus qu'une caméra est braquée sur mon visage. De ma position, il m'est impossible de discerner les expressions de Cassius, je le vois simplement mâcher et étudier son assiette avec, semble-t-il, une grande précision. Bon, c'est certain que respirer les effluves du plat que je déteste le plus ne sera pas confortable, mais je devrais pouvoir m'en tirer. Après tout, c'est une revisite, les ingrédients différeront sans doute.

Alors que l'animateur demande à tout le monde de regagner sa place, le chronomètre accroché au mur est sur le point de démarrer. En revenant, Cassius me lance un regard insistant, mélange entre détermination et soutien, malheureusement je n'ai pas le temps de m'attarder pour le déchiffrer car les secondes se mettent à défiler.

— Vous avez deux heures trente. Bonne chance.

Aussi réactif qu'un ressort, Cassius s'empare d'un grand bac en inox puis file vers le garde-manger. Je profite de ces quelques instants pour refaire le point sur tout ce que je viens d'entendre, et pour sortir quelques ustensiles dont Cassius aura sans doute besoin.

— Bon, on a du travail.

Son bac est rempli de nourriture, à commencer par une quantité impressionnante de viande hachée. Je grimace lorsqu'il s'en empare et l'étale sur une planche à découper.

— Rassure-toi, je t'épargnerai la viande. Tu vas m'éplucher une courgette verte, une courgette jaune, une aubergine et une carotte, pendant ce temps-là, je m'occupe de la pâte.

— OK, chef.

Je passe mes mains sous l'eau avant de récupérer les légumes en question. Peut-être prend-il le temps de m'observer, car ses mains attrapent les miennes et ses iris tachetés d'or viennent à ma rencontre.

— Eh… Arrête de trembler, ça va bien se passer, tu n'as qu'à imaginer que l'on prépare une sauce tomate on ne peut plus classique. OK ?

Je déglutis et opine silencieusement. Ce n'est peut-être pas grand-chose, mais je suis touchée qu'il se soit souvenu de mon histoire personnelle avec ce plat. Or, il n'est pas question de s'attarder sur mes ressentis, je suis déterminée à l'aider pour qu'il remporte cette épreuve, alors au diable mes souvenirs et mes troubles alimentaires.

Après des minutes qui me semblent des heures, quatre entailles à la main droite, et les yeux larmoyants à cause des oignons, je termine enfin les tâches qui m'incombaient. Autour de moi, l'effervescence ne se dissipe pas, pendant que les uns vont et viennent entre leurs poêles et le four, d'autres se concentrent déjà sur les détails du dressage. Cassius, lui, s'affaire à préparer la sauce, dont l'odeur me parvient par vague. Même si je ne doute pas une seconde de son goût, il m'est difficile d'ignorer les souvenirs atroces que son parfum m'évoque. Je l'observe porter à sa bouche la cuillère remplie à ras bord du liquide rouge, à sa grimace j'en déduis qu'il n'est pas satisfait.

— Fait chier !

Je m'approche prudemment, tout en restant assez loin pour ne pas apercevoir la viande mélangée à tous les légumes.

— Qu'est-ce qui cloche ? demandé-je doucement.

— Je ne sais pas, il manque un truc, un ingrédient que je n'ai pas su identifier. Putain !

J'aimerais l'aider, mais je suis incapable de lui apporter une quelconque solution. La pâte fine de ses lasagnes paraît parfaite, quant à ses courgettes et ses aubergines, j'ignorais que l'on pouvait les couper si finement. Il vient de les disposer dans une sorte d'emporte-pièce rond, de manière que les lamelles multicolores forment une fleur.

— Nous sommes à la moitié de l'épreuve, et… le chef Brillant propose au second de chaque équipe d'aller voir le plat et de le goûter ! C'est exceptionnel, et cela pourrait même changer la suite du concours pour certains de nos candidats, s'exclame l'animateur en claquant des mains.

Tandis que tous les autres duos se réjouissent d'une telle aubaine, je me statufie derrière ma planche à découper. Cassius pivote sa tête vers moi, les traits figés. Je sais qu'il a parfaitement compris le sens de cette phrase, et qu'il mesure le défi que ça représente pour moi. Le cœur battant, je dépose mon couteau contre le plan de travail et parcours la salle des yeux. Les commis sont déjà tous en chemin vers la grande table où trônent les vestiges des plats, tandis que je reste plantée comme une souche, les bouffées de chaleurs en prime.

— Azèle, je ne…

— Je vais le faire.

Soit ma jumelle maléfique s'est emparée de mes cordes vocales, soit je marche sur la tête. Je n'ai pas la moindre idée de ce dans quoi je m'embarque, je n'ai pas mangé ce plat depuis une éternité, depuis mes 15 ans, le soir où j'ai appris que ma mère avait un cancer.

— Rien ne t'y oblige, Azèle.

— Il te manque un ingrédient, non ?

La taille de Cassius m'a toujours impressionnée, son inflexibilité, son regard meurtrier également. Or, la tendresse que je distingue à travers son sourire, ses sourcils et l'éclat de ses pupilles est à tomber à la renverse. Et rien que pour ça, je ne peux plus me dégonfler.

Je gonfle d'air mes poumons, desserre les poings et me mets en marche. Durant les mètres qui me séparent de cette fameuse table, j'ai le sentiment de me rendre à l'abattoir. Et si j'avais un haut-le-cœur en direct ? Et si j'étais incapable de lui retransmettre les saveurs ? La poitrine palpitant à tout rompre, j'atteins finalement mon assiette. En m'emparant de la fourchette, je suis presque certaine de faire une attaque. Ma vision est troublée, la chaleur m'irradie la nuque, sans parler des tremblements dans mes jambes. *Non, Azèle, ce n'est rien d'autre que ton cerveau qui te joue des tours*. L'angoisse… celle de revivre ces douloureux souvenirs.

— Il ne reste plus que vous mademoiselle, vous avez dix secondes.

Pourquoi se sent-il obligé de chronométrer la moindre de nos actions ? Bon, je suis agréablement surprise par le visuel, à peu de chose près, Cassius s'en rapproche. Les légumes ressemblent à de la dentelle, chaque couche est si finement dressée que j'ai le sentiment de me trouver face à un mille-feuille.

— Allez mademoiselle, il faut y aller.

Dans la panique, j'embrasse le restant de la pièce du regard, cherchant désespérément celui de Cassius pour me donner des forces. Malgré le tumulte des autres cuisiniers, je le distingue parfaitement. Il m'offre un de ses sourires magiques. Le genre de sourire qu'il ne réserve qu'à des occasions très spéciales, le genre de sourire auquel moi seule ai le droit. J'ignore si la télépathie marche entre nous, si ma mère est avec nous à cet instant, ou si je m'apprête simplement à accueillir ma peur les bras ouverts, par amour. La seule chose dont je suis convaincue, c'est tout ce que cet homme m'insuffle. Ma fourchette s'enfonce entre les pétales de cette fleur, et sans plus réfléchir, je la fourre entre mes dents. Durant un laps de temps très court, j'hésite à me boucher le nez et avaler tout rond, heureusement ma conscience reprend vite le dessus. La victoire, c'est tout ce qui compte. Je me force à mâcher, et à chaque déglutition, ma langue et mon palais prennent une nouvelle vague de saveurs. Sauce tomate, viande hachée, acidité, métastases, tristesse, cancer. Impossible de trier les informations qui affluent dans mon cerveau. J'aimerais pouvoir me déconnecter, laisser ce qui est bon à jeter, malheureusement la réalité l'emporte.

— Vous pouvez retourner à votre poste, mademoiselle.

Cassius ne m'a pas lâchée des yeux, et lorsque j'arrive devant lui ma bouche est encore pleine.

— Tout va bien ? me questionne-t-il l'air grave.

Je grimace, toussote et me penche instinctivement vers l'évier, juste au cas où. Mais heureusement Dieu est avec moi aujourd'hui, et décide de m'épargner. Je sens sur moi l'attention particulière de Cassius, mais pas que, les caméras et certains des candidats me scrutent en grimaçant. Je dois vraiment avoir mauvaise mine. Dans mon dos, la main de Cass me ramène à l'instant présent.

— Je l'ai sur le bout de la langue.

— Azèle, si tu sens que tu vas être malade je te suggère de sortir sur-le-champ…

— Non non, je ne vais pas être malade. En tout cas pas immédiatement ! Je parle de l'ingrédient mystère qui t'a échappé…

Cassius se tient derrière sa casserole qu'il surveille et mélange sans interruption, dans un saladier à côté il a versé du lait et de la farine comme s'il avait laissé cette préparation en suspens.

— C'est la béchamel qui me semble différente… Mais laisse tomber, je ne pense pas que l'on pourra trouver, de toute façon il ne nous reste plus assez de temps.

— La béchamel, c'est cette sauce un peu blanchâtre entre les couches ?

Il acquiesce sans même me regarder, trop préoccupé par sa cuisine.

— Tu as raison, on aurait dit qu'il y avait comme un goût de fumé.

— De fumé ? Comme du fromage fumé ?

Je hoche la tête, pas totalement convaincue. Mon palais s'en souvient encore, sans parler de mon estomac qui ne paraît pas apprécier la misérable bouchée que je viens d'ingurgiter.

— Je ne sais pas si on peut faire confiance à mon palais tu sais, rigolé-je malgré les circonstances.

Sur le mur, en chiffres rouges, les minutes défilent à une allure vertigineuse.

— C'est un fromage italien, au lait de bufflonne. Un truc tout con, un truc auquel je n'aurais jamais pensé ! s'exclame-t-il surexcité.

— Tu, tu es sûr ? Je ne voudrais pas t'induire en erreur !

Il s'agite dans tous les sens sur son plan de travail, récupère son saladier abandonné et plante son regard dans le mien.

— Azèle, tu vas aller dans le garde-manger me récupérer de la scamorza, OK ? C'est légèrement comme une mozzarella, ça se présente sous forme de rond un peu orangé maintenu part une ficelle.

Mes yeux se plissent par la concentration. Scamorza, scamorza… Je n'ai jamais entendu parler d'un tel fromage, il faut dire que je n'en suis pas adepte. Dans une salle qui jouxte la nôtre, le garde-manger s'étend sur une vingtaine de mètres. Les produits sont présentés comme au marché, les légumes et les fruits en évidence, les viandes dans de grands frigos, crème, beurre et œufs juste à côté. Et alors que j'analyse chaque portion de fromage, j'aperçois le Graal, ou du moins ce qui me semble être la réplique parfaite de la description de Cassius.

En lui tendant cette boule orangée, il me donne la sensation d'avoir découvert de l'or. Très vite, nous continuons de cuisiner, il m'ordonne d'aller chercher des assiettes rondes et blanches, tandis qu'il achève sa béchamel et sa sauce bolognaise. Peut-être que mes narines se sont habituées à l'odeur, de toute façon elles n'ont pas eu le choix, mais je ne ressens plus aucune trace de mon malaise. J'ai même occulté la dernière heure, ma dégustation improvisée et les images de mon enfance qui en ont découlé.

— Il vous reste cinq minutes ! clame le présentateur dans son micro.

En zieutant les environs, je constate que nos concurrents sont en retard. Cassius, lui, est déjà en train de fignoler son dressage. Les lamelles de courgettes et d'aubergines forment une fleur parfaite, la sauce tomate est incorporée entre les différentes couches de pâte, et la fameuse béchamel vient sublimer le tout. Un peu plus, et j'en oublierais mon passif avec ce plat. L'imprévisible fait parfois des choses merveilleuses. En acceptant de le seconder dans ce concours, je n'aurais jamais envisagé cette avancée gigantesque. Paris ne cesse de m'impressionner, chaque jour elle m'ouvre des portes, et l'idée de la quitter bientôt me noue les entrailles.

Lorsque le chronomètre s'arrête, c'est toute la pression qui se relâche dans la salle. Certains exultent, pendant que d'autres poussent des cris de nerfs.

— Tu as été fantastique.

Je n'ai pas le temps de souffler que Cassius me soulève pour me serrer dans ses bras. Mes pieds ne touchent déjà plus le sol, je le laisse m'enlacer devant les caméras, car plus rien ne m'importe à cette seconde. Mon organe fou rejoint sa course contre le sien, et malgré cette interminable matinée de cuisine, son odeur d'écume et de citron vert parvient à me retourner.

— Je n'ai rien fait du tout ! gloussé-je dans son cou.

— Oh que si.

Ses doigts s'entrelacent dans les mèches de ma queue-de-cheval, m'obligeant à le regarder.

— Azèle, tu es vraiment une super nana, tu le sais n'est-ce pas ?

Sa mâchoire est entièrement recouverte de sa fine barbe, ses lèvres charnues sont si proches que ça me serait facile de m'en emparer… Néanmoins je me retiens, je n'aimerais pas que notre exaltation devienne publique.

— Je crois que cette ville m'aide à l'être, et peut-être que toi aussi.

Son sourire s'étire tellement que sa joie se répercute dans ses prunelles dorées. Si nous n'étions que tous les deux, il y aurait un tas de trucs que j'aimerais lui dire. Ce qu'il représente pour moi depuis quelques mois, le sentiment de renaissance qu'il m'inspire, le besoin irrépressible de l'avoir près de moi, l'élégance avec laquelle il s'est imposé dans ma vie en évinçant son frère pour me sauver à sa manière, comme un ange gardien. Nous continuons de nous fixer sans oser rompre le silence entre nous, ses bras me maintiennent toujours aussi durement contre lui, nos respirations suivant le même tempo.

— S'il vous plaît, s'il vous plaît ?

La voix de l'animateur s'insinue douloureusement dans notre bulle, faisant éclater avec elle toute la magie dont elle était imprégnée.

— Vous devez rejoindre le reste du groupe, dans la salle d'attente ! articule-t-il lentement, afin de s'assurer que nous comprenions bien les consignes.

— C'est moi ou il nous prend pour des attardés ? me glisse Cassius à l'oreille en me faisant glisser le long de son torse.

Je manque de m'étouffer en riant, mais les reliefs musclés de son corps me ramènent à la réalité. Cassius ne se départit pas de son sourire, me prend par la main et m'entraîne avec lui.

Comme tous les autres jours de la semaine, nous patientons longtemps. Pour la première fois je n'ai pas faim, et même les barres de céréales remplies de sucre ne me donnent pas envie. C'est étrange de se retrouver à dix dans cette pièce, au début du concours ils étaient trente, et d'ici cinq minutes nous auront enfin le nom du vainqueur. Certes, l'argent promis au gagnant est alléchant et pourrait en aider certains à agrandir ou améliorer leur restaurant, cependant ce n'est pas pour cette récompense financière que Cass s'est inscrit. L'argent n'a jamais été ce qui manquait. Ce qui l'a poussé à s'inscrire une nouvelle fois, c'est la notoriété qui en découlera, tous les touristes européens qui se presseront sans doute à ses portes lors de leur séjour à San Francisco. C'est aussi pour sa progression personnelle, l'expérience, un challenge personnel… S'il y a bien une chose que j'ai comprise, c'est qu'il ne supporte pas l'échec, quel qu'il soit.

Finale oblige, nous n'assistons pas aux images de la dégustation, le suspense est donc à son comble. J'ai l'impression d'avoir fait un bond dans le passé, lorsque j'étais étudiante et que j'attendais angoissée les résultats de mes examens. Sauf qu'à l'époque, j'étais plus confiante qu'aujourd'hui, car je savais toujours plus ou moins ce qui m'attendait. Là, je n'ai aucune idée de l'issue du classement, et j'ignore encore de quelle manière je pourrais le réconforter en cas d'échec.

Le chef Brillant se tient devant nous, entouré des autres chefs qui ont participé au concours durant la semaine, et du présentateur.

— Les chefs Brillant, Rouillet et Lacombe ont dégusté vos plats avec le plus grand sérieux et une émotion sincère. C'est ensemble qu'ils ont délibéré.

On nous demande de nous rapprocher d'une longue table où les assiettes sont alignées les unes derrière les autres avec un numéro. Celle de Cassius a le numéro 8. Je ne sais pas si cette position a une quelconque signification, mais cela suffit à me tendre davantage. Le principal intéressé, reste imperturbable : droit comme un piquet, campé sur ses immenses jambes, les mains croisées derrière son dos, son visage reste impassible.

— Vous l'aurez deviné, le choix a été très difficile, néanmoins deux candidats se sont démarqués du reste. Nous n'allons pas faire durer l'attente plus longtemps, il s'agit du plat numéro 2 et du plat numéro 8.

Pendant que les trois quarts de l'assemblée voient leur rêve s'écrouler, Cassius et un dénommé Marco se dévisagent subitement. Comme si le stress ressenti ne suffisait pas, il faut que nous nous retrouvions en tête-à-tête avec le seul chef italien du concours. Les lasagnes, ç'a dû être un jeu d'enfant pour lui ! Les autres participants sont invités à reculer, pour qu'il ne reste plus que Marco et Cassius face aux chefs.

— Félicitations à tous les deux, sachez que la dégustation et l'arbitrage de vos deux réalisations n'a pas été évident pour nos chefs. Cela dit…

Un silence religieux s'abat autour de nous, il me semble même entendre le tic-tac d'une horloge.

— Il y a parmi vous un cuisinier qui a su se démarquer plus que l'autre, tant par sa régularité dans les autres épreuves que par sa réalisation presque à l'identique de la *Fleur de Lasagnes*. Et il s'agit…

Pourquoi ce genre d'émission se sent-elle obligée de nous infliger un tel suspens ?! Le chef Marc Brillant fait un pas en avant, un sourire malicieux venant fendre ses lèvres, puis il ouvre la bouche, visiblement heureux de pouvoir annoncer le vainqueur.

— Il s'agit du numéro 8.

Chapitre 40

Cassius

Il est déjà deux heures du matin, et je suis prêt à parier que plus une seule personne de notre groupe ne sait réciter l'alphabet. Sauf moi sans doute. Encore sous le choc de ma victoire, mon corps résiste à l'alcool et à l'euphorie générale. Entre Rivoli et la place des Vosges, ce bar nous a recueillis malgré notre accent américain, et l'hystérie d'Azèle, Tess et Jodie. Honnêtement, je n'avais jamais vu Azèle Harris aussi heureuse. Le DJ lance des remix inconnus à nos oreilles étrangères, pourtant elle ne décolle pas de la piste de danse. Les tables sont toutes bondées, le pourtour du bar est inaccessible et malgré la terrasse qui offre au lieu de l'air frais, la sueur de tous ces inconnus commence sérieusement à me gêner. Or je n'ai pas envie de tirer la gueule, et même si on a dû me traîner jusqu'ici pour « fêter ça », je dois bien admettre qu'observer Azèle se dandiner à contretemps sur de la variété française a quelque chose de très excitant.

— Elle est canon, mais putain elle danse comme un pied !

Tomy braille dans mon oreille tout en portant sa Corona à sa bouche. J'ai réussi à trouver une petite place contre un coin de mur, m'offrant la plus belle vue de toute la boîte. Oui, ses talents de danseuse restent à discuter, mais il n'y a rien à faire, elle reste et restera la plus belle de la soirée.

— Je sais, marmonné-je en faisant tourner les glaçons à la surface de mon whisky.

Je la scrute tournicoter sur ses escarpins noirs pailletés, ses cheveux auburn déferlent comme des vagues le long de ses omoplates nues. Elle est sexy à crever, et je ne suis pas le seul à le penser, même si elle ne sait pas aligner deux pas de danse à la suite sans manquer de se tordre une cheville. Les regards convergent tous dans sa direction, certainement attirés par ses iris d'un vert translucide, son rire cristallin et sa bonne humeur renversante. C'est terrible de rester là, immobile à la mater, sans pouvoir la revendiquer haut et fort. Mais elle s'amuse tellement, que je ne peux la priver de ce moment par pur égoïsme.

— Mec, celle-ci… Ne la lâche pas.

Tomy m'assène d'une tape dans le dos, puis fend la foule pour rejoindre le trio infernal, et plus particulièrement Tess. J'ai compris que ces deux-là ne pourraient lutter plus longtemps, ils sont comme chiens et chats.

Lorsque l'animateur a annoncé l'assiette gagnante, j'ai cru que ma respiration ne reviendrait jamais à la normale. Cet instant, je l'attendais depuis des années, et le vivre avec Azèle n'a fait que décupler mes émotions. Ce qu'elle a fait tout à l'heure m'a prouvé une fois de plus à quel point elle pouvait être extraordinaire. Azèle mérite un monde où les étoiles brilleraient pour elle. Et encore… je ne sais même pas si ça serait suffisant. Pour mon propre rêve, pour ma réussite, elle a bravé ses démons et ses angoisses. Sans broncher une seconde, sans attendre en retour, sans se vanter d'avoir trouvé la saveur qui m'avait échappé. Je sais ce que ça lui a coûté, même si je n'étais qu'une ombre errante entre ses quinze et ses dix-huit ans, je peux affirmer qu'à cette période, sa vie n'a été qu'un enchevêtrement de montagnes à franchir. Grace serait fière d'elle, et j'ai l'intime conviction qu'elle était un peu avec nous durant toute cette semaine. Aujourd'hui j'ai enfin gagné, pourtant je n'arrive pas tout à fait à m'en réjouir.

Elle était maquillée
Comme une star de ciné
Accoudée au juke-box, oh
Elle rêvait qu'elle posait
Juste pour un bout d'essai
À la Century Fox, oh oh
Elle semblait bien dans sa peau,
Ses yeux couleur menthe à l'eau
Cherchaient du regard un spot
Le dieu projecteur

Elle m'hypnotise, ses lèvres ourlées d'un rouge à lèvres framboise m'offrent un sourire. Sur ces paroles dont je ne comprends qu'un mot sur deux, elle paraît flotter. Est-ce que j'aurai les couilles de lui dire un jour tout ce que j'ai enfoui en moi ? Je l'ai remerciée un paquet de fois depuis qu'on a quitté le plateau télé, mais ça me paraît insuffisant face à tout ce qu'elle a accompli pour moi.

Je ferme les yeux une seconde pour fuir son regard obsédant et tout ce qu'il provoque en moi. Jamais je n'aurais imaginé que ces instants volés dans le Walmart changeraient à jamais le cours de mon existence. Entre deux gorgées de son cocktail rose passion, et quelques messes basses avec Tess, nous nous scrutons de nouveau comme si rien d'autre n'existait. Ses jambes autrefois si fines se sont enrobées délicieusement, mettant parfaitement en valeur sa minuscule robe bustier noire. Zack serait fou de rage de la voir ainsi dévoiler son corps, ou de l'entendre rire aux éclats comme elle le fait depuis le début de cette soirée. Nous n'en avons pas discuté avec Azèle, je n'ai pas osé aborder le sujet, de peur qu'elle n'imagine pas son futur avec moi. J'ignore tout de ce qu'elle compte faire, où elle compte vivre, et je crois que le découvrir me terrifie. Est-elle prête à rendre les armes ? Se projette-t-elle avec moi ?

Dans la cohue, Azèle me fait signe de la rejoindre. Je ne me fais pas prier, d'autant plus lorsqu'un sale type se colle à elle. Je bouscule les danseurs, sans prêter attention à leurs insultes, trop préoccupé par ce sombre inconnu qu'Azèle n'a même pas remarqué. Voilà quelque chose qui m'agace profondément chez elle, sa naïveté et son acharnement à voir le bien partout, même si je suppose que ce trait de caractère fait partie de son charme, et m'a séduit en premier. Voilà aussi pourquoi elle s'est retrouvée sous le joug de Zack pendant toutes ces années.

— Bouge, grogné-je à l'attention du type.

Ses mains sont plaquées contre le ventre d'Azèle, et il se frotte à elle comme à une barre de *pole dance*. Bon sang, il est répugnant, et malgré son style BCBG à la française, n'a aucune classe. Il lève ses yeux alanguis par l'alcool et me jette un sourire plein d'arrogance. Je fulmine intérieurement, je n'ai pas envie de terminer la soirée ainsi : à me foutre sur la gueule avec un raté, qui semble ne pas avoir baisé depuis des décennies. Il ne m'a pas entendu, ou bien il fait semblant, mais lorsque j'entame le dernier mètre qui nous sépare, son assurance se fait la malle et il déguerpit sur le champ.

— Pourquoi tu tires la tronche ? me hurle-t-elle à l'oreille.

Son haleine sucrée est un mélange de vodka et de grenadine, je me demande quelle merde on lui a encore servie. Je m'inquiète légèrement de la quantité d'alcool qu'elle a bue ce soir, ne l'ayant rien vue avaler de la journée en dehors de cette fameuse petite part de lasagnes. Je ne suis pas certain qu'elle termine la soirée sans encombre. Je lui subtilise son verre au moment où sa bouche s'apprête à sucer sa paille.

— Ehh ! Ce n'est pas parce que tu n'as pas envie de fêter ça que tu dois te sentir obligé de venir gâcher mon bonheur !

J'aspire tout, même si je trouve ça dégueulasse, puis glisse mes mains le long de sa colonne vertébrale.

— Détrompe-toi. J'ai très envie de fêter *ça,* figure-toi.

Elle fronce les sourcils et incline davantage son visage pour continuer de m'observer. Elle paraît minuscule dans mes bras, me donnant encore plus envie de la posséder.

— Ah ? On ne dirait pas du tout, à te voir depuis une heure !

Elle rit et son visage s'illumine. Du bout des doigts, elle caresse ma mâchoire à peine rasée.

— Disons que j'ai d'autres projets… lui glissé-je à l'oreille pour qu'elle m'entende.

Elle gesticule sous mon souffle, et se hisse sur la pointe de ses chaussures pour atteindre ma joue et y déposer un baiser. Je ferme les yeux l'espace d'une infime seconde, elle est douce et brûlante à la fois. J'ai envie d'elle, là maintenant, mais j'ignore si elle est trop bourrée pour comprendre mes insinuations, ou si elle fait juste semblant de ne rien remarquer.

— J'en ai marre d'être ici, j'ai faim et j'ai mal aux pieds, on rentre ?

Elle se recule, un sourire aguicheur et malicieux s'est invité au coin de sa bouche. Je suis rassuré de voir que nous sommes sur la même longueur d'onde. Un bras autour de ses épaules, je l'entraîne à travers la marée humaine pour regagner la sortie. Je mentirais si je disais ne pas voir tous les hommes la mater sur notre passage, ils sont tous incapables de détourner les yeux. Leur envie me donne l'impression d'avoir décroché le gros lot, de ressortir de là avec un diamant rarissime. C'est peut-être réel, Azèle Harris est peut-être la seconde victoire que j'aimerais décrocher un jour.

— Rassure-moi, tu avais remarqué qu'un mec se trémoussait contre toi ?

Elle lève les yeux au ciel, et j'en déduis que mes interrogations l'ennuient. Le trottoir est désert, seul le videur du bar nous matte d'un drôle d'air.

— Ce n'était pas lui que je regardais.

Je l'observe claudiquer sur ses talons aiguilles, comme si elle avait un sérieux problème de motricité.

— Je vais appeler un Uber, lancé-je en dégainant mon téléphone.

— Oh non non non, j'ai envie de prendre l'air ! s'exclame-t-elle en se précipitant vers moi.

Je la dévisage de haut en bas, sa peau est recouverte de chair de poule, sans parler de ses jambes qui flageolent de froid.

— Tu boites, tu es frigorifiée, et je ne suis pas sûr que tu te souviennes du nom de notre président actuel. C'est mort, j'appelle un Uber !

— Eh oh ! Je suis juste un peu éméchée, pas idiote ! J'ai juste envie de profiter de Paris une dernière fois… Je ne sais pas quand je reviendrai ici, laisse-moi ce dernier trajet, s'il te plaît.

Devant son air suppliant, j'abdique à la seconde et la rattrape avant qu'elle ne s'explose sur le bitume.

— Par contre… Laisse-moi juste le temps de…

Elle s'agrippe à mon bras et se baisse pour retirer ses escarpins.

— Super… Tu sais qu'à cette heure-ci, les rues de Paris sont jonchées de bouts de verre ? Ne viens pas pleurer si tu t'écorches les pieds !

— Roh, c'est bon ! Je ferai attention.

Nous remontons la grande allée éclairée par les vitrines des magasins. Azèle meuble la discussion sans aucun problème. Elle parle à une vitesse vertigineuse, pouffe entre deux mots et me pose toute une multitude de questions par rapport au concours et ce que cette victoire m'apportera dans le futur.

— Tu penses que tu seras amené à revenir souvent à Paris ?

— Peut-être. J'aimerais en tout cas.

Je la vois frissonner et décide de déposer ma veste en jean sur ses épaules. Elle accepte sans rechigner, signe qu'elle commence à dessaouler.

— Tu sais, je vais devoir revoir Zack à mon retour. Il faut que nous ayons une véritable discussion, j'ai repoussé cet instant depuis des semaines, mais tôt ou tard, je devrai l'affronter.

Je me doutais que mon demi-frère viendrait de nouveau s'insinuer entre nous, j'avais simplement préféré l'occulter.

— Lorsque tu iras lui parler, j'aimerais être dans les parages. Enfin, si tu es d'accord.

— Pourquoi ?

— Parce qu'on ne sait pas de quoi il est capable.

Elle hausse les sourcils avant d'éclater de rire.

— Excuse-moi, mais je ne pense pas qu'il puisse être dangereux à ce point-là !

— Ne prends pas ce sujet à la légère, je veux être dans le coin quand tu lui parleras. Point.

Ses traits se rembrunissent et l'atmosphère s'alourdit, pour autant il n'est pas envisageable de la savoir seule et sans défenses face à Zack et ses troubles.

— OK… Calmos ! Si tu y tiens, tu en seras le premier averti !

Nous nous toisons quelques secondes sans cesser de marcher. En traversant une rue j'allume une cigarette et lui en propose une, qu'elle refuse en secouant la tête.

— Tu repars avec nous demain soir ?

J'aspire la fumée et la recrache par le nez.

— Non, je dois rester encore quelques jours pour la presse, les interviews et tout le reste.

J'aurais préféré rentrer avec elle et les autres, cependant mon statut de vainqueur ne m'en laisse pas la possibilité.

— Tu penses que tu t'en sortiras avec le français ? me demande-t-elle d'une petite voix.

Son envie de rester résonne dans son intonation, et la manière qu'elle a de la dissimuler est adorable. Je lui souris et lui jette un regard de biais.

— Je suis si nul que ça ?

— Non ! Je n'ai pas dit ça ! C'est juste que… sans moi ce sera plus compliqué.

Je ralentis la cadence jusqu'à m'immobiliser complètement, puis l'oblige à m'imiter. Par la main je l'attire contre moi, et cale mes avant-bras derrière son dos. Le sommet de sa tête arrive à la hauteur de mes pectoraux, mon sourire s'élargit à cette conclusion.

— Quoi encore ?

— Eh… je n'ai rien dit du tout ! me défends-je.

— Va au bout de tes pensées !

— OK.

Je cale ma cigarette entre mes lèvres, empoigne ses cuisses gelées et hisse ses fesses au niveau de ma taille. Mes paumes s'enfoncent dans sa chair et lui arrachent un délicieux gémissement. Je pensais qu'elle résisterait, bizarrement elle se laisse faire comme une poupée de chiffon.

— Je m'arrête là, si je vais au bout on finira en garde à vue.

Elle éclate de rire dans le creux de mon cou, se redresse tout en se cramponnant fermement à mes épaules. Elle attrape ma clope de moitié consumée, aspire les dernières lattes avant de plonger ses iris sur moi.

— Je vois le genre.

— Pour en revenir à nos moutons… Si j'avais pu choisir mon interprète pour les prochains jours, crois bien que je t'aurais embarquée de nouveau avec moi. Malheureusement le programme télévisé a sa propre traductrice, et même la première place ne m'offre aucun privilège de ce côté-là. Qui plus est, ta formatrice à San Francisco ne serait pas ravie que tu loupes une nouvelle semaine de cours !

Elle fait une moue triste.

— Je vais te manquer ? osé-je lui demander.

Son bassin vient buter contre la bosse qui déforme maintenant mon pantalon, il est grand temps que j'appelle ce foutu Uber.

— C'est évident non ?

— Je ne sais pas, Azèle. Tu es plutôt discrète quant à ce que tu ressens.

— Parce que j'étais très concentrée pour ce concours. Si tu n'avais pas gagné, je m'en serais voulu.

— À ce point ? Si j'avais perdu, tu n'y serais absolument pour rien !

Elle se laisse glisser contre mon abdomen, or mes mains restent scotchées à sa peau.

— Tu étais plutôt impressionnant dans ce concours… Je n'envisageais aucun échec, à croire que ton côté impitoyable a payé !

— En te traumatisant ? Génial !

— Traumatisée ? Non je ne le suis pas ! Mon estomac a failli l'être cet après-midi, mais on s'en est remis !

Nous nous scrutons en silence, accompagnés du brouhaha des voitures et de la nuit. Son rouge à lèvres s'est estompé, et son maquillage brun a légèrement coulé sous ses yeux. Quelques mèches de cheveux volettent contre ses joues roses, elle les chasse à plusieurs reprises. C'est une discussion muette qui s'établit, sous sa poitrine essoufflée, son cœur me dit *: ne m'oublie pas.* Entre mes lèvres, j'entends : *dis-le-lui.* Mais je ne dis rien, et elle non plus.

— Comment je pourrai te remercier pour ce que tu as fait pour moi ?

— Tu ne m'es pas redevable, souffle-t-elle alors.

— Sans toi, je n'en serais pas là.

Elle monte sur le bout de ses orteils, tend son cou le plus haut possible puis pose sa bouche chaude contre la mienne. Instinctivement, je fléchis mon corps pour lui rendre la pareille et incline mon visage pour approfondir notre baiser. Ma langue se fraye un passage entre ses dents, pour enfin retrouver la sienne et son goût vanillé. Nous sommes pressés, impétueux, et je regrette de ne pas déjà être à l'appartement. Mon besoin de la sentir est viscéral, car la toucher est sans doute ma seule manière de lui communiquer tout ce que je ne suis pas en mesure d'avouer.

— Sans toi, je ne serais pas là non plus Cassius, me murmure-t-elle finalement.

Chapitre 41

Lorsqu'un homme verra en toi le joyau que je m'efforce de dissimuler depuis des années, alors je serai foutue. Te partager a toujours été l'exercice le plus dur pour moi, déjà bébé j'étais incapable de te voir dans d'autres bras que les miens.

Azèle

Dans l'ascenseur qui nous mène à l'appartement, la tension est telle que nous ne parvenons plus à nous détacher l'un de l'autre. Ses baisers se font de plus en plus ardents, mon excitation mêlée à la sienne et aux restants d'alcool dans mes veines me donnent le vertige. Lorsque le *ding* retentit, nous poussons avec précipitation la porte pour nous retrouver trois mètres plus loin devant celle de l'entrée. Mon dos heurte le bois, mais je dois être anesthésiée par la dopamine et son parfum qui coule dans les replis de mon cou. Ses phalanges s'enroulent dans ma chevelure pendant que sa langue investit chaque millimètre de mon décolleté, chaque coup qu'elle m'impose me donne envie de hurler son nom. Dans notre euphorie, ma robe bustier est remontée jusqu'à mes fesses, et ne couvre plus qu'une partie de ma poitrine. Il interrompt ses gestes pour me regarder, ses pupilles gonflées de plaisir me feraient presque rougir tant elles me détaillent.

— Cette robe était… beaucoup trop excitante.

Il s'empresse de me délester de sa veste pour continuer la découverte de mon corps déjà à moitié nu. Je glousse sous l'assaut de sa bouche, et de tous les frissons qu'elle me procure. À ce stade, ce ne sont plus des papillons dans mon ventre, mais des milliers d'étourneaux volant dans la même direction. Il me fait faire un demi-tour, puis se positionne dans mon dos qu'il parsème lui aussi de baisers. Très vite, je sens à travers son jean son érection butter entre mes fesses. Je me demande s'il compte ouvrir la porte ou s'enfouir en moi dans cette cage d'escalier. Honnêtement, la seconde option ne me dérangerait pas, je le désire tellement qu'attendre encore cinq minutes pourrait bien provoquer ma mort.

— Cassius… S'il te plaît, haleté-je à bout de force.

Son souffle chaud se rapproche de mon oreille, qu'il aspire et lèche sans retenue.

— Dis-moi ? Qu'est-ce que tu veux ? me susurre-t-il à la manière d'un serpent qui s'enroule autour de sa proie.

Un gémissement se meurt entre mes lèvres, il plaque sa paume contre ma bouche pour ne pas que les voisins en profitent. Heureusement que ses bras me soutiennent, car mes jambes sont devenues de la guimauve.

— Ouvre… parviens-je à articuler entre ses doigts.

Un rire rauque lui échappe, il me chatouille la nuque et poursuit sa course folle jusqu'à mon âme. Lorsqu'il ouvre enfin la porte, j'ai à peine le temps de mettre un pied sur le parquet massif qu'il m'attrape sans cérémonie pour me porter jusqu'au séjour. Un cri m'échappe alors.

— C'est une manie chez toi de crier !

Il m'allonge sur le canapé tout en s'avachissant au-dessus de moi.

— Seulement lorsque tu es là.

Il me jette un de ses sourires ravageurs, ceux qui détruisent tout, à commencer par mon petit cœur, puis me déshabille totalement. Il dézippe ma robe, déroule le tissu jusqu'à mes orteils pour me laisser en petite culotte sous ses beaux yeux.

La pièce est inondée subrepticement des prismes lumineux de la tour Eiffel, c'est la première fois que je me retrouve aussi dévêtue, sans pénombre pour me cacher, devant lui. Son regard avide est sauvage, cependant je sens qu'il se contrôle en préférant parcourir mon corps de ses deux ambres veloutées. La pulpe de ses doigts se pose contre l'arrondi d'un de mes seins, le malaxe, le masse, puis enfin s'immobilise autour de mon téton.

— Tu es gênée ?

Je secoue la tête pour faire bonne figure, puis m'avance vers son torse pour lui ôter son t-shirt. J'avais oublié à quel point ses abdominaux étaient saillants et gonflés.

— Je me sens mieux maintenant !

Il s'éloigne pour se mettre debout, nous ne détachons pas notre attention l'un de l'autre. La boucle de sa ceinture tinte et la seconde d'après, son corps d'Apollon nu se dresse devant moi. Je sens mes orbites se distendre, et mes dents se refermer contre mes lèvres.

— Il fallait me le demander plus tôt si c'est ce que tu voulais !

Il reprend sa place initiale, à la différence que son membre chaud s'invite contre mon ventre. Les palpitations qu'il impose à mon bas-ventre sont sans merci, je suis déjà à deux doigts de l'orgasme alors qu'il ne m'a même pas encore touchée. Son visage est remonté entre mes seins, mais cette fois-ci sa langue entre dans la danse en valsant avec mon téton. Je fourrage dans ses cheveux, sans pouvoir détourner une seule seconde mes yeux de ce spectacle.

— C'est la première fois qu'un homme me voit autant.

Ce qui suppose donc que Zack et moi ne le faisions que dans le noir total. Ce qui était réellement le cas. Et il sait qu'il a été mon seul petit ami… J'avais besoin de lui dire, de rendre ce moment encore plus spécial. Car ma nudité et moi n'avons pas la plus belle des relations, et accepter que Cassius en garde un souvenir aussi précis, c'est lui assurer la première place dans mon esprit. Il suspend son geste et pose sa tête contre mon ventre qu'il caresse par intermittence du bout de son index.

— J'ignore tout de ton anorexie et de l'anorexie en général. J'ai compris que tu en souffrais depuis des années, mais ça n'a jamais été ce que j'ai retenu de toi, ça ne t'a jamais définie à mes yeux. Tes troubles alimentaires, tu continueras de les combattre. Je le sais, car tu es une championne qui n'a peur de rien, je l'ai vu. Tout le monde l'a vu. Et je serai là, je t'aiderai. Car… ce corps… Mon Dieu, c'est une force de la nature et ce qu'il y a de plus beau sur cette planète ! Alors, je t'en conjure, aime-le, choie-le, rends-lui au centuple tout ce que tu lui as ôté, et laisse-le s'exprimer.

À l'instant où nos regards se percutent de nouveau, je crains qu'il ne perçoive mes larmes dégringoler sur mes joues. Je ne veux pas craquer, pas maintenant, mais c'était sans compter ses mots, sa franchise et tout ce que Cassius représente pour moi aujourd'hui.

— Moi je l'aime ce corps, termine-t-il en séchant mes larmes.

Nous nous embrassons longtemps, doucement au départ, puis de manière totalement désordonnée ensuite. Nos parties intimes se frottent l'une contre l'autre sans aucune retenue. Je me mets à plat ventre contre le divan pour retirer le seul petit bout tissu qui résistait encore, et au moment où je m'apprête à revenir dans ma position initiale, Cassius pose ses mains contre mon dos.

— Tu peux rester comme ça ?

J'acquiesce en devinant parfaitement ses projets. Contre ma peau frissonnante, ses doigts se promènent jusqu'à rencontrer mes fesses. Il en caresse chaque partie, les empoigne puis finit par écarter légèrement mes replis déjà trempés pour y insérer son majeur. Ce n'est *que* son majeur, et pourtant l'effet qu'il me fait est déjà insensé. De son autre main, il remonte ma colonne vertébrale puis replace mes cheveux contre le coussin du canapé. Ma respiration s'intensifie à mesure que ses phalanges disparaissent en moi, sans réaliser je me suis mise à gesticuler pour intensifier ses mouvements. Alors que je sens déjà les prémices de l'orgasme, je tente d'attraper son bras pour le stopper, mais il me devance et m'oblige à me mettre à quatre pattes.

— Cass… Je…

— Chhuut, laisse-toi aller.

À peine a-t-il prononcé cette dernière phrase qu'une vague de plaisir déferle en moi comme un raz-de-marée. Mes genoux ploient sous mon poids, mais Cassius est là pour me rattraper. Son doigt attend mes derniers spasmes pour s'immobiliser, puis se retirer. Je ne suis pas encore remise de mes émotions, pourtant j'ai envie de lui rendre la pareille, seulement j'entends déjà un emballage se déchirer derrière moi. Je me relève toute groggy, les joues en feux, et tends mon poignet vers son érection, mais il m'arrête aussitôt.

— J'ai besoin de te sentir, là, tout de suite, me dit-il à bout de souffle tout en mettant en place le préservatif.

Je lui adresse un sourire, puis me positionne exactement comme je l'étais quelques minutes plus tôt. Il semble adhérer à ma proposition, puisqu'il attrape mes hanches et je sens déjà son gland fendre l'orée de mon vagin. Il me pénètre délicieusement, centimètre par centimètre, et ça me donne le sentiment de lui appartenir à jamais. Ses va-et-vient se font plus intenses, plus ardus, au même titre que mes gémissements. Quelques râles rauques et outrageusement érotiques se sauvent à travers son souffle, et faire l'amour n'a jamais été si bon. À mesure que ses coups de reins s'amplifient, nos peaux claquent ensemble, et son contact m'électrise un peu plus. Avant qu'il ne se lâche complètement, je me cambre et me redresse pour que nous puissions nous embrasser. Là, la jouissance ne tarde pas à monter en nous. Je la sens grossir davantage jusqu'à me remplir de toute sa largeur. Sans plus tenir je laisse l'orgasme se déchaîner en moi tel un métal en fusion. Cassius ne me lâche pas, d'une main il m'agrippe la hanche et de l'autre maintient fermement ma tête contre la sienne. Quelques secondes plus tard, il me rejoint, déversant en moi tout son désir.

Nous restons un instant ainsi, à reprendre notre souffle, à nous embrasser sans avoir besoin de prendre la parole. Lorsqu'il se retire, j'ai l'impression de perdre une partie de mon être, alors j'attends sagement qu'il s'asseye pour me placer à califourchon sur lui.

— Salut toi.

Mon cœur bat la chamade, pas à cause de nos ébats, mais simplement car l'intonation de son « salut toi » me promet monts et merveilles. Je souffre certainement de manque de sommeil pour qu'une telle phrase me retourne le cerveau.

— Et maintenant ?

J'ai peur qu'il remarque ma carotide pulser dans mon cou. Répondre à cette question reviendrait à étiqueter notre relation. Mon futur est encore trop incertain pour que je sois capable de répondre à ça. Pourtant c'est lui que je veux, ça, j'en suis sûre. Et s'il ne m'envisageait pas comme je l'envisage moi ? Si je me plantais en beauté ?

— Je vais devoir me taper 15 heures de vol sans toi… Voilà.

Il rit en basculant sa tête en arrière. J'ai envie de me nicher dans le creux de son cou, de respirer son odeur jusqu'à en être étourdie, lui mordiller la peau pour marquer mon territoire… Il passe ses pouces contre mes joues, je penche ma tête sur le côté pour lui emprisonner sa main.

— C'est fou…

— Quoi donc ? me questionne-t-il les sourcils froncés.

— Avant toi, j'avais l'impression que j'étais sur le point de m'éteindre, de mourir de l'intérieur… Et puis soudain, tu es là.

Il dépose un baiser sur mon front, fort, puissant, possessif.

— Azèle, j'ai toujours été là. J'attendais juste le bon moment.

Chapitre 42

Tous les trois nous serons toujours plus forts. Nous formons une merveilleuse équipe, capable de résister à la pire des tempêtes. Bien sûr, le temps va fatalement s'écouler, et tu t'envoleras vers d'autres aventures. Mais si parfois tu as peur, si même adulte tu ne sais plus par où passer, alors reviens vers nous. Nous serons toujours là.

Azèle

La villa de mon père en ferait rêver plus d'un. Nichée sur les hauteurs de la baie, je peux voir ses lignes épurées qui se fondent entre les rochers et la végétation. C'est un écrin de sérénité, avec une vue imprenable sur la mer, les vagues et l'horizon. Évidemment, son expérience dans l'immobilier lui a valu quelques contacts, mais je dois bien admettre qu'il m'impressionne avec cette rénovation.

— Papa… C'est incroyable ! On sent que tu y as mis ton cœur, tes tripes et tout le reste !

Il ouvre l'immense baie vitrée et m'invite à le suivre sur la terrasse, où une piscine à débordement semble rejoindre le ciel.

— J'ai tout mis en pause pour me consacrer à cette maison lorsque je suis arrivé ici. Je crois que ça m'a fait du bien, j'ai l'impression que je suis prêt pour un nouveau départ.

L'émotion dans sa voix le trahit, il se force à l'oublier alors qu'il n'en a pas envie. Je croyais le comprendre, ressentir la même chose depuis que maman est morte, or je réalise à présent que mon deuil ne ressemblera jamais au sien. Je ne sais pas ce que c'est de perdre l'amour de sa vie, ni de se retrouver seul face à des souvenirs partagés, des projets brisés, et une enfant qui lui ressemble comme deux gouttes d'eau. Je ne suis pas encore avec Cassius, je veux dire pas officiellement, et je n'ai pas la moindre idée de ce que nous réserve l'avenir, cependant imaginer le perdre rien qu'une seconde me broie les entrailles.

Je m'approche pour lui prendre la main, instinctivement ses doigts se resserrent autour des miens. Je regrette de ne pas être venue le voir plus tôt, j'étais tellement accaparée par mes problèmes avec Zack, cette fusillade, mon nouveau travail, Cassius… que j'ai oublié mon principal pilier. Bien sûr, rien n'a plus jamais été pareil après sa disparition, nous avons dû nous approprier un nouveau quotidien, de nouvelles traditions. Même lorsque j'ai intégré l'UCLA, mon père a continué de prendre de mes nouvelles quotidiennement, il passait me voir, venait me chercher pour que l'on passe nos week-ends ensemble. Nous étions proches avant, bien plus qu'aujourd'hui, nous étions inséparables tous les trois. J'étais leur fille unique, et l'amour que mes parents m'offraient était inconditionnel. Nous étions du genre à ne jamais nous séparer, à partir ensemble en vacances, à dormir tous les trois dans le même lit, nous avions des rituels pour absolument chaque jour de la semaine, mais le « mardi pop-corn » restera toujours mon préféré. J'ai eu une enfance merveilleuse, bercée de câlins, de sourires, de discussions interminables et de tout ce dont une petite fille pouvait rêver. Du moment où le cancer a frappé, un vide profond et sans limites s'est invité sous notre toit, et nous a fatalement séparés. Mon père n'a jamais osé s'immiscer dans ma vie amoureuse, ni dans mon anorexie, et c'était parfait ainsi. Le fait qu'il n'ait jamais cherché à connaître les quantités de protéines que j'ingurgitais ne voulait pas dire qu'il ne s'inquiétait pas…

— Comment… comment tu vas mon Azèle ?

Le soleil illumine ses cheveux grisonnants, son visage paraît rajeunir malgré le temps qui passe. Je plonge mes yeux dans les siens, identiques. S'il y a une chose qui nous lie particulièrement, c'est bien notre regard.

— Je vais mieux. Bien mieux.

Un sourire vient fendre ses lèvres, il me détaille des pieds à la tête.

— Ça se voit. Je ne t'avais pas vue si rayonnante depuis des années. Tu ne peux pas savoir à quel point ça me fait plaisir ! Au fait, comment va Zack ?

Je me mets à mordiller mes lèvres frénétiquement, sans pouvoir m'empêcher de grimacer. J'avance prudemment vers le salon extérieur, et prends place dans un des fauteuils en osier.

— À ce propos… Zack et moi avons rompu.

Il fronce les sourcils l'air perdu, avant de s'asseoir face à moi.

— Comment ça ? Je suis désolé Azèle, je l'ignorais complètement ! J'ai pourtant croisé Kurt et Pénélope pas plus tard qu'il y a une semaine, ils ne m'ont rien dit du tout.

Pénélope et Kurt sont très probablement au courant, mais ils doivent espérer que nous nous rabibocherons, tout comme Zack. Zack qui m'a envoyé un message juste avant que je monte dans l'avion pour San Francisco il y a quelques jours.

Je dois te parler.
Je t'aime comme un fou,
ça ne peut pas se finir ainsi.

Je n'ai pas répondu, car la mise en garde de Cassius résonne toujours en moi.

— Oui, ça ne m'étonne pas… Disons que mon séjour à San Francisco et tous les événements qui ont suivi m'ont ouvert les yeux.

Je marque une pause en cherchant mes mots, je n'ai pas envie d'inquiéter mon père.

— J'ai compris que nous n'étions plus faits l'un pour l'autre, que je m'évertuais à rester avec quelqu'un qui ne m'aimait pas pour ce que j'étais. Il voulait me changer, me façonner à son image… Je ne me posais pas de questions, je restais avec lui par habitude, car c'était mon amour de jeunesse, alors qu'en fait… en fait il me détruisait plus qu'il m'aimait.

Ma voix tremblote, j'ignorais que ce sujet était encore si sensible pour moi. À croire que mon cœur n'a pas encore oublié toutes ces années à trimer. Je meurs d'envie de lui avouer tout ce que j'ai appris sur son compte, ses troubles psychiques ainsi que les secrets des Murphy. Mais je me ravise.

— Je suis désolé, Azèle, de ne pas avoir vu plus tôt que tu ne t'épanouissais pas avec cet homme. Ta mère me parlait souvent de lui, je crois qu'elle ne l'aimait pas beaucoup. Mais elle ne voulait pas s'interposer dans ton « amourette », c'est ce qu'elle disait. Encore une fois, elle avait vu juste.

Il soupire et se rencogne dans son dossier.

— Ta mère et toi avez toujours eu une connexion hors du commun. Parfois, j'avais l'impression que le cordon ombilical n'avait jamais été coupé !

Je pouffe.

— Mais c'est vrai ! Elle ressentait tout, c'était inouï. Elle savait quand tu allais tomber malade, elle savait dissocier chacun de tes pleurs, même à des kilomètres elle pouvait sentir le danger pour toi. C'était affolant, mais incroyablement réel. Elle t'aimait, et elle avait certainement dû voir que Zack n'était pas le bon.

Ses mots font jaillir des picotements aux coins de mes yeux.

— J'ai rencontré quelqu'un d'autre, lui confié-je.

Il écarquille les yeux, plus intéressé que jamais.

— Oh… Ici, à San Francisco ?

J'acquiesce, des images de Cassius et de Paris en pagaille dans mon esprit. Il me manque terriblement, voilà trois jours que nous nous sommes quittés, pour moi c'est déjà trop.

— En fait, je l'ai rencontré lors du jour de la fusillade.

L'étonnement éclate sur son visage, puis tout à coup c'est comme si un éclair de lucidité s'emparait de ses prunelles.

— Attends, attends.

Je l'observe se lever, traverser la terrasse, pénétrer dans sa maison puis disparaître. Durant quelques instants ma poitrine s'affole, comment pourrait-il être au courant de son identité ? Lorsqu'il réapparaît à mes côtés, il tient dans ses mains son iPad.

— Je suis tombé sur cette vidéo il y a une semaine. C'est vrai qu'il se passe quelque chose entre vous, je veux dire c'est indéniable. Je n'y croyais pas trop, lorsque… enfin lorsque quelqu'un me l'a fait remarquer.

Quelqu'un ? Mon père est décidément étrange. Quand il retourne l'écran, un vertige s'insinue aussitôt en moi. Je suis sur cette minuscule banquette, gênée, rouge écarlate, les mains cramponnées à mes genoux, à l'opposé de l'immense carrure de Cassius qui est plus détendu que jamais. L'interview, cette satanée interview est sortie.

— Tu… tu… enfin tu…

Je bégaye, incapable d'aligner la moindre phrase, incapable d'opérer la moindre logique dans mon cerveau.

— Cassius ?

Il plisse les yeux en me dévisageant. Qu'en pense-t-il ? A-t-il, lui aussi, un avis bien tranché sur sa personne ?

— Il n'est pas ce que l'on croyait, il est… tellement plus.

— Mais je pensais que tu le détestais ?!

Je secoue la tête, honteuse d'avoir pensé un jour toutes ces horreurs à son sujet.

— Non, j'ai appris à le connaître et j'ai compris beaucoup de choses.

Mon portable se met à vibrer dans ma poche, le prénom de Zack me brûle la rétine lorsqu'il surgit sur mon écran. Je raccroche aussi sec, n'ayant pas le courage de lui parler.

— Tu travailles toujours pour lui ?

— Oui… En fait je rentre tout juste de Paris.

— Paris ?!

Mon téléphone se remet à vibrer contre mes cuisses, mes muscles se contractent à l'idée d'avoir à entendre sa voix de nouveau.

— Quelqu'un cherche décidément à te joindre, tu devrais répondre.

Je raccroche une nouvelle fois.

— Non, ce n'est pas important ! Oui, j'étais à Paris, j'ai participé à un concours avec Cassius, pendant lequel je lui ai servi de traductrice.

Le visage de mon père s'anime de bonheur, comme s'il avait déjà oublié la bombe que je viens de lâcher. J'aime ça chez lui, sa façon de ne pas juger, de comprendre pour accepter.

— Il t'a emmenée à Paris… Je n'en reviens pas ! Et tu ne me le dis que maintenant ?! Ta mère serait folle de joie, elle aimait beaucoup Cassius. Comment c'était ?

Je tire le fil chronologique de ce voyage, à commencer par cette tension indéniable entre lui et moi, puis les monuments, le concours, nos nuits ensemble, avant de répondre.

— C'était intensément merveilleux.

— Tu es amoureuse, je ne t'ai jamais vue ainsi ! tranche-t-il sûr lui.

Sans pouvoir le contrôler, mon cœur bat la chamade à la perspective de lui avouer mes sentiments un jour. C'est évident que je suis amoureuse.

— Azèle, ton portable…

Contre mon fauteuil, des notifications par dizaines, Zack m'a laissé des messages vocaux, et Tess m'a envoyé une dizaine de messages. De mes doigts tremblants je parcours mon accueil, pour enfin ouvrir mon application.

SOS

Je crois que Zack est au courant.

RÉPONDS-MOI.

ZÉLOU ??

Chapitre 43

Azèle, promets-moi de ne jamais laisser quelqu'un altérer ton jugement. Fais-toi confiance, tu es intuitive, tu l'as toujours été.

Azèle

Lorsque j'arrive devant le *French Sky*, Tess est en plein service mais n'hésite pas une seconde pour venir à ma rencontre.

— Il t'a appelée ? lui demandé-je à la hâte.

Elle acquiesce en m'attrapant par le bras, et m'attire dans la cave où nous sommes à l'abri des regards.

— Oui, il est furax, je ne l'avais jamais entendu hurler autant. Au départ, je ne comprenais pas un mot de ce qu'il racontait, puis il m'a parlé d'une certaine interview.

Je suis aux aguets, les nerfs en pelote à attendre qu'elle m'en apprenne davantage.

— Je n'avais pas connaissance de cette interview, mais effectivement lorsque j'ai fouiné sur Internet j'ai compris où il voulait en venir… Bon sang, la tension sexuelle durant ces trente minutes est insoutenable ! s'exclame-t-elle.

— Tant que ça ?

Le verre qu'elle me tend est plein à ras bord, j'avais effectivement besoin d'un remontant mais je n'en attendais pas autant !

— Oh, Azèle ! Arrête de te voiler la face, tu as vu de quoi vous avez l'air à l'écran ?

— Je n'ai pas regardé le replay, j'ai essayé de joindre Cassius durant tout le trajet… Mais impossible, je tombe sur répondeur.

Tess grimace avant de déboucher une nouvelle bouteille.

— Il doit sûrement être déjà dans l'avion.

— Fait chier ! Tu crois que je dois le rappeler ?

— Qui ça ? Zack ?! Sûrement pas, tu attends que Cass rentre et vous le ferez ensemble !

Après réflexion, je trouve que c'est plutôt une bonne idée. Avant qu'elle ne franchisse le seuil de la salle du restaurant, elle lève ses yeux vers moi une dernière fois.

— Écoute Azèle, ça va aller. Zack finira par l'accepter, après tout il ne t'aimait pas vraiment, alors ça ne devrait pas être trop compliqué pour lui de passer à autre chose. Tu vas rentrer à l'appartement, te prendre une bonne douche et te mater quelques séries. Je vais essayer de finir plus tôt ce soir, mais surtout tu m'attends pour terminer *Ginny et Georgia* !

La perspective de ce programme apaise mon pouls, elle a raison, je n'ai pas à m'inquiéter.

Le trajet à pied entre le restaurant et l'appartement de Tess m'a aidée à faire le vide, même si je continue d'imaginer le désespoir de Zack. Du moment où j'ai appris son trouble bipolaire, je n'ai pas cessé de lire des articles sur Internet, et je crains que ce genre de nouvelle vienne le perturber davantage. Même s'il n'éprouve pas de sentiments amoureux pour moi, il doit me considérer comme son équilibre. Ce genre de trouble peut entraîner une dépendance affective, peut-être que Zack voit en moi une « bouée de sauvetage ». En habitant avec moi pendant des années, j'étais son quotidien, et depuis que j'ai quitté notre appartement, la solitude ne doit pas jouer en sa faveur. Ceci expliquerait son dévouement à me garder près de lui, et son obsession avec moi.

Sur le trottoir je peine à aligner mes dernières foulées, je ne m'étais pas rendu compte qu'une telle distance nous séparait du *French Sky.* En cherchant mes clés au fond de mon sac, une voiture s'immobilise à ma hauteur dans un crissement de pneus. Je reconnais immédiatement le 4×4 de Zack. Dans ma poitrine, mon rythme cardiaque fait une embardée. La vitre passagère se baisse et me dévoile son expression furieuse.

— Monte dans la voiture.

Je reste statique, médusée de le savoir ici à seulement quelques mètres. M'enfuir est la première idée qui me passe par la tête, mais il serait capable de camper au bas de l'immeuble et de poursuivre Tess lorsqu'elle reviendra. Ma bouche est sèche, ma gorge serrée me fait un mal de chien, je ne suis pas en mesure de réfléchir convenablement.

— Azèle, je t'en supplie… Monte, je veux seulement te parler.

Sa voix chevrotante me brise de l'intérieur, lui infliger cette souffrance n'était pas volontaire de ma part. Je ne peux pas lui tourner le dos, même s'il m'a fait vivre un véritable enfer ces dernières années, sa maladie le rend vulnérable et il n'est pas totalement maître de ses réactions. Mon empathie prend le dessus, je fais volte-face et actionne la poignée. L'odeur des sièges en cuir me prend aux tripes, mon sang-froid se fait la malle dès lors que nos regards se rencontrent. Des cernes noirs encerclent ses yeux, ses pommettes sont creusées, sans parler de sa barbe drue et hirsute qu'il n'avait jusqu'ici jamais laissé pousser. Dans ses iris charbonneux se joue une effroyable tempête, je peux y déceler tous ses tourments, ses remords, mais surtout une rage destructrice.

— Zack… murmuré-je malgré la douleur dans ma poitrine.

— Pourquoi ? Pourquoi lui ?

Il tape un grand coup sur le volant, j'encaisse sa violence et m'oblige à ne pas sursauter. Je ne dois pas lui montrer qu'il me fait peur, il ne peut pas continuer de me dominer comme il le faisait, bipolarité ou non.

— Cassius n'est pas le problème, notre histoire n'existait déjà plus.

Un rire grave et mesquin retentit dans l'habitacle.

— Tu comptais me le dire un jour ? Que tu te tapais mon demi-frère ? Depuis quand ça dure ? Depuis quand es-tu attirée par cet enfoiré ?!

Je dois garder à l'esprit qu'il n'est pas tout à fait lui, mon self-control va être mis à rude épreuve.

— Je sais de quoi tu souffres, finis-je par lui avouer.

Je n'avais pas pour projet de le lui dire, je pensais seulement que nous mettrions notre relation au clair… De la même manière que je n'imaginais pas qu'il débarquerait ici un soir en pleine semaine, ni que je serais assez sotte pour monter dans sa bagnole !

— Oh bien, alors Cassius t'a tout balancé ! Je suis surpris que tu aies accepté de monter dans ce cas-là. Tu n'as pas peur du grand fou ? Tu n'as pas envie de te tirer pour te mettre à l'abri ?

Si mon corps pouvait bouger, je serais déjà sur le trottoir à courir vers la porte d'entrée de l'appartement. Malgré tout, nous avons partagé un paquet de moments tous les deux, et je suis encore en vie. C'est qu'il ne doit pas être si dangereux, ou c'est moi qui suis drôlement solide.

— Non. Je te connais, je sais que tu ne me feras pas de mal, n'est-ce pas ?

— Je ne sais pas. Je ne suis pas le patient le plus assidu avec les traitements, et il se pourrait que j'aie encore oublié d'avaler mes cachetons ce matin.

J'observe ses membres perdre le contrôle, ses doigts trembloter lorsqu'il augmente le volume de la radio, et ses lèvres tressauter comme s'il avait un vilain tic.

— Je n'étais pas heureuse, nous n'étions plus heureux… Tu m'as caché pendant des années la vérité, tu m'as trompée, tu m'as harcelée moralement. Tu ne m'aimes pas, j'étais simplement un repère lorsque tu perdais pied entre ton monde et la réalité.

Sa respiration s'accélère, tandis qu'un grognement remonte dans sa gorge.

— Mais je te pardonne. Tout. Car maintenant, j'ai la certitude que tu n'étais pas décisionnaire de chacun de tes actes. Et surtout, j'espère que tu me pardonneras aussi, de ne pas avoir remarqué plus tôt que tu souffrais toi aussi.

Je le pense sincèrement, j'ai eu beau lui en vouloir, ma haine s'est doucement transformée en résilience. Nous avons été manipulés par son père et sa mère, Zack est à plaindre plus qu'à détester. Sans repères, sans filet de sécurité, il a seulement besoin d'aide.

— La ferme ! Putain, mais tu t'entends ? Je ne sais pas qui t'a mis toutes ces idées dans le crâne, Azèle. Je ne t'ai jamais trompée, je n'ai rien à me faire pardonner. Je veux juste qu'on rentre chez nous, que tu oublies Cassius et la propagande qu'il a imposée à ton esprit, tu entends ?!

D'un mouvement brusque, il verrouille les portes de la voiture, et accélère en trombe pour s'engager sur la chaussée. Je lâche un hurlement tout en m'affairant sur le loquet de ma portière. Il ne peut pas conduire dans cet état, il ne peut pas me ramener à Los Angeles, je dois sortir immédiatement. Dans la précipitation, j'attrape mon téléphone pour appeler Tess, mais elle doit encore être en plein service puisqu'elle ne répond pas.

— ZACK, je t'en supplie, arrête la voiture !

Je hurle dans le vide, Zack étant trop occupé à doubler les automobilistes et griller les feux.

— Maintenant tu vas me parler, Azèle. Tu vas me dire comment c'est avec Cassius, qu'est-ce qui nous différencie ? Maintenant que tu as goûté à nos deux bites, tu vas peut-être pouvoir faire ton choix ?!

Je manque de vomir sur le tableau de bord lorsqu'il accélère dans un énorme virage et déboule sur la voie rapide. Le compteur avoisine déjà les 130 km/h alors que nous venons tout juste de quitter la ville.

— Et ne me réponds pas qu'il t'a sauvé la vie ! Je ne supporte plus cette réponse à la con ! Il en a une plus grosse ? Ah non, je sais... Il t'a emmenée à PARIS ? Pour son FOUTU CONCOURS ?!

Mon Dieu, nous allons mourir ici. Sur cette autoroute de malheur qui me ramène enchaînée vers mon passé.

— Ralentis... Je... ralentis et je t'expliquerai tout.

Je tente une seconde fois d'appeler Tess, mais tombe systématiquement sur sa boîte vocale. À côté de moi, je l'entends fulminer à mi-voix, me donnant l'impression qu'une troisième personne vient de débarquer entre nous. Je ne distingue pas une seule phrase, cependant notre allure diminue légèrement et me laisse entrevoir une porte de sortie.

— Je veux tout savoir, ne fais pas l'impasse sur quoi que ce soit, aboie-t-il d'un ton impérieux.

Je rassemble mon courage, racle ma gorge irritée d'avoir crié, puis me lance enfin. Comme dans un vieux magnétoscope, je rembobine le film de ces derniers mois, l'angoisse déformant ma voix. Mon arrivée à San Francisco, mes premiers cours de français, la découverte du *French Sky* et mes interrogations face au véritable Cassius. Je continue de fixer l'asphalte éclairé par intermittence, sans oser le regarder lui, même si je peux sentir chaque centimètre de son corps se tendre à mesure que mon récit évolue. Je ne me prive pas de lui rappeler notre quotidien désastreux à L.A., rythmé par ses crises de nerfs.

— Durant la fusillade… Il est apparu comme ma bonne étoile, j'étais seule, une femme venait de se faire abattre devant moi. Je n'avais jamais vécu un événement aussi traumatisant. Son calme et sa présence m'ont aidée, sans lui je ne serai sans doute plus là.

Difficile de dissimuler les tremblements qui déforment ma bouche, ni les larmes venues s'accumuler sous mes paupières au point de me brûler la rétine. Malgré tout, je ne me démonte pas et poursuis mon histoire, me rappelant les détails qui m'avaient échappés, mais surtout que mes sentiments pour son frère n'ont fait que s'amplifier au fil des semaines. Je suis d'ailleurs à peu près certaine qu'ils ne cesseront jamais d'évoluer de manière exponentielle.

— Alors mon frère débarque sur un trottoir, te conduit dans une chambre froide obscure et tu tombes amoureuse ? C'est ce que tu es en train de me dire ?

— Non, ce n'est pas du tout ce que je suis en train de te dire ! Tu n'étais jamais présent, à l'appartement ou même dans ma vie en général. Je ne sais pas ce que tu as vécu, j'ignore tant à propos de la bipolarité… J'aurais aimé que tu ne me caches pas ta véritable personnalité, tu étais l'homme avec qui j'ai partagé toute une partie de mon adolescence… Ce n'est pas rien ! Et même si nous avions souvent des différends, je te faisais confiance ! Je m'étais livrée à toi pour mon anorexie, je portais dans notre cœur ce que nous étions, réellement.

J'aperçois sa mâchoire se contracter frénétiquement pendant que ses mains serrent le volant. Sa bouche ne forme plus qu'une fine ligne, la tension qui émane de son corps pourrait anéantir Hulk lui-même.

— Tu parles au passé. Pourquoi tu parles au passé ?

Je décide de ne pas prêter attention à sa question, m'apprêtant à lui révéler la suite. Je lui explique pour mon poste au restaurant, car grâce aux heures passées là-bas j'ai découvert une version de Cassius qui m'était encore totalement inconnue. Je lui explique comment il est parvenu à mettre le doigt sur des éléments auxquels personne n'avait jamais prêté attention, mon attrait à la nourriture grandissant à vue d'œil tout comme mon appétit. Je fais néanmoins l'impasse sur l'historique de Lily Trinisky, car ce n'est pas à moi de lui révéler cette partie. Je lui parle enfin de Paris… Paris que j'avais laissé derrière moi juste pour lui. Cassius a réussi à m'embarquer dans ses aventures, sans perdre de vue mes propres rêves, et si ce n'est pas une preuve d'amour, je ne sais pas ce que c'est.

— Accouche, et passe directement à la baise. Car il n'y a que ça qui intéresse Cass, tu sais. Si tu penses qu'il est avec toi uniquement pour tes beaux yeux, ou pour te sauver de tes 48 kilos toute mouillée, tu rêves. Il t'a fait voir la tour Eiffel juste pour te sauter.

— Tu n'as toujours pas compris ? Que ton père et ta mère sont les seuls salopards de toute ton existence ? Que tu incrimines ton frère dans des conneries absurdes, des on-dit qui se sont tous révélés faux ?

Il tourne brusquement le volant en appuyant par à-coups sur l'accélérateur. À presque 200 km/h, la voiture se met à zigzaguer dangereusement alors que les autres automobilistes nous klaxonnent dans tous les sens. Je hurle tout en plaquant mes mains contre le tableau de bord, je m'y agrippe comme s'il pouvait me sauver puis braque finalement mon regard sur lui. Son visage rouge écrevisse est maintenant recouvert d'une fine pellicule de sueur qui dégringole jusqu'à son cou. Il me fait peur, je n'aurais jamais dû lui détailler à ce point mes échanges avec Cass, et ce que je pense de ses enfoirés de géniteurs.

— TU L'AIMES ?

Pareil à un volcan en éruption, sa voix devient brutale et incandescente comme la lave. J'aimerais lui répondre, seulement je suis terrifiée à l'idée de ce qu'il pourrait entreprendre avec son volant.

— Zack… Je t'en supplie, regarde la route et ralentis.

Il fulmine tout en secouant la tête, des larmes venant lui ravager les joues.

— EST-CE QUE TU L'AIMES ?

Sur l'autoradio, la guitare d'*Until I Found You* de Stephen Sanchez, joue encore en dépit de l'ambiance cataclysmique qui règne entre nous. L'ironie du sort est parfois sans appel.

Maman ? Est-ce que c'est toi qui m'envoies ce signe ? Est-ce que tu te joues de moi à travers les ondes d'une station radio ? Dois-je avouer l'impensable à mon ex petit copain, alors qu'un aveu de cette envergure nous conduirait tout droit vers la mort ?

Ses expirations sont bruyantes, comme si respirer lui coûtait. La voiture fait une embardée sur la droite, je m'accroche à l'accoudoir pour éviter de m'écraser contre la vitre. Le panneau d'une sortie passe devant moi, nous signalant que bientôt nous rejoindrons une route à très haut dénivelé. Notre allure ne faiblit pas, malgré les recommandations affichées sur les panneaux. Je n'arrive pas à me situer géographiquement, les arbres sont cachés dans la pénombre, les lampadaires se faisant rares, jusqu'à ce que l'édifice d'un pont se dessine. À ma droite, un précipice menant tout droit dans l'océan Pacifique. Je ravale ma salive, incapable d'avoir la moindre pensée logique.

— J'attends. Je ne ralentirai pas tant que tu ne m'auras pas répondu.

Sa voix est anormalement calme, ce qui m'effraye davantage encore. Les arches du pont se confondent avec les falaises et sont plus proches que jamais, nous ne pouvons pas rouler si vite ici… Si nous rencontrons une voiture, si nous perdons le contrôle, nous mourrons à coup sûr.

I would never fall in love again until I found her
I said, « I would never fall unless it's you I fall into »
I was lost within the darkness, but then I found her
I found you

Tandis que les derniers accords s'évaporent entre nous, mon ventre s'enroule, je recroqueville mes jambes pour ressentir le moins possible les mouvements. La tête nichée entre mes genoux, j'articule faiblement.

— Je l'aime.

J'ai l'impression que les pneus ne touchent plus le sol, ou peut-être suis-je déjà sur le point de partir. Un juron infâme retentit à l'instant où Zack lâche le volant, des phares m'éblouissent, mais je ne ressens rien d'autre qu'une terrible envie d'en finir. Le pont est derrière nous, nous touchons de nouveau terre, Dieu soit loué. Je n'ai pas envie de souffrir, heureusement tout semble aller assez vite pour que mon vœu s'exauce. Je suis secouée à droite, à gauche, mon corps se ratatine un peu plus par protection. Je tente de récupérer le contrôle du véhicule, Zack ne semble même plus respirer, il s'est évanoui au moment où la voiture s'est remise sur la route. Malheureusement, malgré tous mes efforts pour nous immobiliser, la voiture poursuit sa course folle entre les virages, jusqu'à… Jusqu'à ce qu'un violent choc m'arrache un hurlement de douleur. Ma souffrance exulte à travers mes lèvres, je n'entends plus distinctement, un voile cotonneux et noir explose perfidement m'envelopper, m'évitant de ressentir la moindre émotion. Kérosène, métal, vent iodé. Je ne suis plus vraiment là, mais ces odeurs puissantes persistent comme le vilain crabe et les métastases de ma mère. Puis enfin, le néant.

Chapitre 44

Cassius

Lorsque je pose les pieds sur la terre ferme, il doit être 7 heures du matin à San Francisco. Mon dos est en compote, sans parler de mes jambes endolories que j'ai dû recroqueviller pendant tout le voyage. J'ai toujours refusé de voyager en classe affaires, car il m'a toujours semblé futile de dépenser son fric là-dedans, mais cette époque est révolue, la prochaine fois j'opterai même pour la première.

En basculant mon téléphone en mode normal, je suis submergé d'appels manqués. Tess, Kurt, Bob, même Pénélope m'a laissé des messages, mais l'absence d'Azèle parmi ces prénoms m'inquiète davantage.

Appelle-moi dès que tu atterris. – Tess

C'est urgent, tu as intérêt
à nous rappeler ! – Kurt

Il est arrivé quelque chose,
décroche bon sang ! – Pénélope

Devant le caractère dramatique des messages, je décide de doubler la file entière pour passer les contrôles de police, ce qui me vaut un paquet d'insultes. Tant pis pour ma valise, ça attendra. Je pensais que le seul remède à mon état léthargique serait de sauter dans mon lit dès que possible, mais la montée d'adrénaline qui s'opère en ce moment dans mon corps est plus puissante que tout. Je n'ai aucune certitude quant aux événements qui se sont déroulés pendant mon absence, mais je ne peux refouler le mauvais pressentiment qui gagne peu à peu du terrain. Alors que je traverse le hall principal en courant, les détonations de mon téléphone résonnent à mon oreille. Tess ne me répond pas, Bob non plus. Je dois me résoudre à appeler mon père, alors que je m'étais promis de ne plus jamais lui adresser la parole. Arrivé sur le trottoir, je me précipite sur le premier taxi libre et m'y engouffre sans même lui dire bonjour.

— Où allez-vous ? me demande le chauffeur en croquant dans un donut recouvert de vermicelles multicolores.

— J'en sais rien, mais roulez vers le centre-ville de San Francisco !

Pour la énième fois j'enclenche un nouvel appel, et par miracle mon père décroche.

— Putain ! Tu sais depuis combien de temps on essaye de te joindre ?!

— J'étais dans l'avion.

Les cris de mon père me broient les tympans, je ne comprends qu'un mot sur deux.

— Écoute, essaye d'articuler un minimum si tu veux que je te sois utile, fulminé-je en passant nerveusement mes doigts dans mes cheveux.

— … un accident, Zack est en réanimation ! À se demander ce que cette idiote d'Azèle est allée lui raconter dans cette maudite voiture !

Un sac de pierres investit mon estomac. Je fronce les sourcils, alors que le chauffeur me détaille d'un drôle d'air dans son rétroviseur.

— Attends, Azèle ? Azèle était dans une voiture avec Zack ??

— Dans sa voiture ! Dans sa nouvelle Cadillac en plus ! Flambant neuve et déjà bonne pour la casse.

J'ai envie de le tuer, cet enfoiré a le culot de parler de sa caisse alors que son fils est en réanimation.

— OÙ EST-ELLE ?

— Dans un fossé, le long de la côte.

— AZÈLE ! Pas la voiture !

J'indique au conducteur de rejoindre au plus vite l'hôpital, tandis que mon père lâche un rire sinistre.

— Je n'en sais rien ! Mais quoi qu'il en soit cette Azèle aura fait plus de mal qu'autre chose à notre famille !

— Va te faire foutre.

Je raccroche aussitôt, incapable d'en entendre davantage. Il faut qu'on avance, que le chauffeur passe la troisième et qu'il cesse de manger ce foutu donut. J'hésite un instant, puis finis par appeler Azèle. Évidemment, je tombe sur son répondeur. Pourquoi s'est-elle entêtée à lui parler alors que j'étais à des kilomètres ? Je lui avais pourtant demandé de ne pas être seule avec Zack, je pensais avoir été clair. Les imaginer sur cette route, roulant à toute allure me fout des frissons... J'aurais dû être là pour la protéger, j'aurais dû me douter qu'elle ne m'écouterait pas. Le visage déformé de Zack par ses crises de nerfs hante mon esprit, ne rien savoir et se sentir si impuissant me rend malade.

Après de longues minutes coincées dans un embouteillage, je règle le taxi avant de sauter de la voiture en marche. Je ne pouvais pas me résoudre à attendre bêtement, le cul vissé sur le skaï, à me demander si Azèle était toujours en vie. J'ai remonté les grands boulevards en slalomant entre les pots d'échappement, manqué de me faire écraser une dizaine de fois, et flanqué des doigts d'honneur à tous les automobilistes qui ont osé me klaxonner.

En arrivant à l'hôpital, j'ai à peine le temps de demander mon chemin qu'une petite tornade brune s'abat sur moi.

— CASSIUS ! Mon Dieu, tu es enfin là !

Tess a les cheveux hirsutes, et plus de cernes qu'une femme qui vient de passer vingt-quatre heures à accoucher.

— Bon sang, mais que se passe-t-il ? Pourquoi tu ne réponds à aucun de mes appels ?! m'écrié-je essoufflé.

— Azèle était dans la voiture, c'était absolument AFFREUX ! Tu te rends compte ? Je suis rentrée du restaurant et j'ai trouvé l'appartement vide ! VIDE ! Et après, les secours m'appellent en me disant qu'Azèle est…

— Mais elle est où ?? Elle va bien ? Viens-en au fait !

Je suis à deux doigts de l'étrangler tant ses explications s'éternisent, sait-elle au moins par quelles émotions je suis passé depuis que j'ai atterri ?

— Oui, Dieu soit loué elle va bien, elle n'a eu qu'une légère commotion cérébrale ce qui tient du miracle ! Lorsqu'on voit l'état de Zack…

— Que s'est-il passé ?

— Zack l'attendait en bas de chez moi hier soir, il l'a forcée à monter dans sa voiture. La suite n'est pas très claire, car Azèle est encore sous le choc… Mais d'après ce que j'ai compris, Zack est tombé sur l'interview où vous racontez votre expérience lors de la fusillade. Azèle a craqué, elle a fini par tout lui raconter pour vous deux. Je crois que c'est à ce moment-là qu'il a pété les plombs, il a accéléré et puis… Paf.

L'interview… La putain d'interview ! Et encore, ils n'ont pas encore vu les rediffusions du concours culinaire. Que Zack ait appris les détails de notre relation alors qu'il était au volant de son engin de malheur avec Azèle à ses côtés me fiche la nausée. Une bonne étoile, une sacrée bonne étoile la suit à la trace, je ne vois pas d'autre explication.

— Où est-elle ?

— Elle est à son chevet…

— Donne-moi le numéro de chambre.

— 408.

Se repérer entre tous ces couloirs similaires n'est pas une mince affaire, heureusement les écriteaux sur les murs me donnent la direction à suivre. Alors que je m'élance pour la retrouver enfin, Tess attrape mon bras pour m'interrompre.

— Il faut que tu saches qu'elle est bouleversée, elle s'en veut beaucoup.

— OK. C'est bon ? Tu peux me lâcher maintenant ?

Elle me jette un sourire las et triste à la fois, sans desserrer son étreinte.

— Je ne sais pas où vous en êtes tous les deux, mais… Cassius, vas-y mollo d'accord ?

Je tire mon coude vers moi pour la forcer à me relâcher. Je dois me faire violence pour ne pas l'envoyer se faire foutre, malgré la rage qui me laboure les entrailles.

Des tubes transparents par dizaines lui entourent le corps, un bandage lui recouvre le crâne. Zack paraît chétif et son air malheureux pourrait presque me donner envie de le prendre dans mes bras. Azèle est assise sur une chaise, ses vêtements sont débraillés et quelques pansements ici et là parsèment son visage et ses bras. Les bips des machines auxquelles il est relié encombrent la pièce. Je fais un pas dans leur direction sans pouvoir réfréner mon palpitant parti au galop. Elle sursaute lorsque je pose ma main sur son épaule, ses deux aventurines baignées de tristesse se posent sur moi. Le contour de son œil droit est violacé, ses lèvres habituellement roses et parfaites sont boursouflées et entaillées à plusieurs endroits. Instinctivement, mes doigts viennent caresser ses blessures et chasser ses larmes.

— Eh… je suis là, tout ira bien.

Un sanglot lui échappe avant qu'elle ne laisse retomber sa tête contre mon ventre. Je ne l'avais jamais vue si démunie, un nombre incalculable de questions me brûle les lèvres, or, je sais qu'elles ne seront pas les bienvenues.

— Est-ce… est-ce qu'il t'a fait du mal ? laissé-je échapper malgré tout.

Un « non » à peine perceptible me parvient. Je reste silencieux, mes mains caressant ses cheveux soyeux, attendant qu'elle reprenne ses esprits.

— AH ! Tu es enfin là, toi !

L'arrivée de ma chère belle-mère ne se fait pas en silence, derrière moi sa voix nasillarde m'irrite les tympans. Tous les muscles d'Azèle se tendent, je sens qu'elle cherche à s'échapper de mon étreinte, mais je la rapproche un peu plus de mon flanc. Qu'elle ait peur du regard de ses ex-beaux-parents n'est pas envisageable. Notre relation, s'il y a, n'a rien de honteux et est loin d'être clandestine.

— Vous deux… ! À vous enlacer sous ses yeux, alors qu'il souffre le martyre !

— Oh tiens, salut Pénélope ! m'exclamé-je tout sourire.

En réalité, ce sourire me coûte terriblement, d'autant plus quand je sais que Zack, Kurt et Pénélope sont responsables de la détresse d'Azèle. Mais mon ironie est capable de faire enrager ma belle-mère, et je ne compte pas lui faciliter la tâche.

— Quand ton père va arriver, prépare-toi à décamper très vite.

Je lâche un petit rire hautain, pendant qu'Azèle soupire bruyamment.

— Vos manigances, votre répartie pourrie et tous vos jeux enfantins font juste pitié. Votre fils chéri est en service de réanimation, car il a certainement décompensé derrière le volant de sa Cadillac, avec en passagère Azèle. Mais vous, la seule chose qui subsiste malgré les circonstances, c'est votre haine à mon égard.

Je m'interromps et jette un regard à Azèle, ses doigts se sont refermés dans les miens et elle m'observe la respiration suspendue. Derrière Pénélope, mon père se tient droit comme un piquet, les muscles de sa mâchoire qui tressautent.

— Zack est malade, il a besoin de soins, il a besoin de vous, putain ! Vous attendiez quoi ? Un accident d'une telle envergure pour réagir ? Azèle aurait pu crever ! Vous entendez ? Regardez bien votre fils, regardez où il est… Vous ne vous sentez pas responsables ? Même pas un chouïa ?

Pénélope plaque sa main sur sa bouche, réprimant un bruit de gorge infâme et les prémices d'un sanglot tandis que mon père est à la limite d'imploser.

— Je ne le porte pas dans mon cœur, et je ne pense pas que ça changera, pourtant là, Zack me fait de la peine. Je suis désolé pour lui, que ses parents aient préféré étouffer ses problèmes psychologiques plutôt que de les accueillir, désolé qu'il ait grandi en écoutant les conseils misogynes de son père, désolé qu'il n'ait eu que l'exemple de votre mariage foireux et de toutes vos frasques. J'aurais peut-être dû être présent, c'est vrai. Mais il a fallu que je me construise seul, que je démêle la véritable histoire de ma mère, que je bâtisse ma vie et que je trouve mon équilibre.

Azèle me laboure mes phalanges tant ses doigts m'enserrent.

— Mettre Azèle dans toute cette mascarade, ç'a été la pire décision de votre vie. J'étais trop con pour intervenir plus tôt, trop égoïste peut-être. Aujourd'hui, et pendant les prochaines années, je compte bien me rattraper auprès d'elle en lui prouvant qu'elle mérite l'amour avec un grand A, la sérénité, et que tous ses rêves méritent d'éclore. Azèle n'était pas un pion, Azèle n'aurait jamais pu « sauver » Zack de tout ce qui embrume son cerveau. À partir de maintenant, que les choses soient claires : Azèle est intouchable, et quiconque lui fera du mal aura affaire à moi.

Pénélope s'effondre en larmes en tendant les bras vers nous. Je recule instinctivement. Mon père, lui, ne bronche pas et continue de fixer les courbes du moniteur auquel Zack est relié. Son air impassible n'est que de surface, il est touché et je sais qu'il est suffisamment intelligent pour comprendre qu'il a merdé sur toute la ligne. Le reconnaître est une autre chose, sa fierté le desservira toujours.

— Promettez-nous de vous occuper de lui, murmure Azèle.

— Il a… il a… des médica… ments, sanglote Pénélope en s'asseyant sur le lit auprès de Zack.

— Je suis désolée, seulement j'ai vécu avec lui pendant des années, et je ne l'ai jamais vu prendre un seul de ses traitements. Je sais que je peux être tête en l'air de temps en temps, mais s'il avait pris des médicaments tous les jours à heure fixe, je m'en serais rendu compte !

Un médecin entre en fronçant les sourcils.

— Ça fait beaucoup de monde pour une seule et même personne !

Il pose les yeux sur Azèle.

— Mademoiselle Harris, je pensais avoir été clair avec vous. Vous n'êtes pas censée vous lever avant demain matin, et vous devez rester dans votre chambre ! Dois-je vous rappeler que la voiture a fait des tonneaux et que vous étiez à *ça* de vous briser la nuque ?

Je la dévisage à mon tour, inquiet qu'elle soit debout.

— OK. Je vais te raccompagner immédiatement dans ta chambre.

— Bien. Je suis content, votre petit copain semble plus raisonnable que vous !

— Excusez-moi… juste s'il vous plaît, essayez de sensibiliser ses parents au sujet de son trouble. Il a été diagnostiqué à l'âge de huit ans et n'a jamais ou très peu été soigné. J'ignore quelles sont les répercussions d'une telle maladie lorsqu'elle n'est pas traitée, mais je suis prêt à parier que toute cette situation n'est pas une coïncidence.

Le médecin semble intégrer chaque détail avec minutie, comme s'il n'avait pas encore eu vent de cette partie de l'iceberg.

— J'ignorais que mon patient souffrait de troubles psychiques. Merci de m'en avoir informé. Je vais donc régler tout ça avec vous… Veuillez me suivre dans mon bureau je vous prie.

Il fait signe à Pénélope et Kurt. Ces derniers, pétrifiés, le succèdent comme s'ils partaient à l'abattoir. Lorsque nous nous retrouvons en tête-à-tête, j'ai l'impression qu'Azèle ose à peine me regarder. Ses larmes se sont taries, mais je peux voir à travers son t-shirt blanc difforme sa poitrine s'agiter de haut en bas comme un yoyo.

— Il va s'en sortir, Zack est tenace. Qui plus est, j'ai l'impression que ce docteur ne le laissera pas partir tant qu'il n'aura pas passé un savon à ses parents !

Un léger sourire s'invite enfin sur ses lèvres abîmées.

— Tu as mal ?

Mon pouce effleure sa bouche avec délicatesse.

— Plus vraiment.

Peut-être a-t-elle deviné mon désir, car elle se hisse sur la pointe des pieds, et pose son attention sur moi. Je passe mes avant-bras sous ses cuisses et l'incite à se hisser autour de ma taille, mais elle grimace à la seconde où j'effleure ses hanches.

— Merde, je te fais mal ?

Je suis sur le point de la relâcher, mais elle se cramponne malgré tout à moi.

— C'est pas grave, je ne veux pas que tu me lâches.

— Azèle, je n'ai pas envie de t'esquinter davantage.

Elle se love dans mon cou, et enroule ses bras par-dessus mes épaules.

— J'ai eu tellement peur… souffle-t-elle à mon oreille.

Je rejoins le couloir sans qu'elle bouge d'un iota.

— Où est ta chambre ?

— La dernière, au bout du couloir.

En arrivant, je la dépose dans son lit défait, telle une petite plume.

— Quand est-ce que ton avion a atterri ?

Je jette un coup d'œil à ma montre, étonné qu'il soit si tôt.

— Il y a exactement une heure.

— Une heure ?? C'est tout ?

J'acquiesce tout en prenant place sur son lit, je tapote son oreiller lui intimant de s'allonger.

— Je n'ai pas sommeil.

— Je m'en fiche, allonge-toi. Tu t'es déjà levée alors que tu n'en avais pas le droit, maintenant tu vas reposer ta jolie petite tête, ici.

Elle plisse les yeux, mais obtempère sans rechigner. J'attends qu'elle soit bien installée, puis la borde jusqu'au cou.

— Je suis venu dès que j'ai compris où tu étais. T'imagines même pas ce que le chauffeur de taxi a dû endurer. Je me suis barré en pleine course pour finir la route à pied.

Elle rit. Enfin.

— Merci…

— Arrête. Je m'en veux suffisamment de ne pas avoir été là pour te protéger, alors ne me remercie pas.

— Rien de tout cela n'était prévisible ! s'exclame-t-elle en se redressant sur ses coudes.

— J'aurais dû penser à cette interview ! La journaliste m'avait appelé il y a une semaine, j'ai oublié de la…

— La journaliste ? L'espèce de blondasse peroxydée ?! Elle a ton numéro ?

Je ris face à son air jaloux, le même qu'à Paris lorsque Jessy et Tomy étaient là. Cette fille me plaît, définitivement.

— Tu sais que la jalousie te va terriblement bien ?

Elle fait la moue, avant de se laisser retomber sur son oreiller.

— Bon… C'est le moment où je dois te laisser te reposer, je n'ai pas envie de me faire engueuler par ton super docteur.

Dès l'instant où je me lève, elle s'agrippe à mon bras pour me retenir.

— Reste. Je lui expliquerai que j'ai besoin de toi pour me rétablir.

Elle me fait signe de m'allonger à côté d'elle, ce qui n'est pas évident lorsqu'on mesure plus d'un mètre quatre-vingt-dix et que le lit est aussi étroit qu'un ascenseur parisien.

— Cassius ?

Elle s'est nichée entre mes bras, contre mon abdomen, et son odeur de sucre et de rose m'inonde les sens.

— Hum ?

— Tu étais sérieux lorsque tu parlais de l'amour avec un grand A ?

J'inspire profondément avant de lui répondre simplement.

— Je n'ai jamais été aussi sérieux.

Là, dans cette chambre stérile et immaculée, nous restons immobiles face à nos sentiments dévoilés. L'amour n'était pas ma priorité dans la vie, mais Azèle m'a aidé à ouvrir les yeux et voir plus loin. Elle m'a appris à marier les couleurs lorsque je ne voyais qu'en noir et blanc, par sa force, sa candeur et ses sourires. Je ne sais pas si vivre des événements tragiques peut gonfler une âme, mais je sais que la sienne vibre, brille et nous emporte avec elle dans ses aventures. Il y a longtemps, j'ai croisé sa route, elle n'était qu'une petite fille, pourtant je sentais déjà ce feu brûlant qui crépitait en elle. C'est grâce à ces flammes qu'elle a surmonté les épreuves, ces mêmes flammes qui l'ont brûlée aussi par endroits. Aujourd'hui je la tiens. Demain je continuerai de l'aider à panser ses blessures.

Chapitre 45

Je voulais une fille, plus que tout. Lorsque après des mois d'essais j'ai vu apparaître ces deux petites barres violettes, mon monde a explosé, littéralement. Tu es venue apporter les étincelles qui manquaient à nos vies, tu as apaisé nos tourments, éclairci notre avenir. Parfois je te regarde et je me dis que c'était ça ta quête : semer un peu de ta poussière d'étoiles dans ton sillage, pour que personne ne se perde. Grâce à ta lumière, je sais que toujours, je te retrouverai.

Azèle

— Eh bien je dois dire que vous m'avez tous épaté pendant ces trois mois ! Vous êtes maintenant capables de maîtriser de longues conversations en français, et peut-être même de décrocher le boulot de vos rêves !

Hélène sourit, c'est drôle, car pendant trois mois, elle n'avait jamais autant incurvé ses lèvres, ça lui donne une nouvelle dimension. J'aime bien cette Hélène-là, j'aurais aimé la voir plus tôt. Depuis mon retour, j'ai senti une nette amélioration durant mes cours, Paris m'a véritablement aidée. Paris me manque. Je n'avais jamais eu un tel coup de foudre pour une ville, pourtant les voyages ont bercé mon enfance. J'ai le sentiment de ne plus être entière depuis que je suis revenue, qu'une part de moi est restée accrochée à la Dame de Fer, que les rues pavées m'appellent, et que tout paraît fade en comparaison. Et dire que je n'ai même pas pensé à acheter ce foutu porte-clés tour Eiffel à l'aéroport…

— Azèle, avez-vous eu une réponse ?

Hélène s'approche alors que je range mes affaires, les autres élèves se sont déjà mis en route vers la sortie.

— Toujours pas… soupiré-je en croisant son regard bleu perçant.

Elle pose ses mains contre mes épaules et enchaîne, très sérieuse.

— Si vous y croyez plus fort que tout, alors ce n'est qu'une question de jours. J'ai confiance en vous et en votre avenir !

Elle se détourne pour aller effacer le tableau, je passe mon cabas beige autour de mon bras et l'observe sur le seuil de la porte. C'est exactement ce que ma mère aurait pu m'écrire sur ses petites feuilles volantes.

— Merci Hélène, ces mois m'auront apporté la preuve que cette langue et ce pays sont chers à mon cœur. Et ce n'est pas rien !

Elle m'adresse un dernier sourire avant que je ne rejoigne le couloir.

Dehors, la journée s'annonce ensoleillée, ce qui est appréciable après les jours de grisaille que nous venons d'enchaîner. En remontant le trottoir, j'hésite à louer un vélo sur la borne qui fait l'angle. Je n'ai pas réitéré l'expérience depuis mon premier jour ici, mais c'est peut-être une belle manière de boucler la boucle après tout !

Les premiers coups de pédales sont les plus fastidieux, je dois maintenir mon équilibre sur cette fichue selle tout en gardant de vue ma trajectoire. Finalement, c'est avec légèreté que je retrouve la piste cyclable aménagée le long de la chaussée, et bonheur que je repense à Cassius lors de ma chute mémorable. Cassius… Nous ne nous sommes pas quittés depuis mon retour de l'hôpital il y a trois semaines. Il a passé deux nuits entières recroquevillé sur un matelas en mousse médiocre et à respirer l'antiseptique pour ne pas me laisser seule. Mon père s'était pourtant porté volontaire, mais lorsqu'il a vu Cassius débarquer avec une couette XXL en plumes, son PC et une tonne d'M&M's, il a capitulé. Je crois qu'il a très rapidement compris que nous avions besoin d'être ensemble, malgré les circonstances. Zack s'est réveillé le matin où je suis partie, j'ai voulu aller lui parler, mais les médecins m'en ont dissuadée. Son état était encore trop critique pour endurer la moindre émotion. Ce n'est que partie remise, j'aimerais que nous le retrouvions un jour avec Cassius, pour discuter.

Mes derniers jours ont été rythmés par le déménagement de mes affaires de Los Angeles que j'ai dispatchées à la fois chez mon père et chez Cassius où je passe le plus clair de mon temps. Mon manque de sommeil est certain, entre nos corps à corps, nos discussions sans fin, et tous les souvenirs que nous tentons de nous remémorer, mes yeux n'ont jamais été si cernés. Cependant, je n'échangerais ma place pour rien au monde, dès que je suis à ses côtés, je me sens entière. C'est con, car il était là depuis le début ! Mais ce n'était pas encore notre moment… Je pourrais dire que tout a commencé dans la chambre froide, mais en réalité, Cassius et moi, c'était écrit, le départ de notre « nous » a juste été différent de tout ce qui est raconté dans les contes. Il n'a pas eu besoin de me charmer, il ne m'a pas couru après, il m'a simplement vue telle que j'étais. La première fois, lors des 17 ans de Zack à vomir dans les toilettes du rez-de-chaussée, la seconde fois à lutter contre un malaise le jour de la fête nationale, la troisième fois à sangloter dans la pénombre du Walmart.

— Dois-je m'inquiéter de te voir déambuler en deux roues dans les rues de San Francisco ?

Je freine un grand coup, peut-être légèrement trop fort, car je manque de passer par-dessus le guidon. Je lâche un petit cri de surprise, puis pose mes pieds à terre pour m'éviter de me fracasser devant l'entrée du *French Sky*. Cassius porte un t-shirt blanc extra large qui descend le long de son jean délavé, sa nonchalance est particulièrement attirante. Il me dévisage pendant que je descends de mon vélo, l'air sceptique.

— Ne jamais freiner avec les freins avant. J'ignore où tu as appris à faire du vélo, mais c'est une règle des plus basiques.

— Ah ah… J'ai appris avec ma mère. Malheureusement, elle était aussi à l'aise sur un vélo qu'un chat dans une piscine ! J'ai sûrement hérité de ça…

Je tire sur la lanière de mon casque jaune fluo, mais son regard ambré me déstabilise.

— Viens là, tu vas finir par t'arracher la peau du cou à tirer autant.

Son index glisse contre mon menton avant d'atteindre la boucle, un sourire en coin s'immisce à travers sa fine barbe.

— Tu sais ce qui est inquiétant ? me demande-t-il d'un ton suave.

— Non, quoi ?

— C'est que même avec cet immonde casque, tu parviens à m'exciter.

Je me mets à rire, repensant à tout ce que ses mains sont capables de me faire vivre et à toutes les nuits qui nous attendent encore. Je crois rougir, mais heureusement – ou pas – Tess nous interrompt en débarquant sur le perron.

— Ah tu es là ! Euh… par contre tu m'expliques ton obstination avec le vélo ?

— Oh ! C'est bon vous deux, je suis tombée UNE fois, pas de quoi en faire tout un plat ! En plus, je sens que je maîtrise de plus en plus, et puis je crois que j'aime bien sentir l'air dans mes cheveux.

Cassius lève les yeux au ciel l'air moqueur, tandis que Tess ne se cache pas pour rire à gorge déployée.

— Tu t'es crue dans *La Petite Maison dans la prairie* ou quoi ?

— Surtout qu'en arrivant, elle a freiné avec les freins avant, et qu'elle était à *ça* de se rétamer sur le goudron ! ajoute Cassius, hilare.

— Eh oh ! Au cas où vous l'auriez oublié, je suis juste là ! m'indigné-je les mains sur les hanches.

Cassius soupire en enroulant son bras dans mon dos, et m'embrasse le front avec tendresse.

— Vous êtes déprimants tous les deux !

Exaspérée, Tess nous observe du coin de l'œil.

— Ah au fait, tiens, Azèle. Le facteur l'a déposée pour toi ce matin.

La peur au ventre, je m'empare de l'enveloppe blanche qu'elle me tend.

— Qu'est-ce que c'est ? s'empresse Cassius, étonné.

Les prunelles scintillantes de ma meilleure amie m'envoient le courage dont j'ai besoin, même dans le silence nous parvenons à nous comprendre. Elle sait. Elle a découvert ce que j'étais sur le point d'entreprendre, et ne semble ni fâchée ni triste, simplement impatiente pour moi.

Les mains tremblotantes, je m'empare de la lettre. Tess me prend dans ses bras durant quelques secondes, le temps de me glisser ses encouragements à l'oreille, avant de repartir vers l'intérieur du restaurant.

— Azèle, est-ce que je dois m'inquiéter ? reprend Cassius plus sérieusement.

Je me lance et déchire l'enveloppe sans réfléchir, déplie la lettre et parcours rapidement les premières phrases.

À la suite de nos échanges lors de votre voyage à Paris, nous avons étudié votre candidature pour le poste de conservatrice, et nous avons le plaisir de vous annoncer que celle-ci a été retenue…

Je fais l'impasse sur le reste du courrier, où chaque modalité est citée et expliquée, car je suis à deux doigts de m'effondrer au sol. Une bouffée de chaleur m'envahit soudain, et les larmes aux yeux, je lui tends la lettre. Lorsqu'il s'en empare, je recule pour m'accouder contre la façade. Je fixe ses pupilles aller de gauche à droite, terrifiée d'imaginer sa réaction. Quand la commissure de sa bouche commence doucement à s'étirer, la fierté que me renvoient ses traits me touche. Sans un mot il me rejoint, pose ses mains de part et d'autre de mon visage et inspire profondément. Mon rythme cardiaque avoisine les 200 battements par minute, je suis happée par le pouvoir de ses iris dorés, choquée d'avoir reçu une réponse positive du… musée du Louvre.

— Azèle Harris… Pourquoi est-ce que j'ai le sentiment que tu es en apnée à attendre mon approbation, alors que le job de tes rêves t'attend dans la plus belle ville du monde ?

Je secoue la tête, perdue. Je devrais sauter de joie et me réjouir d'avoir suscité l'intérêt du Louvre. Or, j'ignore encore si le sacrifice en vaut la chandelle. Cassius est devenu mon équilibre et ma force, l'aventure parisienne sans lui n'aura probablement pas la même saveur. Sans pouvoir les contrôler, des larmes dégoulinent le long de mes joues.

— Eh, ne te focalise pas sur ce que tu laisses ici, pense à tout ce qui t'attend là-bas. En déposant ta candidature au Louvre, tu savais ce que ça impliquerait.

Ses pouces chassent mon chagrin, alors que ses lèvres se pressent une nouvelle fois contre mon front. Son cœur aussi bat vite, mais il le dissimule bien mieux que moi.

— Je sais… Mais je ne sais pas si j'arriverai à être heureuse sans toi.

Il se recule légèrement pour que nous puissions nous voir. Il rétorque, amusé :

— Rien n'est figé dans la vie, jamais.

J'intègre ses derniers mots, jusqu'à ce que mon âme s'en nourrisse et que mon cerveau s'en imprègne. N'y tenant plus, je finis par enrouler mes bras autour de sa nuque pour l'embrasser. Ses lèvres, parfois hargneuses et abruptes dans l'intimité, sont douces comme du coton. Pendant que ses doigts caressent mes joues, je me perds dans ses cheveux épais, et me laisse choir dans ses bras. Je m'autorise à penser à ce que sera ma vie demain, je m'autorise à rêver de nos retrouvailles, et enfin, pour la première fois m'autorise à rêver grand.

— Cassius ?

— Hum ?

— Je t'aime.

Épilogue

Paris – 6 mois plus tard

Azèle

— Allô papa ?

Mes bottines à talons claquent contre le bitume. Le long du Champ-de-Mars, des tulipes multicolores ont élu domicile. Le printemps est bel et bien là, et c'est toute une nouvelle facette de Paris qui s'offre à moi.

— Comment va ma petite Parisienne ?

— Ils ont accepté mon exposition !

Mon père explose de joie au téléphone, voilà bientôt trois mois que je travaille sur cette exposition temporaire. La responsable du musée m'a chargée de cette responsabilité dès mon arrivée, j'avoue avoir été quelque peu désarçonnée au vu de la tâche que ça représentait. Mais petit à petit, j'ai trouvé un sujet et surtout Cassius m'a rappelé le nom de l'artiste qui a peint l'œuvre accrochée dans son séjour. Il m'a fallu faire de nombreuses recherches pour retrouver une grande partie de ses réalisations, mais aussi pour connaître sa vie et son parcours dans les moindres détails. J'ai appelé des commissaires-priseurs, des marchands d'art et me suis mise en relation avec l'ami de Cassius. Il a réussi à me donner une multitude d'informations sur le peintre, son caractère et l'histoire de ses œuvres. En les découvrant, j'ai cru tomber à la renverse, tant ses personnages étaient expressifs. Me voilà maintenant fin prête pour entamer la mise en place des tableaux dans la salle réservée à l'exposition, de manière logique et harmonieuse. Il faut absolument que tout soit parfait pour attiser la curiosité des gens.

— Je suis vraiment fier de toi !

— Oui, bon après, rien n'est encore fait ! Mais j'ai bon espoir que ça plaise au public ! m'exclamé-je pleine de joie.

— Oh j'en suis certain !

Nous passons en revue le reste de la famille, ses dernières trouvailles dans l'immobilier et ses futurs projets. Mon père a rencontré quelqu'un. Il a enfin eu le courage de me le dire il y a six mois, lorsque j'ai failli mourir dans la Cadillac de mon ex-petit copain. Peut-être que l'adrénaline et la peur de me perdre lui ont donné des ailes. À vrai dire je m'en doutais, son comportement avait changé lorsque j'étais passée le voir dans sa maison fraîchement rénovée. Je ne sais pas comment l'expliquer, il y avait quelque chose dans son attitude, dans ses yeux, qui pétillait, et je n'avais pas vu cette étincelle depuis des années. Je suis heureuse pour lui, d'autant plus que Tressy semble être une femme douce et aimante.

— Comment va Cassius ? me demande-t-il sans détour.

Je monte dans un taxi tout en m'affalant sur le siège en cuir, laissant reposer ma tête contre la vitre. Les rues s'enchaînent sous mon regard admiratif, je ne sais pas si je m'habituerai un jour à vivre ici, et si mon cœur s'habituera à parler de Cassius comme l'homme avec lequel je partage une histoire. Et pas n'importe quelle histoire. L'amour avec un grand A, comme il m'avait promis, malgré les kilomètres qui nous séparent et notre passif compliqué.

— Cassius va bien, même s'il est injoignable depuis des heures et que ça m'inquiète légèrement !

— Tu sais, il doit sûrement être très occupé au restau. J'ai entendu dire que la fréquentation du *French Sky* avait doublé depuis sa victoire au concours.

— Oui, c'est dingue. Les touristes français s'y ruent dès qu'ils arrivent en ville, Tess m'a dit qu'il y a des soirs où il y a une queue phénoménale pour y entrer. Je suis contente pour lui, il le mérite.

En sortant du taxi, je suis heureuse de regagner la rue dans laquelle je réside. Je n'ai pas encore de chez-moi à proprement parler puisque je suis en location, mais j'espère pouvoir bientôt acheter un appartement ou une petite maison en périphérie.

— Le seul hic, c'est que son boulot là-bas l'accapare tellement qu'il a de moins en moins l'occasion de se libérer pour venir ici. Je m'y attendais, le succès laisse peu de place au reste généralement ! Mais c'est dur par moments.

— Vous trouverez une solution ma chérie. S'il y a une chose dont je suis certain, c'est que cet homme fera tout pour te rendre heureuse.

Le crépuscule tache le ciel d'une déclinaison de mauve, apportant une lumière incertaine. Alors que je farfouille dans mon sac, un bruissement me fait sursauter, en me retournant la surprise doit se lire sur mon visage. Cassius est accoudé à une voiture, bras croisés comme s'il attendait là depuis des lustres, ses yeux posés sur moi.

— Papa… je te rappelle.

Je raccroche sans le laisser terminer sa phrase. Aussitôt, un cri strident s'élance dans l'air, et sans plus de cérémonial je lui saute dans les bras. Il me soulève sans difficulté, nos bouches déjà écrasées l'une sur l'autre. Son corps, ses reliefs et sa chaleur agissent comme des endorphines. Je n'avais jamais aimé de cette manière, au point d'avoir envie de serrer plus fort, et de hurler à la terre entière qu'il est à moi.

— Mais… mais…

J'essaye de parler, or il me maintient plus proche pour m'embrasser encore.

— Depuis quand es-tu là ?

— Exactement 5 minutes.

— Mais pourquoi tu ne m'as pas dit que tu venais ? Je commençais à déprimer toute seule !

Il sourit contre mes lèvres.

— Je sais… Hier quand j'ai raccroché de notre FaceTime, tu me faisais de la peine, ç'a été hyper dur de te cacher que je partais pour l'aéroport. Mais je voulais te faire la surprise.

— Eh bien c'est réussi ! m'exclamé-je.

Toujours dans ses bras, il avance de quelques pas et ouvre la porte.

— L'ascenseur est en panne, murmuré-je en riant. Repose-moi, tu ne vas tout de même pas…

— Chut. Tu restes dans mes bras. Cinq étages ne me tueront pas !

Je me niche dans le creux de son cou, tandis qu'il gravit les marches avec une rapidité déconcertante.

En pénétrant dans mon appartement, nous restons un moment à nous enlacer l'un l'autre, jusqu'à ce qu'il m'interrompe.

— Azèle, je suis là pour une bonne raison.

— Ah, ce n'est pas pour moi ?! m'indigné-je faussement.

— C'est encore mieux.

Je fronce les sourcils tout en reculant pour m'asseoir sur une des chaises hautes qui ornent le bar.

— Tiens.

Il sort de sa poche un trousseau, pendu à un petit porte-clés tour Eiffel. Exactement le même qu'il a refusé que j'achète lors de notre voyage ici. Je m'en empare et l'observe incrédule.

— Elles sont censées ouvrir quoi au juste ?

— La plus petite est celle du portillon de notre futur jardin, la seconde celle de notre boîte aux lettres, la troisième…

Je déglutis difficilement, tant ma bouche est sèche. J'essaye de rester calme, mais c'est sans compter le joueur de tambour venu déranger ma cage thoracique. J'écarquille les yeux, persuadée que Cassius me fait une plaisanterie.

— Et la plus grosse ? demandé-je en reluquant le long morceau métallique.

Cassius me contourne pour se camper derrière mon dossier, ses biceps viennent s'enrouler autour de mon buste. Sa mâchoire frotte contre ma joue, mes cheveux s'agrippent à sa fine barbe, tandis que j'attends désespérément qu'il me réponde.

— Les murs de mon futur restaurant français.

L'arrêt cardiaque me guète, heureusement ses lèvres contre ma joue me ramènent à la réalité.

— Ton restaurant ? Mais, Cassius ?! Bon sang tu me caches ça depuis quand ?!

Je lui saute de nouveau dans les bras, manquant de faire tomber le tabouret. Son rire grave et communicatif me transperce pour rebondir contre les parois de mon cœur. C'était inespéré, c'était tout ce qu'il me manquait. Lui, à Paris, à vivre ses rêves en parallèle des miens.

— Mais qui gérera le *French Sky* en ton absence ?

— J'y retournerai régulièrement, mais Bob sera parfait en tant que chef. Avant de partir et de lui laisser les rênes, je vais devoir recruter un ou deux cuisiniers supplémentaires. De toute façon, ce restaurant m'appartiendra toujours, il va seulement falloir que je gère à distance et que je délègue.

— Je n'en reviens pas. Tu ouvres un second restaurant. Cassius, c'est merveilleux !

— Attends un peu de voir notre maison !

— À ce propos, il va falloir qu'on parle de cette « future maison » ! Il est hors de question que je ne participe pas à cet achat, j'ai de l'argent tu sais !

Cassius me tapote les fesses qu'il maintient toujours aussi fermement.

— Doucement, doucement. On fera ça comme tu le souhaites, je ne voulais pas passer à côté de cette occasion en or. Lorsque ton père m'a appelé pour me parler de cette maison-là, il m'a bien fait comprendre que je ne pouvais pas attendre…

— Attends, attends, mon père était au courant ?!

J'ai l'impression qu'on a voulu se payer ma tête, mais ce n'est pas grand-chose comparé à la joie immense que je ressens à cet instant.

— On a encore beaucoup de paperasses à faire, mais demain, si ton exposition ne te prend pas trop de temps, nous irons la visiter !

Cassius a été la première personne que j'ai appelée lorsque mon exposition a été acceptée. Je crois qu'il était plus heureux que moi, si c'est possible.

— OK… Je n'en reviens pas. Alors, on va vivre ensemble, ici ?

— Dans la cité des Fleurs, plus exactement. Enfin, si tu veux de moi pour les dizaines d'années à venir.

Je pose mon front contre le sien, happant sa respiration mentholée, me délectant de son odeur. Je ferme les yeux, imaginant nos matinées, nos journées et nos soirées. J'y entrevois notre simplicité, nos espoirs, nos grands projets et notre amour démesuré l'un pour l'autre. Personne refuserait de signer pour ça, ou alors je ne le connais pas !

Parfois, tout explose pour une bonne raison, pour que les planètes s'alignent, que les étoiles brillent et que nos cœurs battent à l'unisson.

— Dix ans seulement ?!

Cassius – 2 ans plus tard

En poussant le portillon noir, l'odeur des rosiers accompagne ma progression dans notre petite cour extérieure. Ce havre de paix en plein cœur de la capitale était inespéré, il n'y a rien de plus agréable que de rentrer faire sa pause de l'après-midi chez soi.

Notre séjour est traversé par la lumière du jour, qui filtre à travers la verrière. Azèle et moi l'avons décoré à notre goût, un mélange d'ancien et de contemporain, sans oublier les dizaines d'œuvres d'art accrochées au mur. Je suis surpris de trouver la maison vide et silencieuse lorsque je passe l'entrée. Habituellement, Azèle est déjà là à retourner ciel et terre avec ses idées artistiques. J'avance vers la cuisine, ouvre le réfrigérateur pour me servir un verre d'eau et tire un grand coup sur cette saleté de vapote. Encore une de ses idées… Bon, celle-ci était assez bonne, je dois l'admettre. Même si la nicotine et la sensation d'une vraie clope entre mes lèvres me manquent terriblement.

— Cass ?

Une petite voix ensommeillée me parvient du salon. En contournant le canapé, j'y aperçois Azèle emmitouflée sous un énorme plaid moumoute, accompagnée de ma chienne Milky, roulée en boule au creux de ses jambes. À la télé, l'épisode où Rachel et Ross font « une pause » est en sourdine.

— Je vois que ça bosse dur les filles !

— Hum…

Son visage boursoufflé par le sommeil me donne envie de la prendre dans mes bras. Je m'accroupis à sa hauteur, et lui caresse les cheveux pour la réveiller en douceur. À l'instant où elle ouvre les yeux, un sourire s'immisce à la commissure de ses lèvres.

— Et dire qu'il y a trois ans tu pouvais à peine caresser cette chienne ! Jamais je n'aurais pu imaginer que vous seriez inséparables à ce point !

Elle tend son bras pour cajoler Milky une dernière fois, puis s'assied doucement comme si elle avait plus de quatre-vingts ans.

— J'ai été obligée de rentrer ce matin tellement je me sentais mal.

— À ce point ?! m'étonné-je inquiet.

Il est vrai que son teint est plus pâle que de la porcelaine et qu'elle passe son temps à dormir dès qu'elle est à la maison.

— Ta gynécologue t'a dit que c'était normal ?

— Oui… Arrête de t'inquiéter ! La prochaine fois, tu viendras avec moi et tu lui poseras toutes tes questions d'ailleurs !

Un matin de mai, Azèle est apparue dans le lit en fanfare, un bâtonnet rose à la main. Son expression était tellement figée qu'elle m'a fait peur. Lorsque j'ai vu qu'elle pleurait à chaudes larmes, je me suis décidé à regarder de plus près le machin qu'elle tenait entre ses doigts. Au vu des deux petites barres violettes parallèles, j'ai compris qu'il n'y avait aucun doute. Ce matin-là, elle s'est évanouie dans mes bras, puis est partie vomir tout ce qu'elle venait d'avaler. Le choc de la nouvelle, la peur de l'inconnu, l'inconfort d'une grossesse… Dur à digérer. Heureusement, je n'ai pas cédé à la panique, en fait j'ai été heureux dès les premières secondes. Nous n'envisagions pas de devenir parents si vite, pourtant cette toute petite vie est venue nous choisir. Très vite, l'euphorie a remplacé l'angoisse et voilà presque trois mois qu'une part de nous prend ses quartiers dans le ventre d'Azèle.

— Tu te sens suffisamment en forme pour ce soir ?

— Oui ! Je ne peux pas louper ça.

Je soupire, amusé de la voir si déterminée malgré son état. Elle n'a pour l'instant qu'un mini-ventre, mais déjà une grande partie de sa garde-robe ne lui va plus.

— Très bien, très bien… Alors repose-toi encore. Je te réveillerai lorsque ce sera le moment de partir.

Je l'embrasse sur le front, remonte la couverture contre ses épaules et m'éloigne vers la chambre.

* * *

Le restaurant est déjà plein à craquer, le premier service est toujours le plus tendu. Ce soir, j'ai délégué ma cuisine à Alexis, mon sous-chef. Lorsque j'ai terminé la rénovation du *SF Sky*, constituer mon équipe a été un jeu d'enfant. Le nombre de cuisiniers talentueux en France est phénoménal ! De plus, grâce à ma victoire au concours, j'ai eu droit à une multitude de candidatures et à un accompagnement personnalisé. Bien sûr, il n'y a pas un jour sans que je pense à ma brigade américaine, mais je décolle pour la Californie au moins une fois par mois. Parfois, Azèle m'accompagne, d'autre fois elle est retenue ici par son travail au Louvre. J'ai bien évidemment dû apprendre en profondeur le français, et tout le lexique se rattachant à mon métier. Encore une fois, Azèle m'a été indispensable, et je n'aurais jamais pu avoir meilleure professeure. Nos cours se déroulaient le soir dans notre lit, et à partir d'une certaine heure, nos vêtements volaient dans tous les sens. J'en garde vraiment un bon souvenir !

— Il est arrivé ? me demande Azèle nerveusement.

— Non, pas encore. Avance, assieds-toi à la table numéro 5, et surtout détends-toi. Tout se passera bien, je suis là.

Elle continue de grignoter son ongle de pouce alors que je l'incite à faire quelques pas. Elle porte un jean cigarette, par-dessus lequel une chemise en lin blanc retombe harmonieusement. Son minuscule sac à main Jaquemus pourrait tenir sur le dos d'un chaton, malgré tout j'ai couru le lui acheter lorsque je l'ai vue craquer dessus au *Bon Marché*. Ma conscience m'a traité de canard, je lui ai répondu d'aller se faire foutre.

— Comment se passe le service ? demandé-je suffisamment fort en pénétrant dans mes cuisines.

— Parfaitement, chef !

J'embrasse du regard les plans de travail, vérifie que chacun est bien à son poste, puis m'accoude en soufflant contre la porte. Je ne peux pas montrer à Azèle que je suis stressé quant à l'issue de ce dîner. Elle a déjà assez à faire entre les hormones de grossesse, ses nausées et ses quelques troubles alimentaires qui persistent selon les jours.

— Tout va bien chef ?

— Très bien, merci.

— Chef, je crois que votre invité est arrivé.

Je jette un coup d'œil dans l'interstice, avant de l'apercevoir enfin. Zack n'est plus le même. Le garçon autrefois hanté par le poids de ses parents, sa maladie incomprise, la drogue et le manque de traitements a cédé sa place à un jeune homme sain et souriant.

— Salut Cassius.

Nous nous serrons la main, sans animosité. Néanmoins ce serait mentir de dire que ça ne me fait pas quelque chose de le revoir.

— Je te présente Kate, ma copine.

Je lui souris poliment, et leur fais signe de me suivre jusqu'à notre table. La salle de restaurant est spacieuse, j'ai voulu donner à l'endroit une atmosphère chaleureuse comme on peut retrouver dans les bistros parisien. En arrivant devant Azèle, celle-ci se lève précipitamment l'air gêné, son teint virant au rouge pivoine.

— Zack ! Comment tu vas ?!

Zack lâche un rire franc, sans aucune méchanceté. C'est étrange de le voir ainsi, pourtant cela semble bien réel.

— Je vais très bien Azèle, et j'espère que toi aussi ! Je te présente Kate, ma copine. Kate, je te présente ma… belle-sœur ? ose-t-il en nous regardant amusé.

Nous nous observons un instant avec Azèle, pour jauger la situation. Elle en a besoin, j'en ai besoin aussi, les Murphy ont fait tant de mal autour d'eux que nous souhaitons à tout prix nous protéger ainsi que notre progéniture. Mais elle doit certainement ressentir les mêmes ondes que moi.

— Oui, on peut dire ça ! s'exclame-t-elle en s'asseyant de nouveau.

— Alors Kate, le voyage s'est bien passé ?

— Oh oui, très bien ! C'est la première fois que je viens en France, et je dois dire que c'est absolument fantastique.

Nous les laissons échanger quelques minutes à propos de Paris, des monuments à découvrir et des sites d'intérêts. Zack est venu ici pour rencontrer un psychiatre de renom, spécialisé dans les troubles de l'humeur. Quand il m'a appelé pour me demander s'il pouvait passer une soirée avec nous, j'ai cru tomber de mille étages. D'autant plus que nous avions essayé à plusieurs reprises de le contacter après l'accident, mais jamais il n'avait daigné nous répondre. Après trois ans, nous voilà enfin réunis, non sans peine.

— Depuis quand êtes-vous ensemble tous les deux ? lancé-je à leur attention.

— Officiellement ça va faire un an et demi, rétorque Zack.

— Officiellement ?

— Disons que nous nous sommes tournés autour un long moment avant de franchir le cap ! Nous étions suivis dans le même service psy, nous nous rendions au même groupe de parole. Ç'a été le coup de foudre, enfin pour ma part ! Du moment où j'ai osé l'aborder, il n'y a pas eu un jour sans nous parler.

Leurs sourires irradient, Zack est tellement calme et heureux que j'ai l'impression d'avoir un inconnu en face de moi.

— En fait… Zack m'a demandé en mariage il y a un mois !

— Oh… Oh ! C'est merveilleux ! Quelle belle nouvelle ! s'extasie Azèle, avec un peu trop d'entrain pour que ça paraisse naturel.

Cela dit, je la comprends. Voir Zack épanoui était important, malgré tout ce qu'il nous a fait endurer.

— Ça mérite une bonne coupe de champagne !

Il s'empare de la bouteille au centre de la table, nous sert allègrement, et prend soin de ne mettre qu'un petit fond de bulles pour Kate et lui.

— Nous ne pouvons pas nous permettre de boire beaucoup, mais trinquer avec vous nous fait tellement plaisir.

Azèle se mordille la joue lorsque vient le moment de lever nos verres, je lui fais signe de se lancer.

— En fait… Il se trouve que Cassius et moi avons nous aussi une petite nouvelle.

Kate et Zack, tout sourire, braquent leur regard sur nous, impatients.

— Cassius et moi attendons une petite fille.

Ils se lèvent en s'exclamant pour embrasser Azèle, alors que je manque de m'étouffer avec le Dom Pérignon.

— Depuis quand tu sais que c'est une fille ?! m'étonné-je.

Elle papillonne des yeux tout en caressant le rebondi de son ventre, puis réplique.

— Je le sais, c'est tout.

— La gynéco te l'a dit ?

— Non ! Mais je le sais !

Je fronce les sourcils, dérouté par cette double annonce.

— Bon, alors un mariage et un bébé ! On ne fait pas semblant ici !

— Oui… D'ailleurs, si tu pouvais éviter de le dire à Kurt et Pénélope… ajouté-je avec prudence.

J'ignore si Kate est au courant de notre passif, et de tout ce que nos parents représentent, mais l'ambiance se rembrunit soudain.

— Je ne leur parle plus depuis ma thérapie. J'ai compris beaucoup de choses, trop de choses peut-être. Mais ce qu'ils nous ont fait vivre, à tous les deux, n'est pas pardonnable. Ou alors il faudra qu'ils rampent à plat ventre avec des milliers d'excuses !

Je ne m'attendais pas à ça. Nous nous scrutons de longues secondes, et sans le moindre mot laissons échapper nos pardons, nos regrets, ainsi que notre lien du sang indéfectible. Avoir un frère, je ne savais pas ce que c'était avant maintenant. Je ne savais pas que le lien fraternel pouvait transmettre l'union, la force et même l'amour. Peut-être que nous ne sommes toujours pas faits pour nous entendre, peut-être que nous continuerons de faire des étincelles, mais pour la toute première fois, je n'ai pas envie de lui tourner le dos, j'ai envie de le connaître, peut-être même de l'aimer.

Sous la table, la main d'Azèle vient caresser la mienne. Entre les plats chauds, un silence salvateur s'est installé, un silence que personne ne veut briser. Mon frère s'est dépêtré des filets meurtriers de ses parents, il a trouvé l'amour, il veut avancer.

J'attends une petite fille, qui j'espère héritera du caractère original et de la beauté de sa mère. J'attends une petite fille avec Azèle Harris, la seule femme capable de retourner ma vie en l'espace de dix minutes dans le Walmart du coin. Alors j'ai de quoi être le plus heureux des hommes.

Azèle,

En glissant ce petit mot dans ton cahier de mathématiques, je me suis dit qu'il t'occuperait bien pendant ta séance d'algèbre. De toute façon, que tu écoutes ou pas, tes notes sont toujours catastrophiques. Mais tu sais quoi ? On s'en fiche de cette matière ! Si tu veux faire de l'art, tu n'en auras pas besoin ! D'ailleurs, tout le monde se fiche des équations à trois inconnues, des théorèmes et des vecteurs.

Je sais que tu m'évites ces derniers jours, et je pense avoir deviné pourquoi. Avoir une mère mourante à domicile n'est pas la meilleure idée du siècle, mais laisse-moi te dire deux ou trois petites choses… Si tu penses te débarrasser de moi une fois que j'aurai rejoint tous les oiseaux, c'est mal me connaître. Je serai partout, lorsque tu seras triste, lorsque tu auras peur, et même lorsque tu vivras les plus belles aventures avec ton amoureux ! Oui, je te l'avais bien dit, partout, tout le temps.

Je sais que ta vie va être merveilleuse, c'est ce que les anges réservent à leurs petits protégés. Et tu seras ma petite protégée. Tu parviendras par ta force et ton courage à prendre les bonnes décisions, tu abandonneras tes casseroles en déversant douleur et haine sans te retourner. Tu trouveras la lumière, même dans les moments les plus terrifiants. Lorsque viendra le moment, tu rencontreras quelqu'un, pas n'importe qui, car tu mérites le meilleur d'entre tous.

Un homme, un vrai, capable de pleurer devant un film et de tuer des méchants la seconde d'après, un homme avec qui tu te sentiras transparente, écoutée, épaulée, protégée, choyée. Il existe, il n'est pas loin, il suffit d'être patiente. Tu vivras tes rêves, même les plus fous, ceux auxquels tu penses chaque soir avant de t'endormir. Et puis un jour, tu deviendras maman. Un rôle merveilleusement difficile, que tu endosseras à la perfection. C'est une petite fille qui viendra à toi, une petite fille unique. Elle sera magnifique, persévérante, intelligente, passionnée, et pleine d'idées abracadabrantes. Parfois, tu auras du mal à la suivre, elle te donnera envie de t'arracher les cheveux ou de hurler dans un coussin, mais la finalité restera toujours la même : tu l'aimeras, inconditionnellement comme je t'ai aimée. Tu verras, ce sentiment est plus fort que tout, ça secoue comme une tempête, ça prend aux tripes… N'oublie pas de me parler lorsqu'il t'en viendra l'envie, de me raconter par quoi tu passes. N'oublie pas que je t'écouterai toujours, où que je sois.

Je t'aime Azèle, je resterai à jamais ton ange, et toi, ma petite protégée à la vie toute tracée.

Remerciements

Ce livre a été terriblement difficile à terminer, et voilà qu'une fois le dernier point posé, la nostalgie me gagne. Je suis passée par de nombreuses phases dans l'écriture de ce roman, et je n'avais jamais remarqué à quel point l'état moral et physique pouvait influencer l'écriture. C'est chose faite, et aujourd'hui je prends conscience d'un certain nombre de problèmes auxquels se heurtent les écrivains au fil du temps. Azèle et Cassius sont arrivés dans mon esprit une journée de juillet, en pleine canicule. Je terminais la relecture d'*Alpha Love*, et je pensais déjà à ces deux-là. Je me suis vite attachée à eux, probablement car certains traits de leur caractère me ramenaient inéluctablement à des êtres qui me sont chers.

Tout d'abord, merci à ma mère. Pour sa force et son amour qui ont bercé nos jeunes années à ma sœur et moi. J'ai beaucoup pensé à elle en écrivant, peut-être car je retrouvais en Azèle et sa mère un peu de notre relation et de sa personnalité. Je ne sais pas si tu liras entre les lignes, mais je sais que tu trouveras la volonté de dire adieu à ta plus vieille amie… moi j'y crois !

Merci à mon père de s'enthousiasmer pour mes romans d'amour, de les lire alors qu'il est plus adepte des thrillers. Mais surtout, merci de ne pas ressembler au père de Cassius !

Merci à mes copines d'amour, de lire chacun de mes romans avec le même engouement. Vos avis, vos mots, vos retours… Votre amitié est chère à mon cœur, et tous nos souvenirs sont rangés très précieusement au fin fond de ma mémoire, pour toujours. Soyez-en sûres. Ici je laisse beaucoup de moi, parfois même des petites parties de mon âme et ça fait peur. Surtout lorsqu'on est pudique comme je le suis. Mais si avec mes écrits je peux vous faire vivre des émotions, vous déconnecter de votre quotidien quelques heures, alors le jeu en vaut la chandelle.

Merci à ma fille chérie, ma Violette, qui m'inspire un peu plus tous les jours, même si elle ne le sait pas encore. Chaque petit Post-it lui est indirectement dédié, et il n'y avait rien de plus simple que de les écrire. Toutes les deux, c'est fort, c'est explosif, mais surtout plein d'amour. Notre bulle c'est notre monde, avec tes paillettes, tes gloss, tes Barbies et tes Polly Pocket, mais c'est ici que je veux être, nulle part ailleurs. Un jour peut-être, tu liras mes livres et tu comprendras… tout ce que je n'osais pas te dire, mes peurs, mes doutes et mes angoisses.

Merci à mon mari, Virgile, d'être l'homme de la situation lorsqu'une scène requiert du vocabulaire spécifique : bagarre, attaque, guerre, fusillade… Sans lui mon roman n'aurait franchement pas le même rendu final ! Plus sérieusement, tu as toujours l'impression que tu ne ressembles pas à mes protagonistes masculins. Je ne suis pas d'accord, mes personnages ont toujours bon fond, sont doux, protecteurs et aimants. N'est-ce pas ce que tu es ?

Mes remerciements ne pourraient pas aboutir sans laisser de mot à ma grande sœur, ma plus fidèle lectrice qui me voit passer par tout un panel d'émotions : la page blanche, l'euphorie d'une nouvelle idée, le désespoir et les remises en question… Sophie, merci de croire en chacun de mes personnages, d'écouter les prémices de leur caractère quand tout est encore flou dans mon cerveau. De donner ton avis, de décrypter mes idées, de rêver en grand pour moi. Bref, merci ma sœur. *Spoiler alert* : Netflix ne m'a toujours pas contactée !

Merci à toute l'équipe de Nisha et Caetera pour leur écoute et leur engagement. Petite dédicace particulière pour Tiphaine, mon éditrice, pour ses conseils pertinents et sa gentillesse.

Et pour finir, un grand merci à vous, lecteurs et lectrices, qui continuez de croire en moi, de prendre de mes nouvelles sur les réseaux sociaux, et d'accueillir mes romans avec enthousiasme. Chaque échange avec vous me fait chaud au coeur, alors merci.

Imprimé en France par CPI Firmin-Didot
en décembre 2023
N° d'impression : 177915
ISBN : 978-2-38015-868-7
Dépôt légal : janvier 2024